Schalom Asch

PETERSBURG

Roman
der Jahrhundertwende

DIANA VERLAG ZÜRICH

Autorisierte Übertragung von
Siegfried Schmitz

Vorsatz: Blick vom Newa-Ufer auf die Isaakkathedrale

Nachsatz: Winterpalais (1754–1764 errichtet von Rastrelli).
Außenansicht mit Petersbrücke über die Newa.

Printed in Germany
ISBN 3-905414-96-1

Umschlaggestaltung: Graupner & Partner, München
Umschlagabbildung: Archiv für Kunst und Geschichte, Berlin
Satz: MPM, Reitmehring
Druck und Bindung: Ebner Ulm

Inhaltsverzeichnis

Vorwort

Die meisten Romane, welche in den letzten Jahren von der russischen Revolution angeregt wurden, folgen zwei Tendenzen: sie sind entweder weiß oder rot, probolschewistisch oder antibolschewistisch, je nach der politischen Haltung ihres Autors; der neutralen Position, der völlig objektiven Einstellung ermangelt es indessen bis heute. Und gerade dies ist es, was die große Romantrilogie von Schalom Asch so erstaunlich macht, deren erster Band *Petersburg* hier vorliegt und die von einem dadurch überhöhten Standpunkt aus den Umbruch vom Zarenreich zum Sowjetstaat darstellt — denn hier tritt ein Autor auf, der nur für eines Partei ergreift: das Menschliche. Frei von der Sicht durch die Brille der einen oder der anderen Seite, voller Zuwendung den menschlichen Schicksalen gegenüber, doch sich jede Parteinahme versagend, betrachtet er die tatsächlichen Geschehnisse von der Warte einer höheren Gerechtigkeit aus. Schalom Asch schildert — und darin liegt neben der literarischen Bedeutung seines Werkes dessen dokumentarische — die Zeit in Rußland zwischen 1910 und 1920 mit einer Objektivität, die dem Schriftsteller gewöhnlich nur in historischen Darstellungen gelingt.

Schalom Asch verdankt diese Objektivität gleichermaßen dem Umstand, daß er in Kutno geboren wurde, in jenem Teil Polens also, der vor dem Kriege russisch war, dem, daß er Jude ist, und dem weiteren, daß dieses Jude-Sein ihm so eingeprägt und bewußt ist, daß es ihm gestattet, die russische Tragödie zwar mit großer Anteilnahme, aber doch auch Ausgewogenheit zu beurteilen, von außen und als aufmerksamer, scharf beobachtender und unbestechlicher Zeuge. Schalom Asch ist, mehr als jeder andere Literat mosaischen Glaubens, ein jüdischer Schriftsteller, weil er sich dessen in ganz besonderem Maße eingedenk ist und weil die Sprache, in der er schreibt, nicht jene ist, die man ihn auf der Schule in seiner russischen Heimat gelehrt hat, sondern jene, die er von Kindesbeinen an sprach, jene Mundart der Ostjuden, die als Umgangssprache über Jahrhunderte im Getto geformt wurde und die man Jiddisch nennt. Genaugenommen ist Jiddisch nur eine verderbte Abart des Deutschen, doch auch von diesem wieder deutlich unterschieden dadurch, daß es, noch in seiner mittelalterlichen Form, schon vor fünf Jahrhunderten von den Juden mitgebracht wurde, die aus Deutschland nach Polen und Rußland flohen. Während die deutsche Sprache selbst sich weiterentwickelte und grammatikalisch veränderte, blieb dieses mittelalterliche Deutsch in ihren kleinen versprengten Gemeinschaften bewahrt; nur oberflächlich wurde es gefärbt durch hebräische Wendungen oder aus den slawischen Sprachen entlehnte Ausdrücke. Doch diese erstarrte Mundart blieb lange abseits der Weltliteratur, sie erwies sich in künstlerischem Sinne als unfruchtbar wie ein abgebrochener Zweig an einem blühenden Baum. Für ihre Gesetze und ihre Gebete, für die höheren Dinge und die heiligen Dinge und in der Literatur benutzten die Ostjuden die Sprache ihrer Väter, das dreitausend Jahre alte Hebräisch; das Jiddische verwendeten sie nur im täglichen Umgang, für profane Angelegenheiten und die Abwicklung von Geschäften — und das führte dazu, daß es bis ins zwanzigste Jahrhundert hinein kein einziges Gedicht, kein Drama, kein Stück literarischer Prosa in dieser Sprache gab, ausgenommen allenfalls ein paar komische Dichtungen und kleine Geschichten. Erst zu Beginn unseres Jahrhunderts fand eine wahre Erneuerung statt, und die fünf bis sechs Millionen Menschen, die diese Sprache täglich verwendeten, konnten sie nun auch in ihrer Zeitung lesen, und dadurch, daß die Ereignisse der ganzen Welt in ihr wiedergegeben wurden, erwuchs der Wunsch nach gehobener Ausdrucksweise. Daher findet man plötzlich in den Zeitungen, die in Polen und Rußland, aber auch den Gettos von New York erscheinen und zwar in hebräischen Lettern gesetzt, aber in jiddischer Sprache geschrieben werden, Gedichte, Novellen und kurze Romane. Trotz bedeutender Vorläufer wie J. L. Perez, der die Tiefen der jüdischen Seele ausleuchtete, oder Scholem Alejchem, der auf so wunderbare Weise den Schmerz mit den Strahlen von Glaube und Hoffnung zu verbinden weiß, darf man sagen, daß es tatsächlich Schalom Asch ist, der als erster dem Jiddischen einen Platz in der Weltliteratur verschafft; denn durch ihn gewinnt diese Sprache im Drama wie in der erzählenden Literatur erstmals Größe; seinem Opfer und seiner Hingabe ist es zu danken, daß das Jiddische literarische Weltgeltung erringt. Auch Schalom Asch hat damit begonnen, die Schicksale kleiner Leute darzustellen, die Lebenskämpfe der Geringen und Unterdrückten, doch in der Rückbesinnung auf die europäische Literatur, mit deren Kenntnis er herangewachsen war, und bald im Wettstreit mit seinen größten Lehrmeistern gelangte er allmählich zu epischer Größe; Schritt für Schritt entdeckte er das Wechselspiel der allgemeinen Kräfte hinter den Individuen, das Volk hinter den Menschen, und er riß die Mauern des literarischen Gettos nieder, damit dort der Wind der weiten Welt wehen konnte und seine Ebenbürtigkeit mit der Kunst der anderen Nationen ans helle Tageslicht trete. Das Opfer, das er dadurch brachte, daß er als Ausdrucksmittel statt einer weltweit verbreiteten Sprache die einer so beschränkten Minderheit wählte, hat ihm unter den Seinen eine unendliche Dankbarkeit eingetragen; und es gibt vielleicht keinen anderen

Schriftsteller in Europa, so berühmt er auch sein mag, der eine so leidenschaftlich ergebene, so treue und anhängliche, so auf ihn eingeschworene Lesergemeinde hat wie Schalom Asch, der den abgerissenen und verdorrten Zweig des Jiddischen in den ewigen Garten der Weltliteratur eingepflanzt und zum Blühen gebracht hat.

Zahlreich sind die Romane Schalom Aschs, die das Genie dahinter spüren lassen, aber keines seiner übrigen Werke verfügt über den Schwung, die Weite und die Mächtigkeit seiner »russischen Trilogie«. Zwar sind es vorwiegend jüdische Schicksale, die Schalom Asch hier schildert, denn im jüdischen Herzen hört er am stärksten das Herz der Welt schlagen, aber da seine Gestalten den unterschiedlichsten Milieus angehören, große Geldleute der Vorkriegszeit, Studenten, Revolutionäre, Arme und Reiche, Helden und Durchschnittsmenschen, stellt dieses Buch eine Art von Universum dar, das die Fülle der Ereignisse in Rußland in all ihren vielfältigen Facetten widerspiegelt. Nirgendwo sonst wurde meines Wissens die Revolution in Moskau, mit der Begeisterung der ersten Erfolge und der unvermeidlichen Wandlung der Seelen, auf so lebendige Weise dargestellt wie in diesen drei Bänden, von denen jeder eine andere Stadt zum Schauplatz hat: Petersburg, Moskau und Warschau, und die somit die ganze Weite und Vielfalt Rußlands verdeutlichen, das wir uns aus der Ferne und oberflächlich als eine Einheit vorstellen. Dieses Werk mit seiner Vielzahl von Gestalten, ein wahres episches Kaleidoskop, beschränkt sich nicht darauf, uns ein Bild der Ereignisse zu geben, eine Reproduktion; es dringt vielmehr tief in die Gefilde der Seele ein und zeigt uns das Gewicht der inneren Konflikte inmitten der heftigsten äußeren Umbrüche. Und da der Autor nie Partei ergreift, weder für eine politische Gruppierung noch für einen Menschen, sondern allen eine unendliche menschliche Anteilnahme entgegenbringt, erhebt sich sein Werk zu universeller Bedeutung, die diesem Roman klassischen Geist verleiht und, wie wir hoffen, dazu führt, daß er auch in den romanischen Ländern gelesen und geschätzt wird.

Stefan Zweig

Abdruck mit freundlicher Genehmigung
des Williams Verlag AG, Zug (CH) und London (GB)

Übersetzt von Diethard H. Klein

Erster Teil

Die Hauptstadt

Vom Warschauer Bahnhof bewegte sich ein langer Zug kleiner einspänniger Schlitten, mit Stroh gedeckt, langsam durch den wässerig weichen Schnee des Wosnessenskij-Prospekt dem Issakiewskij-Platz zu. Der Zug der Einspänner zerfiel in einige endlos lange Reihen. Die Schafpelze der Kutscher, die an den Füßen teils Lappen mit Schnüren befestigt, teils Filzstiefel trugen, dampften ebenso wie die Flanken ihrer glänzend schwarzen ungeduldigen Pferde. Mensch und Tier atmeten schwer, während sie durch die schmutziggrauen Rinnsale der eisüberkrusteten Brücke in den dicken düsteren Nebel stapften, der, aus den Kanälen emporsteigend, allmählich ganz Petersburg einhüllte.

Ab und zu flog eine leichte Troika durch die schwerfälligen Reihen. Die glänzenden Rosse bespritzten die Kutscher über und über mit Straßenschmutz, der unter ihren Hufen aufflog, und ihnen so Stoff zu Flüchen und Gesprächen gab. Von dieser Gelegenheit machten die Kutscher ausgiebigen Gebrauch; wenn sie einander nicht gerade aus dem reichen Schatz ihrer Flüche freigebig beschenkten, so sprachen sie mit ihren Tieren; bald nannten sie diese mit den zärtlichsten Kosenamen, bald wieder riefen sie ihnen schlimmste Verwünschungen bis ins zehnte Glied zu.

Auf ihren kleinen einspännigen Schlitten führten die Kutscher die Schätze des Südens vom Warschauer Bahnhof in die Hauptstadt des Zaren. Die erlesensten Weine kamen von den Ebenen der Champagne, und Petersburg verbrauchte davon mehr als die ganze übrige Welt. In geschlossenen Wagen kamen Rosen, Nelken und Veilchen von der Riviera in die Metropole Nikolaus II.; es kam Frühobst, in Treibhäusern gezogen, es kamen raffinierte Parfüms, Seifen und andere kosmetische Artikel aus Frankreichs besten Fabriken, seltene Steine, kühlende Mineralwässer, kurz — das Beste und Kostbarste, was Europa besaß, kam in ungeheuren Mengen vom Warschauer Bahnhof in die Hauptstadt. Von dort strömte der Reichtum der Welt nach Petersburg, Rußlands Schätze aber ergossen sich durch die anderen Bahnhöfe in die Metropole.

In einer schmalen Seitengasse des Wosnessenskij-Prospekts, durch den die einspännigen Schlitten eben die Kisten und Körbe mit Wein, Obst und Blumen zogen, stand ein großes altes Gebäude. Es stammte aus der Zeit Alexanders I. und war im typischen Petersburger Empirestil erbaut. Die gelbgetünchte Fassade hatte zwei Eingänge, die Tag und Nacht von livrierten Türstehern bewacht waren. Die Vorderfront des riesigen Gebäudes, durch ihre Länge geradezu unheimlich, nahm den größten Teil der Gasse ein. Fast ebenso lang war die in einer Quergasse verlaufende Seitenfront. Dennoch bestand das Innere dieses Riesenbaues nur aus wenigen Herrschaftswohnungen. Das unterste Stockwerk war zur Gänze von einer Generalswitwe bewohnt, der das Haus gehörte. Das zweite Stockwerk hatte ein reicher Gutsbesitzer inne, die ganze oberste Etage aber — der beeidete Advokat Solomon Ossipowitsch Halperin.

Der Korridor, der zu den Empfangsräumen des berühmten Rechtsanwaltes führte, war von drei Uhr nachmittags an voll von Klienten. Es war ein Korridor, wie er in Petersburg so häufig ist, gut beleuchtet und beheizt, mit langen Reihen roter Plüschsofas, riesige Empirespiegel an den Wänden. Das Warten in diesem Korridor war angenehm, und die Klienten, die sich bei den Dienern den Einlaß erkauften, warteten dort bis vier Uhr, um, wenn sich die großen, im Vordertrakt gelegenen Empfangsräume des berühmten Advokaten öffneten, als erste vorgelassen zu werden.

Wenn die hohen Türen, die in die Wohnung des berühmten Anwaltes führten, geöffnet wurden, wimmelte es in den riesigen Räumen von Menschen — Bauern, Gutsbesitzer, Juden. Aus allen Provinzen des russischen Reiches strömten Menschen herbei, denen Unrecht geschehen war, die unterdrückt waren von den Beamten des Zaren, gequält durch die mitleidslosen Gesetze, verfolgt von Richtern und Staatsanwälten, gepeinigt durch die Willkür der städtischen Beamtenschaft — sie alle suchten Schutz in der Hauptstadt, bei den Ratskammern, den obersten Gerichtsinstanzen und den höchsten Beamten. Petersburg, die Stadt des Zaren und der Beamten, die Herrscherin über hundert Millionen Menschen, die ein Sechstel des Erdballes bewohnten, nahm täglich Tausende und Zehntausende aus allen Ecken und Enden des unendlich weiten Rußlands auf, die gekommen waren, um in dem europäischen Mekka Recht und Gesetz, Schutz und Protektion, Konzessionen und Privilegien zu suchen; denn über all dies hatte in dem unermeßlich großen, reichen Imperium diese einzige Stadt zu entscheiden.

Und ein nicht unansehnlicher Teil derer, die solches in Petersburg suchten, füllte den Korridor und die offiziellen und privaten Empfangsräume des Rechtsanwaltes Halperin. Denn obgleich Jude, war Halperin in Rußland weit und breit berühmt durch seinen Scharfsinn, seine Zunge (er galt als einer der besten Redner Rußlands) und — durch seine einflußreichen Beziehungen.

In den geräumigen, hohen Korridoren der Empfangsräume, die sich in verwirrende Weite zu verlieren schienen, standen mächtige, breite Empireschränke, angefüllt mit Gesetzbüchern, Senatsbeschlüssen, oberstgerichtlichen Entscheidungen und anderen juristischen Werken. Dazwischen saßen auf Mahagonisofas und -stühlen die Klienten geringeren Standes, vorwiegend Juden aus der Provinz. Sie wurden zunächst vor die Gehilfen des Advokaten geführt; ihre Fälle betrafen zumeist Ausweisungen aus ihren Wohnorten. Die wichtigen und interessanteren Fälle übernahmen die Gehilfen und wiesen die Klienten in ihre Privatkanzleien. Die komplizierten und sensationellen Fälle, von denen zu erwarten war, daß sie die Öffentlichkeit und die Presse beschäftigen würden, wie Prozesse wegen revolutionärer Umtriebe, Ritualmordbeschuldigungen und dergleichen, waren dem berühmten Anwalt selbst vorbehalten. In den kleinen Seitenzimmern warteten die reichen und angesehenen Klienten, in der Mehrzahl Holz-, Naphtha- oder Zuckergroßhändler und andere Kaufleute erster Gilde, die der Advokat in Konzessionsangelegenheiten oder bei der Aufnahme ihrer Söhne in die Firma — zur Sicherung des Wohnrechtes in Moskau oder Petersburg — beriet.

Im Salon aber — an seinen mit Portieren aus schwerer Seide verhängten Fenstern standen mächtige französische Fauteuils, an den Wänden hingen, offenbar unter dem Einfluß der kunstliebenden Tochter des Hauses angeschafft, Originale von Levitan, Eiwasofski und dem damals gerade berühmt gewordenen Rerich, die Tische und Winkel waren mit schweren kostbaren Bronzen und Petersburger Vasen besetzt — leistete die Dame des Hauses einem ungewöhnlichen Gast Gesellschaft, der ebenso wie alle anderen auf den Anwalt wartete: es war der Wirkliche Staatsrat Senator Akimow.

Für alle anderen Klienten hieß es, der Rechtsanwalt könne erst später empfangen, da er durch eine sehr wichtige Senatsverhandlung länger als sonst in Anspruch genommen sei; dem Senator Akimow war jedoch über direkten Auftrag des Advokaten mitgeteilt worden, der Anwalt lasse sich vielmals entschuldigen, er sei eben mitten im Studium wichtiger Akten, von denen ein Menschenleben abhänge, und bitte daher den Senator, eine Viertelstunde mit der Gesellschaft seiner, Halperins, Frau vorliebzunehmen.

Die Viertelstunde war längst vorüber. Der Staatsrat, ein

kleiner untersetzter Herr mit einem kurzen Kinnbärtchen und einer glänzenden hohen Stirn, die in eine mächtige Glatze überging, rieb sich nervös mit seinen weichen, fast frauenhaften Händen die Knie. Seine hellblauen Augen irrten unruhig durch den Salon. Akimows Nervosität entsprang weit mehr dem Ärger darüber, daß der Jude es wagte, ihn warten zu lassen, als dem eigentlichen Grunde, der ihn in den Salon des Juden geführt hatte. Doch war er, soweit er es vermochte, bemüht, seine Erregung nicht merken zu lassen, und führte mit der Frau des Hauses die übliche Konversation über belanglose Dinge, über die letzte Premiere in der Oper, über das schlechte Wetter und das jüngste Eisenbahnunglück im Kaukasus. Die Dame des Hauses, eine üppige Erscheinung mittleren Alters, mit glänzend schwarzem Seidenhaar und schwarzen steilen Brauen, zwei reizenden Wangengrübchen und ein paar pikanten Schönheitsfleckchen in dem gepflegten Gesicht, ließ beim Sprechen zwei Reihen scharfer, weißer Zähne blitzen und sah in ihrem einzigen Schmuck, einer Perlenschnur, die über das aus einem ersten Pariser Atelier herrührende und gutsitzende schwarze Seidenkleid fiel, überaus vornehm und anziehend aus. Der längliche Schnitt ihrer Augen verlieh ihrem Gesicht weit mehr mongolischen als jüdischen Ausdruck. Und hätte nicht die ungewöhnliche Lage, in der sich der Senator befand, geradezu schmerzhaft in seinem Kopfe gehämmert — seit er im Salon des jüdischen Advokaten saß, fühlte er, ohne sich über die Ursache recht ins klare zu kommen, den Ernst seiner gegenwärtigen Lage viel stärker als vorher —, so hätte ihm die Gesellschaft der Dame Akimow viel Vergnügen bereitet. Sie gab sich frei und ungezwungen und führte die Konversation so geschickt und natürlich, daß es dem Senator anfangs Staunen einflößte — daß eine Jüdin ihm gegenüber so unbefangen war —, dann aber geradezu imponierte.

Inzwischen saß der berühmte Anwalt in seinem Arbeitszimmer in dem hohen, reichgeschnitzten Fauteuil, einem merkwürdigen spanischen Renaissancestück, das an einen Thron erinnerte, vor seinem schweren, langen Mahagonischreibtisch. Die Wände des großen Raumes entlang liefen mächtige geschnitzte Bücherschränke. Auf dem Boden lag ein dicker, weicher Teppich, auf dem schwere Lederfauteuils standen. Aus grünen Schirmen fiel gedämpftes Licht. Halperins langes dichtes Haar, in dessen Schwarz sich einiges Grau mischte, war ungeordnet; der kurze graumelierte Bart, der das längliche Gesicht umrahmte, hob den jüdischen Typus seiner Züge stark hervor. Der Anwalt sah eher wie ein junger Rabbiner aus, und die weiche, ebenmäßige Linie seiner von einem kleinen Schnurrbart bedeckten Oberlippe verlieh dem Gesicht eine gewisse studentische Jugendlichkeit.

Der Advokat fuhr sich mit den schmalen knochigen Fingern durch seinen melierten Bart und legte seine hohe Stirn in Falten. Doch weder war von Akten, an deren Studium ein Menschenleben hängen sollte, etwas zu sehen, noch befand sich ein Klient im Arbeitszimmer. Der Advokat war allein, und seine Gedanken beschäftigten sich mit dem ungewöhnlichen Gast, der in Gesellschaft seiner Frau im Salon saß. Angestrengt dachte Halperin darüber nach, wie er sich im Falle Akimow verhalten sollte. Er hatte bereits erfahren, in welcher unangenehmen Situation der allmächtige Senator sich befand; einiges hatten die Zeitungen, vorläufig noch verhüllt, angedeutet, und einiges hatte er selbst in den Wandelgängen des Senats gehört. Es handelte sich um eine Unterschriftenfälschung, die der Senator begangen haben sollte, und um riesige Unterschlagungen von Staatsgeldern. »Und er, der verbissenste Judenhasser, der schlimmste Reaktionär, kommt zu mir. Sicher war er schon anderwärts. Dort wurde die Sache gewiß abgelehnt«, erwog der Advokat, »das muß natürlich seine Gründe haben. Offenbar ist der allmächtige Akimow in Ungnade gefallen, und man wünscht seinen Untergang. Wäre dem nicht so, so hätte man die Sache vertuscht, noch ehe etwas in die Öffentlichkeit kam.

Der Minister wünscht also aus irgendeinem Grunde Akimows Fall. Aus welchem? Wahrscheinlich hat der Hof Akimow fallenlassen. Warum ist er nun zu einem Juden gekommen? Das haben ihm sicher die Kollegen geraten, sie haben ihn hergeschickt — einen Juden wird niemand des Einverständnisses mit Akimow verdächtigen! Oh, wir kennen euch! Die Sache ist ohnedies hoffnungslos, und da soll es wenigstens heißen: Der Jude ist bereit, alles zu verteidigen, sogar Unterschriftenfälschung und Unterschlagung von Staatsgeldern, mag der Beschuldigte auch sein schlimmster Feind sein, wenn er nur Geld sehen läßt . . .«

Halperins Hirn arbeitete rasch. Und seine Gedanken begleitete er mit jenem leisen Talmudsingsang, den er sich zeitlebens nicht hatte abgewöhnen können.

»Und vielleicht gerade deshalb . . .« — spann er den Faden seiner Gedanken vor sich hin summend weiter — »Akimow ist Vorsitzender des Senats, und gerade weil er der verbissenste Antisemit ist, wäre es vielleicht besser, die Sache zu übernehmen. Die Zeitungen werden den ›Fall‹ ausschroten, es wird ein Skandal werden, von dem sicher ganz Rußland spricht . . . Und wenn ich ihn verteidige, gibt das einen Bombeneffekt: Der Beruf des Anwalts steht über jeglicher Politik, über allen Leidenschaften, und hier ist ein leuchtendes Beispiel der Unparteilichkeit. Und das Honorar lehne ich ab! Gestern habe ich einen Revolutionär verteidigt, heute verteidige ich einen Staatsrat, einen Antisemiten und Reaktionär; das Recht kennt eben keine Parteien . . .

Doch die Causa ist schlimm, noch mehr — sie ist schmutzig. Unterschriftenfälschungen — keine Spur eines idealen Motivs! Und daß die Kollegen die Sache abgelehnt haben, ist sicher ein Wink von oben. Akimow, du bist gefallen. Zu stark hast du dich an dem Judengott gerieben . . .«

Halperins erster Entschluß hatte gesiegt. Jetzt verdroß es ihn, daß ihn seine Sucht nach Berühmtheit und Popularität für einen Augenblick wankend und zu »Kompromissen« geneigt gemacht hatte, ihn, dessen Prinzip es war, nichts Unehrenhaftes zu verteidigen.

»Doch woher weiß ich, daß seine Sache unehrenhaft ist? Das muß ich aus ihm selbst herausbekommen; und wie der Fall wirklich liegt, darnach werden wir handeln! Mag es Akimow sein oder ein unbekannter Droschkenkutscher — ist er unschuldig, so muß er gegen die ganze Welt verteidigt werden, ist er schuldig, so ist die Sache abzulehnen, wie ich es stets, in jeder Sache, getan habe.«

Der Anwalt war stolz auf seine Entscheidung. Tief in seinem Innern versuchte ein Rachegefühlchen aufzulodern: »Großer Akimow, jetzt wirst du zwischen meinen Fingern zappeln, genauso wie ein kleines Jüdelein in den Fängen eines der Rekrutenschinders!« Doch dieses Haß- und Rachegefühl hielt er rasch durch ein viel stärkeres und näheres nieder, durch das Gefühl der Eitelkeit, das jetzt sein ganzes Ich erfüllte: er, Halperin, ein unbekannter Provinzjude, hatte es so weit gebracht, daß Senatoren in seinem Salon auf ihn warteten, bei ihm Schutz suchten! Dieses Gefühl war die Waffe, mit der er den Haß und die Rache bekämpfte und die Waage der Gerechtigkeit im Gleichgewicht hielt, wie es seiner Meinung nach der Anwalt in allen Fällen und zu jeder Zeit tun mußte.

»Wer bei mir Schutz sucht, soll ihn haben, mag er sein, wer er will — doch nur, wer ein Recht hat, beschützt zu werden!« Diese Worte sprach er nicht nur in Gedanken, sondern laut und akzentuiert, wie zu den Geschworenen. Und um sein jüdisches Aussehen absichtlich noch mehr hervorzuheben, zerraufte er mit seinen Fingern sein langes, wirr emporstehendes Haar und seinen kurzen Bart noch stärker; dann ging er, die langen Hände auf dem Rücken, in den Salon, um seinen Gast zu empfangen.

Die Begrüßung war von beiden Seiten korrekt, aber kühl. Beide Teile konnten nichts dafür. Den Senator kannte der Advokat wohl vom Sehen, und in seiner Erinnerung hafteten die schlauen, hellblauen Äuglein, die so oft auf ihm geruht hatten, wenn er vor einem Gerichtssenat eine Verteidigung führte. Doch als der Advokat jetzt das ihm wohlbekannte Gesicht des Vorsitzenden, der ihn stets mit spöttischer Verachtung angeblickt hatte, vor sich sah, konnte er sich nicht bezwingen; die menschliche Leidenschaft der Rache loderte aus dem Gleichmaß des Rechts empor. Doch die Hausfrau begriff als gewiegte Menschenkennerin sogleich, was in ihrem Manne vorging, und half ihm geschickt über die peinliche Situation hinweg.

»Gut, daß du dich beeilt hast, Solomon Ossipowitsch. Ich fürchte, der Vorsitzende« — so wurde der Senator Akimow angeredet — »hat sich in meiner Gesellschaft bereits gelangweilt.«

»Entschuldigen Sie, Konstantin Iwanowitsch, ich konnte nicht früher abkommen, die Pflicht meines Berufes hielt mich fest. Ich mußte dringende Akten vorbereiten, die morgen früh bei Gericht sein müssen; ein Menschenleben hängt davon ab!«

»Ich begreife, die Pflicht geht vor. Doch ich habe die Zeit wirklich sehr angenehm verbracht, dank der Gesellschaft von Frau ... Entschuldigen Sie, ich habe Ihren Vaternamen vergessen.«

»Ich habe ihn noch nicht genannt«, erwiderte die Frau des Hauses lächelnd. »Olga Michailowna.«

»Ja, richtig, Olga Michailowna. Die Zeit verging sehr rasch in Gesellschaft von Olga Michailowna.« Der Senator wiederholte den Namen, als wollte er ihn auswendig lernen.

Das Gespräch stockte, denn die beiden Männer wußten nicht, wie sie es auf das Thema führen sollten, das sie interessierte. Wieder rettete die Dame des Hauses die Situation.

»Wie ich annehme, ist der Vorsitzende zu dir gekommen, Solomon Ossipowitsch, und dir zuliebe hat er sich mit mir die ganze Zeit gelangweilt.«

»Ja, Olga Michailowna hat recht: Ich bin wirklich zu Ihnen gekommen, Solomon, Sol ... entschuldigen Sie ...«

»Solomon Ossipowitsch.« Der Advokat wiederholte seinen vollen Namen.

»Entschuldigen Sie, ja, zu Ihnen, Solomon Ossipowitsch.«

»Wollen Sie nicht so freundlich sein, sich in mein Zimmer zu bemühen? Du wirst uns doch entschuldigen, Olga Michailowna.«

»Ja, ja, Sie werden uns doch entschuldigen, Olga Michailowna« — der Senator sprach die Worte dem Advokaten nach — »Sie begreifen, eine geschäftliche Angelegenheit . . .«

Im Arbeitszimmer des Advokaten, in den tiefen lederüberzogenen Stühlen und beim Schein der breiten grünen Lampenschirme kam das Gespräch der beiden Männer viel leichter in Fluß.

»Sind Sie nicht verwundert, mich hier zu sehen, Solomon Ossipowitsch?« begann der Senator.

»Ein Arzt und ein Advokat haben in Ausübung ihres Berufes nicht das Recht, sich zu wundern. Wollen Sie übrigens nicht so freundlich sein, mir den Grund anzugeben, dem ich die Ehre Ihres Besuches zu verdanken habe? Das wird zugleich auch meine Neugier stillen.«

»Haben Sie noch nichts in den Zeitungen gelesen?«

»Was die Zeitungen schreiben, interessiert mich nicht. Wir haben nichts gelesen und wissen von nichts.«

»Solomon Ossipowitsch, mich führt eine sehr ernste Angelegenheit zu Ihnen. Sie kennen meine Anschauungen und meine Stellung in der Gesellschaft. Wenn ich dennoch beschlossen habe, bei Ihnen Schutz zu suchen, so ist es deshalb, weil ich der Welt zeigen will, daß ich mich nicht hinter dem Mantel des Justizministers verbergen und nicht bei Hofe, bei meinen Verwandten und Freunden Schutz suchen will. Daß ich Sie zu meinem Verteidiger wähle, einen Mann, der sozusagen — Sie müssen entschuldigen — außerhalb der einflußreichen Kreise steht, der ihnen vielleicht sogar gewissermaßen — Sie müssen mir den Ausdruck schon entschuldigen — feindlich gegenübersteht, das wird der ganzen Welt beweisen, daß ich sozusagen mit offenem Visier kämpfe. Ihre Worte, die Worte eines Mannes, der — Sie müssen entschuldigen — sozusagen einer anderen Sphäre, einer anderen Klasse angehört, werden mehr Glauben finden; sie werden weit besseren Eindruck machen und mehr Wirkung haben, um meine Unschuld zu beweisen, meine völlige Unschuld in einer Sache, in die ich, wie Sie sich bald überzeugen werden, ganz gegen meinen Willen und gegen mein Wissen hineingezogen wurde.«

Solomon Ossipowitsch half dem stammelnden Senator absichtlich mit keiner Silbe und mit keiner Geste. Sein Gesicht blieb unbeweglich. Den Worten des Senators, besonders dem Ausdruck »anderen Sphären« konnte er entnehmen, daß seine Vermutung, der Senator sei von anderen Advokaten zu ihm geschickt worden, welche die Causa nicht hatten annehmen wollen, richtig war. An dem Ausdruck »andere Sphären« erkannte er den berühmten Advokaten der Schwarzen Hundert, den Deputierten Sologub, dessen Lieblingsphrase der Ausdruck »andere Sphären« war.

»Worum handelt es sich eigentlich? Möchten Sie vielleicht die Freundlichkeit haben, Konstantin Iwanowitsch, mir den ganzen Sachverhalt mitzuteilen?« fragte der Advokat trocken.

»Es handelt sich um eine Unterschrift des Büroleiters meiner Kammer, der Kammer für Forstangelegenheiten, deren Vorsitzender ich bin. Aufgrund dieser Unterschrift wurden aus der Staatsbank 100 000 Rubel behoben. Die radikalen Blätter und die Revolutionäre haben nun die Verleumdung gegen mich ausgestreut, ich hätte die Unterschrift des Büroleiters Michail Krasnikow gefälscht. Das ist jedoch eine dreiste Unwahrheit. Denn wie Sie wissen, bin ich der Vorsitzende der Kammer, und ohne meine Unterschrift konnte das Geld nicht ausgezahlt werden.«

»Wurde das Geld behoben?«

»Ja. Natürlich wurde das Geld behoben.«

»Wer hat es behoben?«

»Wer? Der Teufel weiß es! Mein Sekretär oder der stellvertretende Büroleiter oder der Büroleiter selbst, wer kann das wissen?«

»Und Sie, Konstantin Iwanowitsch, haben Ihre Unterschrift auf das Dokument gesetzt?«

»Ich glaube wohl. Ich bin doch der Vorsitzende. Weiß ich denn, ob das, was ich unterschreibe, in Ordnung ist oder nicht? Das Papier wurde mir mit anderen Papieren vorgelegt und ich habe unterschrieben.«

»Trug das Dokument damals die Unterschrift des Büroleiters Michail Krasnikow oder nicht?«

Der Senator richtete sich kerzengerade auf:

»Darum dreht sich ja die ganze Angelegenheit. Soweit ich mich erinnern kann, war die Unterschrift vorhanden. Jetzt sagt er, es sei nicht der Fall gewesen und seine Unterschrift sei falsch. Freilich, wie kann man sich nach so langer Zeit solcher Details erinnern? Deshalb bin ich ja hergekommen, um mich mit Ihnen zu beraten.«

»Konstantin Iwanowitsch, ehe wir weitergehen, gestatten Sie mir, Ihnen eine sehr wichtige Aufklärung zu geben. Zunächst muß ich Ihnen erklären, daß alles, was wir hier in meinem Büro sprechen, innerhalb dieser vier Wände bleibt. Hier hört uns niemand. Ich öffne alle Türen, um Ihnen zu beweisen, daß sich in den Vorräumen und in den anderen Zimmern kein Mensch befindet. Die Wände sind dick, und niemand hört uns. Und als Advokat habe ich die Pflicht, Sie darauf aufmerksam zu machen ... ich glaube, Sie wissen es genauso wie ich, denn wenn ich nicht irre, sind Sie ja selbst absolvierter Jurist ...«

»Nein, ich habe bloß zwei Jahre Kadettenschule.«

»Entschuldigen Sie! Ich möchte Ihnen folgendes erklären: Wir Advokaten sind in genau derselben Lage wie die Ärzte. Um die richtige Therapie anwenden zu können, muß der Arzt die Anamnese der Krankheit genau kennen; nur so kann er die Diagnose stellen. In dieser Hinsicht sind wir keine Menschen mit menschlichen Leidenschaften, sondern bloß Gelehrte, die einen wissenschaftlichen Fall objektiv betrachten. Dieses Zimmer, diese Wände müssen die volle Wahrheit wissen. Es ist auch vom Gesetz so eingerichtet, daß keine Erklärung, die der Klient seinem Advokaten in dessen Kanzlei abgibt, als Zeugenaussage vor Gericht dienen kann; ebensowenig kann sie in irgendeinem Falle gegen den Beklagten ausgenützt werden, weder vom Staatsanwalt noch von sonst jemand. Es widerspricht auch aufs Schärfste der advokatorischen Ethik, selbst dem besten Freunde zu erzählen, was der Advokat von seinem Klienten in seiner Kanzlei gehört hat. In dieser Hinsicht können Sie also vollständig ruhig sein.«

Der Senator setzte sich wieder und hob den Kopf. Seine blauen Augen wurden jetzt lebhaft, die Nasenflügel und die Oberlippe zitterten vor Erregung.

»Ich möchte Sie, Solomon Ossipowitsch« — den Namen brachte er zwischen den Zähnen hervor — »trotz allem darauf aufmerksam machen, daß vor Ihnen der Wirkliche Staatsrat, der Vorsitzende der Senatskommission für die Staatsforste, Senator Graf Konstantin Iwanowitsch Akimow sitzt.«

»Und ich möchte Sie darauf aufmerksam machen«, erwiderte der Advokat augenzwinkernd, ein leichtes Lächeln auf den bleichen Lippen, »daß vor Ihnen der Verteidiger desselben Konstantin Iwanowitsch Akimow sitzt.«

Mit diesen Worten schob der Anwalt dem Grafen seine silberne Zigarettendose zu.

»Ich habe ganz vergessen, Ihnen Zigaretten anzubieten, entschuldigen Sie!«

Eine Minute lang herrschte Stillschweigen.

»Wenn wir so weitermachen, werden wir nicht weit kommen, wir vergeuden nur unsere kostbare Zeit«, setzte der Advokat die Unterredung fort. »Ich war der Meinung, wenn Sie mich aufgesucht und mir Ihr Vertrauen geschenkt haben, das ich — davon können Sie überzeugt sein — zu schätzen und zu ehren weiß, Sie seien bereit, sich mir ganz anzuvertrauen. Denn wir müssen Vertrauen zueinander haben und alles vergessen, was uns trennt, wenn wir dieses Zimmer verlassen — die verschiedenen Klassen und Sphären, denen wir angehören, und die verschiedenen Ansichten, welche wir vertreten. Wir müssen nur eines bedenken: daß wir beide an derselben Sache interessiert sind. Und wie ein Kranker seinem Arzt voll vertraut und ihm alle, auch die intimsten Geheimnisse mitteilt, so müssen Sie mir vertrauen. Denn nur so ist es möglich, daß ich Ihnen helfe, aus einer Situation herauszukommen, die ich als erfahrener Kenner der Verhältnisse als sehr ernst für Ihre Ehre und Freiheit ansehe.«

Der Senator saß schweigend da. Er schien kleiner geworden zu sein, und es war, als beugte sich sein schwacher Rücken unter der Wucht der Worte, welche die metallische Stimme des Anwaltes auf ihn niedersausen ließ. Sein Antlitz erbleichte, seine Augen bekamen einen gläsern-starren Ausdruck, und seine kleinen feuchten Zähne blinkten zwischen den offenen Lippen hervor. Er rieb die blassen schmalen Hände aneinander; wie sehr er sich auch bemühte, Haltung zu bewahren, so konnte er doch nicht vor dem Advokaten den Kampf verbergen, der in ihm zwischen seinem Stolz und dem Wunsche, sich zu verteidigen, vor sich ging.

»Was wollen Sie wissen?« fragte er endlich.

»Ich will wissen, ob sich zu der Zeit, als Ihnen das Dokument auf die Summe von 100 000 Rubel zur Unterschrift vorgelegt wurde, die Unterschrift des Büroleiters bereits darauf befand oder nicht.«

»Ich kann mich nicht erinnern«, sagte der Senator; dabei wich er dem Blick des Anwaltes aus.

»Sie können sich nicht erinnern? Das ist keine Antwort. Ich mache Sie nochmals darauf aufmerksam: Wenn ich diese Frage an Sie stelle, geschieht es nur, um Ihnen die Unannehmlichkeit der Frage durch den Staatsanwalt zu ersparen. Ich brauche Sie wohl nicht erst daran zu erinnern, daß vor dem Staatsanwalt die Antwort ganz klar sein muß!«

Der Senator wurde noch kleiner. Die mächtige Stimme und der durchdringende Blick des Advokaten schienen ihn völlig niederzudrücken.

»Ich befand mich damals in einem Zustand, daß ich mich wirklich nicht erinnern kann. Eine meiner Freundinnen feierte ihren Geburtstag, und wir hatten ein wenig getrunken; Sie verstehen doch, Solomon Ossipowitsch!«

»Ich verstehe. Wo haben Sie das Dokument unterschrieben, in Ihrer Wohnung?«

»Nein, Solomon Ossipowitsch.« Der Senator ergab sich völlig. »Es war nicht in meinem Arbeitszimmer, auch nicht im Büro des Senats. Es war an einem Ort, den man nicht leicht nennt . . . in der Wohnung der polnischen Sängerin Petrowna, Maria Petrowna . . .«

»Wurde Ihnen das Dokument dorthin zur Unterschrift gebracht?«

»Ja, ja.«

»Wer hat es Ihnen gebracht? Ihr Sekretär oder ein Bote aus der Kammer?«

»Nein, nein. Der Subalternbeamte Schulgin, ein guter Freund der polnischen Sängerin, hat es mir gegeben.«

»Und das Dokument trug damals noch nicht die Unterschrift des Büroleiters?«

»Nein. Doch der Beamte Schulgin sagte, er hätte es aus der Kammer gebracht, und am nächsten Tage werde der Büroleiter unterschreiben. Es war schon zu spät, um es ihm vorzulegen, da er das Büro sehr zeitig verlassen hatte. Das kommt bei uns sehr häufig vor.«

»Der Büroleiter hat also nicht unterschrieben. Schulgin selbst hat die Unterschrift des Büroleiters auf das Dokument gesetzt, nicht wahr? Und Sie wußten davon?«

»Nein, nein, ich wußte nicht davon. Beim heiligen Gott — ich wußte nichts. Wie konnte ich es auch wissen, wenn es erst am nächsten Tag geschah?«

»Und wer hat das Geld bekommen? Schulgin oder die polnische Sängerin?«

»Die Hälfte hat Schulgin erhalten, die andere Hälfte die polnische Sängerin.«

»Und Sie haben gar nichts davon genommen?«

Noch einmal versuchte der Senator, den Kopf und die Augen zu heben, doch sofort senkten sie sich unter dem stahlharten Blick des Advokaten.

»Nur 50 000, um eine Ehrenschuld zu bezahlen — doch das ganze Geld kann ersetzt werden. Meine Frau will das Gut Salomonka samt dem Wald an drei Juden verkaufen und die ganze Summe bezahlen. Und wenn es not tut, will ich zu Hofe gehen, will dem Zaren zu Füßen fallen und ihm alles gestehen. Ich war besoffen — das ist alles ... Er ist gut, unser Väterchen, seelengut, er wird mir verzeihen ... Und wenn ich keinen Zutritt zu ihm erlange, so werde ich Jekaterina Sacharowna, meine liebe Frau, schicken. Sie wird sicher bei der Zarin vorkommen. Die Zarin liebt sie und wird sich beim Zaren für mich einsetzen ... Umbringen werden sie mich ja nicht; sie werden mich höchstens für eine Zeitlang in die Provinz versetzen, nicht wahr, Solomon Ossipowitsch? ... Was können sie mir schließlich tun, umbringen werden sie mich nicht! ... Freilich, dem guten Namen schadet es ein wenig ... Hereingefallen; durch den Suff hereingefallen ... Einen Schnaps gab's damals, Gin heißt er, kommt aus Holland oder aus England. Ach, an allem sind die verfluchten Engländer schuld.« So sprach der Staatsrat unaufhörlich vor sich hin.

Solomon Ossipowitsch erhob sich aus seinem hohen Fauteuil und schritt, ohne sich um den Senator zu kümmern, im Zimmer auf und ab. Im Vorübergehen fragte er:

»Ist der Staatsanwalt bereits verständigt?«

»Er hat mich für morgen zehn Uhr vormittags vorgeladen. Doch Sie werden mir sicherlich helfen, nicht wahr, Solomon Ossipowitsch? Ihr Juden versteht es ja, euch aus allen Schlingen zu ziehen. Sie sind doch der beste Kopf in

Rußland. Alle haben mich zu Ihnen geschickt, nur zu Ihnen — nur Sie könnten mich retten! Wenn Sie, Solomon Ossipowitsch, sich der Sache annehmen, dann ist sie, so sagen alle, gewonnen. Sie mit Ihrem guten jüdischen Kopf werden schon eine Auslegung des Gesetzes finden. Und Protektion werden wir auch haben, bis zum Zaren werden wir kommen können. Widerstand zu leisten, wird keiner wagen. Es geht nur darum, wie man dem Gesetze entschlüpft, das ist alles. Und das wird schon Ihre Sache sein, Solomon Ossipowitsch ...«

Der Senator war merkwürdig zuversichtlich geworden und hatte sich rasch wieder beruhigt; wie ein Kind, das etwas angestellt hat, war er der Meinung, durch seine Beichte vor dem Advokaten sei er bereits aller Schuld ledig.

Solomon Ossipowitsch hielt mitten im Zimmer in seinem Spaziergang inne und blickte den Senator schweigend an. Es entstand eine jener Pausen, wie er sie häufig in seinen Reden vor den Geschworenen einzuschalten liebte, bevor er eine pathetische Wendung anbrachte. Er hob seine lange blasse Hand, warf die zerraufte Mähne nach hinten über sein »Löwenhaupt« — diesen Vergleich seiner Verehrer hörte er gern — und begann mit dem vollen Klang seiner metallischen Stimme:

»Hochverehrter Staatsrat, Herr Vorsitzender Konstantin Iwanowitsch Akimow! Seit 28 Jahren stehe ich auf dem Posten, um Unschuldige und Verfolgte zu verteidigen, wie ein treuer Soldat. Ich hatte stets *ein* Prinzip; ihm blieb ich während meiner ganzen Laufbahn treu, und es hat mir Anerkennung bei Freund und Feind gebracht. Alle Gerichte kennen es, alle Richter und alle Verteidiger; niemals habe ich meine Stimme erhoben«, rief der Anwalt mit vollem Pathos, »niemals habe ich meinen klugen jüdischen Kopf, den Sie, Herr Senator, wie ich wohl zu schätzen weiß, zu rühmen die Freundlichkeit hatten, niemals habe ich meine jüdischen Fähigkeiten, die Sie ebenfalls rühmten, benützt, außer wenn ich vollständig davon überzeugt war, daß mein Klient unschuldig ist und daß ich eine gerechte Sache verteidige. Das aber kann ich in diesem Falle leider nicht sagen, geehrter Herr Vorsitzender! Leider kann ich daher Ihre Verteidigung nicht übernehmen, es wäre gegen mein unumstößliches Prinzip.«

»Und was ich Ihnen gesagt habe, alles, was ich ...«

»Ich will Sie noch einmal beruhigen und Ihnen versichern, daß alles, was Sie in diesem Zimmer gesprochen haben, zwischen den dicken Wänden begraben bleibt und niemals hinausdringt.«

»Sie haben mir also ganz einfach ein Geständnis entlockt, nicht wahr? Zu welchem Zweck? Bloß aus Freude an der Schlauheit, an der jüdischen Schlauheit?«

»Nein, Herr Senator, beruhigen Sie sich, ich habe Ihnen kein Geständnis entlockt. Ich wollte mich bloß überzeugen, ob ich Ihre Sache verteidigen kann oder nicht. So tue ich es bei allen meinen Klienten, so tat ich es auch diesmal.«

»Ich werde zum Zaren gehen und mich über Sie beklagen. Er wird verstehen und mir verzeihen, aber Ihnen —« Der Senator vergaß sich so weit, daß er die Faust hob.

Gelassen antwortete ihm der Advokat:

»Ich bedauere aufrichtig, daß Sie sich so erregen. Gehen Sie zum Zaren! Der Zar kann alles tun, ich — nichts.«

Mit diesen Worten öffnete er dem Senator die Tür und rief seinen Diener:

»Ossip, reiche dem Herrn Vorsitzenden den Pelz!«

Madames Boudoir

Als der Advokat die Erregung über seinen Besuch ein wenig überwunden hatte, hielt er seine Sprechstunde ab.

Ganz Rußland passierte die Kanzlei des berühmten Anwaltes. Eine Delegation von sektierenden Bauern, von ihrem Geistlichen geführt, trug dem Advokaten die Bitte vor, er möge ihre Sache vor der Kammer für die Angelegenheiten fremder Religionen führen, weil sie durch Verfolgungen aller Art daran gehindert würden, ihrem Gotte auf ihre Weise zu dienen. Es kam eine jüdische Deputation aus einer Kleinstadt, die plötzlich in ein Dorf umgewandelt worden war; dadurch hatten die Juden das Wohnrecht verloren und sollten innerhalb weniger Tage ihre Geburtsstadt mit Kind und Kegel verlassen. Dann empfing Halperin eine Judenfrau, deren einziger Sohn unter der Anklage revolutionärer Umtriebe während des berühmten Arbeiteraufstandes in den Silberbergwerken von Transbaikalien stand. Der Sohn der Klientin befand sich unter den Angeklagten jenes Monsterprozesses gegen einige Dutzend Teilnehmer des Aufstandes, in dem Halperin zusammen mit einigen anderen bekannten Advokaten Rußlands die Verteidigung führte. Es sprachen auch reiche jüdische Kaufleute aus Moskau vor, die ihre Unternehmen in Aktiengesellschaften umwandeln wollten, um so Immobilien — es handelte sich um riesige Waldkomplexe in Sibirien — erwerben zu können. So ging es weiter in langer Reihe. Die beiden Gehilfen Halperins gingen unaufhörlich ein und aus und brachten dem Chef die Akten für jeden Prozeß, in die der Advokat die nötigen Notizen machte, dickleibige Senatsentscheidungen, Gesetzbücher und dergleichen. Der Advokat handhabte diese juristischen Materialien mit derselben Gewandtheit wie ein Rabbi die verschiedenen Kodexe des Talmud.

Der eine seiner beiden Assistenten war Sacharij Gawrilowitsch Mirkin, der Sohn eines reichen jüdischen Holzhändlers aus Sibirien. Er hatte sich von der in der Familie schon traditionell gewordenen Handelslaufbahn abgewendet und die Rechte studiert. Zur Zeit stand er noch in jugendlichem Alter und hatte eben die Universität beendet. Dennoch war es ihm leicht geworden, bei dem berühmten Halperin unterzukommen, nicht so sehr seiner juristischen Fähigkeiten wegen, als vielmehr aus persönlichen Gründen: Noch in seinen Studienjahren hatte er im Hause des berühmten Anwalts verkehrt und zählte dort sozusagen zur Familie. Das große Vermögen seines Vaters machte den einzigen Sohn zu einem erwünschten Eheanwärter für Halperins einzige Tochter, der der junge Mirkin nicht gleichgültig gegenüberstand. In seiner Tätigkeit war jedoch nichts von diesem familiären Verhältnis zu bemerken. Er tat seine Arbeit mit Ernst und Bescheidenheit. Mehr als bescheiden aber, ja geradezu ärmlich zu nennen war seine Kleidung, obwohl er der Sohn eines der reichsten Männer in Rußland war und über große Summen verfügte, die stets für ihn im Petersburger Kontor seines Vaters bereitlagen.

Der andere wichtigste Gehilfe des berühmten Advokaten war Jakob Schmulewitsch Weinstein. Er stammte aus dem jüdischen Ansiedlungsrayon in der Gegend von Minsk, war das Kind armer Eltern und hatte sich aus eigenen Mitteln emporgearbeitet. Strebsam und fleißig, hatte er seine Studienjahre durchgehungert. Gehilfe des berühmten Anwaltes war er zufolge seines unerhörten, nahezu phänomenalen Gedächtnisses geworden. Weinstein repräsentierte mit seinem alles beherrschenden und nie versagenden Gedächtnis den Typ des jüdischen Gelehrten der alten Generation. Er kannte alle oberstgerichtlichen Entscheidungen, die man brauchte, auswendig. Dazu besaß er eisernen Fleiß und saß nächtelang beim Studium aller Materialien, die für einen Prozeß nötig waren; dann überraschte er jedermann durch die geradezu unfaßbare Kenntnis aller Details. Mit seinen Kenntnissen aber verband er auch den Scharfsinn eines Talmudisten. Freilich fand sein Scharfsinn bei seinem Chef weniger Wertschätzung als seine Kenntnisse; denn nicht immer schlug dieser Scharfsinn den geraden und rechten Weg ein ...

Im Gegensatz zu Sacharij Gawrilowitsch verwandte Jakob Schmulewitsch sehr viel Sorgfalt auf sein Äußeres. Er war stets tadellos gekleidet. Seine besondere Sorgfalt galt seinen Manschetten: sie fielen immer in blendendem Glanz auf seine Hände und ließen die großen Goldknöpfe sehen. Sorgfältige Behandlung ließ Weinstein auch seinem länglich geschnittenen Herzlbart, wie er damals in gewissen jüdischen Kreisen stark in Mode war, angedeihen. Er schien auf sein assyrisches Aussehen viel Wert zu legen und tat alles, es zu unterstreichen. Böse Zungen behaupteten — allerdings mit Unrecht —, daß er, um assyrischer auszusehen, seine Augenbrauen und seinen Schnurrbart ein wenig nachziehe. Das war jedoch nicht nötig, denn fast sein ganzes Gesicht war mit kräftigem schwarzem Haar bedeckt. Der junge Advokat hatte jeden Morgen Mühe, die verschiedenen Haarinseln seines Gesichtes an ihren richtigen Platz zu bringen, das Haar an den Wangen zum Backenbart, das des Schnurrbarts dorthin, wohin es gehörte, und das am Kinn zum Hängebart. Doch die Haare wollten offenbar den strengen Befehlen ihres Herrn nicht gehorchen. Kaum ließ er sie aus dem Auge, so vermengten sie sich wie zueinander strebende Wassertropfen. Jakob Schmulewitsch mußte sie dann immer wieder strafend auf ihren Platz verweisen. Zu dieser Exekution benützte er ein fast nadelscharfes Bürstchen, das er den ganzen Tag in Tätigkeit setzte, wenn seine Hände einen Augenblick frei waren.

Weinstein verfügte über starkes Selbstbewußtsein. Es trat in seinem Benehmen, seinen Worten und allen seinen Gesten deutlich hervor. Er sprach in geradezu denervierend bedächtigem und sanftem Tonfall. Äußerste Vorsicht und Sorgfalt verwandte er auf seine Aussprache des Russischen, besonders auf Akzent und grammatische Konstruktion. Das brachte ermüdende Pausen in seine Rede. Sehr stolz war er darauf, daß er in Petersburg lebte und das Wohnrecht dort hatte, und obwohl er sonst in seiner Rede jedes Dialektwort vermied, nannte er doch Petersburg mit der ortsüblichen Dialektbezeichnung »Pieter« und die Inseln — »Ostrowa«. Dagegen trieb er ein eigensinniges, ans Lächerliche grenzende Spiel im Vertauschen des russischen H mit dem Konsonanten G. Das H statt des G verwendete er nicht bloß für echt russische, sondern auch für jüdische Namen; so sprach er den Namen »Goldstein« ständig »Holdstein« aus. Damit wollte er seine Herkunft aus dem Inneren der Ukraine beweisen, was er für besonders vornehm hielt. Diese Mühe war jedoch vergeblich, denn alle Personen seiner Bekanntschaft wußten, daß er aus Minsk stammte, wo man das G sehr gut aussprechen kann.

Man kann nicht behaupten, daß Solomon Ossipowitsch, der berühmte Advokat, seinen ersten Gehilfen allzusehr geliebt hätte. Der Grund war wohl, daß Halperin in ihm ein Spiegelbild seiner selbst sah, das ihn an die Zeit erinnerte, da er die ersten Sprossen seiner Karriere emporgestiegen war. Auch die Überheblichkeit seines Gehilfen zeigte ihm Konturen seiner selbst. Dennoch schätzte er Weinsteins Fähigkeiten und Kenntnisse, zumal sie ihm sehr zugute kamen. Das schuf zwischen den beiden Männern korrekte und respektvolle Beziehungen; freilich waren diese weit davon entfernt, freundschaftlich zu sein, und das fühlten beide Männer sehr wohl . . . Der Gehilfe hielt sich selbstverständlich für weit fähiger als seinen Chef und war der Meinung, er hätte viel mehr Recht darauf, die Position des berühmten Advokaten Solomon Ossipowitsch einzunehmen. Er sah es als sein persönliches Unglück an, daß er in Rußland in jener düsteren Zeit geboren war, da er als Jude nicht mehr beeideter Advokat werden konnte und daher als Gehilfe des älteren Advokaten eingetragen sein mußte, der in einer glücklicheren Zeit das Recht erworben hatte, seine Praxis auszuüben.

Wie immer lud der Advokat auch heute seine zwei Gehilfen zum Diner ein, und Jakob Schmulewitsch hatte diese Einladung wie üblich abgelehnt, indem er auf dringende Arbeiten verwies. Diesmal jedoch hatte der Advokat ein besonderes Lockmittel für ihn bereit:

»Heute werden wir Aron Jakowlewitsch von der großen Moskauer Teefirma bei Tische haben, ferner die reichen Goldsteins aus Baku, welche selbst den Wunsch äußerten, mein erster Gehilfe möge anwesend sein.«

Für reiche Leute hatte Weinstein eine Schwäche. Und er legte besonderen Wert darauf, in Gesellschaft reicher Leute zu verkehren. Derlei Gelegenheiten versäumte er auch nie.

»Ach, Solomon Ossipowitsch, ich bin gar nicht fürs Diner gekleidet« — zierte sich der erste Gehilfe ein wenig.

»Das tut nichts, das nehme ich schon auf mich.«

Ehe jedoch Halperin sein Arbeitszimmer verließ, empfing er noch den Hörer der Rechte Ascher Silberstein, den Hauslehrer seines Sohnes, um von ihm den Wochenbericht über den Stand der Dinge in der Schule entgegenzunehmen. Wie stets lautete der Bericht am ungünstigsten in den mathematischen Disziplinen. Der Advokat konnte nicht begreifen, warum sein einziger Sohn dem Unterricht so wenig Interesse entgegenbrachte. Er selbst entstammte einer Familie, in der es lauter gute Köpfe gab. Daher suchte er die Ursache für das Zurückbleiben seines Sohnes im Studium, wie es häufig zu geschehen pflegt, in der Familie seiner Frau. »Aha, die Familie Grünberg« — ging es ihm durch den Sinn, als er den ungünstigen Rapport über die Mathematik hörte.

»Dafür aber zeigt Mischa gute Fortschritte in russischer Geschichte, besonders im russischen Aufsatz. Seine Fähigkeiten treten deutlich in allen Gegenständen zutage, wo es sich nicht so sehr um Scharfsinn als um Empfindung handelt«, setzte der Student seinen Bericht fort.

Der Advokat wunderte sich darüber.

»An allem ist der Sport schuld«, fügte der Student hinzu, »die neueste Modetorheit. Alle Gedanken des Jungen drehen sich um Fußball, um Matches, Flügelstürmer, Goal, Tormann und derlei. Als das Match im Zirkus zwischen dem russischen und dem englischen Meister abgehalten wurde, mußte die Lektion ausfallen. Wir, zu unserer Zeit, kannten derlei nicht«, schloß der Student selbstgefällig.

Unwillkürlich lächelte der Advokat, als er das Wort »wir« hörte; er beruhigte den Hauslehrer:

»Sport ist nicht das Schlimmste. Doch alles muß ein Maß haben. Zuviel ist ungesund. Ich werde mit Mischa sprechen. Doch wir werden bei Tische erwartet. Olga Michailowna ist sicher schon sehr ungeduldig —« Mit diesen Worten faßte der Advokat den jungen Studenten unterm Arm und führte ihn durch den Salon und die langen Gänge in die große Privatwohnung.

Das Eßzimmer lag im anderen Flügel des Hauses, wo die Privatwohnung des Advokaten untergebracht war. Die Wohnräume hatten eine eigene Treppe mit einem besonderen Eingang von der Straße und waren von den Kanzleiräumen vollständig getrennt. Gute Bekannte des Hauses benützten auch die Wohntreppe. Die Privatwohnung bestand aus den Schlafzimmern, den Boudoirs von Frau und Tochter, dem Arbeitszimmer des Sohnes, den Räumen für die Dienerschaft und dem großen Eßzimmer, einem Pendant des uns bereits bekannten Salons. Er lag mit vier Fenstern Front am äußersten Ende des zweiten Flügels.

Im Boudoir seiner Frau, einem Gegenstück seines Arbeitszimmers, fand Halperin bereits die Freunde des Hauses versammelt. Mit dem Diner wurde, wie immer, auf den Hausherrn gewartet. Seine vielen Klienten und die späten Kanzleistunden brachten es mit sich, daß die Dinerstunde nie genau festgesetzt werden konnte. Es wurde immer spät, und das brachte der Dienerschaft und jenen Mitgliedern der Familie, die am Abend einen Theaterbesuch vorhatten, viel Ärger. Änderungen waren jedoch nicht möglich, denn der Advokat war geradezu erpicht darauf, daß sich zur Hauptmahlzeit alle Mitglieder der Familie bei Tische versammelten, wie es »bei anständigen Leuten Brauch ist«. Mit dieser Phrase begründete Halperin stets seinen Anspruch. Er war ein Gegner der gesonderten Mahlzeiten, und sowohl er als auch Olga Michailowna liebten es, beim Diner die bessere Gesellschaft aus dem Kreise ihrer Bekannten bei sich zu sehen. Daher glichen die Abendmahlzeiten bei Solomon Ossipowitsch stets kleinen Versammlungen.

Auch diesmal traf der Advokat eine schon größere Gesellschaft an, als er das Boudoir seiner Frau betrat, das in einer Mischung aus dem fraulich-graziösen Louis-Seize-Stil und schlechtem russischen Empire eingerichtet war und allerlei eigenartige Beleuchtungseffekte aufwies, die damals unter dem Einflusse von Meyerholds Theatereffekten in den Petersburger Salons groß in Mode waren. Außer den ständigen Gästen des Hauses waren für heute noch einige Personen zum Diner geladen worden, die nach dem Essen an einer Zusammenkunft im Hause des Advokaten teilnehmen sollten. Zu den engsten Freunden des Hauses zählte vor allem Naum Grigorowitsch Rosamin, in der Familie kurz »der Engländer« genannt. Naum Grigorowitsch kokettierte gern mit seinem Englisch und mit allem, was aus England stammte. Er war stets nach englischer Mode in breite Beinkleider und gut geschnittene Cutaways gekleidet und hatte eine besondere Vorliebe für prächtige, elegante Krawatten. Krawatten und Hände waren stets mit bizarrem Schmuck aus der Zeit seiner Großmutter geschmückt. An den Fingern glänzten seltsam verschnörkelte Ringe, die Broschen ähnelten, und um den Knotenhals der Krawatte ringelten sich drei Schlangen mit gelben Topasaugen. Der »Engländer« war einer der ersten Männer in Petersburg, die glatt rasiert gingen. Er war nicht mehr jung, doch sein Auftreten war sehr jugendlich. Naum Grigorowitsch war ein entfernter Verwandter von Olga Michailowna; den richtigen Verwandtschaftsgrad konnte freilich niemand feststellen. Fest stand jedoch, daß er tiefe Verehrung für Olga Michailowna hegte. In den Kreisen der Bekannten hieß er »Olga Michailownas Schatten«. Da Naum Grigorowitsch über sehr viel Zeit verfügte — er war der Sohn eines der bekanntesten Teegroßhändler in Moskau —, Solomon Ossipowitsch aber stets beschäftigt war, leistete der »Engländer« Olga Michailowna viel häufiger Gesellschaft als ihr eigener Mann. Sie besuchte mit ihm zusammen Kunstausstellungen, Rennen, Theater, Nachtklubs. Zumeist jedoch begleitete er Olga Michailowna in Antiquitätenläden. Ihr Boudoir und Solomon Ossipowitschs ganzes Haus trugen die Spuren seines Geschmacks und seiner Vorliebe für Antiquitäten. Er war ein leidenschaftlicher Liebhaber alles Altertümlichen und hielt sich auf diesem Gebiete auch für einen großen Kenner. Jeden Tag fast entdeckte er ein anderes Meisterwerk in den Antiquitätengeschäften Petersburgs. Und so oft er Olga Michailowna besuchte — das geschah täglich —, brachte er stets Nachricht von einem neu entdeckten Rembrandt, van Dyck oder Rubens. Diesmal hatte er einen echten Boucher gefunden und schilderte eben ausführlich, wie er diesen kostbaren Schatz in einem kleinen Laden beim Wosnessenskij-Prospekt aufgestöbert hatte.

In den reichen jüdischen Kreisen war es geradezu die Regel, daß der Gesellschaft auch ein vereinzelter Christ männlichen oder weiblichen Geschlechts angehörte, zumeist jemand mit gut klingendem Namen, aber wenig Geld. Hier war diese Gattung durch eine verarmte Gräfin Sapaha, mit vollem Namen Maria Nikolajewna, vertreten. Es war eine Dame polnisch-russischer Herkunft, eine alte intime Freundin Olga Michailownas. Die Anfänge dieser Freundschaft waren in dunkel gehüllt. Nach einer Version war Gräfin Maria Nikolajewna eine Schulfreundin Olga Michailownas und hatte mit ihr zusammen eine Mädchenschule in Olga Michailownas Heimatstadt Charkow besucht. Einige Jahre nach ihrer Heirat war die Gräfin nach Petersburg übersiedelt; hier hatten die beiden Frauen einander wiedergefunden und ihre Freundschaft erneuert. Über das Schicksal des Gatten der Gräfin gab es widersprechende Berichte, aus denen selbst die Nachforschungen des berühmten Advokaten nicht den wahren Kern herausschälen konnten. Bei einem Teil der Bekannten hieß es, der Graf sei in Amerika, genauer nach Alaska, gegangen und dort verschollen, andere erzählten, er sei in Innerrußland gestorben, die Gräfin erklärte, er sei durch einen Unglücksfall auf der Jagd ums Leben gekommen. Im übrigen hatte der Advokat viel zuwenig Zeit, um den Lebensschicksalen der Freundin seiner Frau nachhaltigeres Interesse zu schenken. Er wußte bloß, daß die Gräfin arm war und von Olga Michailowna unterstützt wurde. Diese Summen nahm sie als Darlehen, die zurückgezahlt werden sollten, bis sie den Prozeß um die Erbschaft ihres Gatten, große Güter in Wolhynien, gewonnen hätte. Obwohl die Gräfin das einzige nichtjüdische Mitglied der Gesellschaft war, hatte sie weit mehr jüdisches Empfinden als Olga Michailowna und die anderen Frauen ihres Kreises. Sie interessierte sich für alles, was das Judentum betraf, und kannte alle Phasen der jüdischen Lage in Rußland. Über diese Dinge sprach sie mit so viel Feuer und Leidenschaft und hatte so lebhaftes Interesse daran, als wäre sie selbst jüdischer Abstammung. Sogar einige jüdische Sitten und Gebräuche waren ihr nicht fremd, und sie kannte auch einige Ausdrücke des jiddischen Idioms. Wenn Verwunderung darüber geäußert wurde, erklärte Maria Nikolajewna, sie habe diese Kenntnis durch den häufigen Umgang mit Juden auf den Gütern ihres Mannes erworben, die sich im Herzen des jüdischen Ansiedlungsgebietes von Rußland, in Wolhynien, befanden.

Die Gräfin und der »Engländer« waren die ständigen Gäste in Olga Michailownas Boudoir. Unter den zufälligen Gästen, die an diesem Tage zum Diner geladen waren, befand sich einer der in Rußland bekannten Brüder Goldstein, welche die Erdölquellen in Baku besaßen, Boris Haimowitsch Goldstein, und ein Vetter des »Engländers«, ein Mitglied der reichen Moskauer Teehändlerfamilie Rosamin. Und wie bei so vielen Abendgesellschaften, war auch hier der stets gerngesehene, beliebte und immer willkommene David Moisejewitsch Landau zu finden.

Als der berühmte Advokat, den Studenten am Arm und von seinen beiden Gehilfen gefolgt, eintrat, erhoben sich die Herren. Olga Michailowna begrüßte ihren Gatten mit einem Lächeln von jener liebevollen, verträumten Art, das sie mehr mit ihren lebhaften Augen als mit ihren Lippen hervorbrachte.

»Müde, Teurer?« fragte sie.

»Nein, doch wir haben euch heute lange warten lassen, ihr seid wohl schon alle hungrig.«

»Ich habe unseren Gästen bereits alles erklärt. Akimow, Senator Akimow, hat heute einen großen Teil deiner Zeit in Anspruch genommen«, erwiderte Olga Michailowna.

»Es wäre viel besser gewesen, Sie hätten sich mit meiner Sache befaßt, Solomon Ossipowitsch. Es hätte weit mehr Nutzen gebracht, wenn Sie mich in meinem Erbschaftsprozeß beraten hätten, statt einem Unterschriftenfälscher zu helfen«, warf die Gräfin ein. Akimows Affäre war allen Anwesenden bereits aus den Abendblättern bekannt.

»Ich muß darauf aufmerksam machen, sehr nachdrücklich darauf aufmerksam machen, daß Akimows Besuch bei mir in keinem Zusammenhange mit seinem Prozeß steht«, sagte der Advokat mit strenger Miene.

Alle wußten, daß das Gegenteil der Fall war, und alle waren stolz auf den Advokaten, bei dem Akimow Schutz gesucht hatte, sowie auf seine kategorische Erklärung.

Um dem Gespräch eine andere Richtung zu geben, wandte sich der Advokat an den »Engländer«:

»Nun, was haben Sie heute entdeckt, Naum Grigorowitsch, einen Rembrandt oder einen van Dyck?«

Ein geringschätziges Lächeln begleitete diese Frage, und ohne eine Antwort abzuwarten, wandte sich der Advokat an den »gerngesehenen« David Moisejewitsch:

»Ich freue mich, Sie zu sehen. Wenn Sie sich blicken lassen, gibt es gewiß Neuigkeiten. Denn ohne Neuigkeiten werden Sie doch einem Freunde nicht das Vergnügen Ihres geschätzten Besuches gönnen. Habe ich's getroffen?«

»Diesmal handelt es sich bloß um eine Kleinigkeit«, antwortete David Moisejewitsch lächelnd. Er war ein überaus einflußreicher Mann, und im jüdischen Petersburg geschah nichts ohne ihn. »Über diese unbedeutende Sache können wir noch nach dem Essen sprechen; zusammen mit Boris Haimowitsch und dem verehrten Aron Jakowlewitsch. Nur eine Kleinigkeit —« Mit diesen Worten deutete der »gerngesehene« David Moisejewitsch auf den Naphtha- und den Teehändler; beide nickten zustimmend mit dem Kopf.

Der Advokat konnte ein Lächeln nicht unterdrücken, als er ihre schmerzlichen Mienen betrachtete. Er erriet, daß David Moisejewitsch von ihnen Geld für einen seiner wichtigen Zwecke wollte und sie deshalb hierher gebracht hatte. Beide Herren sahen auch danach aus: Sie hatten traurige Mienen wie Hühner, die geschlachtet werden sollen. Am meisten gedrückt sah der Teehändler Aron Jakowlewitsch aus.

Der Naphthagroßkaufmann Boris Haimowitsch, von harter, knochiger und großer Statur, die deutlich seinen eisernen Willen und festen Charakter ausdrückte, lächelte bloß. Sein Lächeln aber ließ erkennen, daß er sich in ein stählernes Schloß zurückgezogen hatte, dessen Schlüssel sich in seiner Tasche befand. »Nur wenn ich will, werde ich etwas hergeben, doch wenn ich nicht will, ist alles vergebens« — schien sein Lächeln zu sagen. Der Teegroßhändler Aron Jakowlewitsch dagegen hüstelte. Dieses Hüsteln entsprang jedoch nicht einem Reiz, sondern dem Vergnügen an seiner Existenz. Es hatte etwas Streichelndes, Schmeichelndes. Mit diesem Räuspern hätschelte sich der Millionär. Es schien auch nicht aus der Kehle zu kommen, sondern aus dem Bauche. Der mächtige Bauch schüttelte sich geradezu während des Hüstelns. Und als wollte der Millionär sich dabei ja nicht weh tun, strich er mit seinen weichen, weißen, fleischigen Händen über seine Seidenweste.

Doch Halperins Aufmerksamkeit wurde von dieser Betrachtung bald abgelenkt; vor der Tür war die Stimme seiner Tochter Nina zu hören:

»Wollen sie uns heute wirklich verhungern lassen?«

Kurz darauf erschien ein schwarzer Krauskopf, der aus hundert und aberhundert Löckchen bestand. Hastig trat Nina in das Boudoir der Mutter ein, blieb jedoch in der Türe stehen, als sie so viele Personen versammelt sah. Es dauerte aber nur einen Augenblick, bis sie erkannt hatte, daß es lauter Bekannte waren. Dann teilte sie sofort mit beiden Händen nach rechts und links Begrüßungen aus, indem sie alle Personen beim vollen Namen nannte. Plötzlich jedoch unterbrach sie sich, lief auf den Vater zu und schmiegte ihren schmalen, zarten Körper an ihn. Sie legte ihre leichten langen Arme wie zwei Schwanenhälse um seinen Nacken, barg ihr kleines Gesicht, das bloß aus zwei Augen und einer Stirn zu bestehen schien, in seinen Bart und küßte ihn leidenschaftlich:

»Du bist ein böser Papa. Du läßt alle verhungern. Konntest du deine Juden mit ihren ›Rechten‹ nicht früher zum Teufel jagen?«

»Mit allen Antisemiten kann ich zu Rande kommen, nur mit dem einen hier nicht!« Der Advokat streichelte das Lockenhaar seiner Tochter. »Nun, wie ist es dir heute ergangen, meine kleine Antisemitin?«

»Ich hatte heute Sophia Arkadjewna zusammen mit ihrem Grafen Sawarow zum Tee«, flüsterte Nina dem Vater ins Ohr; ohne jedoch eine Antwort abzuwarten, ließ sie ihn stehen und wandte sich der Mutter zu:

»Wenn Sie meinen, ich warte, bis Ihre Dienerschaft sich entschließt zu servieren, so sind Sie im Irrtum. Ich habe heute abend noch etwas vor. Ich fange an.« Mit diesen Worten lief sie jedoch nicht wie zu erwarten auf Sacharij Gawrilowitsch, sondern auf den ersten Gehilfen Jakob Schmulewitsch zu, der die ganze Zeit wie ein Statist in einer Ecke gestanden hatte, durch und durch Ehrerbietung für die großen Männer, deren Bekanntschaft für ihn so viel bedeutete.

Nina faßte den Gehilfen des Advokaten unterm Arm.

»Mama, wir fangen an. Wer hungrig ist, folge mir nach!« Sie zog den verdutzten Jakob Schmulewitsch einfach hinter sich her, der sich mit aller Kraft bemühte, Haltung zu bewahren. Doch das lebhafte Mädchen hatte die ganze gewichtige Würde ihres Tischherrn in einem Augenblick zerstört.

Das Diner

Bei Tische traf der Advokat seinen Sohn Mischa, einen achtzehnjährigen Gymnasiasten. Der Vater hatte gerade noch Zeit, seinem Sohn einen bedeutungsvollen Blick zuzuwerfen. Dieser Blick blieb von den Gästen unbemerkt, wurde aber vom Sohn richtig gedeutet: »Der verdammte Student war also schon beim Vater und hat ihm über meine letzte Zensur berichtet.« Doch merkwürdig rasch mußte der Advokat unter dem Gegenblick seines Sohnes die Augen niederschlagen. Des Jünglings klare blaue Augen besaßen eine eigenartige Kraft. Ihr Blick hatte eine Stärke, die vielleicht gerade auf seiner Schwäche beruhte. Etwas Magnetisches lag in diesen eigenartigen blauen Augen, wie sie niemand in der Familie besaß. Sie mußten wohl von einem fernen, unbekannten Angehörigen stammen, der irgendwann, zu anderer Zeit in anderen Verhältnissen, in einem anderen Lande gelebt und dem Jüngling diese Augen vererbt hatte.

Das Diner war ganz nach Petersburger Art. Auf dem langen breiten Tisch, der fast die gesamte Länge des saalartigen Eßzimmers einnahm, funkelten Porzellan und Silber. Unaufhörlich wurde Gang um Gang aufgetragen; dazwischen gab es allerhand Gabelbissen, Räucherfische, Soßen, Mayonnaisen und Gemüse aller Art. Und von neuem kamen schwere Fleischgerichte. Das Tischgespräch behandelte, wie stets und in jeder Gesellschaft in Rußland, die Judenfrage, Rußland und die Revolution.

Ein Fremder, der die Verhältnisse nicht kannte, hätte aus dem Gespräch bei Tische den Schluß ziehen können, er befinde sich nicht in einem Kreise verfolgter Juden, sondern in einer patriotisch-russischen Gesellschaft.

Jemand kam auf die Feindschaft zwischen Rußland und Österreich zu sprechen und erwähnte die Hoffnungen, die Österreich bei den kleinen Nationen, vor allem bei den Polen und Ruthenen, erweckte; diese Bestrebungen nach nationaler Unabhängigkeit müßten notgedrungen zu Aufständen gegen Rußland führen.

»Was die Polen anlangt«, warf ein anderer ein, »so bin ich gern bereit, sie ziehen zu lassen. Rußland hat gar keinen Nutzen von Polen, im Gegenteil, nichts als Verlegenheiten. Polen dagegen bereichert sich auf Kosten des großen russischen Marktes, den es beliefert. Ohne uns könnte es nicht einen Tag lang bestehen.«

»Wir geben keine Elle unseres Bodens frei, mit unseren Mützen werden wir sie vor uns herjagen.« Der Teehändler Aron Jakowlewitsch wiederholte das im Kriege mit Japan zu trauriger Berühmtheit gelangte russische Sprichwort. Er nahm sich offenbar nicht die Mühe, etwas Originelleres zu sagen, da er gerade damit beschäftigt war, ein Mayonnaisebrötchen zu verzehren, das ihm ausgezeichnet schmeckte.

»Warum darf Polen nicht frei sein? Ich sehe nicht ein, warum eine Nation nicht das Recht haben soll, sich von einem ihr fremden Staate loszureißen, wenn sie den Willen dazu hat; besonders wir Juden müßten diesen Wunsch teilen.« Wie es in Rußland damals üblich war, griff der Student Ascher Jefimowitsch Silberstein in das Gespräch ein, um die Anschauung seiner Generation vorzutragen.

Doch der berühmte Advokat unterbrach ihn sofort mit seiner autoritativen Stimme; sie klang wie die eines Richters bei der Urteilsverkündung:

»Vom Karpatenrand bis zum Stillen Ozean, der uns von Amerika scheidet — das ist die Losung! Die Karpaten und der Pazifik sind unsere natürlichen Grenzen, sie hat uns Gott gegeben. Das ist der heilige Boden unseres Mütterchens Rußland, und wehe dem, der es wagt, daran zu rühren.«

»Richtig«, murmelte der Teehändler, während er ein zweites Mayonnaisebrötchen in den Mund schob.

»Entschuldigen Sie, Solomon Ossipowitsch, Ihre Ansicht läuft darauf hinaus, daß alle Nationen, die zum russischen Reiche gehören, mit ihm für ewig verbunden sein müssen, nur weil der oder jener Zar sie unterworfen hat. Genau dasselbe — nehmen Sie es mir nicht übel, Solomon Ossipowitsch — sagen bei uns alle Reaktionäre und Chauvinisten«, warf Jakob Schmulewitsch Weinstein ein.

»Damit, daß die Chauvinisten und Reaktionäre dasselbe sagen, werden Sie mich nicht aus dem Konzept bringen, mein lieber Jakob Schmulewitsch. Erstens können die Reaktionäre und Chauvinisten auch einmal etwas Richtiges sagen, und dann ist das Wesentliche nicht, was sie sagen, sondern, daß sie damit den imperialistischen Standpunkt und das Regime der gepanzerten Faust begründen. Ich aber verbinde diese Anschauung mit einem ganz anderen Standpunkt. Unserer Meinung nach ist Rußland kein Imperium, kein Staat und keine Nation, Rußland ist etwas mehr, etwas Größeres. Rußland ist ein philosophischer Begriff, eine Lebensform. Man kann Russe sein, auch wenn man nicht in Rußland lebt, wenn man Rußland nie mit Augen gesehen hat. Aber auch der umgekehrte Fall kommt vor: Es gibt Russen, die von russischen Eltern geboren wurden, russische Gymnasien besucht, in der Armee des Zaren gedient haben und doch keine Russen sind. Sie sind Franzosen, Engländer, alles, was Sie wollen, nur keine Russen. Denn Russe sein bedeutet: das ständig wache Gewissen in sich tragen, das von uns stete Rechenschaft für unser Tun fordert. Dieses wache Gewissen besitzt keine andere Nation der Welt außer uns. Russe sein bedeutet, zu jeder Zeit sein persönliches Glück zugunsten des Wohles unserer Brüder opfern. Russe sein bedeutet, in ständigem Fieber leben. Ursprünglich wurden wir ja tatsächlich gewaltsam unterworfen; zu den verschiedensten Zeiten der Zarenregierungen wurden die Tataren, Rumänen, Kaukasier, Sibirier, Polen, Grusinier, Weiß- und Kleinrussen und die verschiedenen Kirgisenstämme uns einverleibt. Die Zaren haben uns, wenn Sie bei diesem Ausdruck bleiben wollen, mit Gewalt unterworfen, doch dann kamen wir alle in einen läuternden Schmelztiegel; er heißt — die russische Seele. Wir alle wurden in einem Geiste erzogen, der mächtig in uns wirkte und ein gemeinsames Ideal, die Menschenliebe, schuf. Und gerade der Umstand, daß wir alle zusammen so lange Zeit hindurch unter einem ungerechten, grausamen Herrschaftssystem der Unterdrückung lebten, hat in uns allen ein gemeinsames Ideal menschlicher Freiheit und die stürmische Sehnsucht, die Forderung nach Gerechtigkeit geschaffen, ein Band, das stärker ist als etwa die Religion. Dieses gemeinsame

Band, das uns verknüpft, gibt gleichzeitig die gewaltige Hoffnung auf eine helle Zukunft. All das hat in uns eine gewisse Methode reifen lassen, man kann es auch einen philosophischen Begriff nennen, in dem wir alle, alle Nationen Rußlands, uns freiwillig vereinigt haben, um unter dem herrschenden System zu leben. Und wer sich losreißen und uns in kleine hilflose Teile zerschlagen will, der hilft bloß mit, ein Tummelfeld für Eroberungen und egoistische Ziele zu schaffen, und begeht damit den schlimmsten Verrat gegen das große Ideal des geistigen, des leuchtenden Rußlands, des Rußlands der Zukunft.«

»Bravo, bravo!« Der Teehändler konnte vor Erregung seine Nase nicht mehr im Zaume halten und nieste kräftig.

Dieses Mal stimmte sogar der Naphthahändler, der trockene, zurückhaltende und bedächtige Boris Haimowitsch, in das allgemeine Beifallsnicken ein. Seine Augen waren starr vor Bewunderung, und unter unaufhörlichem Lächeln nickte er lebhaft mit dem Kopf.

Der stets »gerngesehene« und willkommene David Moisejewitsch fuhr mit der Serviette über seinen von den Speisen fetten Mund, erhob sich und ging auf Solomon Ossipowitsch zu, um ihn zu umarmen und zu küssen:

»Sie haben mir aus der Seele gesprochen!«

Sein Beispiel wirkte ansteckend. Auch der Teehändler, sogar der Naphthahändler taten desgleichen, bloß der »Engländer« blieb ruhig auf seinem Platze. Die Damen sandten dem Redner Handküsse zu.

»Ihrer Meinung nach, Solomon Ossipowitsch, war also die Eroberung so großer Gebiete und die Unterwerfung so vieler Völker durch den Zaren, Sie nehmen mir doch die Schlußfolgerung nicht übel, ein gutes Werk?« Damit versuchte der Gehilfe Jakob Schmulewitsch seine Situation zu retten, die er in Gegenwart der reichen Kaufleute für bedenklich hielt.

»Anfangs war es kein gutes Werk, im Gegenteil, anfangs war es vielleicht ein Unrecht. Doch es führte zu etwas Großem, denn daraus entstand — Rußland.«

»In der Geschichte finden sich viele Beispiele dieser Art.« Der Student hielt es für notwendig, dem Advokaten zu Hilfe zu kommen.

»Rußlands beste Russen sind doch die Juden. Diesen Schluß müssen wir unbedingt ziehen, besonders aus der Art, wie Sie uns die Idee Rußlands erklärt haben. In einer russischen Gesellschaft habe ich nie so über Rußland sprechen gehört. In einer russischen Gesellschaft wird unaufhörlich über Rußland geschimpft, n'est ce pas, ma chérie?« warf die Gräfin ein.

Ihre Worte steigerten die Begeisterung der Anwesenden für den Redner aufs höchste; und so wollte es Jakob Schmulewitschs Pech, daß er, der sich gerade heute bemüht hatte, in den Augen der reichen Kaufleute zu glänzen, die Bilanz des Tages nicht günstig abschließen konnte. Der hochgeschätzte David Moisejewitsch geriet noch einmal in hellstes Entzücken; wieder fuhr er mit der Serviette über den Mund, erhob sich und ging auf Solomon Ossipowitsch zu:

»Entschuldigen Sie, Olga Michailowna, daß ich die Tischordnung störe; doch Ihr Mann spricht heute wie ein Prophet. Schade, daß wir die einzigen Zeugen seiner gottvollen Worte sind. Ganz Rußland sollte hören, was Solomon Ossipowitsch heute bei Tische gesagt hat, ganz Rußland, so wahr mir Gott lieb ist!« Bei diesen Worten trat er abermals auf Solomon Ossipowitsch zu und drückte ihm warm die Hand. Auf den Kuß verzichtete er diesmal, um die Tischordnung nicht zu sehr zu stören. Daher war der Effekt nicht so stark, wie ihn David Moisejewitsch gewünscht hatte; diesmal folgten ihm die Kaufleute nicht. Der Teehändler begnügte sich damit, hüstelnd die Worte David Moisejewitschs zu wiederholen:

»Prophetenworte, Prophetenworte. Ganz Rußland sollte sie hören.« Indessen verzehrte er rasch ein drittes Mayonnaisebrötchen.

»Liebster, du sprichst fortwährend und ißt gar nichts. Alles ist kalt geworden. Und deinetwegen essen auch die Gäste nicht. Du hältst sie mit deinen Worten in Spannung.«

»Ach, was fällt Ihnen ein, liebste Olga Michailowna? Die ganze Nacht könnte ich stillsitzen und Solomon Ossipowitschs Reden zuhören. Goldene Worte kommen aus seinem Munde, sie sind kostbarer als das herrlichste Gericht«, rief David Moisejewitsch.

»Die ganze Nacht . . .« wiederholte der Teehändler.

Solomon Ossipowitsch liebte es nicht, unterbrochen zu werden, auch nicht, wenn seine eigene Frau es tat. Das Reden war für ihn Lebensinhalt und Schaffensform. Und wenn er Gäste hatte, so fühlte er bei Tische stets den unwiderstehlichen Drang, eine Rede zu halten, ähnlich seinen Vorfahren, welche ihren chassidischen Anhängern bei Tische die Thora erklärten. Daher zerstörte die Bemerkung seiner Frau seine ganze Stimmung. Olga Michailowna erkannte das rasch an dem schiefen Blick, den er ihr zuwarf, und war sofort darauf bedacht, ihren Fehler durch eine geschickte Wendung wiedergutzumachen:

»Er ist doch so müde! Heute hat er den ganzen Tag sprechen müssen. Erst die lange Verhandlung im Senat, dann die ungewöhnlich lange und anstrengende Sprechstunde. Bei Nacht schläft er schlecht. Er braucht ein wenig Ruhe und Schonung, wenigstens bei Tische.«

»Olga Michailowna hat recht! Schonen Sie sich, Solomon Ossipowitsch, Ihre Gesundheit ist sehr kostbar, sehr kostbar«, erklärte David Moisejewitsch besorgt.

»Schonen Sie sich, schonen Sie sich, Solomon Ossipowitsch«, echote der Teehändler.

Diese Worte waren Balsam für Solomon Ossipowitschs Eigenliebe, und so fand er sich rasch wieder in die zufriedene gute Stimmung, aus der ihn die Bemerkung seiner Frau gerissen hatte:

»Das tut nichts, später, dort draußen werden wir ausruhen. Jetzt ist dafür keine Zeit.«

Das Gespräch kam auf leichtere Themen, sehr zur Freude des jugendlichen Teiles der Gesellschaft, vor allem der Kinder des Advokaten.

»Papachen, morgen tanzt die Karsawina. Wir gehen alle

ins Theater. Möchtest du nicht mit uns gehen?« rief die Tochter dem Vater zu.

»Das ist keine schlechte Idee«, stimmte Olga Michailowna zu, »du würdest ein wenig ausruhen.«

»Leider habe ich keine Zeit, mein Kind. Nimm einen deiner Kavaliere mit.«

Das Tischgespräch ging auf Theater und Ballett über. Jetzt war der »Engländer«, der auf diesem Gebiete sehr beschlagen war, unbestrittener Wortführer.

Nina, die am anderen Ende des Tisches saß, hatte, so wie ihre Mutter die älteren Herren, die jüngere Generation um sich geschart. Ihre Blicke und Gesten, ihre Worte und ihr Lächeln spannen feine Netze. Besonderes Vergnügen aber bereitete es ihr, Jakob Schmulewitschs würdevolles Gehabe zu erschüttern; um ihr Spiel zu haben, ging sie mit seinem Stolz wie mit einem alten Lappen um.

»Jakob Schmulewitsch«, wandte sie sich an den Gehilfen, der ihr gegenübersaß, »Sie haben mich noch nie eingeladen, mit Ihnen auszugehen, weder in ein Theater noch in ein Nachtlokal. Ach ja, von allen möglichen und unmöglichen Leuten erhält man Einladungen, nur von dem, von dem man sie will, niemals. Ich weiß wohl, daß Sie stets sehr beschäftigt sind, und gerade darum wäre es eine ganz besondere Ehre für mich.«

»So? Ich habe wirklich gar nicht daran gedacht.« Jakob Schmulewitsch zupfte verlegen an seinen blütenweißen Manschetten.

»Warum haben Sie noch nicht daran gedacht? Weiß Gott, es ist kein Wunder, daß die Judenmädchen mit Christen durchgehen! Unsere eigenen jungen Herren sind ja ewig mit der Revolution und mit anderen Teufelsdingen beschäftigt! Findet sich schon einmal einer, der nichts mit der Revolution zu tun und Zeit hätte, sich mit einem Mädchen abzugeben, so ist er so stolz, daß man gar nicht an ihn herankommen kann.«

»Woher wissen Sie, womit ich beschäftigt bin, Nina Solomonowna?«

»Was, Sie beschäftigen sich doch mit der Revolution? Dann sind Sie bei mir erledigt! Denn dann sind Sie ebenso langweilig wie alle anderen. Ihr ganzer Reiz in meinen Augen bestand darin, daß Sie den Idealtypus eines Mannes darstellen, der seine Zeit wohl zu verwenden versteht und ein individuelles Leben führt.«

»O Nina Solomonowna, Sie behandeln mich sehr hart!«

»Nur weil Sie mich geflissentlich übersehen. So auch heute — zwei Stunden saß ich allein in meinem Boudoir. Im Hause gibt es zwei oder drei junge Herren, und keinem wäre es eingefallen, ein wenig bei mir einzutreten. Glauben Sie, das ist kein Grund, um hart zu werden?«

»Doch nicht für ein so junges und schönes Mädchen!« erwiderte Jakob Schmulewitsch mit einer koketten Verbeugung, die, wie es ihm schien, seine schöne Figur gut hervorhob.

»Da haben Sie's!« rief Sacharij Gawrilowitsch Nina spöttisch zu.

Nina errötete und hörte mit ihren Sticheleien auf. Jakob Schmulewitsch strich siegreich seinen Bart und war mit sich zufrieden, daß er das dumme Mädchen so geschickt mit einer Galanterie zum Schweigen gebracht hatte.

Bald nach Tische bat der Advokat seine Frau und die übrigen Gäste um Entschuldigung und zog sich mit dem Teehändler Aron Jakowlewitsch und dem Naphthahändler in den Salon zurück. Dort warteten bereits einige Herren, die sich zu der von David Moisejewitsch Landau einberufenen Zusammenkunft eingefunden hatten. Unter den Wartenden befand sich ein Kollege des berühmten Advokaten, dessen Anwesenheit Halperin für einen großen persönlichen Sieg ansah, ferner ein junger Mann, den niemand kannte oder kennen wollte. Er saß auch ganz abseits von allen anderen Gästen. In Rußland war es damals leicht möglich, daß sich in einer Gesellschaft von Großkapitalisten Elemente ganz entgegengesetzten Standes befanden. Der junge Mann wurde der Gesellschaft nicht einmal vorgestellt, doch jeder wußte, wer und was er war . . .

Der Advokat bat die Herren in sein Arbeitszimmer und verschloß sorgsam die Tür.

David Moisejewitsch Landau hatte sich sein ganzes Leben lang mit öffentlichen Angelegenheiten befaßt. Er war jetzt gewissermaßen der Vermittler zwischen den revolutionären Elementen und der »sympathisierenden« reichen Bourgeoisie. In kurzen Worten legte er den Zweck der Zusammenkunft dar. Es handelte sich um wichtige Dokumente, die heimlich aus Rußland hinausgeschmuggelt werden sollten. Sie enthielten genaue Angaben über die geheime Schwarze Hand, welche das Regiment am Zarenhofe führte, über die Organisation der Pogrome, die grausamen Folterungen der politischen Gefangenen und die Unterdrückung der verschiedenen Nationen. Durch diese Dokumente konnte die Zarenregierung in Europa schwer kompromittiert werden. Zu ihrer Veröffentlichung im Ausland, zur Gründung einer ausländischen Zeitschrift und zur weiteren Arbeit — Entwendung wichtiger Dokumente aus verschiedenen Departements und Hinüberschaffen über die Grenze — bedurfte es einer größeren Summe Geldes. Diese Mittel sollte die Zusammenkunft der reichen Juden im Hause des berühmten Advokaten schaffen.

Wie bei jeder Versammlung in Rußland, mochte sie nun legal oder illegal sein, sich mit revolutionären Angelegenheiten oder geschäftlichen Dingen befassen, wurde auch diesmal viel gesprochen. Die beiden Advokaten sprachen aus Freude am Reden. Der Einberufer der Versammlung, David Moisejewitsch, legte in einer besonderen Rede ausführlich die Gefahren dar, welche mit der Entwendung dieser Dokumente verbunden waren, und begründete so die Notwendigkeit von Geldleistungen durch die Juden. Der einzige, der nicht sprach, war der unbekannte junge Mann mit dem schwarzen Bärtchen und der Brille. Er sah wie der Zögling einer Talmudschule aus, der eben sein Studium beendet hatte. Kein Wort kam über seine Lippen, bloß seine flinken schlauen Augen betrachteten durch die Brille aufmerksam die Versammlung der Kapitalisten. Um seine schmalen Lippen spielte ein verächtliches Lächeln.

Als einer der letzten meldete sich Boris Haimowitsch zu Wort. Sonst war er ein Schweiger, doch wenn es sich um Geld handelte, wurde er stets beredt. Den Blick fest auf den fremden jungen Mann gerichtet, begann er:

»Wir wollen uns nichts vormachen. Wir sind Bourgeois. Warum kommt man zu uns um Geld? Wir sind doch Gegner der Revolution.«

»Es handelt sich hier nicht um eine Revolution, sondern um die Kompromittierung der Regierung, welche die Pogrome organisiert«, versuchte David Moisejewitsch die gefährliche Klippe zu umschiffen.

Der Advokat half ihm.

»Wie können Sie das sagen, Boris Haimowitsch? Wir kennen Sie und wissen, daß Sie kein Gegner der Revolution sind. Kein anständiger Mensch in Rußland ist Gegner der Revolution, am allerwenigsten ein Jude.«

Jetzt erhob sich der fremde junge Mann, der bisher geschwiegen hatte:

»Wollen Sie wissen, meine Herren, warum wir uns an Sie wenden? Wir tun es, weil bei Ihnen das russische Kapital konzentriert ist. Soeben hat Rußlands Erdöl gesprochen«, bei diesen Worten blickte er auf Boris Haimowitsch, »und hier neben mir sitzt Rußlands Tee; weiter oben sitzt Rußlands Zucker, und mir gegenüber sitzen Rußlands Wälder.« Mit einem fast zynischen Lächeln auf den Lippen deutete der junge Mann auf die einzelnen Herren: »Nur die armen Juden sind in Rußland in ihren Rechten beschränkt, nicht das jüdische Kapital. Deshalb wenden wir uns an Sie.«

»So, deshalb wenden Sie sich an uns!« entgegnete Boris Haimowitsch trocken lächelnd. »Wenn wir keine Beschränkungen und Verfolgungen erleiden, welches Interesse haben wir daran, eine Bewegung gegen jene Regierung zu unterstützen, welche die Reichtümer des Landes in unsere Hände gelegt hat? Seien wir offen: Wenn ihr dazu imstande wäret, etwa wenn ihr zur Herrschaft kämet — was wohl, wir wollen es hoffen, nicht so bald der Fall sein wird —, so würdet ihr doch sicher nicht Beschränkungen für den armen Juden, sondern für das jüdische Kapital schaffen, nicht wahr?«

»Ich glaube und ich hoffe es«, bestätigte der junge Mann.

»Gehen wir weiter: Ihr würdet nicht nur die künftige Vermehrung des jüdischen Kapitals unterbinden, sondern ihr würdet, so meine ich, auch dafür Sorge tragen, daß das in unseren Händen befindliche angehäufte Kapital, wie ihr es nennt, in die richtigen Hände komme und gleichmäßig verteilt werde, mit anderen Worten: ihr würdet uns alles nehmen, was wir besitzen.«

»Ich hoffe, daß wir für eine gründliche Abtragung des angehäuften Kapitals sorgen werden.«

»Und doch wendet ihr euch an uns, die Vertreter desselben jüdischen Kapitals, das ihr zerstören wollt, um Unterstützung für eure Bewegung?«

»Wir wenden uns an Sie nicht als Vertreter des jüdischen Kapitals. Wir kennen keinen Unterschied zwischen jüdischem und nichtjüdischem Kapital. Das Kapital hat mit Nationalität nichts zu tun, es ist international.«

»Doch ihr wendet euch nicht an die anderen Kapitalisten, sondern direkt an uns, die jüdischen Kapitalisten.«

»Das tun wir, weil wir die unter einem Teil der Bevölkerung herrschende Unzufriedenheit mit der gegenwärtigen Herrschaft für unsere Zwecke ausnützen wollen. Wir wissen, daß ihr in Fesseln geschlagen seid, daß das Unrecht, welches an euch als Juden begangen wird, euch zur Hilfe reif macht. Der in euren Herzen lodernde Protest gegen die bestehende Ordnung ist die Triebkraft, die euch wie mit Peitschenhieben vor unsere Türen jagt, ob ihr wollt oder nicht. Wir nützen eure Unzufriedenheit für unsere Zwecke aus. Später, wenn wir unser Ziel erreicht haben, werden wir sehen, was wir mit euch zu tun haben.«

Während der junge Mann diese Worte sprach, wich das Lächeln nicht von seinen Lippen.

»Besten Dank für solche Aufrichtigkeit. Ich meinerseits werde keinen Finger rühren. Ich werde mein Geld nicht dazu hergeben, um meine eigene Existenz zu untergraben.«

Es war nicht abzusehen, wie diese Diskussion geendet hätte, wäre nicht Solomon Ossipowitsch aufgestanden, um eine seiner kraftvollen Reden zu halten.

»Wenn wir Juden«, begann er mit einer nachdrücklich unterstreichenden Geste, »uns einmal die Gleichberechtigung in Rußland erkämpfen werden, so wird es keine geschenkte sein, sondern eine eroberte. Als ein Teil des unterdrückten Elementes in Rußland helfen wir der Revolution, und wir sagen genau dasselbe wie Sie, meine Herren von der Gegenseite: wir benützen Ihr revolutionäres Temperament, Ihre Jugend, Ihren Opfermut, um die Zwecke zu erreichen, die wir alle erstreben. Dann werden wir sehen, was wir mit euch zu tun haben. Bis dahin aber laufen unsere Wege zusammen, und wir sind imstande, miteinander an dem gleichen Karren zu ziehen: die einen mit ihrem Temperament, die anderen mit Ihrem Gelde. Habe ich nicht recht, David Moisejewitsch?«

Wieder war Solomon Ossipowitsch Gegenstand der allgemeinen Begeisterung.

So konnte denn der Teehändler Aron Jakowlewitsch das Schlußwort nehmen.

»Und ich sage Ihnen, meine Herren, wir, die reichen Juden, müssen überall für unseren Reichtum bezahlen. Wir müssen die Reaktionäre bezahlen und wir müssen auch *sie* bezahlen« — damit deutete er auf den jungen Mann. »Wir müssen für die Kirche spenden und auch für *diese* Zwecke. In dieser Hinsicht sind wir viel schlimmer daran als die armen Juden, glauben Sie mir, meine Herren.« Bei diesen Worten hüstelte er seinen weichen guten Husten, mit dem er sich hätschelte, um sich ja nicht wehe zu tun.

Ehe der Advokat seinen schweren Arbeitstag beendete

und sich, nachdem die kleine Versammlung verabschiedet war, in sein Schlafzimmer begab, klopfte er an die Zimmertür seines Sohnes:

»Mischa!«

Halb entkleidet öffnete Mischa ängstlich die Tür. Er war sehr erstaunt, den Vater zu sehen.

»Mischa, zeige mir doch dein Zeugnis! Wenn ich mich recht erinnere, wurden heute die Zensuren ausgeteilt.«

Der achtzehnjährige kindliche Mischa sah den Vater mit seinen großen blauen Augen an, die wie zwei wundervolle fremdländische Edelsteine aus der Umrahmung der langen schwarzen Wimpern hervorleuchteten.

»Papa, ich kann nichts dafür. Sarmatyn, der Mathematiklehrer, kann mich nicht leiden, er hat mir schon zweimal eine schlechte Note gegeben.«

»Mischa, du weißt es doch, ich in meiner Stellung und meiner Lage darf dem Kreise, dem ich angehöre, nichts schuldig bleiben.«

»Ich weiß es, Papa, doch was kann ich tun . . .« stotterte der große Junge. Sein Gesicht umwölkte sich, es bekam einen weinerlich-kindischen Ausdruck, dem der Vater nie widerstehen konnte, und die blauen Augen versteckten sich zur Hälfte unter den Lidern. »Ich mag die Mathematik nicht . . .«

Zornig blickte ihn der Vater an. Doch der Zorn schmolz wie Eis in der Sonne vor dem kindlich-hilflosen und doch so wunderbaren, machtvollen Blick der merkwürdig blauen Augen. Mit stolzem Anstand blickte der Sohn auf den Vater. Diesen Blick konnte der eigene Vater nicht ertragen, und statt der pathetischen Strafpredigt, die er sich vorgenommen hatte, sprach er, dem Jungen das Haar streichelnd:

»Ich hoffe, Mischa, du wirst darauf Rücksicht nehmen, was ich dir bereits sagte: auf meine Stellung.«

Ninas Abendtoilette

Nach dem Diner legte Nina ihren Arm in den Mirkins und begann:

»Sacharij Gawrilowitsch, wenn Sie nichts Besseres zu tun haben, so möchte ich Sie bitten, mir beim Umkleiden behilflich zu sein. Die Sawarows waren heute bei mir und bestanden darauf, daß ich zum Tanzabend komme. Meine Sophie aber ist mit ihrem Feldwebel in den ›Narodnij Dum‹ gegangen. Ich hatte es ihr schon lange versprochen. Jetzt habe ich niemanden, der mir helfen könnte. Die Mutter ist mit ihren Gästen beschäftigt — zu derlei Dingen eignet sich auch am besten ein Mensch ohne besondere Leidenschaften, sonst läuft man Gefahr, daß er einem seinen eigenen Geschmack aufdrängt, wie es die Mutter so gern tut. Ich glaube, Sie wären sehr gut dazu geeignet.«

In ihrem Boudoir warf sich Nina auf ihr weiches Sofa und kreuzte die Beine.

Der rote Bucharaüberwurf auf dem Sofa leuchtete rings um das Mädchen im roten Schein der Lampe, der sich aus einer Zimmerecke ergoß. Ihr schwarzes Kraushaar schmiegte sich an einen anderen Bucharateppich, ein weit kostbareres Stück mit zahlreichen gelblich-weißen Feldern. Dadurch erhielt ihr Gesichtchen den Ton alten Elfenbeins.

»Sacharij Gawrilowitsch, Sie haben eine merkwürdige Art, jemanden anzusehen. Was andere nicht mit dem Munde auszusprechen wagen, das sagen Sie mit Ihrem Blick. Ich möchte Ihnen ein Geständnis machen: Ich habe mehr Angst vor Ihren Augen als vor anderer Leute Zunge.«

Mirkin lächelte und umfaßte mit seiner weichen Hand sein schwarzes Bärtchen.

»Sie haben also bei mir einen sechsten Sinn entdeckt, Nina Solomonowna? Ich wußte gar nicht, daß ich einen sechsten Sinn besitze.«

»Ich meine es ernst — Sie besitzen wirklich einen sechsten Sinn! Ich glaube, Sie wissen wohl alles, was ich denke, was ich tun will, noch ehe ich es selbst weiß. Heute war es mir den ganzen Abend so, als wüßten Sie dort in Ihrer Ecke alles von mir. Sie bemerken alles, was ich tue und was ich denke, nichts bleibt Ihnen verborgen. Ich muß Ihnen ehrlich sagen, Sacharij Gawrilowitsch, diesen Ihren sechsten Sinn liebe ich nicht.«

Wieder lächelte Sacharij Gawrilowitsch:

»Sie machen mich also ohne mein Wissen zu Ihrem Gewissen. Es ist gar nicht angenehm, eine solche Rolle zu übernehmen, wie Sie sie mir zuschreiben.«

»Wenn dem so ist, warum habe ich Angst vor Ihnen? Ja, wirklich, ich habe Angst vor Ihnen; vor niemandem habe ich Angst, nur vor Ihnen.«

»Diese Frage ist so leicht zu beantworten, Nina Solomonowna. Vielleicht haben Sie vor sich Angst. Jeder Mensch hat vor irgend etwas Angst, der eine vor Gott, der andere vor einem Menschen. Ist gerade kein Gott vorhanden, so schafft man sich einen Menschen an, vor dem man Angst haben kann. Doch von Ihnen derlei zu hören, nimmt mich wunder; aus Ihren eigenen Worten entnahm ich, Sie seien ein durch und durch freisinniger Mensch.«

»Das glaubte ich, und ich bin es auch wirklich. Dennoch habe ich Angst vor Ihnen. Und ich kann nicht sagen, daß mir das Gefühl, vor Ihnen Angst zu haben, unangenehm wäre — im Gegenteil, ich empfinde Freude darüber und ich will Angst vor Ihnen haben; das ist gut, es ist genau dasselbe wie das Bewußtsein, einen Beichtvater zu haben. Ja, Sacharij Gawrilowitsch, das ist wirklich gut, denn man kann alles tun, was man will, wenn man nur einen Beichtvater hat.«

»Ob das die passende Rolle für mich wäre, möchte ich bezweifeln; denn ich liebe es nicht, zu richten, schon weil ich nicht gerichtet werden will. Ach, ich hasse das Richten!«

»Warum sind Sie aber dann so ›rein‹, geradezu unanständig rein und ordentlich? Ich muß sagen, es ist gemein, so ehrlich, so rein und ordentlich zu sein wie Sie, Sacharij Gawrilowitsch.«

Mirkin lächelte noch immer:

»Es scheint, daß *Sie* den sechsten Sinn besitzen, nicht ich, denn Sie wissen ja alles über mich.«

»Wenigstens sehen Sie so rein aus oder — Sie können sich so gut verstellen. Wissen Sie, warum ich Sie gerufen habe? Weil ich will, daß Sie mir bei einer gemeinen, schändlichen Sache helfen. Sie wissen doch, daß ich heute zu den Sawarows gehe. Dort wird es eine Aufführung geben. ›Leda‹ heißt das Stück, ›Leda mit dem Schwan‹. Kierenow hat es für diese Privataufführung geschrieben. Sie kennen doch das Sujet. Ich werde wahrscheinlich auch an der Aufführung teilnehmen und will, daß Sie mir beim Ankleiden helfen. Dann sollen Sie mich selbst hinbringen. Sie sollen alles wissen, damit Sie auch einen Teil der Sünde zu tragen haben. Deshalb habe ich Sie hergerufen. Ich will, daß Sie auch an einer ›Sünde‹ teilhaben, vielleicht wird Sie das ein wenig menschlicher machen.«

»Vielleicht haben Sie eine andere Absicht: von mir die Erlaubnis zu erhalten, so daß es Ihnen leichter fällt, hinzugehen. Sie haben mich eben nicht meiner ›Unanständigkeit‹ wegen hergerufen, sondern Ihrer ›Anständigkeit‹ wegen, um gewisse Dinge mit leichterem Gewissen zu tun«, entgegnete Sacharij, noch immer lächelnd.

»Ja, auch deswegen ... Wenn Sie von diesen Dingen wissen, kann ich sie viel leichteren Herzens tun. Es genügt nur, daß Sie davon wissen. Warum ist das so, Sacharij?«

»Das ist so, weil Sie trotz allem und allem ein schwaches, kleines Mädelchen sind — nehmen Sie mir's nicht übel! — Sie brauchen einen Freibrief für alle Ihre Schwächen; selbst die Verantwortung dafür zu übernehmen, haben Sie Angst.«

Nina ließ nachdenklich ihre großen Augen auf ihm ruhen, deren Brauen sich harmonisch wie ein Doppelbogen über die gerade Linie ihrer feingeschnittenen Nase wölbten. Sie wußte nicht, ob sie seine Worte als Beleidigung auffassen oder sie ins Lächerliche ziehen sollte.

Da Nina den Faden des Gesprächs so plötzlich abriß, geriet auch Sacharij in Verwirrung. Das Unnatürliche seiner Situation kam ihm zu Bewußtsein.

»Wie komme ich dazu, ihr Moralpredigten zu halten?« ging es ihm durch den Sinn. Ein leichter Ärger stieg in ihm auf, doch im Grunde genommen blieb er kühl und unberührt.

Nina faßte sich rasch. Sie fand ihr natürliches Lachen und befreite sich damit aus ihrer Verlegenheit. Dann begann sie in ihrem gewöhnlichen, halb mädchenhaften, halb fraulichen Ton der Koketterie:

»Sie müssen mir wirklich verzeihen, Sacharij Gawrilowitsch, daß ich Sie ohne Ihr Wissen und ohne Ihre Zustimmung zu dieser ›Rolle‹ ausersehen habe; doch Sie kennen ja uns Frauen, wir sind nun einmal schon so verdorben, daß wir glauben, die ganze Welt gehöre uns und wir könnten uns alles nehmen, was wir wollen.«

»Bitte sehr, wenn ich Ihnen mit etwas dienen kann, legen Sie sich keinen Zwang auf, ich stehe immer zur Verfügung«, antwortete Sacharij, auf den ironischen Ton Ninas eingehend.

»Doch jetzt, Sacharij Gawrilowitsch, müssen Sie mir wirklich helfen, aber in ganz anderer Form, nicht als ›Gewissen‹, sondern im Gegenteil, Sie müssen mir helfen, so raffiniert, so unanständig wie möglich auszusehen, vorausgesetzt, daß Sie mir die Erlaubnis dazu geben. Ich gehe in eine Gesellschaft von lauter ›Ästheten‹: Boris Abramowitsch Lewinstein, der bekannte Tanzkritiker, wird anwesend sein und noch einige andere Koryphäen. Es soll ein Tanz für eine ›gewählte Gesellschaft‹ sein, wie sie eben Sophia Arkadjewnas Salon beherbergt, für Leute mit den höchsten gesellschaftlichen Weihen. Und soweit ich aus Sophia Arkadjewnas geheimnisvollen Andeutungen entnehmen konnte, ist es nicht ausgeschlossen, daß ihr Salon heute erhöhten Glanz durch einen der Großfürsten erhält, durch den ›Ästheten‹ unter den Großfürsten. — Begreifen Sie jetzt, wie wichtig und ernst mein Amt heute ist?«

Indem sie dies sagte, erhob sich Nina so leicht und unmerklich von ihrem Sofa, wie ein Vogel sich von einem Zweig zum andern schwingt, und verschwand hinter dem lederfarbenen japanischen Paravent, der ihren Toilettentisch und ihren Garderobenschrank verdeckte. Aus der Toilettenecke drang milchweißer Lichtschein.

»Was soll denn so Außerordentliches heute nacht bei Sophia Arkadjewna vorgeführt werden?«

»Das wissen Sie noch immer nicht? ›Leda‹, ›Leda in ihrer ureigenen Gestalt‹. Eine dramatisch-poetische Tanztragödie, eigens für diesen Abend verfaßt. Die Regie führt Gardanow vom kaiserlichen Theater, die Darsteller sind ausschließlich Amateure aus der Gesellschaft. Berufsschauspieler oder -tänzer sind ausgeschlossen.«

»Und wie nehmen Sie an der Aufführung teil, als Zuschauerin oder auch als . . . Darf ich das wissen?«

»Sie sind wirklich naiv, Sacharij Gawrilowitsch! Es handelt sich um einen griechischen Abend — und da soll ich bloß nüchterner Zuschauer sein? Überdies wird der Tanzakt in der Weise aufgeführt, daß alle Zuschauer in das Spiel hineingezogen werden, als Bacchen, Nymphen, Faune, Aphroditen und andere mythologische Figuren, Flötenbläserinnen, Weinschenke und Gott weiß was noch. In ihrer Grundidee sollen solche private Aufführungen dazu dienen, die Grenzen zwischen Schauspieler und Zuschauer, zwischen Kunst und Leben aufzuheben. Wer kann da bloß Zuschauer sein? Der Zuschauer ist stets ein störendes Element, er erinnert an Spiel und Maske.

Hier soll es aber nicht Spiel und Maske, sondern Leben geben, die Kunst soll — so nennt es Lewinstein — durch das Leben wieder auferstehen.«

»Und welche Rolle werden Sie in diesem ›Leben‹ spielen? Verzeihen Sie meine Frage, doch da Sie mir nun einmal die Rolle Ihres Gewissens übertragen haben, will ich meine Pflicht voll und ganz erfüllen. Sie haben doch nicht etwa die Hauptrolle der Leda?«

»Nein, man findet, meine Gestalt sei für diese Rolle noch zu unentwickelt, zu mädchenhaft. Die Künstlerjury hat Sophia Arkadjewna auserwählt. Sie begreifen doch — imposant, helenablond! Mir wurde nur die bescheidene Rolle einer kleinen Aphrodite in Ledas Gefolge zugeteilt. Sie sehen, Sacharij Gawrilowitsch, ich beichte Ihnen alles und verberge vor ›Euer Hochwürden‹ gar nichts.«

Währenddessen kam Nina hinter dem japanischen Paravent hervor:

»Sie werden mir beim Zuknöpfen helfen müssen, Sacharij Gawrilowitsch, doch ich sage Ihnen im voraus — sehr leicht werden Sie es nicht haben. Denn das Raffinement meines Kostüms besteht darin, daß man nicht imstande ist, es richtig zuzuknöpfen.«

Wie eine schlanke Vase stand sie vor ihm. Hinter dem Paravent schien sie mit ihrem Haar durch irgendein Zauberkunststück eine Verwandlung vorgenommen zu haben. Es war gewissermaßen lebendig und beweglich und ringelte sich wie ein Mittelding zwischen Schlange und Fisch um den Kopf: das waren lebende Haarsträhnen, etwas, was ein Eigenleben führte und aufleuchten und wieder verlöschen konnte ...

Ihr Kostüm bestand aus einem kurzen Kleidchen. Zwischen ihrem evanackten Leibe und dem Kleidchen befand sich gar nichts ... Das Kleid war aus buntrotem Samt und schloß so eng an den Körper, daß es für Sacharij fast unmöglich war, ein Häkchen nach dem anderen über ihrem nackten Rücken zu schließen ...

»Eines schließen und drei offen lassen — das ist die Methode«, belehrte ihn Nina, die ihm den Rücken zuwandte, über ihre Schulter hinweg.

Aus dem Rückenschlitz blinkte ihr körnig-fester Rücken. Seine Mitte durchzog die edelschmale Wirbelsäule wie ein lebender Ringelfisch. Auch Ninas Rücken schien ein eigenes Lebewesen zu sein; er bebte und zuckte unter jeder unwillkürlichen Berührung seiner Finger. Ihre Haut war von Natur bronzefarben, überdies hatte sie noch die Sonnenstrahlen in sich, die sie den ganzen Sommer am Meeresufer eingesogen hatte.

»So, weiter geht es nicht mehr«, rief Sacharij, hochrot von der anstrengenden Arbeit des Zuknöpfens, die Stirn schweißbedeckt. »Doch was ist das? Hier fehlt ja ein halbes Kleid!«

»Mehr ist nicht vorhanden«, erwiderte Nina, »so ist es in Ordnung.«

Sie wandte sich um und zeigte sich ihm. Ihr fester junger Leib, in die Form des engen Kleides eingepreßt und eingeschnürt, trat daraus noch tausendfach reifer hervor, als er in Wirklichkeit war. Das Kleid gab die graziösen Linien ihres Körpers bis in die kleinsten und reizendsten Details wieder.

»Sie denken also tatsächlich daran, so hinzugehen?«

»Wie meinen Sie das?« fragte Nina mit naiver Verwunderung.

»So —« Sacharij deutete auf ihr Kostüm.

»Oh, ich werde froh sein, wenn ich die künstlerische Musterung an der Tür von Sophia Arkadjewnas Paradies heil überstehe. ›Streng griechisch‹ lautet die Parole. Das bedeutet: gar nichts anhaben. Um die kritischen Engel am Paradieseingang zu täuschen, werde ich Trauben in mein Haar hängen und meine Stirn mit roten Rosen bekränzen; dann werde ich wie eine richtige Bacchantin für den Triumphwagen des großen Gottes aussehen, meinen Sie nicht, Sacharij Gawrilowitsch?« fragte sie, während sie ihr Haupt mit roten Rosen bekränzte.

Sacharij lächelte in seinen Schnurrbart:

»Als Ihr Beichtvater werde ich für Sie beten, daß man Ihnen Einlaß ins Paradies gewährt.«

»Ich wußte ja, daß Sie ein guter Kerl sind; ob Sie wollen oder nicht — Sie können nicht anders.«

Sacharij fühlte sich unbehaglich. Er spürte, daß er Gefahr lief, aus der Rolle zu fallen, und Mühe hatte, darin zu bleiben, um nicht eine andere, gefährlichere zu spielen . . .

»Und jetzt meinen Pelz, Sacharij Gawrilowitsch, es wird spät.«

Sacharij Gawrilowitsch hüllte sie in ihren Zobelmantel, der so warm, weich und lebendig war wie junge Kinderkörper. Er half ihr die hohen Schneeschuhe anzuziehen. In eine Wolke zarten Gardenienparfüms gehüllt, die ringelnden Flammen des Haares frei lodern lassend, trat sie zusammen mit Sacharij vor das Haus. Dort erwartete sie schon der breitschultrige Petersburger Kutscher Iwan, der Mühe hatte, mit den festen Zügeln den hohen glänzenden Hengst vor dem eleganten niedrigen Schlitten zu halten.

Sie saßen eng aneinandergeschmiegt, fest in die Pelzdecken gehüllt. Der schwarze Hengst flog mit lustigem Schellengeklingel wie ein Adler durch den gelbleuchtenden Nebel, der in den Straßen Petersburgs hing. Der Schnee auf der Brücke war weich und nachgiebig, und die Schlittenkufen schnitten tiefe Spuren hinein wie in einen flaumigweichen Teppich. Eine Wolke wirbelnden Schnees schlug den Fahrenden ins Gesicht. Das Licht der eisblumenbedeckten Schaufenster und der Straßenlaternen beleuchtete die schwarze Masse der Häuser, die im Dunkel der Nacht zu einem fließenden Körper verschmolzen. Alles blitzte und glänzte in der gelben Nebelwolke, selbst die eisbekrusteten glitzernden Marmorfassaden neben und vor den beiden Fahrenden. Von allen Seiten sausten im Galopp Schlitten mit schwarzglänzenden Rossen vorüber. Einer suchte den anderen zu überholen. Bloß das leichte Knarren der Schlittenkufen und die tänzelnden Schritte der Pferde im Schnee waren zu hören.

Nina und Sacharij fuhren, in unzählige Pelze eingehüllt, eng aneinandergekauert wie unter einer Decke. Sacharijs Hände fühlten die Weichheit von Ninas Pelz, als wäre es ihr Körper. Der Schnee peitschte angenehm ihre Gesichter, doch Sacharij spürte es ebensowenig wie Kälte und Wind. Hier, in der gelbleuchtenden Wolke, spürte er tausendmal stärker die Wärme des Atems aus ihrem Munde und von ihren Wangen und trank in vollen Zügen das warme Parfüm ihres Leibes, das selbst aus ihrem Pelz noch wehte ...

Auf dem ganzen Wege sprachen sie kein Wort. Durch Sacharijs Kopf und Herz flogen Phrasen und Einwände; sie reiften und drängten sich auf seine Zunge:

»Nina Solomonowna, warum gehen Sie dorthin? Ich bitte Sie, gehen Sie nicht zu Sophia Arkadjewna, die Gesellschaft paßt nicht für Sie.«

Und Nina Solomonowna hatte keinen anderen Wunsch, als eben diese Worte von ihm zu hören. Der Schlitten blieb vor Sophia Arkadjewnas Haus auf der Morskaja stehen, doch Sacharij reichte der Dürstenden nicht den erquickenden Trank, den sie wünschte ...

Kühl reichte sie ihm ihre duftende Hand und folgte dem Schweizer, der sie weiterführte. Sacharij sah sie durch die beleuchteten Fenster rasch zwischen den Säulen und Lichtern des warmen Korridors in Sophia Arkadjewnas Haus verschwinden.

Als Sacharij Mirkin allein blieb, wußte er nicht, was er anfangen sollte. Er ließ den Schlitten heimfahren und wanderte einsam durch Petersburg. Eben jetzt belebten sich die Straßen. Die Gehsteige füllten sich mit Menschen, die aus einem nahen Kino kamen. Der gelbleuchtende Nebel, der ganz niedrig über Petersburg hing, konnte sich im Schein der vielen elektrischen Lichter nicht heben und ließ den fallenden Schnee wie Diamantenkristalle funkeln, aufleuchten und wieder erlöschen. Von dem

Menschenstrom, dem warmen Licht der elektrischen Lampen, den eilenden Pferden, den sanften Schlittenglöckchen strömte Wärme, Heimeligkeit, Fröhlichkeit und eine gute Helligkeit, die jedes Herz rascher schlagen, jeden Fuß schneller schreiten ließ und alle Glieder mit Lebenslust und Freude erfüllte. Nachdem Nina ihn verlassen hatte, kam Sacharij Mirkin sich vor, als wäre er auf die Straße gejagt worden. Mitten in der allgemeinen Belebtheit und der rauschenden Lebenslust ringsum erfaßte ihn die Einsamkeit. Er sah sich hastig um und machte kehrt. Vor Sophia Arkadjewnas Hause warf er noch einmal einen Blick in den festlich erleuchteten Korridor mit den großen Säulen, zwischen denen Nina verschwunden war, als wollte er sich die Spuren ihrer kleinen Füße, die eben erst über die glatte Marmortreppe des Korridors geschwebt waren, ganz genau einprägen.

Und er hatte den Wunsch, in einem warmen Zimmer allein zu sein, nicht dem Winde der Straße preisgegeben. Er winkte einem Droschkenkutscher und ließ sich nach Hause fahren. Fest hüllte er sich in die Wagendecke, als fürchtete er, der Wind könnte die Wärme fortblasen und in seinem Inneren etwas zerstören. Heimgekommen, ging er geradewegs in sein Schlafzimmer, machte Nachttoilette und legte sich zu Bett. Entgegen seiner sonstigen Gewohnheit nahm er diesmal vor dem Schlafengehen kein Buch zur Hand. Er löschte das elektrische Licht aus, zog die Decke fest über sich und wie einst in seinen Kinderjahren versuchte er, im Dunkel der Nacht eine Erscheinung wachzurufen. Eine Gestalt schwebte auf ihn zu, die Nanas Antlitz, jedoch den Körper einer anderen Frau trug ... Seine Nasenflügel und sein offener Mund suchten einen schwachen Parfümhauch; auch dieser war aus verschiedenen Gerüchen gemischt ...

Familie Mirkin

Sacharij Gawrilowitsch entstammte einer eigenartigen Familie. Man kann behaupten, daß er sich selbst erzog; besser gesagt, er wuchs ohne jede Erziehung auf, obwohl er das Gymnasium und die juristische Fakultät beendet hatte und jetzt, in jungen Jahren, bereits Gehilfe des berühmten Rechtsanwaltes Halperin war.

Er, der Sohn eines der reichsten Männer im weiten Rußland, stand allein in der Welt, ohne Volk, ohne Familie, ohne Vaterland, ohne Heim. Er war ohne religiöse und ohne Familientradition herangewachsen, obwohl er einer der vornehmsten Familien Rußlands angehörte, ein Nachkomme vermögender Leute und berühmter Rabbiner war. Doch hatte er keine Feiertage, weder eigene noch fremde, obwohl er alle Feste, die jüdischen sowohl wie die christlichen, mitfeierte.

Der Gründer der Dynastie Mirkin, Moses Chaim Mirkin, der den Namen der Familie aus dem Meere des Unbekanntseins und der Unbedeutendheit gehoben und zu Ansehen gebracht hatte, war jüdischer Einwohner einer der großen Städte Litauens. Er hing der damals aufgekommenen jüdischen Aufklärung an, hatte große Freude an profanen Schriften in hebräischer Sprache und lernte sein Leben lang Deutsch und Russisch. Als einer der ersten in seiner Stadt kleidete er sich »deutsch« und stutzte seinen Bart. Er war auch ein großer Mathematiker. An den Sabbatabenden war sein Haus Mittelpunkt der Weisheit. Bei ihm fanden die Zusammenkünfte der Aufklärer des Ortes statt. In diesen Versammlungen wurde über Isaak Baer Levinsohn, den Vater der ostjüdischen Aufklärung, debattiert, wurden ernste Lebensfragen besprochen, verbotene Aufklärungsschriften und Pasquille gegen die Wunderrabbis gelesen, die im Manuskript von Hand zu Hand gingen. Mitunter gab man einander Rätsel auf oder spielte ein wenig Karten.

Es kamen die glücklichen Zeiten der Regierung Alexanders II. Ein neuer Geist kam in die Juden Rußlands, der Drang nach Bildung, der Wunsch, an der großen Welt teilzuhaben. Die Zukunft erschien ihnen in den rosigsten Farben, und sie bereiteten sich auf das neue glückliche Leben vor, das ihnen ihrer Meinung nach bevorstand. Die Provinz Litauen ging voran; sie liquidierte als erste die polnische Romantik und die Wünsche nach nationaler Selbständigkeit, die damals offen und insgeheim lebten, und begann jeden russischen Gendarmen und Beamten als Bringer des neuen glücklichen Lebens aus dem Osten zu begrüßen; die russische Sprache wurde das Mittel zum Eintritt in die große Familie »Rußland«.

Die Juden, die damals von der Außenwelt abgeschnitten und hinter den sieben Mauern ihrer eigenartigen Lebensformen abgeschlossen waren, bereiteten sich mit jenem Feuereifer, wie er für die Anpassungsfähigkeit des jüdischen Volkes charakteristisch ist, auf das bevorstehende neue Leben vor. Wieder war Litauen die Provinz, die den Anfang machte und zur Avantgarde des russischen Judentums wurde.

Moses Chaim Mirkin war ein typisches Kind seiner Zeit. Er hatte plötzlich den Weg entdeckt, den die Juden gehen mußten, begnügte sich aber nicht damit, ihn selbst zu gehen, sondern achtete darauf, daß auch andere seinem Beispiel folgten. Er trieb eifrig Propaganda und stellte sogar, obwohl er sonst mehr als geizig war, Mittel dafür zur Verfügung, daß die jüdischen Kinder die russische Sprache erlernen könnten. Er selbst sprach, wenn auch mit sehr schlechtem Akzent, auf der Straße nur russisch. In seinem Hause führte er als erster die neue Sitte ein, den Hut abzulegen, stellte einen Samowar auf und hielt besondere Empfangsstunden. Er bekämpfte auch den Fanatismus, die traditionelle jüdische Tracht, den »Jargon« und die überkommenen jüdischen Lebensformen. Sein Lieblingswort war: »Es ist höchste Zeit, ein neues Leben zu beginnen und zu werden wie andere Menschen.«

Das hinderte ihn jedoch nicht, einen Beruf auszuüben, der zu seinen freigeistigen Anschauungen sehr wenig paßte. Er verlieh Geld gegen Zinsen. Damit hatte er in der Weise angefangen, daß er Leihpfänder nahm. So war er ein Pfandleiher wie viele andere, nur mit dem Unterschied, daß er die Pfänder nicht in einer Lade, sondern in einer mit vielen Schlössern und Ketten gesicherten eisernen Kasse verwahrte. Jedes Pfand war mit einem Zettel versehen, auf dem in russischer und deutscher Sprache der Name des Eigentümers und die Nummer verzeichnet war. Gar manches Brautgeschenk und mancher Familienschmuck fanden den Weg in die Kasse des Moses Chaim Mirkin. Später, als die Anschauungen in Rußland liberaler wurden, ging Mirkin dazu über, mit den Gutsbesitzern der Umgebung und den höheren Beamten seiner Geburtsstadt Darlehensgeschäfte zu machen. Damit begann sein Aufschwung. Die Gutsbesitzer waren damals nicht so sparsam wie heute. In guter Stimmung, besonders am Kartentisch, konnte ein Bruder an den anderen ganze Dörfer, Wälder und Städte verspielen, oftmals Strecken Landes, die fast so groß waren wie kleine Staaten. Die Grundbesitzer brauchten stets Bargeld. Statt der Broschen, Halsbänder und Goldketten, Eheringe und Sabbatleuchter wanderten in Moses Chaim Mirkins eiserne Kasse nunmehr Wechsel, Schuldscheine und Kaufverträge über Güter, Felder und Wälder, bis er schließlich die großen Wälder von Pustyna erwarb.

In die große, mit drei weißen Rossen bespannte Kalesche gelehnt, fuhr Moses Chaim Mirkin, obwohl es Mai war, noch immer im warmen Reisepelz durch Kot und Sumpf, durch unheimliche Wege in eine fremde, unbekannte Welt. Dort waren ungeheure Strecken mit dicken

Eichen bedeckt, deren dichte Kronen den Sonnenschein und das Tageslicht nicht durchließen. Die mit Geäst und Wurzeln ineinander verflochtenen Eichen verstellten dem Menschen, der als erster in ihre verborgenen Geheimnisse eindrang, den Weg. Den Waldhüter auf dem Kutschbock, ein Gewehr in der Hand und den »Schreiber« Sorach zur Seite, drang Moses Chaim Mirkin ins tiefste Innere der Wälder von Pustyna ein, die er durch eine geschickte Transaktion an sich gebracht hatte, indem er ihrem Besitzer, einem polnischen Fürsten, eine bestimmte Summe zu den bereits in seiner Kasse befindlichen Wechseln bezahlte. Doch er selbst hatte keine Ahnung davon, daß die Wälder von Pustyna so groß, so breit, so mächtig waren, daß sie eine so ungeheure Fläche bedeckten.

Seit sechs Uhr morgens ist Moses Chaim Mirkin auf der Fahrt, und der Waldhüter sagt, es sei kaum ein Viertel der Strecke zurückgelegt. Dies sei erst der Anfang. Keines Menschen Fuß hatte je diese Wälder betreten, der erste, der es wagt, hier einzudringen, ist ihr neuer Eigentümer. Er sitzt in seiner Kalesche und wälzt in seinem Kopfe Plan um Plan, wie er sie ausnützen, ausforsten, ausroden könnte, wie er Sägewerke aufstellen, Schnittholz schlagen, Häuser bauen wird. Ein Plan jagt den andern. Die Bäume lesen wohl des Mannes Gedanken; denn sie verstellen ihm den Weg ... Hundert Hindernisse schaffen sie, um den Wagen nicht weiter in ihre Tiefe dringen zu lassen. Hier fallen die Pferde über hervorstehende Wurzeln, dort halten ernste, breite Eichen ihre Äste quer über den Weg und bilden eine dicke, dichte Mauer. Ein Rauschen und Sausen ertönt zwischen den Bäumen und wird zu einem unheimlichen Weinen, daß die Pferde erschreckt stehenbleiben und horchend die Ohren spitzen: Wer naht hier? — Doch Moses Chaim Mirkin gehört nicht zu den Leuten, die sich abschrecken lassen: Weiter, vorwärts! Der Proviant, den ihm seine Frau mitgegeben hat, ist aufgezehrt. So dient denn das Fäßchen Schnaps, das im Wagen liegt, als Nahrung, und es geht weiter. Dann aber kommt der Wagen zu einem Sumpf, über den man nicht hinüber kann. Zwischen trockenem Laub leuchtet noch weißer Schnee. Am anderen Ende dehnt sich ein grüner Moosteppich. Kein Fuß ward je hierher gesetzt, kein Menschenauge hat diese Gegend jemals gesehen. Moses Chaim Mirkin befiehlt, weiterzufahren: »Wenn es nicht anders geht, werden wir im Wagen übernachten. Zwei Gewehre haben wir, und Schnaps ist auch noch da!« Doch die Pferde wollen auf keinen Fall weiter. Sie spitzen die Ohren und horchen, blähen die Nüstern und schnuppern. Plötzlich stampfen sie mit den Hufen in den Sumpfboden, zerren an der leichten Kalesche, und ohne der Zügel und der Peitsche des Kutschers zu achten, machen sie kehrt und stürmen über Wurzeln und Äste davon. Ein Teil des Wagens bleibt am Boden liegen. Moses Chaim Mirkin ist auf die eine Seite gefallen, der Schreiber Sorach auf die andere. Den Rest des zerbrochenen Wagens schleifen die Pferde im Galopp fort. So wird Moses Chaim Mirkin aus seinem eigenen Besitz vertrieben, und der Wald von Pustyna bleibt unbesichtigt.

Als es in der Stadt ruchbar wurde, daß Mirkin die Wälder von Pustyna gekauft hatte, lachte jedermann: »Was wird er damit anfangen? Wasser gibt es dort keines. Es wird ihm nichts übrigbleiben, als die Eichen zu essen ...« — Moses Chaim Mirkin nickte mit dem Kopfe, wenn er derlei hörte: »Wahrhaftig, was werde ich damit anfangen? Es wird nichts übrigbleiben, als die Eichen zu essen.«

Dreißig Jahre lang ließ Moses Chaim Mirkin die Wälder von Pustyna unberührt. Währenddessen befaßte er sich mit dem Städtebau und entwickelte auf diesem Gebiete eine bis dahin unerhörte Rührigkeit. Er ließ keine Minute ungenützt vorübergehen. Bisher hatte die Stadt, in der er wohnte, aus einigen Regierungsgebäuden und vereinzelten Holzhäuschen ihrer Bewohner bestanden, alles übrige war Kot und Sumpf. Moses Chaim Mirkin unternahm es, auf dem Sumpf zu bauen. Er entwässerte große Strecken und schuf allmählich richtige Straßenzüge. Sie bestanden zuerst aus Holzhäusern. Die Bretterfugen waren mit Schweinsborsten verpicht: »Vierhundert Jahre kann ein solches Haus stehen. Ich baue für vierhundert Jahre« — war sein Lieblingswort.

Als dann die Steinhäuser in Mode kamen, baute er nach der neuen Methode. Am Rande seines Waldbesitzes rauchten Ziegeleien Tag und Nacht. Tag und Nacht bewegten sich lange Reihen schwerer Gespanne stadtwärts, um die Ziegel aus den Ziegeleien anzuliefern. Das dauerte so lange, bis er die große litauische Stadt aus einer hölzernen in eine steinerne umgewandelt hatte . . .

In den letzten Jahren vor seinem Tode saß Mirkin einsam, von seinen Kindern verlassen, in dem kleinsten Zimmer seiner großen Wohnung und berechnete unaufhörlich, wieviel Raummeter wohl sein unberührter Wald von Pustyna enthielt. Das Rechnen war eine Art Medikament gegen das Asthma, von dem er in seinen letzten Lebensjahren gequält wurde. Wenn er neue Pläne zu schmieden begann oder sein Vermögen berechnete, hatte dies eine so wohltuende Wirkung auf seinen Körper, daß er den furchtbar quälenden asthmatischen Hustenanfall meistern konnte. Zu dieser Zeit gerade beschloß die Regierung den Bau der neuen Bahnlinie, die ihre Südprovinzen mit dem Westen Rußlands verbinden sollte. Diese Linie sollte mitten durch den Wald von Pustyna führen. Und ehe man sich's versah, wuchs auf der einen Seite des Waldrandes ein ganzes Städtchen aus dem Boden, besiedelt von Bahnarbeitern, von Beamten und Juden, die sich anschickten, aus dem Walde, der geschlagen werden sollte, ihren Unterhalt zu ziehen. Mitten im Walde sollten einige Haltestellen errichtet werden, und er wurde jetzt nicht mehr nach Meilen, sondern nach Deßjatinen gemessen. Diese Kunde erreichte Moses Chaim Mirkin auf seinem Totenbett. Sein Kopf begann sofort Pläne und Projekte zu entwerfen, und er rechnete aus, wieviel Städte er im Walde erbauen konnte. Diese Tätigkeit schuf ihm Erleichterung und verlängerte auch für kurze Zeit sein Leben, bis das Asthma über ihn völlig Gewalt bekam und ihn zu würgen begann. Da klagte Moses Chaim Mirkin in seinem Inneren:

»Der Wald von Pustyna beginnt zu leben, ich aber muß sterben ...«

Keiner hörte seine Klage, denn der Hustenanfall erstickte sie für immer.

Gabriel Haimowitsch Mirkin

Moses Chaim Mirkin hinterließ zwei Söhne und zwei Töchter. Die Töchter hatte er in die Provinz reich verheiratet und als gewiegter Kaufmann den Schwiegersöhnen ihr Erbteil noch bei Lebzeiten ausgezahlt, damit die Söhne nach seinem Tode das Vermögen nicht zersplittern müßten. Sein älterer Sohn Josef Mirkin hatte die Laufbahn des Vaters eingeschlagen und war dazu ausersehen, das väterliche Geschäft zu übernehmen. Er blieb auch in der Geburtsstadt wohnen. Der jüngere Sohn Gabriel jedoch sollte nach dem Wunsche des Vaters Advokat werden. Ebenso wie ein Vater der alten jüdischen Tradition wünscht, daß einer seiner Söhne Talmudgelehrter werde, um auch nach seinem Tode die Welt zu erleuchten, so wollte der alte Mirkin unbedingt einen »studierten« Sohn haben. Damit wollte er auch seine Sünden gegen die »Aufklärung«, vor allem seine Zinsengeschäfte gutmachen. Als die beiden Söhne Mirkins das städtische Gymnasium absolviert hatten — sie waren die ersten jüdischen Gymnasialschüler in der Stadt —, trat der ältere in das Geschäft des Vaters ein, der jüngere aber bezog die juristische Fakultät in der Residenzstadt Petersburg. Es bereitete ihm damals noch keine Schwierigkeiten, als Jude an einer Hochschule aufgenommen zu werden, da es nur wenige jüdische Hörer gab.

Bald jedoch stellte sich heraus, daß gerade der jüngere Sohn überraschende geschäftliche Fähigkeiten besaß, während der ältere zeitlebens nicht vorwärtskam, sondern das väterliche Erbteil verwirtschaftete. Allerdings konnte dieses riesige Vermögen auch durch seine stets »unglücklichen« Geschäftsoperationen nicht zur Gänze aufgezehrt werden. Gabriel, der jüngere Sohn, plagte sich, nur um des Vaters Wunsch nachzukommen, mit dem römischen Recht. Allzu eifrig betrieb er es nicht. Dafür aber schloß er Bekanntschaft mit einer Reihe christlicher Studenten, zu denen es ihn zog. Von Kindheit an besaß er eine Abneigung gegen Juden. Seine offene Hand und das Geld, das ihm sein Vater in reichem Maße zur Verfügung stellte, ließen seine christlichen Kameraden gegenüber seiner jüdischen Herkunft Nachsicht üben. Sie gehörten der »jeunesse dorée« jener Zeit an, die ihre Nächte mit Soubretten und Cancan-Tänzerinnen in den Stätten des Petersburger Nachtlebens verbrachte. Gabriel Mirkin hielt mit seinen Kollegen gleichen Schritt und lernte von ihnen glatte Manieren und leichten Umgang mit Frauen; das Wesentlichste aber war, daß er sich durch seinen Umgang mit den künftigen hohen Beamten Beziehungen sicherte. Diesen Umstand verstand Gabriel Haimowitsch später für seine Unternehmungen auszunützen.

In seiner Studentenzeit lernte er auch seine spätere Frau Natalia Ossipowna Saruchin kennen. Der Name war nicht ursprünglich, sondern vom Vater des Mädchens angenommen. Vater Saruchin, ein bekannter Arzt in Petersburg, war jüdischer Herkunft. Ob er getauft war oder nicht, stand nicht genau fest. In seinem Hause herrschte, wie in allen Häusern Petersburgs, die russisch-orthodoxe Lebensführung. Ikonen mit roten Lämpchen hingen in den Winkeln seines Ordinationszimmers, im Speisezimmer und im Salon. Natalias Mutter sah wie eine Christin aus — der Vater freilich weniger. Seine Nase war stark gebogen, die Stirn hoch, die Augen tiefliegend und verschleiert, und in die langen Bartkotelettes ergoß sich ein Strom von Fältchen. Das Haus Saruchin galt als ein aristokratisches. Dem jungen Gabriel Haimowitsch imponierte der Petersburger Lakai, der mit weißen Handschuhen bei Tische servierte, ihm imponierten die vielen Empiremöbel im Stile Alexanders I. in der Wohnung des Arztes, die breiten, bauchigen Schränke, die massiven Kommoden mit schweren Bronzebeschlägen und die unheimlich langen Tische. Am meisten aber imponierte es dem jungen Gabriel Haimowitsch, daß im Hause alle Personen zueinander »Sie« sagten. Selbst Mutter und Tochter duzten sich nicht. Wirklich tiefen Eindruck jedoch machte auf den jungen Studenten der alabasterweiße, mit bläulichen Äderchen durchzogene Hals, der sich aus Nataschas Dekolleté hob. Daran hing an einem schmalen Samtbändchen ein kleines Medaillon mit einer Haarlocke und einem unbekannten Miniaturbild. All das erschien in Gabriels Augen so großartig, daß es ihm für immer im Gedächtnis blieb.

In das Haus des Arztes war Gabriel durch einen Vetter des Hausherrn eingeführt worden, der zu Gabriels Studienkreis gehörte und mit ihm eng befreundet war. Doktor Saruchin, Vater von fünf Töchtern, von denen Natascha die dritte war, nahm Gabriel, wie jeden jungen Mann, überaus freundlich auf.

Gabriel war sich nicht im klaren darüber, ob er die Taufe werde nehmen müssen, wenn er Nataschas Hand bekäme. Auch sie übte starke Anziehungskraft auf ihn aus. Er war einigermaßen enttäuscht, als es sich herausstellte, daß er seinen Glauben nicht wechseln mußte. Im Gegenteil — der Umstand, daß Gabriel Jude war und aus dem Zentrum einer jüdischen Massensiedlung stammte, wo die traditionellen Sitten und Gebräuche des Judentums noch bewahrt wurden, machte ihn seinem künftigen Schwiegervater besonders willkommen. Denn obwohl Doktor Saruchin bereits vollständig assimiliert war und gar keine Verbindung mehr mit dem Judentum hatte, scheute er doch aus einem vielleicht ihm selbst unbekannten Grunde vor dem letzten Schritte zurück.

Nach dem Tode des Vaters kehrte Gabriel in seine litauische Heimatstadt zurück. Damals hatte er das Studium bereits aufgegeben. Die zwei Petersburger Jahre hatten ihn so verändert, daß ihn niemand wiedererkannte. Schon damals hatte er seinen jugendlich blonden Bart in zwei spitze Hälften geteilt, wie es zu jener Zeit in Petersburg Mode war. Nach englischem Vorbild trug er eine goldene Kette über der Samtweste, eine breit geschnittene Hose, einen schwarzen »Prince Albert«-Rock mit einer Rose im Knopfloch und einen kleinen steifen Derbyhut. So zog er als echter Petersburger Elegant die Aufmerksamkeit der ganzen Stadt auf sich. Sein korrektes großstädtisches Russisch, seine guten Manieren machten ihn zu einem gerngesehenen Gaste nicht nur in den reichen Judenhäusern — von denen er sich allerdings fernhielt —, sondern auch in den Familien der russischen Beamtenkreise der Stadt.

Er kam auf den Gedanken, beim Eisenbahnministerium ein Angebot auf Lieferung von Eisenbahnschwellen aus den Wäldern von Pustyna für die neue Bahnlinie einzureichen. Die Wälder von Pustyna, die im Zentrum der neuen Linie lagen, konnten Eisenbahnschwellen zu viel niedrigeren Preisen liefern als die Konkurrenz. Gabriels Beziehungen zu Petersburger Beamtenkreisen, seine offene Hand, seine nächtlichen Gesellschaften am Spieltisch oder in den Boudoirs schöner Frauen von zweifelhaftem Rufe trugen viel dazu bei, daß sein Angebot angenommen wurde. Das war Gabriels erstes großes Geschäft mit dem Eisenbahnministerium, und mit einem Male war die Firma »Brüder Mirkin« in Regierungskreisen bekannt.

Bald jedoch sah Gabriel ein, er würde, wenn er mit dem Bruder verbunden bliebe, nicht weit kommen. Er war es überdrüssig, im Zentrum der jüdischen Siedlung zu bleiben, und ihn ekelte vor dem Schmutz und den vielen Juden, mit denen er nichts zu tun haben wollte. Es zog ihn in die große Welt. So liquidierte er denn auf einen Schlag — mit jener Großzügigkeit, die für ihn charakteristisch war — das väterliche Geschäft in Litauen, überließ dem Bruder sämtliche Häuser, Pfänder und Forderungen an Grundbesitzer und Grafen, behielt nur die Wälder von Pustyna samt dem Vertrage mit der Regierung und kehrte nach Petersburg zurück. Dort erwartete ihn Natascha mit dem alabasterweißen Hals und dem geheimnisvollen Medaillon am schwarzen Samtbande.

Gerade um diese Zeit schritt die Regierung an die Verwirklichung des gigantischen Planes der sibirischen Bahn. Der Bau wurde zu gleicher Zeit an einigen Punkten der unendlich weiten Strecke von Moskau bis Wladiwostok begonnen. Wie ein Löwe im Walde seine Beute wittert, so witterte Gabriel geradezu die kolossalen Unternehmungen, die sich im Zusammenhang mit dem sibirischen Bahnbau verwirklichen ließen. In der Residenz schuf er zunächst ein Konsortium. Darin wurden jüdische Großkapitalisten mit hohen Staatsbeamten vereinigt und einige klingende Namen von Großfürsten herangezogen. Und dann begann in Zentralrußland und Sibirien der Ankauf ungeheurer Strecken Waldes im Bereiche der künftigen Bahnlinie. Die hohen Beamten und Großfürsten sorgten dafür, daß das Eisenbahnministerium die Schwellen für den unendlichen Schienenstrang der sibirischen Eisenbahn von dem Konsortium zu einem Preise bezog, den es allein in Rußland diktieren konnte.

Nach der Hochzeit mit Natalia warfen ihn seine Geschäfte von einer Stadt Rußlands in die andere. Da seine Anwesenheit beim Bau unbedingt notwendig war, entschloß er sich, seinen Wohnsitz von Petersburg nach dem tiefsten Innern Rußlands zu verlegen.

Natalia war eine schwächliche, zur Trägheit neigende Frau. In ihrem Knochenmark schien der feuchte Dunst der Petersburger Kanäle zu liegen, zwischen denen sie aufgewachsen war. Sie konnte mit ihrem Gatten nicht Schritt halten. So wurde sie bald müde infolge der Abspannung, die seine unermüdliche Energie ihr schuf. Kaum war der Haushalt in einer Stadt eingerichtet worden, so mußte er in eine andere verlegt werden. Und dann kamen die Kinder.

Zunächst waren es drei Mädchen. Keines blieb am Leben. Dann wurde Sacharij geboren. Die Kinder kamen auf der Strecke zwischen Moskau und Jekaterinburg zur Welt, jedes in einer anderen Stadt.

Bis zur Geburt Sacharijs trug sich Gabriel Haimowitsch ernsthaft mit dem Gedanken, zu der Religion überzutreten, deren Bräuche er seit je hielt.

Im Grunde genommen schied ihn nichts von allen seinen Freunden. In seinem Hause wurden nicht nur alle russisch-orthodoxen Feste gefeiert, sondern von Zeit zu Zeit auch die Kirche besucht, schon um eine gesellschaftliche Pflicht zu erfüllen. Alle Bekannten, Geschäftsfreunde und Angestellten gehörten der orthodoxen Kirche an. Wenn ein besonderer nationaler Feiertag oder der Namenstag des Zaren gefeiert wurde, mußte man anwesend sein. Wohl wußten alle, daß Mirkin auf dem Papier einer anderen Konfession angehörte, doch das wurde ihm nachgesehen. Denn in den Gebieten Zentralrußlands, wo er jeweils wohnte, gab es fast keinen Antisemitismus und keine unüberbrückbaren Gegensätze; überdies glich Mirkins Lebensführung so vollständig der seiner Umgebung, daß gar kein Unterschied zu merken war. Die meisten seiner Bekannten wußten nicht einmal, daß Gabriel Haimowitsch einer anderen Konfession angehörte. Nur sein Judenpaß und sein jüdischer Name machten ihm bei seinen Handelsbeziehungen mit der Regierung dann und wann Schwierigkeiten. So sah er keinen Grund, warum er nicht den letzten Schritt tun und völlig zu der Religion übergehen sollte, in deren Formen und Bräuchen er lebte.

Doch inzwischen war die Reaktion wieder emporgekommen – es waren die Zeiten Pobiedonoszews unter Alexander III. Auch die Hoffnungen, die nach Alexanders Tode auf den neuen Zaren gesetzt wurden, erfüllten sich nicht. Pobiedonoszew herrschte über Nikolaus II. ebenso wie über Alexander. Damals erwachte in Mirkin, wie in so vielen seinesgleichen, ein stummer Protest, der sich darin ausdrückte, daß er absichtlich an seiner Religion weiter festhielt. Es erschien ihm als Feigheit, gerade jetzt ohne Grund zum russischen Glauben überzutreten. So verschob er denn den Übertritt auf die Zeit, da ihm ein Sohn geboren werden würde, damit sein Erbe nicht grundlos unter seinem Judentum zu leiden habe. Als es jedoch dazu kam, war der Judenhaß der Regierungskreise bereits so verbissen, daß er in Gabriel Haimowitsch Trotz wachrief. Er wollte nicht den Anschein erwecken, als handelte er unter dem Zwange der Unterdrückung. Wieder verschob er seinen Vorsatz, bis die Reaktion nachlassen würde und er den Übertritt mit ruhigem Gewissen vollziehen könnte.

Ein anderes Leben, andere Sitten und andere Festtage konnte er seinem Sohne nicht geben, außer denen, die er nicht offiziell, »auf dem Papier«, annehmen wollte, die er aber gewissermaßen unberechtigt übte ...

So wuchs der Sohn vollständig in russischer Atmosphäre auf, genau so wie die Nachbarskinder. Er unterschied sich von ihnen in keiner Weise. Ebenso wie der Knabe des Nachbarn schlug Sacharij vor dem Schlafengehen ein Kreuz vor der Ikone in seinem Kinderzimmer, freute sich des Weihnachtsbaumes und der bunten Ostereier und erwartete mit Ungeduld den Festtag, da das Heiligenbild in das aufgehackte Eis getaucht wird ... Bis zu seinem zwölften Lebensjahre wußte Sacharij überhaupt nicht, daß er einer anderen Rasse, einem anderen Volke, einem anderen Glauben angehörte. Seine Kameraden in der Schule und im Park begegneten ihm wie ihresgleichen und wußten nicht, daß ihn etwas von ihnen unterschied.

Als Sacharij vor dem Eintritt ins Gymnasium stand, verließ seine Mutter plötzlich das Haus und fuhr ins Ausland. Dem Knaben wurde gesagt, die Mutter sei krank und müsse zur Kur fahren. So blieb denn der kleine Sacharij allein in dem großen Hause im tiefsten Innern Rußlands. Seine Mutter sah er nie mehr wieder.

Sacharijs Knabenjahre

Der Vater reiste ständig zwischen Petersburg und Jekaterinburg hin und her. So waren denn der kleine Sacharij, sein Korrepetitor Stepan Iwanowitsch — ein bejahrter Gymnasiallehrer, der wegen irgendeines Vergehens seine Stelle verloren hatte —, die Haushälterin Maria Iwanowna und die aus Köchin, Stubenmädchen und einem Lakaien bestehende Dienerschaft die einzigen Bewohner des großen Hauses in Jekaterinburg. Das Zimmer der Mutter im ersten Stock war verschlossen, dagegen war der große Salon mit den schweren massiven Möbeln und den vielen Bronzen, die aus Petersburg gebracht worden waren, offen, blieb jedoch unbenützt. Auch das breite Speisezimmer mit seinen vier Fenstern, den vierundzwanzig lederüberzogenen Stühlen und dem unheimlich langen Tisch war geöffnet, ebenso Vaters Arbeitskabinett mit dem riesigen Schreibtisch, auf dem die schwere Bronzeschreibgarnitur, zwei Lokomotiven, die als Briefbeschwerer dienten, und in Gold gerahmte Photographien einiger hoher Beamten und Generäle standen. Das Dienstmädchen und der Lakai brachten die Räume täglich in Ordnung, reinigten auch die schweren Perserteppiche und wischten Staub, obwohl sehr selten Besuch kam.

In der ersten Zeit seines Alleinseins war dem kleinen Sacharij sehr bange nach der Mutter. Er schämte sich jedoch, es zu zeigen, da er wußte, es passe nicht zu einem Gymnasiasten, so sentimental zu sein. Doch wenn Stepan Iwanowitsch schlief — und Stepan Iwanowitsch, der dem Schnaps sehr zugetan war, benützte jede Gelegenheit zu schlafen —, dann stahl sich der kleine Sacharij unbemerkt in den Salon im ersten Stockwerk, wo auf einem Tischchen nicht weit vom Kamin Mamas große Photographie im Goldrahmen stand, und streichelte auf dem Glase die Stellen, die Mamas längliches Gesicht und ihre schmalen Wangen darstellten; dabei sprach er zu dem Bilde wie zu einem lebenden Wesen:

»Teure Mammi, ich habe dich lieb, ich habe dich so lieb.«

Dann preßte er sein Näschen an das kalte Glas und küßte die Stelle, wo sich Mamas schneeweißer Hals befand. So lange es ging, blieb der Knabe in dem großen, selten beheizten Salon, in dem es immer kalt war, und murmelte vor sich hin:

»Teure Mammi, ich habe dich lieb, ich habe dich so lieb.«

Auf der Photographie im Goldrahmen trug Mama, ebenso wie im Leben an ihren Empfangstagen, das blaue Seidenkleid, das rückwärts in krinolinenartige breite Falten gelegt und bis zum Hals geknöpft war. Ein weißer Spitzenschal fiel leicht über ihre Arme, die Hand hielt einen Fächer. Das Haar war in einen hohen Knoten gelegt und mit Kämmen besteckt. Auf der glatten Stirn ringelte sich ein einziges Löckchen, das aussah, als wäre es angeklebt. Stundenlang konnte der kleine Sacharij vor der Photographie stehen und Mamas Gesicht studieren. Er blickte tief in Mamas blaue Augen, obwohl sie nicht auf ihm haften blieben, sondern stets seitwärts zum Fenster hinausschauten. Sie waren so voll Liebreiz und übten solche Anziehungskraft, daß der Knabe sich über das Glas neigte und Mamas Augen, Mamas gerade längliche Nase, Mamas Lippen mit Küssen bedeckte. Und gar oft vergrub er sein Gesicht in Mamas weichen, weißen Hals.

An Mamas Bild liebte er alles: die weißen Rosen, die sie am Busen trug, den Fächer, den weißen Spitzenschal. Noch jetzt glaubte er durch das Glas der Photographie den eigentümlichen, angenehm warmen Parfümduft aus Mamas Kleidern zu spüren, zusammen mit dem Geruch von Naphthalin, das sich stets in Mamas Schränken befand, um die Kleidungsstücke vor Motten zu schützen ... Es überkam ihn das Verlangen, sich auf die Photographie zu stürzen und jeden Teil von Mamas Kleidung zu küssen. Das hatte er in Wirklichkeit nie dürfen.

Mama hatte ihn immer abgewehrt, wenn er seinem kindlichen Wunsche, sie zu liebkosen, nachgeben wollte:

»Du bist doch ein großer Junge, gehst schon ins Gymnasium und trägst eine Uniform. Es paßt nicht mehr für dich, so kindisch zu sein.«

Manchmal hatte ihm Mama auch mit dem Vater gedroht:

»Wie wird das sein, Sacharij, wenn der Vater merkt, wie kindisch du bist?«

Und vor dem Vater hatte Sacharij mehr Angst als vor dem rothaarigen Mathematiklehrer oder vor dem schwarzen Engel mit dem Schwert in der Hand auf der heiligen Ikone.

Doch er konnte ja nichts dafür, daß er so gern mit Mamas Händen und Fingern spielte, daß er so gern ganz nah bei ihren Knien stand und den warmen Duft ihres Parfüms einsog, daß er ein wenig mit ihrem Fächer oder den Fransen ihres Schals spielen wollte!

So tat er denn, was ihm Mama zu tun verwehrte, heimlich, wenn er irgendwo ein Kleid von Mama liegen sah. Selbst wenn er einen Schuh von Mama fand, drückte er ihn an sein Herz und küßte ihn:

»Teure Mammi, ich habe dich lieb, ich habe dich so lieb ...«

Als er nach der Abreise der Mutter allein blieb, erkrankte der Knabe: er litt lange an nervösem Fieber. Es dauerte geraume Zeit, bis er sich an das Alleinsein gewöhnte. Das kam ihm so schwer an, wie es einem Kinde ankommt, sich der Mutterbrust zu entwöhnen. Als er es schließlich mit aller Willenskraft dahin brachte, ohne Mutter zu sein, da ergoß er seine Liebe zu ihr ungestört auf ihre Photographien und die zurückgebliebenen Kleidungsstücke.

Die Liebe zu seiner Mutter hinterließ bei dem kleinen Sacharij eine tiefe Spur für immer: sie beeinflußte sein Verhältnis zu den Frauen. Lange Zeit, auch schon in seinen reifen Knabenjahren, konnte Sacharij, wenn er sehr traurig war, nicht anders Schlaf auf seinem Lager finden, als daß er sich in seiner Phantasie vorstellte, er schmiege sein Gesicht an den weichen, weißen Hals seiner Mutter. Diese Gewohnheit hat er noch heute: Er fühlt dabei den Duft aus ihrem ganzen Körper dringen, und ein reines, zartes und keusches Empfinden kommt über ihn, eine Güte, die nicht von dieser Welt ist, weil sie nur aus der reinen Mutterliebe entstehen kann. Er wird wieder ein hilfloses Kind und gibt sich völlig in Schutz und Schirm der Mutterarme.

Dieses Verhältnis zu seiner Mutter übte solche Wirkung auf ihn, daß es seine Anschauungen über jede Frau beeinflußte. Bis heute kann Sacharij einer Frau nur mit den reinsten und edelsten Empfindungen gegenübertreten. In jeder Frau, selbst in der Dirne und in der Prostituierten, mit denen ihn sein späteres Studentenleben selbstverständlich in Berührung brachte, sieht er ein Symbol seiner Mutter und seiner Knabenliebe zu ihr . . . So wird jede Frau rein durch seiner Mutter weißen Seidenschal, jede Frau atmet den zarten Milchduft der Mutter, den Sacharij als Kind gefühlt, jede Frau steht für ihn auf einem Piedestal, in eine Wolke aus Mutterglorie gehüllt.

Als er älter wurde, legte sich sein Mutterwahn ein wenig. Auch das ungeduldige Warten auf einen Brief der Mutter hörte auf. Er saß nicht mehr, wie früher, ganze Abende am Klavier, um Liebesgedichte an seine Mutter in Musik zu setzen, die er nie abgeschickt hatte, da er sich schämte, der Mutter seine Gefühle zu offenbaren. Die Stelle der Mutter nahmen junge Mädchen ein, die Schwestern seiner Freunde oder Pensionstöchter, die man bei der Musik im Stadtpark oder in der Tanzstunde traf und zu denen man dann und wann im Theater in die Loge hinüberkokettierte ... Zu nicht geringem Teile aber trat an die Stelle der Mutter für den jungen Sacharij seine Amme Maria Iwanowna.

Maria Iwanowna wurde im Hause mit dem Namen ihres Vaters genannt; so werden in Rußland sonst nur Personen der besseren Klasse, jedoch nie das Hauspersonal gerufen, als dürften Angehörige des gemeinen Volkes nicht der Ehre teilhaftig werden, daß die Welt zugibt, auch sie hätten einen Vater. Maria Iwanowna war eine einfache Frau aus dem Volke. Sie konnte kaum recht lesen, und das wenige hatte sie auch erst im Hause Mirkin gelernt. Doch seit sie das russische Alphabet erlernt hatte, wurde ihr die Auszeichnung zuteil, mit dem Namen ihres Vaters gerufen zu werden; überdies wurde sie Haushälterin. Trotz ihres einfachen und primitiven Wesens verfügte diese Frau über eine bewundernswürdige innere Intelligenz. Sie verstand ihre Herrin auf den Wink und konnte deren Wünsche geradezu instinktiv erfühlen, ehe Frau Mirkin sich noch selbst ihrer bewußt wurde. Maria Iwanowna war in das Haus Mirkin gekommen, als Sacharij geboren wurde, als gesunde Amme von einer befreundeten Familie empfohlen. Auch als der Knabe entwöhnt war, blieb sie im Hause, zunächst als einfaches Dienstmädchen. Doch bald gewann sie durch ihre Intelligenz, ihr Interesse an allem, was im Hause vorging, durch ihre Treue und vor allem durch ihre Uneigennützigkeit die Herzen ihrer Herrschaft; aber noch mehr — ohne daß man wußte und merkte, wie es kam, wurde Maria Iwanowna ein wichtiges Mitglied der Familie. Diese Stellung schuf sie sich ganz allein. Die Herrin des Hauses kränkelte stets und war die Hälfte des Tages mit ihrer Pflege, die andere Hälfte mit gesellschaftlichen Pflichten beschäftigt. So übernahm Maria Iwanowna ganz von selbst, ohne daß es ihr jemand übergeben hätte, das Regiment im Hause.

Dem kleinen Sacharij war sie mehr als eine Amme, ja mehr als eine Mutter. Noch lange Zeit, nachdem sie ihn entwöhnt hatte, konnte er nur einschlafen, wenn sie an seinem Bette kniend ihn auf ihren starken Armen in den Schlaf wiegte. Auch als Sacharij heranwuchs und das Gymnasium besuchte, hatte Maria Iwanowna großen Einfluß auf ihn. Sie allein konnte ihn dazu bringen, ein Gericht zu essen, das er nicht liebte, wenn es ihm der Hausarzt seiner Gesundheit und seiner Gewichtszunahme wegen verordnet hatte. Sie konnte ihn sogar dazu bewegen, Lebertran zu trinken. Ihrem Einfluß war es zuzuschreiben, daß der kleine Sacharij zur Zeit schlafen ging, seine Nachhilfestunden ordentlich nahm und seinem Erzieher Stepan Iwanowitsch gehorchte. Diesen Einfluß übte Maria Iwanowna auf den Knaben lediglich durch ihre physische Kraft aus. Sie war stark, groß und kräftig, aus ihrer Bluse ragten zwei weiße runde Arme hervor, das enggeschnürte Mieder zeichnete einen starken, prallen Busen. Maria Iwanowna konnte eine schöne, üppige Frau genannt werden. Sie hielt auch ihre Kleidung stets in bester Ordnung, trug ein schwarzes Kleid, ein weißes Mieder, weiße Schürze und ein buntes Bauerntuch um die Schultern. Wenn es nötig war, scheute sie sich nicht, den Gymnasiasten übers Knie zu legen und ihm auf seine Gymnasiastenuniform eine ordentliche Tracht Prügel aufzumessen.

Das ganze Haus hatte Angst vor ihr, die Dienerschaft ebenso wie der stets schläfrige Erzieher Stepan Iwanowitsch und die Kinder; wahrscheinlich zitterte auch die schwache, kränkliche Hausfrau in ihrem weißen, mit vielen weichen Teppichen belegten Schlafzimmer im oberen Stockwerk vor der Kommandostimme, dem festen Gang und vor der Energie, die ihre Haushälterin ausströmte.

Maria Iwanowna stand als erste im Hause Mirkin auf und ging als letzte schlafen, nachdem sie im ganzen Hause nachgesehen hatte, ob alles in Ordnung war. Sie bestimmte den Speisezettel für jede Mahlzeit, sie hatte die Schlüssel zu Keller und Vorratskammer.

Ihr Brustkind, den kleinen Sacharij, vergötterte sie geradezu. Er war ihr Abgott, ihr Leben, und sie behütete ihn wie ihren Augapfel. Oft stand sie stundenlang vor seiner Tür und horchte, ob er ruhig schlief und ob ihm nichts fehlte. Wenn er erkrankte oder auch nur ein wenig unpäßlich war, wich sie nicht für einen Augenblick von seinem Bette, und in ihren Armen schlief er ein. In ihnen fand er Schutz und Sicherheit vor jenen dunklen schweren Angstträumen, die jedes Kind aus den unbekannten Welten bringt, von denen es herkommt ...

Die Macht über den kleinen Sacharij besaß Maria Iwanowna ungeteilt, seit er nach der Abreise der Mutter mit ihr in dem großen Haus zurückblieb.

Sie bestimmte seine Kleidung, und ohne ihre Erlaubnis hätte er nicht gewagt, ein warmes Kleidungsstück abzulegen, mochte es ihm noch so schwer und lästig sein. Sie befahl ihm, was er essen sollte. Aus Furcht vor ihr wagte er es nicht, eine Stunde länger auf dem Eislaufplatz, bei einem Kameraden oder bei der Militärmusik im Stadtpark zu verbringen. Er mußte pünktlich zur festgesetzten Speisestunde oder zu seiner Lektion zu Hause sein. Tat er es nicht, so bekam er ihre kräftige Stimme zu hören, und wenn die keine Wirkung übte, so nahm sie ihre Hände zu Hilfe.

Dennoch war es nicht bloß ihre physische Kraft, die den Knaben der bezahlten Haushälterin seines Vaters so untertänig machte. Ihre Herrschaft über ihn beruhte auch auf der ergebenen mütterlichen Liebe, die von der großen starken Amme auf ihr Brustkind überströmte. Der kleine Sacharij konnte sich ihrer Mütterlichkeit nicht entziehen, und Maria Iwanownas Mütterlichkeit strömte aus allen Poren ihres mächtigen, kräftigen Körpers, aus ihren starken runden Armen, ihren Augen, ihrem Munde. In jedem ihrer Worte hörte der Knabe das mütterliche Beben, mit dem diese Frau um ihn zitterte. In jedem ihrer Blicke sah er den mütterlichen Funken, der in ihr für ihn glühte. In den langen unheimlichen und kalten Winternächten von Zentralrußland, da der weiße Schnee alles bedeckt und zum Boden des Menschen wird, da der Frost aus den Wäldern Sibiriens hervorbricht und wie ein Rudel Wölfe die Stadt umringt — in diesen Nächten lag der kleine Sacharij schlaflos in seinem Bette. Sein kleiner Körper suchte Wärme unter den vielen Decken und Tüchern und fand sie nicht. Mit geschlossenen Augen versuchte der Knabe, sich Gesicht und Gestalt seiner fernen Mutter vorzustellen, doch es gelang ihm nicht. In solchen Nächten fühlte Maria Iwanowna, die wie ein treuer Hund schon seit Stunden vor dem Schlafzimmer ihres Sacharij stand und seine Unruhe merkte, wie einsam und hilflos ihr Brustkind war. Auf den Zehenspitzen stahl sie sich in das Zimmer des Knaben, trat an sein Bett, nahm seinen kleinen, armen Körper in ihre starken Arme und lehnte sein Gesichtchen an ihre volle warme Brust, die aus dem festgeschnürten Mieder hervorquoll. So wärmte sie seinen Leib, seine Augen, seinen Mund und flüsterte ihm mit mütterlich-zärtlicher Stimme ins Ohr:

»Mein Täubchen, du kleines armes Waisenkind, warum schläfst du nicht? Schlafe, schlaf ein, schlafe!«

Der Knabe fühlt, wie ihn die Mütterlichkeit umhüllt; eine neue Heimat, eine innere Heimat schützt und bewahrt ihn vor allem Bösen. Seine Angst schwindet, und er schläft ruhig ein.

Noch lange hält Maria Iwanowna den lieben kleinen Körper in ihren Armen. Erst als sie des Knaben ruhigen Atem hört, verläßt sie auf den Zehenspitzen sein Zimmer.

Wie Sacharij erfährt, daß er ein Jude ist

Durch Maria Iwanowna erfuhr der Knabe auch, wer er war, woher er stammte und welchem Glauben er angehörte. Und das geschah so:

Als Sacharij ungefähr zwölf Jahre alt war — es war der zweite Winter, seit Mama das Haus verlassen hatte —, kam ein Brief vom Vater, worin er mitteilte, er könne diesmal am Weihnachtsabend nicht zu Hause sein; die Geschäfte zwängen ihn, die Feiertage in der Residenz zu verbringen. Maria Iwanowna sollte die Feier im Hause wie immer selbst rüsten und wie jedes Jahr die Dienerschaft beschenken. Das Geschenk für Sacharij sende er, Gabriel Haimowitsch, selbst aus Petersburg. Maria Iwanowna ordnete an, daß anstatt der großen Tanne mit vielen Lichtern, wie sie alljährlich aufgestellt worden war, solange ihre Herrin im Hause wohnte, diesmal ein kleiner Baum aufgestellt würde; er sollte auch nicht, wie sonst, im Salon, sondern im Eßzimmer stehen und nur die Geschenke der Dienerschaft, jedoch nicht die für den jungen Herrn tragen.

Mit glühenden Wangen und klopfendem Herzen erwartete der kleine Sacharij — wie jedes Kind und noch dazu ein so empfindsames — das Fest. Als er von den Anordnungen Maria Iwanownas hörte, wandte er sich mit verzweifeltem Staunen an sie um Aufklärung ihres ihm unverständlichen Befehles:

»Es ist doch nicht dein Fest, Täubchen, auch nicht das des gnädigen Herrn, sondern bloß das Fest der Dienerschaft! Deshalb habe ich befohlen, den Baum nur für sie aufzustellen.«

»Nicht mein Fest? Es ist doch unser aller Fest. Am Weihnachtstage wurde doch Christus geboren, um die Welt zu erlösen.«

»Nein, Täubchen, es ist nicht dein Fest, du gehörst einem andern Volke an und hast einen anderen Glauben. Deine Religion feiert dieses Fest nicht, sie hat andere Feste.«

»Ich gehöre einem andern Volke an? Was sagst du da, Amme? Bist du verrückt geworden? Was bedeutet das — ich hätte einen anderen Glauben?«

»Ja, Täubchen, deine Eltern, deine Großväter, dein Mütterchen, sie alle glauben an eine andere Religion, ihr habt andere Festtage. Ich werde mich erkundigen, wann eure Feiertage sind, dann wollen wir für dich deine eigenen Feste rüsten, wie sie dir dein Glaube gebietet; dann brauchen wir nicht mehr fremde Feste zu feiern.«

Mit weit aufgerissenen Augen und offenem Munde stand der kleine Sacharij vor seiner Amme; seine Nasenflügel bebten. Er konnte ihre Worte nicht begreifen.

»Es ist Zeit, daß du es erfährst; du bist schon ein erwachsener Junge, und es ist höchste Zeit, daß du dich zu deiner eigenen Religion bekennst. Da geht so ein Kind in allerhand Schulen und wächst doch so unwissend auf wie ein dummes Kälbchen.«

Der Knabe schwieg und biß sich ärgerlich auf die Lippen. Dann kam ein Zornausbruch: Er stürzte sich auf die Amme und schlug sie mit Händen und Füßen. Sie ließ sich ruhig schlagen, nahm sein Köpfchen in ihre Hände und küßte es.

Als er sich beruhigt hatte, lief er ins erste Stockwerk, in den großen, kalten Salon, und verschloß die Tür hinter sich. Seine erste Regung war, zum Bilde der Mutter hinzulaufen, ihr Antlitz zu küssen und vor dem Bilde Klage gegen die Amme zu führen. Doch er tat es nicht, sondern warf bloß einen Blick auf das Bild seiner Mutter und lief auf das große, breite, mit Seide überzogene Sofa zu. Dort warf er sich hin, vergrub den Kopf in die vielen Kissen und brach in Tränen aus.

Maria Iwanowna stand vor der Tür und bat:

»Öffne doch, mein Täubchen, du wirst dich ja erkälten; im Salon ist es so kalt!«

Sacharij antwortete nicht.

»Ich werde in die Stadt gehen und mich erkundigen, ob es dort einen Rabbi gibt. Ich werde dir deine eigenen Feiertage ausfindig machen. Beruhige dich nur, mein Kind, beruhige dich, ich bitte dich!«

Als die erste Überraschung über seinen neuen Glauben von dem kleinen Sacharij gewichen war, wurde in ihm der Wunsch immer stärker, zu erfahren, was das eigentlich für eine Religion sei, der er angehörte, was für Festtage sie hatte und wie man diese dort feierte. Warum hatte man ihm all das verschwiegen? Warum gibt es andere Religionen als die, zu denen sich alle hier bekennen? Und warum glauben andere Leute an diese anderen Religionen? Seine Neugierde brannte wie verzehrender Durst in ihm, und er hatte niemanden, der ihm Kühlung reichte. Sein Selbsterhaltungstrieb, durch das Blut der Vorfahren ihm vererbt, riet ihm, die Neuigkeit vorläufig vor seinen Kameraden geheimzuhalten. Er schämte sich des Neuen, das er erfahren hatte, nicht, im Gegenteil — es bereitete ihm eine innerliche Freude, wie ein kostbarer Schatz, der uns unerwartet in den Schoß fällt; aber Sacharij sah dieses Neue als ein großes, sein ureigenstes Geheimnis an, das er jetzt noch nicht preisgeben durfte.

Maria Iwanowna hielt, was sie versprochen hatte: sie machte wirklich die einzige kleine Synagoge in Jekaterinburg ausfindig. Obwohl sie von der Behörde genehmigt war, lag die Synagoge in einem großen Hof versteckt. Am Sabbat, an den Feiertagen, zumal am Neujahrstag und am Versöhnungstag, fanden sich nicht viel mehr als zehn Personen zum Gebet ein, zumeist ehemalige jüdische Soldaten Nikolaus I., die nach ihrer Dienstzeit die Erlaubnis bekommen hatten, sich im Innern Rußlands anzusiedeln. Die Betenden in der Synagoge unterschieden sich weder in ihrer Sprache noch in Tracht und Aussehen von den andern Einwohnern der Stadt, und keinem russischen Bewohner wäre es eingefallen, ihnen besondere Aufmerksamkeit zu schenken.

An einem Sonnabend — es war gerade ein russischer Feiertag, und die Kinder gingen nicht zur Schule — zog Maria Iwanowna dem kleinen Sacharij seinen warmen Uniformpelz an, hüllte sich in ihren dicken Mantel und ihr Kopftuch und führte den Knaben zu der kleinen Synagoge. Beim Eingang angelangt, stieß sie ihn sanft hinein. Mit Herzklopfen und zitternden Knien betrat der Knabe den Raum. Maria Iwanowna blieb draußen und wartete geduldig in Frost und Wind, bis ihr Sacharij zurückkehrte. Im Innern der Synagoge sah der Knabe so fremde und neuartige Dinge, daß er nicht wußte, ob er vor ihnen Angst haben oder sich freuen sollte. Die Stätte hatte gar keine Ähnlichkeit mit einer Kirche. Kein einziges Heiligenbild hing an der Wand, kein einziges Kreuz war zu sehen. Männer standen dort, Russen in kurzen Pelzen; aber über den Pelzen hatten sie sonderbare weiße Tücher hängen, wie sie Sacharij noch nie gesehen hatte. Darin sahen sie wie Frauen aus. Weiter oben, hart an der Wand, wo Kerzen brannten — was sonst noch dort war, konnte der Knabe nicht erkennen, weil er es nicht wagte, näher zu treten und genauer hinzusehen —, stand noch ein Mann, ebenfalls in ein weißes Tuch gehüllt, und sprach oder sang etwas. Wenn es Gesang war, so hatte es gar keine Ähnlichkeit mit dem Gesang des Popen in der Kirchen, und überdies war die Sprache ganz unverständlich. Alle andern Männer sagten nach, was der Mann oben vorsagte. Das Sonderbarste aber war, daß alle ihre Pelzmützen aufhatten, als wären sie gar nicht in einer Kirche, sondern auf der Straße. Einer von ihnen trat auf den Knaben zu. Sacharij sah bloß seinen weißen Bart aus dem Pelz und dem Tuch herausschauen, das ihm jetzt ganz unheimlich vorkam. Der Mann steckte ihm ein Buch in die Hand und lud ihn ein, weiter vorzugehen.

Der kleine Sacharij erschrak und lief fort. Draußen wartete, vom Frost gerötet, Maria Iwanowna. Sie brachte ihn wieder heim.

Die Amme fragte mit keinem Worte, was in der Synagoge vorgegangen war, und Sacharij erzählte ihr auch nichts. Doch die Neugierde verzehrte den Knaben noch mehr: In seiner Phantasie nahm das Bild, das er gesehen hatte, die Juden in den weißen Tüchern ebenso wie die ganze winklig versteckte Gegend, immer stärkeren Raum ein. Er war überzeugt, etwas ganz Geheimnisvolles gesehen zu haben, wovon er niemandem etwas sagen durfte.

Eigentlich machte es ihm Freude, daß auch er jener mystisch heimlichen Religion angehörte, an der keiner seiner Kameraden Anteil hatte, und daß keiner von ihnen je die Dinge gesehen hatte, die Sacharijs Auge geschaut.

»Warum geht Papa niemals dorthin?« fragte er die Amme, als sie sich dem Hause näherten.

»Was Papa tut, daran gibt es nichts zu mäkeln; er weiß sicher, warum er etwas tut oder nicht tut. Vielleicht tut er es, wenn er in der großen Residenzstadt ist, dort gibt es sicher eine größere Kirche eueres Glaubens.«

Anfangs dachte Sacharij daran, von seinem Erlebnis der Mutter zu schreiben und sie zu bitten, ihm alles zu erklären. Doch der Knabe konnte es nicht über sich bringen, der Mutter das »Geheimnis« anzuvertrauen, das ihm die Amme entdeckt hatte. Eine gewisse Scheu hinderte ihn daran, sich der Mutter zu entdecken. Diese schamhafte Scheu kann Sacharij bis heute keiner Frau gegenüber überwinden. So schrieb er der Mutter wie sonst über seinen Studienfortgang, über seine Freunde, über Schlittenfahrten, Eislauf und ähnliches, doch sein ›Geheimnis‹ verschwieg er.

Als jedoch der Vater einige Wochen später heimkam, fand der Knabe, obwohl er dem Vater weniger zugetan war und ihn auch weniger liebte als die Mutter, doch Mut genug, ihm sein ›Geheimnis‹ zu entdecken und ihn um

Aufklärung zu fragen. Diesen Mut gab ihm seine unbezwingliche Neugier, zu erfahren, was er eigentlich war.

Gabriel Haimowitsch saß in seinem Arbeitskabinett in dem großen lederüberzogenen Armsessel vor dem riesigen Schreibtisch mit den zwei Lokomotivmodellen, die stets die Phantasie des Knaben reizten. Das grünliche Licht der großen Schreibtischlampe fiel auf den Vater. Ihm gegenüber saß verlegen, in die Breite und Tiefe des Sessels versunken, der kleine Sacharij in seiner Gymnasiastenuniform. Er betrachtete Vaters breite, rötlichblonde Bartspitzen, die schon stark mit grauen Haaren durchzogen waren, betrachtete den ausrasierten Teil des Kinns, der die volle niederhängende Lippe freiließ. Sacharij gab zunächst dem Vater Bericht über seinen Studiengang, über die Noten in der Arithmetik und der russischen Grammatik und über sein sonstiges Betragen, das Verhalten seiner Lehrer und seiner Freunde. Das alles tat er in geschäftsmäßigem, nahezu militärischem Ton, wie es ihn Gabriel Haimowitsch gelehrt hatte.

Als der Bericht zur Befriedigung seines Vaters verlaufen war — der Knabe erkannte dies an dem weichen Lächeln, mit dem der Vater zu ihm hinüberblickte —, begann er unvermittelt, ohne jede Furcht:

»Ist es wahr, Papa, daß wir einer andern Religion angehören?«

Gabriel Haimowitsch blieb starr sitzen. Eine unnatürliche Röte schoß in seine sonst fast weißen großen Wangen. Sie entstand stets, wenn er unangenehme Verhandlungen zu führen hatte oder in Erregung kam und verriet die Anfänge einer Krankheit. Die Spitzen seines Bartes zitterten. In strengem Ton fragte er:

»Wer hat dir das gesagt?«

»Maria Iwanowna.«

Erregt erhob sich der Vater und rief in einem sonderbaren Ton, aus dem Sacharij zum ersten Mal hörte, daß sein Vater eine heisere, fast krächzende Stimme hatte, ins nächste Zimmer:

»Maria Iwanowna, zu mir her! Augenblicklich!«

Er fuhr dem Sohne streichelnd über das Haar — einen solchen Ausdruck der Zärtlichkeit war Sacharij von seinem Vater nicht gewohnt — und sagte:

»Geh in dein Zimmer; wenn ich dich brauche, werde ich dich rufen lassen.«

In der Tür begegnete der kleine Sacharij seiner Amme. Auch sie hatte rote Wangen, doch sie trat mit sicherem festem Schritt ins Zimmer.

Hinter der Tür hörte der Knabe noch die laute Stimme seines Vaters. Das heisere Organ erregte ihn mehr als alles andere.

»Wie konntest du das wagen?« — Dann folgte ein Schimpfwort, dessen sich der Knabe sowohl für seinen Vater als für seine Amme schämte.

Doch Maria Iwanownas Stimme übertönte die des Vaters. Sacharij hörte sie bis in sein Zimmer.

Wie lange der Streit zwischen dem Vater und Maria Iwanowna dauerte, wußte der kleine Sacharij nicht. Es konnten zehn Minuten, aber auch zwei Stunden sein. Als er jedoch dann in das Zimmer des Vaters gerufen wurde, traf er ihn schon ganz ruhig an, wenn auch seine Wangen und Augen noch sehr rot waren und seine Ohren glühten. Der Vater rief ihn heran, zog ihn, was er sonst nie tat, hart an seine Knie und sprach:

»Wenn du größer sein wirst, wirst du alles erfahren, selbst erfahren. Bis dahin brauchst du es noch nicht zu wissen. Jetzt darfst du dich um nichts kümmern als um dein Studium, sollst nichts anderes vor Augen haben, als ein braver Mensch zu werden, alle Menschen zu lieben, niemandem Schlechtes zu tun, den rechten Weg zu gehen und alles daran zu setzen, um jedermann zu nützen. Das ist unsere Religion, die Religion aller Menschen, mögen sie Christen oder Juden sein. Versprichst du mir das?«

»Ja!« antwortete der Knabe laut und fest, ganz im Gegensatz zur sonstigen Art seines Sprechens, mit einer sicheren Stimme, wie er sie sonst fast nie, am wenigsten vor seinem Vater besaß.

Der Vater umfaßte mit seinen heißen Händen Sacharijs Kopf und sagte:

»Jetzt gib mir einen Kuß und geh schlafen, mein Kind!«

Tod der Mutter

Als schüchterner, zurückhaltender Knabe konnte Sacharij schwer Freunde finden; war er jedoch jemandem zugetan, so geschah es mit dem ganzen Feuer seiner exaltierten Seele; dann war er auf seinen Freund eifersüchtig wie auf ein geliebtes Mädchen. In seinen Gymnasiastenjahren besaß er einige solcher Freunde, die starken Einfluß auf ihn hatten. Aber trotz seiner starken eifersüchtigen Liebe zu seinen Freunden fühlte sich der Knabe doch einsam und verlebte eigentlich seine Jugend ohne Freunde.

Als er knapp vor der Vollendung seiner Gymnasialstudien stand, erfuhr er, daß seine Mutter im Ausland gestorben war. Der Tod hatte sie ereilt, ehe noch Sacharij sie hatte wiedersehen können. Es war festgesetzt, daß er im Sommer nach der Maturitätsprüfung nach Genf reisen sollte, um Mama zu besuchen; doch schon im Winter dieses Jahres war sie nicht mehr am Leben.

Die Trauernachricht brachte ihm sein Vater selbst. Eines Tages kam Gabriel Haimowitsch mitten im Winter unerwartet nach Jekaterinburg. Sacharij bemerkte sofort einen schwarzen Flor um des Vaters Arm, und sein Herz krampfte sich zusammen. Sonderbarerweise hatte auch Maria Iwanowna sofort den Flor am Arm ihres Herrn und das schwarze Band auf dessen Hut bemerkt; sie erbleichte und biß sich in die Lippen. Auch die Dienerschaft hatte dieselbe Wahrnehmung gemacht; sie wagte nicht laut zu sprechen und ging auf Zehenspitzen durch das Haus. Gabriel Haimowitsch wusch sich, ging in sein Zimmer und ließ Sacharij zu sich rufen.

Ehe Sacharij noch Zeit hatte, sich zu setzen, begann der Vater mit fremder Stimme, in einem — so schien es Sacharij wenigstens — gekünstelten Ton:

»Mein Teurer, ich muß dich auf eine sehr traurige Nachricht vorbereiten. Ich habe die Aufgabe übernommen, sie dir selbst zu überbringen, und bin eigens deshalb nach Jekaterinburg gekommen. Nur deshalb habe ich die lange Reise unternommen . . .« Die Zähne des Vaters schlugen aneinander; er suchte nach Worten, um den Satz zu beenden, fand jedoch keine. Sacharij, damals ein etwa achtzehnjähriger Jüngling mit dunklem Bartflaum auf der Oberlippe und am Kinn, stand in straffer Haltung vor dem Vater wie bei einem Verhör vor dem Rektor des Gymnasiums. Seine Füße waren steif geworden, sein ganzer Körper war starr, und das Blut wich aus seinem jugendlich vollen Gesicht. Totenbleich stand er vor dem Vater, blickte ihm mit bebenden Lippen fest ins Gesicht und schwieg.

»Ich weiß, daß du jetzt meine väterliche Liebe und Herzlichkeit brauchst; deshalb, nur deshalb bin ich selbst gekommen.« Wieder rang der Vater nach Worten und vermied es dabei, dem Sohn in die Augen zu sehen. Sein Blick irrte über das goldene Pincenez hinüber in die Nacht vor dem Fenster.

Wieder empfand Sacharij etwas Unaufrichtiges im Ton des Vaters. Es schmerzte ihn mehr als die furchtbare Neuigkeit, die der Vater ihm mitzuteilen hatte.

Noch immer schwieg er hartnäckig, nur seine volle Unterlippe zitterte.

»Deine Mutter ist gestorben —« Endlich hatte der Vater das furchtbare Wort über die Lippen gebracht. »Am 19. Februar um acht Uhr morgens starb sie in Davos in einem Sanatorium für Lungenkranke.«

Wieder spürte Sacharij etwas Unehrliches in der Stimme des Vaters. Diese Unaufrichtigkeit ließ ihn zu Stein erstarren; er stand unbeweglich und schwieg.

»Wie du weißt, war deine Mutter krank, stets krank; sie litt an einer Lebererweiterung, und auch ihre Lunge war nicht in Ordnung. Das Leiden war alt, es stammte noch aus ihren Mädchenjahren; es kam wohl vom Petersburger Klima, von der Feuchtigkeit, von den Kanälen. Deshalb eben lebte sie die ganze Zeit hindurch im Ausland. Sie brauchte südliches Klima und mußte ein Sanatorium aufsuchen. Leider konnte ich nicht immer bei ihr sein, wie ich es gerne wollte, die Geschäfte hinderten mich stets daran.«

Sacharij schwieg noch immer, und seine Lippen bebten. Er weinte nicht und verzog keine Miene. Ernst und fest blickte er totenbleich dem Vater ins Antlitz. Und noch immer wich der Vater dem Blick des Sohnes aus und schaute ins Fenster.

»Die einzige Schuld, die ich gegen deine Mutter auf mich geladen habe«, begann der Vater nach einer Pause zögernd, »die einzige schwere Schuld ist, daß ich nicht an ihrem Sterbebett stand in jener Stunde, da sie meiner am meisten bedurfte. Ich kann mich damit verantworten, daß ich nicht wußte, wie ernst ihr Zustand war. Das wußte keiner von uns. Das Unheil kam unerwartet, fast plötzlich, und meine ernsten Pflichten gegen unsere Firma, mit deren Bestand Tausende von Familien verknüpft sind, hielten mich an meinem Arbeitstisch fest. So verantworte ich mich vor dir, mein Sohn, vor Gott und vor den Menschen. Dennoch ist es eine unverzeihliche Sünde, ja, ich weiß es, ich fühle es, eine unverzeihliche Sünde, daß ich, ihr Gatte, nicht in ihrer Nähe war, als ihr Leben erlosch. Nur deine Tante Anne war zugegen, ihr Gatte war nicht anwesend. Ich werde es mir nie verzeihen können . . .« Bei diesen Worten zückte der Vater ein weißes Taschentuch und hielt es vor die Augen.

»Warum hat er das getan? Warum? Warum?« Diese Worte ließ Sacharij in seinem Innern auf sich selbst niedersausen wie eine Faust. Sie bezogen sich auf das Taschentuch, das der Vater an die Augen geführt hatte.

»Doch du sagst nichts? Du stehst stumm? Warum schweigst du, warum sagst du nichts?« Plötzlich bemerkte der Vater die unbewegliche Haltung seines Sohnes.

Sacharij schien aus einer Betäubung wie nach einem Schlag auf den Kopf zu erwachen:

»Ja, Verzeihung, Papa, Verzeihung — ich möchte jetzt allein sein!« Mit diesen Worten wandte er sich zum Gehen.

»Ich begreife es, mein Teurer, ich begreife es«, erwiderte der Vater, und ein Strom aufrichtiger Tränen schoß aus seinen Augen.

»Hör auf! Hör doch auf!« schrie der Sohn plötzlich seinen Vater so heftig, mit so zorniger Stimme an, daß Gabriel Haimowitsch sich wunderte. Er verstand diesen Ausbruch nicht. Als er merkte, daß Sacharijs Hände sich zu Fäusten ballten, suchte er auf ihn einzuwirken:

»Beruhige dich, mein Junge, beruhige dich! Alles mit Maß! Wir sind ohnmächtig gegen Gottes Willen.« Doch Gabriel Haimowitschs Worte verhallten im leeren Zimmer; Sacharij war hinausgelaufen und hatte sich in sein Zimmer eingeschlossen.

»Es hat ihn zu stark getroffen; ich hätte mir zurechtlegen sollen, wie ich ihm die Nachricht allmählich beibringe. Er hätte sie nicht sofort erfahren dürfen. Es hat ihn zu stark getroffen, zu stark . . .« sprach der Vater vor sich hin; dann klingelte er nach Maria Iwanowna.

»Geben Sie auf ihn acht, geben Sie wie eine Mutter auf ihn acht, ich fürchte für ihn, es hat ihn zu stark getroffen, zu stark!«

»Beruhigen Sie sich, Gabriel Haimowitsch, beruhigen Sie sich: Das Kind wird sich ausweinen, und alles wird wieder gut sein. Es ist doch seine eigene Mutter, die ihn geboren hat.« Während sie so sprach, hob sie ihre weiße Schürze und trocknete damit den kalten Schweiß auf Gabriels hoher Stirn, auf seinen Wangen und seinem Bart.

Der alte Mann bemerkte nicht, daß ihn statt seines Sohnes die Amme streichelte.

»Sie sind ja ganz in Schweiß gebadet, Gabriel Haimowitsch«, fügte sie hinzu.

In seiner Hilflosigkeit ließ sich Gabriel Haimowitsch von Maria Iwanowna das Antlitz trocknen wie ein kleines Kind, das sich von der Mutter die Tränen aus den Augen wischen läßt. Dabei sprach er unausgesetzt vor sich hin:

»Warum hat er mich angeschrien . . .? Und warum hat er mich nicht weinen lassen? Warum?«

Plötzlich bemerkte er, daß Maria Iwanowna ihm das Gesicht abwischte und ihn beruhigte. Beschämt schob er sie weg, zog sein weißes Taschentuch und trocknete damit sein Gesicht.

»Geh zu ihm hinein; ich fürchte für das Kind.«

Sacharij hatte sich in seinem Zimmer eingeschlossen. Er konnte nicht weinen, wollte es auch nicht. Er setzte sich an seinen Tisch, stützte den Kopf in die Hand und versuchte wie so oft das Bild seiner Mutter zu rufen. Doch diesmal vermochte er es nicht; er erinnerte sich gar nicht mehr, wie seine Mutter aussah, weder ihres Gesichtes, noch ihrer Gestalt, noch ihrer Hände. Er mußte aufstehen und die kleine Photographie seiner Mutter betrachten, die an der Wand über seinem Bett hing.

Das Bild seiner Mutter rief keine sehr traurigen Gedanken in ihm wach. Ihr Antlitz erinnerte ihn gar nicht mehr an einen ihm nahestehenden lebenden Menschen, der eben gestorben war. Es erschien ihm wie die Reproduktion eines Bildes, die man täglich sieht, ohne überhaupt zu wissen, ob die dargestellte Person wirklich gelebt hat oder nur eine Phantasiegestalt des Künstlers ist. So sehr sich Sacharij auch bemühte, in seinem Gedächtnis die Erinnerung an einen ihm nahestehenden lebenden Menschen, an körperliche Berührung hervorzurufen, um sich so des Schmerzes über den Tod der Mutter voll bewußt zu werden — es gelang nicht. Er wußte, daß er zu tun hatte, was jeder in einem solchen Falle tat: Er sollte weinen, sollte verzweifelt sein Haar raufen, sollte irgendwie seinen Schmerz, seine Trauer kundtun. Doch er wußte nichts, konnte nichts tun; denn in sich selbst vermochte er auf keine Weise die Vorstellung vom Tode seiner Mutter hervorzurufen. Die große Photographie oben im Salon, der weiße Hals, die Augen, das Gesicht — all das hatte schon lange nicht wirklich gelebt, und doch lebte es stets. Er brauchte nur die Augen zu schließen, um sie zu sehen und das mit Naphthalingeruch vermengte Parfüm ihrer Kleider zu spüren. Hieß das tot sein?

Sacharij schämte sich, sein Zimmer zu verlassen, da er nicht weinte, nicht schrie, nichts von all dem tat, was man wohl von ihm erwartete. Vor seiner Tür hörte er Maria Iwanowna auf und ab gehen. Wie ein stummes Tier schritt sie vor der Tür hin und her, versuchte durch das Schlüsselloch oder durch einen Spalt zu erspähen, was er tat und wie es um ihn stand, wagte es jedoch nicht, ihm auch nur ein Wort zuzurufen ... Und er wünschte doch so sehr, sie riefe ihn; denn dann hätte er einen Vorwand, sein Zimmer zu verlassen ...

Es kränkte und schmerzte ihn, daß er seinen Vater nicht hatte weinen lassen und ihn angeschrien hatte.

»Wie konnte ich so etwas wagen? Wie konnte ich das nur tun? Mit welchem Recht? Was für ein schlechter Mensch ich doch bin! Ein ganz gemeiner Mensch! Ich habe ihn nicht weinen lassen, als seine Tränen von selbst kamen, die Tränen um den Tod seiner Frau, meiner Mutter.«

Sacharij begriff verstandesmäßig, wie unrecht er getan hatte, doch er fühlte nicht, daß er etwas Schlechtes begangen hätte. Sein Gefühl sagte ihm, daß er recht hatte, so zu handeln, wenn er sich auch über Grund und Zweck dieser Handlung keine Rechenschaft ablegen konnte.

Er verließ sein Zimmer früher, als es alle erwarteten, ohne daß ihn jemand rief. Vor der Tür fand er Maria Iwanowna, die Schürze vor den Augen. Wenn niemand es bemerkte, weinte sie still vor sich hin, doch um keinen Preis hätte sie vor anderen ihre Tränen gezeigt.

»Was jammerst du wie eine Kuh?« fuhr er sie zornig an. Sein Gesicht zeigte keine Spur von Tränen. Er fühlte das, und es schien ihm, als sähen jetzt alle Leute, wie herzlos er war.

Leise trat Sacharij in das Arbeitszimmer des Vaters. Gabriel Haimowitsch saß genauso wie vorher an seinem Schreibtisch und starrte durch das Fenster in die Nacht. Tiefes Mitleid mit dem Vater stieg in Sacharij auf, als er ihn unbemerkt betrachtete und sah, wie hilflos und unglücklich der Vater sich fühlte. »Und ich roher Patron«, sagte sich Sacharij, »habe taktlos sein Weinen unterbrochen. Das habe ich getan, ich, der selbst ein steinernes, fühlloses Herz hat. Was für ein elender Kerl bin ich doch!« Mit leisen Schritten ging er schüchtern und schuldbewußt auf den Vater zu:

»Kannst du mir verzeihen, Papa? Ich bitte dich, verzeih mir!« rief Sacharij und konnte sich daher der Tränen nicht erwehren, die jetzt von selbst in seine Augen traten. Nicht der Tod der Mutter rief sie hervor, sondern der Ärger über sein Verhalten gegen den Vater.

»Du bist es, Sacharij, mein Junge?« Der Vater fuhr aus seinem Brüten auf. »Nun, hast du dich schon beruhigt, mein Kind?«

»Vergib mir, Papa, ich war so grob, so taktlos. Vergib mir!«

»Ich habe dir nichts zu vergeben, mein Teurer, ich verstehe dich, ich verstehe dich! Wir müssen jetzt beide Trost ineinander suchen. Komm zu mir, Sacharij!«

Sacharij trat zum Vater hin; doch statt in die offenen Arme zu sinken, die er ihm entgegenstreckte, faßte er des Vaters Hand und überdeckte sie mit Küssen.

Die Frau des Vaters

Nach der Beendigung seiner Gymnasialzeit bezog Sacharij die Petersburger Universität. Das große Haus in Jekaterinburg wurde der »Tradition« zuliebe aufrechterhalten, doch Sacharij, Maria Iwanowna und Mamas Photographie übersiedelten in die Hauptstadt, wo der Vater die Zentrale seines großen Unternehmens eingerichtet hatte. Der Sohn mietete eine kleine bescheidene Wohnung. Der Vater blieb weiter im großen Hotel »Europe« wohnen.

Als Sacharij nach seiner Ankunft in Petersburg die Lebensweise seines Vater näher kennenlernte, erfuhr er bald den wahren Grund, der seine Mutter veranlaßt hatte, ins Ausland zu gehen. Vater und Mutter waren geschieden. Der Grund der Trennung war das Verhältnis des Vaters mit einer anderen Frau, einer Petersburger Sängerin.

Dieses Verhältnis besteht noch immer. Der Vater hat seiner Freundin eine prachtvolle Wohnung im modernsten Viertel der Stadt, auf dem Kameno-Ostrowskij-Prospekt, eingerichtet. Sie besitzt einen eigenen Wagen. Die Dame, um die es sich handelt, einst eine gefeierte Schönheit, ist in Petersburg unter ihrem Theaternamen Helena bekannt. Offiziell logiert der Vater im Hotel, in Wirklichkeit ist er jedoch dort nur gemeldet und wohnt zusammen mit der Dame. Unverbürgte Gerüchte wollen wissen, sie habe von ihm einige uneheliche Kinder.

Als Sacharij dies erfuhr, war er ungefähr zwanzig Jahre alt und stand im ersten Jahrgang der juristischen Fakultät der Petersburger Universität. Von dem Verhältnis seines Vaters mit der Schauspielerin bekam er Kenntnis, ohne daß man ihm viel darüber erzählt hätte. Die Tatsache war in den Kreisen, in die ihn der Vater einführte, so allgemein bekannt, daß niemand es für nötig hielt, sie vor dem Sohne zu verbergen. Als Sacharij von Helenas Existenz erfuhr, begriff er erst die Trauer und das Leid, die aus Mutters schönen Augen blickten. Er fühlte die Bitterkeit und Resignation in dem Lächeln auf Mamas schmalen Lippen, den erniedrigten Stolz in ihren Zügen. Sie war eine »Verstoßene« — sie mit ihrem stolzen alabasterweißen Schwanenhals war gegen eine billige Schauspielerin eingetauscht worden! O Gott, wieviel mußte sie gelitten haben! Wieviel Bitterkeit mußte sich in ihr ansammeln! Das war noch auf dem Bilde zu erkennen an der hohen Welle, die über Mamas Hals lief; dort schien sich die Bitterkeit angesammelt zu haben . . .

Sacharij fühlte die Trauer mit, die seiner Mutter Gestalt umhüllte; das Geheimnis, das er entdeckt hatte, war gewissermaßen ein Kommentar zu Mutters Bild. Jetzt sah er es mit ganz anderen Augen und konnte alles aus dem Gesichte lesen, das seit vielen Monaten in der Erde moderte . . .

»Gott, wieviel hat die Ärmste leiden müssen! Er hat sie ja gemordet, mit eigener Hand gemordet!« murmelte Sacharij vor sich hin.

Doch er hegte keinen Haß gegen den Vater. Wenn er ihn nicht sah, dann regte sich freilich etwas wie Zorn in ihm; es war nichts anderes oder vielleicht doch etwas anderes: Es war ein Gefühl des Mitleids mit einem unglücklichen Menschen. »Er hat Mama nicht verstanden, hat sie nie richtig gesehen, der Unglückliche!«

Wenn jedoch Sacharij mit dem Vater zusammenkam, ihm in die großen, wässerig blauen Augen schaute, die hart am Rande der hervortretenden Augensäcke lagen, wenn er den wohlbekannten rötlich-blonden Backenbart und die ihm so vertraute Nase des Vaters sah, dann schwand jeder schlechte Gedanke gegen den Vater und übrig blieb bloß Sohnesverehrung und Kindesliebe.

»Ich habe kein Recht, ihn zu richten. Wer kann wissen, was ihn dazu gebracht hat? Wer weiß, wieviel er dabei gelitten?« sagte sich der Jüngling.

Begeht ein Mensch, der uns nahesteht, etwas Schlechtes, so bindet ihn dies ebenso an uns wie seine Güte, vielleicht noch mehr als Güte. War es vielleicht gerade die Grausamkeit des Vaters gegen seine Mutter, die den jungen Sacharij dem Vater so nahe brachte? Jedenfalls hegte Sacharij tiefe Achtung für seinen Vater, unbekümmert um alles Unrecht, das der Sohn gar wohl fühlte. Er wagte es nicht einmal, den Vater in seinem Innern zu kritisieren, und selbstverständlich schloß er Maria Iwanowna stets den Mund, sooft sie versuchte, dem Vater etwas vorzuwerfen oder ihn, Sacharij, gegen »diese Frau« einzunehmen, mit der — wie sie sagte — der Vater »sich zu Schande vor Gott und der Welt verbunden hat«.

»An allem ist sie schuld, sie hat ihn zu allem gebracht. Du kennst die Frauen nicht, mein Täubchen. Du bist noch ein junges Kälblein, obwohl dir schon ein Schnurrbart unter der Nase sprießt! Sie hat ihn dazu gebracht, daß er so schlecht gegen die Mutter war, die Verworfene! Hüte dich vor ihr!«

»Hör auf, hör auf, augenblicklich! Es steht dir nicht an, so über meinen Vater zu reden; jedes Wort gegen ihn ist eine Beleidigung für mich — verstehst du? Augenblicklich hör auf! Wie kannst du es wagen?« fuhr er seine Amme und Erzieherin an.

Über »diese Frau, die an allem schuld war«, dachte er selbst nicht schlecht und gestattete auch nicht, daß andere von ihr schlecht sprachen, besonders seit er sie selbst kennengelernt hatte. So unglaublich es klingen mag — er selbst machte ihr den ersten Besuch, ja noch mehr, er selbst deutete dem Vater an, er wünsche Helena Stepanownas Bekanntschaft zu machen. Der Vater hatte sich wohl stets gehütet, diesen Namen vor dem Sohne zu nennen, und zwischen beiden war von »dieser Frau« nie gesprochen worden; doch wußte Gabriel Haimowitsch, daß Sacharij sein Verhältnis bekannt war. Dennoch errötete er, als er jetzt den Namen aus dem Munde des Sohnes hörte, und seine Ohren glühten wie damals, als der zwölfjährige Sacharij ihn nach seiner Religion gefragt hatte. Gabriel Haimowitsch wurde verlegen wie ein Kind, wenn man es unversehens an der Hand faßt. Des Vaters Verlegenheit berührte Sacharij sehr unangenehm; er machte sich Vorwürfe, daß der nicht taktvoll genug gewesen war, obwohl er seinen Wunsch vorgebracht hatte. Doch da das Eis nun einmal gebrochen war, schien der Vater sehr zufrieden, daß der Sohn Helenas Namen genannt hatte, und erwiderte ihm in natürlichem, nahezu gleichgültigem Tone:

»Wenn dir an der Bekanntschaft mit Helena Stepanowna so viel liegt, so werden wir einmal zusammen zu ihr hinausfahren. Auch sie wird sich freuen, dich zu sehen.«

Die »Frau« war durchaus nicht so schrecklich, wie Sacharij sie sich vorgestellt hatte, im Gegenteil — sie trat sehr bescheiden auf, und ihr Verhalten zum Vater war durchaus anständig. Sie duzte ihn nicht, gebrauchte auch nicht das verräterische »Er«. Beide sprachen sich mit »Sie« an und faßten einander kein einziges Mal an den Händen ... Es waren auch keine kleinen Kinder zu sehen, die seinen Vater etwa mit »Papa« anredeten ... Helena Stepanowna war eine stattliche Blondine. Ihr Teint und die Haut, die aus ihrem dünnen Kleide schimmerte, war blendend weiß und rosig angehaucht. Ihren Kopf umrahmten unzählige Löckchen wie Flaum und ließen sie größer erscheinen als sie war. Sie rauchte ganz dünne Zigaretten mit langem Mundstück, eine nach der andern. Etwas zu viel Puder lag auf ihrem Gesicht und stäubte manchmal wie Mehl. Sie verwendete starkes Parfüm, das weithin zu spüren war ...

Das war nicht das edle diskrete Parfüm seiner Mutter, sondern ein anderes, und gerade dies bereitete Sacharij eine unbewußte Genugtuung. Helena Stepanowna war eine frohe, offene Natur und gab sich herzlich und natürlich. Als Vater und Sohn eintraten, küßte ihr der Vater die

Hand — Sacharij konnte es nicht über sich bringen, dies zu tun. Sie streckte dem jungen Manne beide Hände entgegen und hieß ihn auf dem weichen Sofa neben sich Platz nehmen. Beim Scheine der angenehmen Milchglaslampe sprach sie so natürlich zu ihm, als hätte sie ihn bereits jahrelang gekannt. So schwanden sofort die Angst, das Herzklopfen und die knabenhafte Verlegenheit, die Sacharij beim Betreten ihres Boudoirs befallen hatten.

»Mit Ihrem Vater bin ich schon sehr lange bekannt, seit vielen, vielen Jahren, da wir beide noch jung waren. Um so mehr freue ich mich, den Sohn kennenzulernen. Ich habe sehr viel von Ihnen gehört, schon in Ihren Studienjahren, ja noch zu jener Zeit, als Sie ein kleiner Knabe waren. Ich lebte Ihre Kinderjahre gewissermaßen mit«, so sprach sie mit aufrichtig freundlichem Lächeln, während sie ihm den Tee reichte. Ihre Stimme hatte einen angenehmen, warmen und musikalischen Klang.

Es erwies sich, daß Helena Stepanowna mit allen Details seiner Jugend bekannt war. Sie erkundigte sich nach Maria Iwanowna und fragte, ob die Amme noch immer so streng über seine Gesundheit und über seine regelmäßigen Mahlzeiten wache.

»Sie müssen sich ein wenig von ihr emanzipieren, junger Freund, es ist höchste Zeit; Sie sind kein Kind mehr, daß Ihre Amme das Recht hätte, Ihnen die Stunden Ihres Tages nachzuzählen.«

So suchte sie ihm Mut zu machen.

»Und Stepan Iwanowitsch haben Sie daheim gelassen? Ist er noch immer so unausgeschlafen? Spüren Sie noch immer Schmerzen im linken Arm, den Sie sich mit vierzehn Jahren auf dem Eise ausrenkten? Die Lungenentzündung, die Sie mit sieben Jahren nach einer Erkältung bekamen, ist, wie ich sehe, ohne Folgen geblieben. Wiederholt sich noch Ihr leichter Katarrh in jedem Herbst? Lebertran müssen Sie hoffentlich nicht mehr trinken, denn, wie zu merken ist, haben sich Größe und Gewicht bei Ihnen normal entwickelt.«

Erstaunt blickte Sacharij den Vater an. Woher wußte die Frau alle Einzelheiten seiner Kindheit? Doch ehe er noch Zeit hatte, sich zu wundern, gab ihm Helena Stepanowna schon die beruhigende Aufklärung:

»Wir sind mit Ihnen mitgewachsen, junger Freund, ohne Sie zu sehen, ohne Sie zu kennen. Von der Ferne haben wir hier jede Ihrer Krankheiten mitgemacht, wir waren über alles unterrichtet.«

Sacharij empfand dies angenehm und unangenehm zugleich. Eigentlich war es eine Beleidigung für seine Mutter; denn trotz allem war Helena Stepanowna doch eine Fremde. Wie kam sie dazu, sich für ein fremdes Kind zu interessieren, dem sie den Vater geraubt hatte?

Dennoch konnte sich Sacharij einem angenehmen, wohltuenden Gefühl nicht entziehen: Es gab einen Menschen in der Ferne, den er gar nicht gekannt hatte und der sich doch für jedes Ereignis seines Lebens interessierte.

Dies schuf rasch eine vertrauliche, nahezu familiäre Atmosphäre. Helena Stepanowna zeigte ihm alle seine Photographien seit der zweiten Gymnasialklasse. Sie steckten in einem Rahmen neben ihrem Spiegel. Eine Aufnahme auf dem Eise war darunter, eine Gruppenaufnahme aus der vierten Gymnasialklasse und viele andere Bilder, die er einst seiner Mutter geschickt hatte. Der Vater hatte stets eines davon an sich genommen, wenn er zu Hause war.

Die Kränkung um seiner Mutter willen wurde in Sacharij stärker; er empfand, er müßte an die Stelle seiner Mutter treten, für sie empfinden, da sie es selbst nicht mehr konnte, und an ihrer Statt eifersüchtig sein: »Wie durfte sie meine Photographien annehmen und aufbewahren?« Doch der Umstand, daß er, Helena Stepanowna unbekannt, stets neben ihrem Spiegel gestanden hatte, brachte sie ihm näher.

Helena Stepanowna nötigte ihn nicht, zum Essen zu bleiben; das gefiel Sacharij. Ebensosehr gefiel es ihm, daß der Vater nicht blieb. Vater und Sohn verließen zusammen das Boudoir mit dem Versprechen, Sacharij werde bald wiederkommen. »Sooft Sie das Bedürfnis fühlen, mich aufzusuchen, wann Sie es wünschen, mit oder ohne den Vater, wenn Sie Lust haben — dann kommen Sie ohne alle Zeremonien, wie zu jemand, der Ihnen sehr nahesteht.«

Beim Abschied küßte Sacharij Helena Stepanowna schon die Hand, und ihr durchdringendes Parfüm erschien ihm nicht mehr so vulgär wie beim Eintritt.

Auf dem Heimwege im Schlitten schwiegen Vater und Sohn viel; die wenigen Worte, die sie wechselten, betrafen gleichgültige Dinge. Doch mitten in einem solchen belanglosen Gespräch ließ der Vater ein Wort fallen, mehr zu sich selbst, als zum Sohne gesprochen, es klang, als dächte er laut:

»Noch einmal werde ich nicht heiraten — ich habe genug an einer Ehe . . .«

Und der Sohn antwortete, ebenfalls mehr für sich, als dächte er laut:

»Warum nicht?«

Mehr wurde über diesen Gegenstand nicht gesprochen.

Maria Iwanowna hatte sofort erfahren, daß Sacharij »der Frau, die an allem schuld ist«, einen Besuch gemacht hatte. Wie sie es erfahren hatte, bleibt ein Rätsel, denn niemand hatte ihr etwas gesagt. Doch Maria Iwanowna hatte die Fähigkeit, Ereignisse in der Luft zu fühlen, ähnlich einem guten Hund, der alles nach dem Geruch erkennt.

Sacharij traf sie in gekränkter Stimmung an; in solchen Fällen war sie stets unangenehm korrekt und sprach ihn mit »Sie« an. Diesmal war sie jedoch geradezu unerträglich. Sie stand mit Tränen in den Augen in den Ecken und ging mürrisch im Hause umher. Eines Tages fand Sacharij die Photographie seiner Mutter mit Unmengen schwarzen Krepps und weißen Rosen verdeckt, als wäre sie erst am Tage vorher gestorben.

»Was willst du eigentlich? Sie ist eine gute Freundin Pa-

pas, seit langen Jahren schon, und sie ist gar nicht so schrecklich, wie du meinst. Helena Stepanowna ist ein sehr guter Mensch, und ich bin überzeugt, alles, was man über sie spricht, ist Verleumdung. Sie ist ein guter Mensch, und du solltest dich schämen, daß du von einem guten, reinen Menschen schlecht denkst.«

Maria Iwanowna erwiderte kein Wort auf diese Scheltrede. Nur als Sacharij geendet hatte, brummte sie nach ihrer Weise in ihr Tuch:

»Alle sind der Verstorbenen untreu geworden, Vater und Sohn. Womit kommt sie euch eigentlich bei, die Hexe?«

»Kümmere dich nicht um diese Dinge, hörst du?«

»Selbstverständlich, wer bin ich denn? Ich bin ja nur ein Dienstbote, wie darf ich mich um diese Dinge kümmern? Doch wenn mir das Herz blutet, werde ich wohl noch reden dürfen. Hat man einmal alle vier von sich gestreckt, so wird man sogar von seinem eigenen Fleisch und Blut vergessen.«

»Höre doch, Amme, höre doch, es ist ja gar nicht so, wie du glaubst«, verteidigte sich Sacharij.

Es nützte nichts. Sooft er Helena Stepanowna besuchte, bekam er nachher die eifersüchtige Kälte seiner Amme zu spüren, und in ihrem Gefühl für ihn schien etwas erstorben.

Doch er konnte nicht widerstehen, er mußte Helena Stepanowna besuchen. Es zog ihn geradezu zu dieser Frau. Aus der anfänglichen Fremdheit war Nähe geworden, die Feindschaft hatte sich in Freundschaft verwandelt. Denn trotz allem war Helena Stepanowna der einzige Mensch in der großen, fremden Stadt, der ihn kannte und außer seinem Vater in näherer Beziehung zu ihm stand. Sie wußte alles über sein Leben, und sie verstand es so gut, mit ihm zu sprechen, daß er einzig und allein in den Stunden, die er in ihrem Boudoir verbrachte, echte Familienatmosphäre spürte. Helena Stepanowna war auch eine intelligente Frau, darin seiner Mutter ähnlich, und ganz anders als Maria Iwanowna, die für ihn bisher die Weiblichkeit und Mütterlichkeit vertreten hatte.

Sacharij kam oft ohne den Vater zu Helena Stepanowna. Stets fand er bei ihr, was er brauchte: die führende Hand einer erfahrenen intelligenten Frau, die rein mütterliche Gefühle für ihn hegte. Sie konnte über alles, auch über das Intimste, so offen, freimütig und selbstverständlich sprechen, daß es keine Scheu und Scham und kein Geheimnis vor ihr gab.

Und es kann getrost behauptet werden, daß Vater und Sohn durch sie einander nähergebracht wurden. Schon in den ersten Monaten von Sacharijs Petersburger Aufenthalt wurden Vater und Sohn, die sich früher nicht gekannt und selten gesehen hatten, sehr vertraut. Gabriel Haimowitsch empfand das Bedürfnis, häufig mit seinem Sohne zusammenzusein. Dieses Empfinden hatte er zum ersten Male, seit er Kinder hatte. Er wurde stolz auf seinen Sohn. Sehr oft kam er in Sacharijs Wohnung zum Abendessen, genoß mit Vergnügen Maria Iwanownas einfache Fleischsuppen und verbrachte viele Stunden mit dem Sohn zu Hause. Dabei erzählte er ihm geschäftliche Dinge, sprach von seinen Bekanntschaften oder auch über Politik. Sacharij, der das nicht gewohnt war, empfand von Tag zu Tag wärmer für seinen Vater und hegte tiefe, dankbare Achtung für ihn.

Der Mutter Schatten verschwindet

Gabriel Haimowitsch wurde alt. Dunkle Ringe umschatteten seine Augen, und immer stärker und tiefer wurden die Tränensäcke. Wenn er abends seinen Sohn besuchte, war er stets müde und mußte ein wenig auf dem Sofa ausruhen. Und je älter er wurde, desto mehr traten seine Sentimentalität und seine Anhänglichkeit an den Sohn hervor. In seinen letzten Studienjahren hatte Sacharij seinen Vater täglich zu Besuch.

Gabriel Haimowitsch sprach immer häufiger mit dem Sohne von seiner Abstammung und seinen Vorfahren. Er gab oft seinem Bedauern darüber Ausdruck, daß er seinen angestammten Glauben so vernachlässigt und das ganze Leben in einer fremden Umgebung verbracht hatte. So kam er selbst auf das Thema zu sprechen, das er dem Sohne gegenüber in dessen Kindheit stets vermieden hatte:

»Je mehr sie uns hassen, desto stärker beginne ich, unseren eigenen Wert zu fühlen und vor allem unsere Vorzüge vor ihnen; stellen wir uns doch vor, sie wären ein halbes Jahr in unserer Lage — was würde aus ihnen werden?«

Mit dem Worte »uns« meinte der Vater die Juden, mit dem »sie« die Christen. Der Sohn sah ihn erstaunt an: Woher kommen dem Vater auf einmal solche Gedanken, was ist in dem alten Manne vorgegangen?

Die allgemeine reaktionäre Stimmung im Lande, der spezifische Judenhaß und die Unterdrückung der Juden hatten den schon ganz fern stehenden Gabriel Haimowitsch in die jüdischen Reihen zurückgeführt.

»Ich bedauere es sehr, daß ich dir keine jüdische Erziehung gegeben und dich von allem, was deine Abstammung betrifft, während deiner Jugend so ferngehalten habe. Doch das tut nichts; das läßt sich noch nachholen. Jetzt ist es notwendig, sich um unsere eigene Gemeinschaft zu kümmern«, begann der Vater eines Abends, als er sehr müde zum Sohne kam.

»Was ist geschehen, Papa?«

»Geschehen ist nichts, doch ich habe es schon über und über satt — ihre Reden in der Duma, ihre Ausnahmegesetze, ihr ganzes Verhalten gegen uns!«

Sacharij schwieg.

»Ich bedauere es, daß ich mich nicht mit meiner Familie

seinerzeit im Ausland niedergelassen und dich dort erzogen habe, in einer ganz anderen Atmosphäre; vielleicht wäre es besser gewesen.«

Diesmal errötete der Sohn; denn zum ersten Male erwähnte der Vater seine Familie. In diesen Worten erkannte der Sohn des Vaters große Einsamkeit und Enttäuschung. »Da hat man das ganze Leben wie in einem Traum verbracht, hat gemeint, für jemanden zu arbeiten, etwas zu sein, am Aufbau eines Landes mitzuhelfen, im Leben der Umgebung zu verwurzeln, Angehöriger einer großen Nation zu sein. Du lieber Gott, ich bin doch wirklich meinem ganzen Wesen nach Russe, war auch nie etwas anderes — denn mein eigenes Wesen habe ich doch vernachlässigt, habe es nie gekannt! Und mit einem Male hast du das Gefühl, dein ganzes Leben gewissermaßen auf der Straße verbracht zu haben und niemals unter ein Dach gekommen zu sein.«

Eines Tages nahm der Vater Sacharij ins Kontor mit und übergab ihm dort eine größere Summe Geldes mit dem Auftrag, sie einer bekannten jüdischen Persönlichkeit in Petersburg für einen sehr wichtigen Zweck zu überbringen, bei dem es um Ehre und Ansehen der ganzen Judenheit ginge.

»Ich will ihnen zeigen, daß ich in diesem traurigen Augenblick zu ihnen stehe, und ich wünsche, daß mein Sohn selbst ihnen das Geld bringt; sie mögen wissen, daß ich und mein Sohn mit ihnen sind.«

Sacharij führte seinen Auftrag aus. Als man hörte, von wem das Geld stammte, gab es erstaunte Gesichter, und man zögerte anfangs, die Spende anzunehmen:

»Hm, Gabriel Haimowitsch Mirkin — wir meinten, er gehöre längst zu den anderen . . .«

Einzig und allein bei Helena Stepanowna, wo er jetzt zusammen mit dem Sohne seine freie Zeit verbrachte, fühlte sich der Vater wohl. Ihr Haus war das einzige, das Vater und Sohn in Petersburg besuchten. Infolge seiner selbstgeschaffenen Absonderung von den Juden hatte der Vater fast gar keine Beziehungen zur jüdischen Gesellschaft. In den christlichen Kreisen der hohen Beamtenschaft und der Generäle, mit denen Gabriel Haimowitsch in Geschäftsverbindung stand und die er früher oft auch privat besucht hatte, fühlte er sich offenbar in der letzten Zeit nicht wohl und zog sich immer mehr von ihnen zurück. Nur bei Helena Stepanowna fühlte sich der Vater zu Hause und verheimlichte dies auch dem Sohne nicht. Unter ihrem Einfluß erhielt er seine Sicherheit und seine feste Haltung wieder, bei ihr lebten seine Hoffnungen auf, und sein Mut und sein Humor kehrten wieder.

Sie verstand es stets, den richtigen Ton anzuschlagen, um ihn in gute Stimmung zu bringen. Auf den ersten Blick erkannte sie sofort, wo ihn der Schuh drückte, und suchte ihm alles leichter zu machen. Wenn sie sah, daß seine Augen trüb blickten, so begriff sie sofort, daß er während des Tages Unannehmlichkeiten gehabt hatte. Und wie mit dem Schlag eines Fächers vermochte sie leicht seine düsteren Gedanken zu verscheuchen:

»Es ist, weiß Gott, kein Grund, sich zu ärgern und sich das Leben schwerzumachen . . . Sie sind ja alle feile Kreaturen, mit einem Dreirubelschein kannst du sie alle kaufen, vom Amtsdiener bis zum Großfürsten. Laß sie nur Geld spüren, dann wirst du sehen, daß sie dir aufwarten wie dressierte Pudel.«

»Und schließlich«, fuhr sie fort, wenn die beabsichtigte Wirkung noch nicht eingetreten war, »wer sind diese Leute eigentlich, was haben sie für Rußland getan, was tun sie für das Land? Gegen ihren bösen Willen mußt du stets alle deine Pläne durchsetzen. Meinst du, man wüßte nichts davon? Heute erst war Michail Georgewitsch von der ›Börsenzeitung‹ bei mir, und wir haben über dein großes Projekt der transbaikalischen Bahn gesprochen . . . Hast du übrigens gelesen, was die Moskauer ›Morgenzeitung‹ über das zwanzigjährige Jubiläum der sibirischen Eisenbahn schreibt? Sie nennt dich in erster Reihe. In der neuen gesamtrussischen Enzyklopädie sind dir, so höre ich, drei volle Seiten gewidmet. Ich habe sie übrigens hier, Michail Georgewitsch hat sie mir zugeschickt. Glaube mir, Rußland weiß genau, wer es baut und wer es zerstört; und eines Tages wird es mit voller Hand Vergeltung üben.«

Alle Artikel, die Helena Stepanowna erwähnte, waren von ihr inspiriert und mit Gabriel Haimowitschs Gelde erkauft worden; sie lagen stets in Helenas Boudoir bereit, um die Stimmung des Alten zu heben . . .

Als der Sohn merkte, welchen Einfluß die Frau auf den Vater hatte, begann er eines Abends, als sie von Helena Stepanowna im Schlitten nach Hause fuhren:

»Vater, warum heiratest du sie nicht? Ich glaube, es wäre gut für dein . . .«

Der Vater ließ ihn nicht ausreden. Ein Blick, den er von seinem hohen Pelzkragen heraus auf den Sohn warf und dann in die dunkle Nacht heftete, schnitt Sacharij das Wort ab.

»Ich habe dir bereits gesagt, daß ich an dem einen Male genug habe . . .«

Nach einer Pause fuhr er fort:

»Helena Stepanowna gehört nicht unserem Glauben an, auch das ist ein Hindernis neben vielen anderen. Ich möchte auch dir nicht raten, mein Sohn, eine Frau fremden Glaubens zu heiraten. Ich war stets sehr liberal und bin es heute noch. Ich kenne keinen Unterschied zwischen Juden und Christen — doch ich würde es nicht gerne sehen, solange . . .« Gabriel Haimowitsch beendete den Satz nicht.

Einige Tage später ging der Vater zur Judengemeinde und ließ sich und seinen Sohn offiziell als Mitglieder eintragen. Daß es bisher nicht geschehen war, erklärte er damit, sie seien beide in Petersburg fremd, da sie lange Jahre in Jekaterinburg ansässig gewesen wären, wo es keine jüdische Gemeinde gab.

Seither begann der Vater, sich öffentlich mit jüdischen Angelegenheiten zu befassen und wendete ansehnliche Summen jüdischen Zwecken zu.

In diesem neuen Wirkungskreise wurde er auch mit dem berühmten jüdischen Rechtsanwalt Solomon Ossipowitsch bekannt, und nach Beendigung seiner Studien trat Sacharij in die Kanzlei des Advokaten als Gehilfe ein.

Eigentlich war der Vater dagegen, daß Sacharij die Advokatenpraxis ausübe. Er hatte damit gerechnet, der Sohn würde nach Beendigung seiner Studien in sein Petersburger Büro eintreten und schließlich die Firma übernehmen, die Gabriel Haimowitsch zu einer der reichsten und angesehensten Unternehmungen der russischen Großindustrie gemacht hatte. So war denn des Vaters Enttäuschung groß, als der Sohn ihm seine eigenen Pläne entwickelte. Es wäre wohl zu einem Zwist gekommen, hätte nicht die geschickte, stets wachsame Helena Stepanowna vermittelt. Ihrem Eingreifen war es zu verdanken, daß der Vater einwilligte, der Sohn solle einige Jahre bei dem berühmten Rechtsanwalt praktizieren, um für alle Fälle einen Beruf in der Hand zu haben. Der Sohn lehnte die Idee, später in das Unternehmen des Vaters einzutreten, nicht vollständig ab, und so wurde die Entscheidung um ein paar Jahre verschoben.

Seit mehr als einem Jahr arbeitete Sacharij als Gehilfe in der Kanzlei des berühmten Anwaltes. Er hauste noch immer in seiner kleinen Studentenwohnung, der Vater wohnte im Hotel und inoffiziell bei Helena Stepanowna. In letzter Zeit jedoch sprach Gabriel Haimowitsch sehr häufig davon, eine große Wohnung aufzunehmen, die Vater und Sohn zusammen bewohnen sollten.

Sacharij schob die Entscheidung über diesen Vorschlag immer wieder hinaus . . .

Besondere Ereignisse waren in Sacharijs Leben seit Vollendung seiner Studien nicht zu verzeichnen, außer, daß er sich bald nach seinem Eintritt in die Kanzlei des Rechtsanwaltes in dessen Tochter Nina verliebte. Ninas Schönheit war trotz ihrer Jugend in ganz Petersburg berühmt, und daß sie auf Sacharij tiefe Wirkung ausüben würde, war zu erwarten. War sie doch die erste Frau, die in sein Leben trat, die erste wirkliche Frauengestalt nach der Erscheinung seiner Mutter, die er seit seinen Knabenjahren als Vision in sich trug.

Von der heimlichen Liebe Sacharijs wußte sein Vater ebenso wie Helena Stepanowna; und obwohl er kein Wort davon geäußert hatte, kannten auch Ninas Eltern dieses Geheimnis, am besten jedoch kannte es Nina selbst. Alle betrachteten diese Liebe als erwünscht und warteten darauf, daß sie zu jenem glücklichen Ende führte, das alle möglichst rasch herbeiwünschten.

Ehe wir die Schilderung der Kinder- und Lehrjahre Sacharijs abschließen, muß noch eine Episode berichtet werden, die wohl keinen direkten Zusammenhang mit den Ereignissen unserer Erzählung hat, dennoch aber von Wichtigkeit und darum erwähnenswert ist.

Als Sacharij einige Tage, nachdem er das Doktordiplom erhalten hatte, abends heimkam, traf er zu seiner größten Verwunderung Maria Iwanowna nicht im Hause. Dies kam sonst sehr selten, höchstens zweimal im Jahre vor, wenn Maria Iwanowna an den hohen Festtagen die Kirche besuchte; sonst verließ sie die Wohnung fast nie, da sie sich in der großen Stadt fremd fühlte und keine Bekannten hatte. Sacharij trat in Maria Iwanownas Zimmer und sah — ihr Koffer war gepackt und sogar das Bettzeug in ein Bündel geschnürt. Was das bedeuten sollte, konnte Sacharij sich nicht erklären und erwartete mit großer Ungeduld ihre Rückkehr. Als sie müde und sehr niedergeschlagen heimkam, blickte er sie erstaunt an und fragte, auf den Koffer zeigend:

»Was bedeutet das, Maria Iwanowna? Wollen wir eine Reise machen?«

»Auch für mich ist die Zeit gekommen, Sacharij Gawrilowitsch« — zum ersten Male nannte sie ihn mit dem Vaternamen — »auch für mich ist die Zeit gekommen, euch zu verlassen. Ich habe der Toten, ehe sie unser Haus für immer verließ, versprochen, ihren einzigen Sohn zu behüten und bei ihm zu bleiben, bis er die Studentenuniform ablegt. Jetzt sind Sie, Gott sei Dank, erwachsen und brauchen mich nicht mehr. Meinen Schwur habe ich der Verstorbenen treu gehalten, jetzt kann ich meines Weges gehen.«

Sacharij ließ sie zu Ende sprechen. Er wußte nicht recht, was sie meinte und ob er sie richtig verstanden hatte. Schließlich glaubte er, ihr sei etwas zugestoßen.

»Was hast du? Du bist wohl verrückt geworden? Anders kann ich mir deine Worte nicht erklären.«

»Er braucht mich doch nicht mehr; wozu braucht Er mich? Als Er noch klein war, da war es anders, heute ist Er schon erwachsen und es gibt heute Leute, an die Er sich halten kann, die sich Seiner annehmen.«

Sacharij lachte herzlich.

»Ach, darauf willst du hinaus! Du kannst mir doch nicht immer noch die Windeln nachtragen, ich bin schließlich wirklich schon erwachsen.«

»Nicht das meine ich ... ich meine etwas ... etwas anderes.«

»Was meinst du?«

»Er weiß schon, was ich meine. Diese Frau, zu der ihr alle eure Herzen tragt — sie hat euch behext oder dergleichen ...«

Sacharij umarmte und küßte sie:

»Bist du eifersüchtig?«

»Ich bin nicht eifersüchtig, aber deine Mutter im Grabe ist eifersüchtig, ihr tut es weh, daß ihr eigener Sohn sie verleugnet.«

Sacharij erbleichte und löste seine Arme vom Nacken der Amme.

Sein Zureden half nichts. Maria Iwanowna wollte nicht mehr bleiben. Mit Mühe gelang es Sacharij, indem er seinen Vater zu Hilfe rief — Gabriel Haimowitsch besaß als ihr Herr doch noch einige Autorität über Maria Iwanowna —, sie zu bewegen, in das Haus in Jekaterinburg zurückzukehren. Sie erhielt eine auskömmliche Rente bis an ihr Lebensende.

Mamas große Photographie nahm Maria Iwanowna nach Jekaterinburg mit und stellte sie wieder in dem kalten, unbewohnten Salon auf.

Damit verschwand Mamas letzter Schatten ...

Eine sonderbare Werbung

Als Sacharij sich am Morgen nach dem Theaterabend, an dem er Nina Solomonowna zu Sophia Arkadjewna begleitet hatte, von seinem Lager erhob, hatte er einen Entschluß gefaßt. Seit seiner Kinderzeit hatte er die Gewohnheit, nichts aus eigenem Antrieb zu tun, sondern sich für das, was er tat, von irgend jemand die Einwilligung zu holen. So beschloß er denn, bevor er den entscheidenden Schritt bei Nina tat, sich ihrer Mutter anzuvertrauen. Es schien ihm, er würde bei Nina seine Absicht leichter durch ihre Mutter erreichen. Für Olga Michailowna hatte er seit langem ein geradezu familiäres Gefühl; denn er hatte viel früher in ihr die Mutter entdeckt als in Nina die Frau. Das machte ihm den Weg zu ihr viel leichter als zu Nina. Nichtsdestoweniger empfand er für Olga Michailowna nicht bloß wie für eine Mutter; doch der Respekt vor ihr hielt die anderen Gefühle nieder ...

Sacharij machte sorgfältiger als sonst Toilette und trat mit klopfendem Herzen in Olga Michailownas Boudoir.

Frauen rufen häufig ihre mütterlichen Instinkte zu Hilfe, wenn sie glauben, durch ihre Weiblichkeit allein nicht mehr genügend Eindruck machen zu können. Gewissen Männern gegenüber bereitet es Frauen auch besondere Freude, ihre mütterlichen Gefühle zu betätigen, sie zu strafen, zu schelten und gleichzeitig zu streicheln. Dieses Verhalten entstammt keiner Berechnung, sondern natürlicher Anlage.

Ein solcher Fall war Olga Michailowna. Obwohl sie noch ganz und gar nicht zugunsten ihrer erwachsenen Tochter resigniert hatte, ja sich bewußt war, daß ihre reife Weiblichkeit ihr das Übergewicht über den noch nicht gefestigten Charakter der Tochter gab, verfehlte sie doch nicht, ihren Reizen jene besondere Gabe zuzulegen, mit der die Natur und die Jahre sie beschenkt hatten — ihre warme Mütterlichkeit.

Als Sacharij ihr Boudoir betrat, fand er sie im Lehnstuhl an ihrem Lieblingsplätzchen beim Kamin sitzen. Wie in eine Wolke schien sie in das eigenartige Geheimnis eingehüllt, das ihr Wesen und ihre Gestalt ausstrahlten. Sie war mit einer Handarbeit beschäftigt.

Olga Michailownas Boudoir war warm, hell und freundlich. Sie trug wie stets ihr schwarzes Seidenkleid mit dem Spitzenkragen. Schwarz war ihre bevorzugte Farbe, da sie am besten den feinen Teint ihres Gesichtes zur Geltung brachte, das Schwarz ihres Haares und ihre Brauen hervorhob und ihrer Gestalt mehr Stattlichkeit verlieh. Der warme Glanz einer pergamentweißen, durchscheinenden Chinavase fiel auf ihr wie schwarze Perlen glitzerndes Haar, das glatt gescheitelt über beide Seiten ihres vorgebeugten Kopfes fiel. Sie erkannte Sacharij an seinem Klopfen und rief ihm mit ihrer dunklen, volltönenden Stimme, die stets Mirkins Herz schneller schlagen ließ, durch die Tür zu:

»Sind Sie es? Treten Sie nur ein, Teuerster!«

Jedoch als Mirkin eintrat, schien sie ihn nicht zu bemerken, sondern blieb weiter über ihre Handarbeit gebeugt. Erst nach einer Weile hob sie den Kopf überrascht empor und blickte ihn liebevoll an.

»Ach, Sie sind es, Sacharij Gawrilowitsch? Treten Sie nur näher! Manka — das Stubenmädchen — sagte mir bereits, daß Sie nach mir gefragt haben. Treten Sie doch näher zu mir, mein junger Freund; ich hatte das Gefühl, daß Sie mich zu sehen wünschen. Ihretwegen habe ich den armen Naum Grigorowitsch fortgeschickt.« Sie lächelte ihm zu und hielt ihm ihre feingeformte Hand zum Kusse hin.

»Ja, ich wollte Sie sehen, nehmen Sie mir meine Freiheit nicht übel.«

»Sie taten gut daran zu kommen, denn vor allem wollte ich Sie ordentlich ausschimpfen — das werden Sie doch einer älteren Dame gestatten. Sagen Sie mir doch, Sacharij Gawrilowitsch, warum haben Sie gestern Nina zu dem Kostümfest gehen lassen? Ich meinte, ihr säßet beide in Ninas Zimmer, aber heute morgen erfuhr ich, Sie hätten ihr nicht nur die Erlaubnis gegeben hinzugehen, sondern ihr auch geholfen hinzukommen.«

Mirkin schwieg. Ältere Frauen brachten ihn stets mehr in Verlegenheit als junge, die in seinem Alter standen.

»Was haben Sie eigentlich, Sacharij Gawrilowitsch?« fragte sie und blickte ihn mit ihren runden schwarzen Kirschenaugen an.

»Wie meinen Sie das, Olga Michailowna?« Mirkin hob ängstlich, wie ein Knabe zu seiner Mutter, seinen Blick zu ihr empor.

»Verzeihen Sie meine Offenherzigkeit. Sie wissen, daß wir alle in diesem Hause Sie lieben. Daher nehme ich mir die Freiheit, mit Ihnen ganz offen zu sprechen. Hätte ich das Recht, Ihnen Moral zu predigen, so würde ich sagen: Es ist höchste Zeit, daß Sie ein Mann werden, ein unabhängiger freier Mann mit Verantwortungsgefühl. Es ist höchste Zeit, daß sie die Kinderstube verlassen, Sacharij Gawrilowitsch. Nehmen Sie es mir nicht übel, ich sage Ihnen das bloß aus reiner Liebe zu Ihnen. Sie sind mir doch deshalb nicht böse . . .?«

»O nein, Olga Michailowna, im Gegenteil, ich bin Ihnen sehr dankbar, ich danke Ihnen«, erwiderte Sacharij errötend.

»Zuallererst, warum sind Sie so unruhig? Ein Mann

darf nie unruhig sein. Darauf haben nur wir Frauen ein Recht. Warum haben Sie so gar keine Sicherheit im Auftreten? Kurz — warum sind Sie noch ein solches Kind?« rief Olga Michailowna ungeduldig. »Es ist höchste Zeit, daß Sie ein Mann werden, hören Sie, Sacharij, ein freier, fester, entschiedener Mann!« So sprach sie mit mütterlicher Strenge auf ihn ein.

»Ja, ja, Olga Michailowna, sprechen Sie weiter! Ich bitte Sie, sprechen Sie, sagen Sie mir alles, was Sie sagen wollen! Ich bin Ihnen für jedes Wort dankbar.«

»Ich weiß, daß an allem Ihre Erziehung schuld ist, ich weiß es. Sie steckten stets hinter der Schürze alter Frauen. Sie wurden stets von alten Frauen behütet. Erst war es Maria Iwanowna, und jetzt hat ihre Rolle die ›schöne Helena‹ übernommen. Sie paßt ihr freilich gar nicht. Und gerade das einzige, was ich für Sie wünschen würde, ist: Befreien Sie sich ein für allemal von den alten Frauen, seien Sie endlich einmal Sie selbst, nur Sie selbst! Versprechen Sie mir das?«

Mirkin hörte geduldig ihre Strafpredigt an. Sein Gesicht glühte. Doch ihre Worte taten ihm wohl, eine nie gekannte Empfindung strömte durch alle seine Glieder; es war die Empfindung, wie sie ein Kind hat, wenn die Mutter es schlafen legt und sorgsam in eine warme Decke hüllt ...

»Und was soll ich nach Ihrer Meinung tun?« frage Mirkin. »Sagen Sie es mir, Olga Michailowna.«

»Ach, das ist ja gerade Ihr Unglück, nehmen Sie es mir nicht übel, daß Sie immer andere fragen: ›Was soll ich tun?‹ Glauben Sie, ich werde die Rolle von Maria Iwanowna oder der ›schönen Helena‹ übernehmen? Nein, nicht deshalb spreche ich so zu Ihnen. Sie sollen nicht andere Leute fragen, sondern nur sich selbst! Sie müssen ein für allemal allen fremden Einflüssen ein Ende machen. Sie müssen aufhören, andere zu fragen. Sie müssen das Zögern, das Schwanken und das Vertrauen auf fremde Verantwortung endlich zum Teufel jagen und für alles selbst die Verantwortung übernehmen. Es mag ja sehr bequem sein, sich auf andere Leute zu verlassen, doch es ist nicht allzu männlich, Sacharij Gawrilowitsch; das steht dem Knaben an, nicht einem Manne.«

»Sie haben recht, Sie haben recht«, sprach Mirkin mehr zu sich selbst als zu Olga Michailowna.

»Ich weiß, daß Sie mich verstehen, und deshalb nehme ich mir die Freiheit, zu Ihnen so zu sprechen. Nichts liegt mir mehr am Herzen als Ihr Wohl. Glauben Sie mir das?«

»Ich danke Ihnen, ich danke Ihnen, Olga Michailowna«, sagte Mirkin, indem er nach ihrer Hand griff und sie mit Küssen bedeckte. Sie entzog ihm die weiße kleine Hand nicht. Mit der anderen streichelte sie sein Haar. Er lehnte seinen Kopf an ihren Schoß, und das tat ihm unendlich wohl.

»Warum sind Sie eigentlich noch so ein Kind, Sie mit Ihren siebenundzwanzig Jahren? Es ist doch schon höchste Zeit, ein Mann zu werden, Sacharij!«

Ein minutenlanges Schweigen entstand. In Olga Michailowna selbst war plötzlich ein zärtliches Gefühl erwacht, und sie wurde schwach. Erst jetzt merkte sie, daß Sacharij ihre Hand festhielt und mit seinen Lippen streichelte. Sie ließ es geschehen und sprach weiter:

»So, jetzt habe ich Sie genug gescholten. Sie suchen bei mir Rat und trauliche Wärme. Doch ehe ich Sie noch anhörte, habe ich Sie gescholten. Verzeihen Sie mir!«

»Ich danke Ihnen, ich danke Ihnen«, murmelte Mirkin unaufhörlich vor sich hin.

»Nun, was wollten Sie mir sagen, Sacharij, als Sie eintraten?«

»Nichts wollte ich Ihnen sagen, gar nichts. Ich bin nur zu Ihnen gekommen, um mich ausschelten zu lassen, das ist alles. Ich weiß, daß ich es verdient, gerade aus Ihrem Munde verdient habe. Ja, etwas wollte ich Ihnen doch sagen.« Mirkin erinnerte sich, weshalb er hergekommen war, und begann stotternd, mit klopfendem Herzen, nach Worten zu suchen. »Ich wollte Sie um die Hand Ihrer Tochter, um Ninas Hand bitten ... Werden Sie sie mir geben?«

Diese Frage brachte Olga Michailowna trotz aller mütterlichen Sicherheit, die sie gegen den schwachen Jüngling ins Treffen führte, in einige Verlegenheit. Doch das dauerte nur einen Augenblick. Eine sanfte, fast mädchenhafte Röte überzog ihr schönes Gesicht, verschwand jedoch rasch im feinen Cremeweiß ihres Teints.

»Haben Sie darüber schon mit Nina gesprochen?« fragte sie; das Pochen ihres Herzens war deutlich zu hören.

»Nein.«

»Warum sprechen Sie zuerst mit mir?« Sie lächelte und ließ dabei ihre weißen Zähne blinken, die der reinen Perlenschnur an ihrem Busen glichen.

»Ich war der Meinung, es sei vielleicht besser, dies zuerst mit Ihnen zu besprechen. Warum, das kann ich nicht sagen, doch mit Ihnen zu sprechen fällt mir leichter. Sie verstehen mich, Sie wissen alles ... Und ich wollte Sie auch bitten, Olga Michailowna, mir zu helfen, daß ich es durchsetze.«

»Daß Sie was durchsetzen?« fragte Olga Michailowna.

»Eben das ... ich meine Ninas Zustimmung, wenn ich ihr nicht ganz zuwider bin ... das heißt, wenn Sie, Olga Michailowna, einverstanden sind ... so möchte ich Sie bitten ...«

»Und warum wollen Sie es nicht selbst tun?«

»Ich will es ja tun. Ich wollte es schon lange. Jeden Tag komme ich hierher mit der festen Absicht, es zu tun, und doch tue ich es nicht.«

»Das ist es ja, was ich immer wieder von Ihnen fordere — Entschiedenheit. Wie kann ich für Sie das tun, wenn Sie selbst nicht dazu bereit sind?«

»Bereit bin ich ja, gewiß. Ich denke fortwährend daran und will es ja tun, Olga Michailowna.«

»Warum tun Sie es dann nicht? Haben Sie Angst, Nina könnte nein sagen?«

»Ja, auch das, doch es ist nicht nur das. Was kann denn

schon geschehen, wenn sie nein sagt? Dann wird wenigstens alles klar sein«, sprach Sacharij wieder zu sich selbst.

»Und doch, warum tun Sie es dann nicht?«

»Das ist es ja eben, Olga Michailowna, es fehlt mir an Mut.«

»Sacharij Gawrilowitsch«, sagte Olga Michailowna mit plötzlicher Heftigkeit, »wissen Sie, was Sie von mir verlangen? Wissen Sie, was Sie sprechen? Sie wollen sich Nina erklären und tun es nicht, weil es Ihnen an Mut fehlt. Da soll ich für Sie sprechen? Sie wissen ja, daß ich Ninas Mutter bin. Ninas Schicksal ist mein eigenes. Wie könnte ich mit ihr darüber sprechen, selbst wenn ich es wollte? Ihre Verbindung mit unserer Familie ist mir sehr sympathisch, ich sage es ganz offen, nicht nur sympathisch, sondern sehr erwünscht.« Abermals errötete sie wie ein kleines Mädchen. »Doch wie könnte ich mit Nina im Namen eines Mannes sprechen, der selbst nicht den Mut hat, sich ihr zu erklären? Wissen Sie, was Sie von mir fordern, indem Sie mir diese Rolle übertragen wollen?«

»Nein, Olga Michailowna, es handelt sich nicht um Mut. Ja, jetzt sehe ich klar, es geht noch um etwas anderes. Würde es sich bloß um Mut handeln, so könnte ich es doch auf irgendeine Weise zustande bringen. Doch es geht um etwas anderes. Ihnen kann ich es ganz offen sagen, aus ganzer Seele, mit all meinem Wünschen und Begehren. Olga Michailowna, ich bitte Sie um die Hand Ihrer Tochter, aber Nina kann ich es nicht sagen ...« Mirkin senkte seine Stimme.

Olga Michailowna schwieg erschreckt. Sie atmete schwer, wieder pochte ihr Herz laut, ohne daß sie wußte, warum. Während Mirkin die letzten Worte sprach, schaute er ihr fest in die Augen, so offen und fordernd, wie sie es nie an ihm bemerkt hatte. Es wunderte sie sehr. Seine Augen glühten, und seine Lippen bebten. Sein Atem, sein Gesicht, alle seine Bewegungen drückten ein verborgenes Verlangen aus, das sie nicht begriff, nicht begreifen wollte.

Wieder errötete Olga Michailowna, doch die Röte schwand allmählich wieder und mengte sich mit dem zarten Weiß ihrer Haut. Abermals verlor sie für einen Augenblick ihre Haltung, senkte den Kopf und wich seinem brennenden, stürmischen Blick aus, der ihr überraschend mutig entgegenblitzte. Doch bald faßte sie sich und vermochte ihr Gleichgewicht und ihre Ruhe wiederzugewinnen. In trockenem, fast sachlichem Tone fragte sie:

»Sagen Sie mir, Sacharij Gawrilowitsch, lieben Sie Nina Solomonowna?«

»Ich weiß es nicht«, antwortete Sacharij, und sein brennender Blick haftete unausgesetzt auf Olga Michailowna.

»Sie wissen es nicht?« fragte sie mit erstauntem Lächeln, das abermals ihre schönen Zähne enthüllte, »Sie wissen es nicht, und doch bitten Sie mich um ihre Hand?«

»Weil ich wünsche ... ich will ... daß Sie meine Mutter seien.«

Ein Beben durchlief Olga Michailownas Körper. Sie schwankte leicht, schloß die Lider, ballte die kleinen Hände zu Fäusten und sagte mit geschlossenen Augen:

»Hören Sie auf, sprechen Sie keinen Unsinn ...«

Dennoch zog sie ihn mit krampfhaft zitternden Händen an sich heran und küßte ihn mit geschlossenen Augen auf die Stirn.

Mirkin suchte ihre Hand zu fassen.

»Beruhigen Sie sich jetzt, kleiner Junge«, sagte sie in gelassenem Ton und hatte ihr gewöhnliches Lächeln wiedergefunden, »wir wollen später darüber reden, ich glaube, Nina kommt.«

Sacharijs Verlobung

Wirklich waren draußen hastige Schritte zu hören. Noch vor der Tür rief Nina:

»Sind Sie allein, Mama?«

Ehe Olga Michailowna Zeit hatte, sich zu sammeln, klopfte Nina an und trat, ohne eine Antwort abzuwarten, ein. Sie war im Negligé. Über ihren japanischen Pyjama fiel lose und offen ein pelzverbrämter Seidenschlafrock. Ihr Haar kräuselte sich ungeordnet und wirr auf ihrem entblößten Hals. Sie war gar nicht verwundert, Sacharij im Zimmer der Mutter zu finden; als hätte sie es erwartet, sagte sie:

»Natürlich, wie immer, bei Mama! Ach, ich bedaure sehr, euch gestört zu haben. Doch es ist gut, daß ich Sie treffe, Sacharij Gawrilowitsch. Ich wollte Ihnen sagen, daß das nicht so weitergeht; entweder werden Sie mit mir meine Gesellschaften besuchen müssen oder ich mit Ihnen die Ihren. Es ist ein mäßiges Vergnügen, von einem Kavalier bloß bis zur Tür begleitet zu werden und zu anderen Leuten allein kommen zu müssen, wenn jede Dame mit ihrem eigenen Gardeherrn erscheint. Wenn Sie nicht wollen, so wird mir nichts übrigbleiben, als mir einen Begleiter zu suchen, der mich einen Schritt weiter als bis zur Tür führt. Stell dir nur vor, Mama, Sacharij Gawrilowitsch hat mich gestern bis zum Tor von Sophia Arkadjewnas Haus geführt und nicht weiter. Sie können es übrigens bedauern, denn in mancher Hinsicht war es interessant, sehr interessant.«

»Nina, was fällt dir eigentlich ein? Du bist doch gar nicht angezogen!«

»Was gibt es denn, es ist doch niemand hier.« Während sie noch sprach, blickte sie zu Mirkin hinüber.

Weder Mirkin noch die Mutter schenkten ihren Worten viel Aufmerksamkeit. Beide saßen unbeweglich auf ihren Plätzen und schienen gar nicht zu hören, was Nina sprach; sie hatten sich offenbar noch nicht von jener anderen Welt losreißen können, in der sie vor Ninas Eintreten geweilt hatten.

»Oh, ich merke, daß ich gestört habe. Es war gewiß von sehr ernsten Dingen die Rede. Ich bitte tausendmal um Entschuldigung, ich möchte die Stimmung nicht zerreißen«, sagte Nina und wandte sich zum Gehen.

Doch plötzlich erhob sich Mirkin. Er heftete seinen Blick in eine Ecke des Zimmers und begann:

»Nina Solomonowna! Ich bitte Sie, machen Sie mir die Ehre, die unverdiente Ehre« — wie ein Ertrinkender klammerte sich Mirkin an dieses Wort — »ich bitte Sie . . . ich weiß, daß ich diese Ehre nicht verdient habe . . . ich weiß, ich weiß . . .« stotterte Mirkin, faßte sich jedoch plötzlich und sagte schnell und sicher:

»Beglücken Sie mich mit Ihrer Hand. Ja, darum wollte ich Sie bitten.«

Nina sah ihn erstaunt an.

»Wie, sind Sie verrückt geworden? Was fällt Ihnen ein? So plötzlich, aus dem Stegreif? Ich bin doch für derlei Dinge nicht einmal entsprechend angezogen.«

»Spotten Sie nicht, ich bitte Sie. Ich weiß es, ich verdiene es nicht, doch mein ganzes Glück hängt davon ab.«

Dann heftete er seinen Blick auf Olga Michailowna und fuhr fort:

»Mein Glück und mein Leben.«

»Nein, ich lache nicht, doch ich begreife nicht. Ha! Jetzt sehe ich klar.« Nina schrie auf, als hätte sie eine furchtbare Erscheinung gesehen. »Darüber wurde hier gesprochen! Jetzt begreife ich die ernste Stimmung!« rief sie und wurde dabei selbst ernsthaft böse.

»Ja«, ließ sich plötzlich Olga Michailowna von ihrem

Lehnstuhl her vernehmen, »Sacharij Gawrilowitsch hat mich um deine Hand gebeten, Nina.«

»Wie immer ist er vorher zur Mutter gegangen, ehe er sich mir anvertraute.«

Mirkin geriet einen Augenblick aus der Fassung, gewann jedoch rasch seine Sicherheit wieder. Mehr zur Mutter als zur Tochter gewendet sprach er:

»Das geschah deshalb, Nina Solomonowna, weil ich nicht wußte, wie Sie meinen Antrag aufnehmen werden, weil ich es nicht wagte, Ihnen ...«

»Aber der Mutter gegenüber wagten Sie es?«

»Ja, vor Ihrer Mutter wagte ich es«, antwortete Mirkin fest.

»Wenn dem so ist, dann holen Sie sich, bitte, bei meiner Mutter die Antwort«, damit wandte sie sich zur Tür.

»Nina, was tust du? Hast du denn kein Herz?« rief Olga Michailowna, »Sacharij hat sich doch mir anvertraut.«

»Das ist meine Sache, Mama, nicht wahr?« unterbrach Nina die Mutter; ihr Gesicht verzog sich zu einer Grimasse aus Schmerz und Wut, die ihre Mutter nie an ihr gesehen hatte.

»Ja, Nina, du hast recht.« Olga Michailowna senkte beschämt ihre schönen Augen.

Da trat plötzlich eine unerwartete Wendung ein. Statt zur Tür hinauszugehen, wie sie wollte, stürzte Nina auf die Mutter zu, fiel ihr um den Hals und weinte wie ein Kind; sie bedeckte Gesicht und Hände der Mutter mit Küssen und bat mit schluchzender Stimme:

»Verzeihen Sie mir, Mama, um Gottes willen, verzeihen Sie mir! Ich wollte Sie nicht kränken, ich wollte es nicht. Verzeihen auch Sie mir« — wandte sie sich zuletzt an Sacharij.

»Was soll ich dir verzeihen, mein Kind? Ich habe dir nichts zu verzeihen.« Liebevoll umarmte die Mutter ihre Tochter.

Während der ganzen Szene zwischen Mutter und Tochter stand Mirkin wie auf glühenden Kohlen. Er hatte nur den einen Wunsch, der Parkettboden möge sich öffnen und ihn verschwinden lassen; selbst besaß er jedoch nicht die Kraft, zu gehen und das Zimmer zu verlassen, wie es ihm sein Taktgefühl diktierte. Seine Füße wollten nicht gehorchen. Sie waren wie an den Boden geschmiedet. Um sich zu verantworten, murmelte er unaufhörlich vor sich hin:

»Alles ist meine Schuld, dies alles ist meine Schuld. Ich bin ein Narr, ein großer Narr; ich habe gar nichts gesagt. Verzeihen Sie.« Endlich fand er die Kraft, seine Füße nach der Tür zu bewegen.

»Nein, Sacharij Gawrilowitsch, gehen Sie nicht fort! Ich bitte Sie, gehen Sie nicht fort. Sie haben mich um etwas gebeten, und ich bin Ihnen eine Antwort schuldig. Gehen Sie nicht fort! Halten Sie ihn zurück, Mama! Ich bitte Sie, Mama, halten Sie ihn zurück, einen Augenblick nur, ich komme bald wieder. Sie, Mama, dürfen auch nicht weggehen. Um Gottes willen, gehen Sie ja nicht weg, ich bin bald wieder hier.« Nach diesen Worten lief sie hastig aus dem Zimmer.

Olga Michailowna und Mirkin blieben, wie zu Stein erstarrt, in der Stellung, in der Nina sie verlassen hatte. Olga Michailowna saß auf ihrem bequemen gepolsterten Lehnstuhl. Mirkin stand unbeweglich mitten im Zimmer an derselben Stelle wie früher. Beide sprachen kein Wort, beide vermieden es, einander anzusehen. Olga Michailowna schien ihren Mutterstolz und ihr mütterliches Selbstbewußtsein, über das sie eben erst in so reichem Maße verfügt hatte, gänzlich verloren zu haben. Sie war ein kleines Schulmädchen geworden, das bei einer peinlichen Lüge ertappt wird. Die Röte, die in ihrem Gesichte aufstieg, wich nicht mehr. Mit ihrer weißen, schönen Hand bedeckte sie ihre Augenlider, ihre Brust wogte, und die Perlen, die wie lebende Tropfen auf ihrem vollen, runden Busen blühten, schwankten hin und her. Sie war sich dessen bewußt, daß sie etwas sagen, etwas tun mußte. Sie mußte sich aus der unmöglichen, geradezu skandalösen Situation befreien, in der sie sich jetzt befand, sie mußte sich retten. Dennoch wußte sie sich keinen Rat. Es war, als stünde sie vor dem Richter. In derselben Lage, nur einigermaßen komischer, befand sich Mirkin. Einige Male versuchte er, den Blick zu heben und etwas zu sagen, schwieg jedoch, als er Olga Michailownas geschlossene Augen sah.

Fünf Minuten oder noch länger dauerte schon diese peinliche Situation, und Nina kam noch immer nicht. Der Eklat wurde immer größer. Doch keiner von beiden brachte den Mut und die Energie auf, sich von seinem Platze zu erheben. Ninas Befehl schien sie an ihre Plätze festgeschmiedet zu haben, wo sie erwarteten, was da kommen würde.

Endlich erschien Nina, vollständig angekleidet. Sie trug nicht wie sonst ein phantastisches Kostüm, sondern ein schwarzes Samtkleid von herkömmlicher Bürgerlichkeit, das ihr nach der damals herrschenden Mode bis an die Knöchel reichte. Darüber hatte sie einen venezianischen Spitzenschal geworfen; er ließ ihren Hals weicher und weiblicher hervortreten. Auch ihr Haar war diesmal geradezu ordentlich gekämmt und wurde durch einige Nadeln festgehalten, so daß es nicht wie sonst wirr um ihr Gesicht flatterte. So sah sie viel vornehmer, gesetzter und respektvoller aus.

»Jetzt, Sacharij Gawrilowitsch, können Sie mir sagen, was Sie zu sagen haben«, wandte sie sich an den verlegenen Mirkin.

In diesem Augenblick fand Olga Michailowna ihre Energie wieder. Sie erhob sich und versuchte, mit leisen Schritten das Zimmer zu verlassen.

»Nein, Mama, jetzt ist es zu spät. Da er es schon in Ihrer Gegenwart gesagt hat, so können Sie weiter zuhören.« Mit diesen Worten wollte Nina ihre Mutter zurückhalten.

Wortlos versuchte Olga Michailowna, mit einem Kuß auf Ninas Stirn, sich aus den Armen der Tochter zu befreien und zu verschwinden.

»Nein, Mama, Sie müssen unbedingt bleiben, sonst gehe ich ebenfalls. Denn die Erklärung, die mir gemacht werden soll, geht auch Sie an . . .«

»Nina, was hast du?« rief die Mutter und erbleichte.

»Nichts, Mama, Sie müssen bleiben! Ich bitte, setzen Sie sich wieder auf ihren Platz.« Damit faßte sie die Mutter unter dem Arm und führte sie zum Lehnstuhl. Wie in Hypnose gehorchte Olga Michailowna.

Als die Mutter wieder auf ihrem früheren Platze saß, wandte sich Nina an den bleichen Mirkin:

»Also, was haben Sie mir zu sagen? Ich bin bereit, es zu hören.«

»Nina Solomonowna, ich bitte Sie, mich mit Ihrer Hand zu beglücken!« sprach Mirkin jetzt wie auf Befehl die in Gedanken eingelernten Worte.

»Und Sie, Mama, haben Ihre Zustimmung gegeben?« wandte sich Nina wieder an die Mutter.

»Nina, was hast du? Was habe ich damit zu tun? Hier hast doch du zu entscheiden, nicht ich.« Olga Michailowna hatte ihre Sprache wiedergefunden.

»Nein, Mama, wie *Sie* es wünschen, so wird es geschehen. Haben Sie Ihre Zustimmung gegeben, ja oder nein?«

»Ja«, antwortete die Mutter beschämt mit leiser Stimme.

»Dann gebe ich auch meine Zustimmung. Hier, Sacharij Gawrilowitsch, hier haben Sie ›unsere‹ Hand.«

Olga Michailowna wollte aufstehen. Schweigend grub sie ihre kleinen Zähne tief in die Lippen.

Mirkin wagte es nicht, Ninas Hand zu fassen. Doch Nina griff nach seiner Hand und drückte sie fest; dann beugte sie sich über ihn und küßte ihn.

»Jetzt, mein Teurer, kommen Sie zu Mama! Auch sie muß Ihnen einen Kuß geben.« Damit geleitete Nina Mirkin zu ihrer Mutter, deren pochendes Herz schon von weitem zu hören war.

»Mama, gib ihm einen Kuß!«

Olga Michailowna errötete schamhaft wie eine Braut und berührte auf Befehl der Tochter Mirkins Stirn mit den Lippen.

»Jetzt aber wollen wir die Nachricht dem Vater bringen«, rief Nina. Sie klingelte einem Diener und schickte ihn in das Arbeitszimmer des Anwaltes mit der Bitte, der Vater möge rasch herkommen.

Während der wenigen Minuten, ehe Solomon Ossipowitsch kam, saßen alle drei stumm da und wußten nicht, was sie tun und was sie sagen sollten. Nach der Erklärung wurde die Stimmung noch peinlicher als vorher. Als jedoch der berühmte Anwalt mit seinem wirren Haarschopf in der Tür erschien, fand Olga Michailowna sofort ihre alte Sicherheit, ihren weiblichen Stolz und ihre mütterliche Wichtigkeit wieder. Mit Rührung in der Stimme sagte sie voll Freude zu ihrem Manne:

»Solomon Ossipowitsch, ein großes Glück ist unserem Hause zuteil geworden: Soeben hat Sacharij Gawrilowitsch um Ninas Hand angehalten, und Nina hat sie ihm nicht verweigert.« Die zweite Hälfte des Satzes sprach sie mit besonderem Nachdruck.

Der Advokat, der dieses Ereignis schon lange erwartete, rief freudig aus:

»Gott sei Dank, ich bin sehr glücklich!« Dann umarmte und küßte er Mirkin.

»Und jetzt, meine Teure, laß vom Diener Champagner ins Eis stellen. Sacharij Gawrilowitsch, Sie bleiben doch bei uns zum Abendessen?!« fragte Olga Michailowna.

»Mama, ich glaube, Sacharij Gawrilowitsch sollte jetzt zu seinem Vater fahren und ihm die Nachricht bringen«, warf Nina ein.

Wieder errötete Olga Michailowna, weil sie als Mutter eine so selbstverständliche Forderung des Taktes übersehen hatte; beschämt erwiderte sie:

»Ja, mein Kind, du hast recht. Sacharij Gawrilowitsch muß zu seinem Vater fahren, ich habe es ganz vergessen. Daran ist bloß meine große Freude schuld ...« Sie holte ihr gesticktes Seidentaschentuch hervor und wischte sich eine Träne aus dem Auge.

»Doch später kommen wir unbedingt, noch heute

abend, mit Gabriel Haimowitsch zusammen, nicht wahr?« Mit diesem Auftrag entließ sie ihren künftigen Schwiegersohn, der sich tief über ihre weiße Hand beugte.

Doch bei Tische, mitten in der fröhlichen Stimmung, in die den Vater und den jungen Mischa die freudige Nachricht gebracht hatte, vermieden es Mutter und Tochter, einander mit den Blicken zu begegnen.

Ein Tropfen im Meer

Als Mirkin einige Tage nach dem eben erzählten Ereignis am Nachmittag nicht lange vor der Empfangsstunde sich dem Büro des Advokaten näherte, sah er vor dem Hause eine Menschenansammlung. Er trat näher. Es dauerte jedoch einige Zeit, bis er herausfinden konnte, um was es sich handelte. Mitten in der Menschengruppe stand eine Judenfrau. Ein so merkwürdiges Exemplar dieser Gattung hatte Mirkin in seinem Leben nicht gesehen. Schon die Kleidung war sonderbar; sie trug eine Filzhaube mit Nähten und schwarzen Bändern, darüber ein Kopftuch. So stand sie halb erfroren, mit roter Nase und roten, verweinten Augen in der Menschengruppe. Sie piepste wie ein Vogel, in einer Sprache, die niemand verstand. In der Rechten hielt sie krampfhaft einen zerknüllten und zerknitterten Brief. Um keinen Preis hätte sie ihn aus der Hand gegeben, sondern zeigte den Umstehenden nur von weitem die Adresse und gab zu verstehen, sie wolle zu dem berühmten Advokaten Halperin. »Er soll Fürsprecher sein für meinen Sohn Moische Ben Chaim«, murmelte sie vor sich hin.

Später erfuhr Mirkin, ein gutherziger Gepäckträger habe sie vom Warschauer Bahnhof, wo sie mit einem Morgenzuge eingetroffen war, hierher geführt, da er die Adresse auf dem Briefe gelesen hatte. Der Hausdiener hatte ihr jedoch keinen Einlaß gewährt und sie darauf verwiesen, daß die Empfangsstunde des berühmten Advokaten erst um vier Uhr nachmittags beginne. Die alte Judenfrau verstand kein Wort Russisch und wußte nicht, was der Mann ihr sagte. Sie wollte unbedingt zum Advokaten hinauf, der Diener aber jagte sie immer wieder vom Hauseingang weg. So stand sie stundenlang im Winterfrost vor dem Hause und hoffte, sie würde doch einmal einen Juden treffen, mit dem sie sich verständigen könnte. Aber weit und breit war kein Jude zu sehen. Wohl gingen sehr viele Männer mit Bärten vorüber, und in der Meinung, es seien Juden, sprach die alte Frau sie in ihrer Sprache an; doch keiner verstand sie. So stand denn die Judenfrau vom frühen Morgen an, frierend, in ihr Tuch gehüllt, die polnische Haube, die sie »Pejtersburg« zu Ehren angelegt hatte, auf der Perücke, vor dem Hause des Advokaten und murmelte unaufhörlich: »Er soll der Fürsprecher für meinen Sohn Moische Ben Chaim sein.« Doch der Hausdiener wies sie auch vom Tore weg, da sie jeden Mann, der aus dem Hause oder ins Haus trat und in dem sie den berühmten »Fürsprecher« vermutete, mit einem Wortschwall überfiel, am Arm faßte und seine Hände küßte; dabei deutete sie mit Tränen in den Augen auf den Brief. Die alte Frau jedoch war nicht dazu zu bewegen, das Haustor zu verlassen. Einige Passanten wurden aufmerksam und blieben stehen, um die sonderbare Erscheinung näher zu betrachten. Ein türkischer Obsthändler hielt sie für eine Angehörige seines Stammes und sprach sie türkisch an. Die Judenfrau konnte ihm jedoch nicht antworten. Wahrscheinlich hätte der kleine Auflauf zur Folge gehabt, daß die alte Frau ins Polizeigefängnis kam, wäre nicht gerade zur rechten Zeit Mirkin vor dem Hause erschienen.

Als der Hausdiener ihn sah, ließ er die Judenfrau stehen und erklärte dem Gehilfen des Anwaltes, worum es sich handelte.

»Seit dem frühen Morgen sitzt sie hier, sie ist direkt von der Bahn mit ihrem Bündel in der Hand hierhergekommen. Man hat ihr gesagt, daß die Empfangsstunden erst um vier Uhr beginnen, doch sie will nicht fortgehen. Sie belästigt alle Vorübergehenden.«

Mirkin schnitt dem Diener das Wort ab und führte die Judenfrau ins Haus.

Da sie Mirkin für den großen »Fürsprecher« hielt, ergoß sich eine Sturzflut von Worten über ihn. Sie kamen gurgelnd aus dem Munde der Alten:

»Lieber Herr, Ihr könnt mein Kind retten, Ihr allein, der heilige Rabbi hat es gesagt. Ach, Panie, liebster Herr!«

Mirkin verstand kein Wort von der ganzen Rede der Frau, und doch war ihm etwas verständlich. Ein ganz neues Gefühl erwachte in ihm. Je fremdartiger die alte Judenfrau ihm erschien, je unverständlicher ihre Worte waren, desto mehr reizte ihn die Neugierde zu erfahren, wer sie war. Er hieß sie im Vorzimmer Platz nehmen und deutete ihr durch Gesten und Winke an, sitzen zu bleiben. Dann ging er in die Wohnung des Advokaten.

Olga Michailowna war nicht zu Hause. Ihr Stubenmädchen teilte ihm mit, sie sei von Naum Grigorowitsch zu einer Ausfahrt abgeholt worden, der Advokat sei noch im Senat, Nina Solomonowna sei wohl auf ihrem Zimmer, jedoch sehr schlechter Laune, da sie Migräne habe.

Mirkin ging in die Kanzleiräume und betrat sein Arbeitskabinett, das er mit Weinstein teilte. Dort begann er, Akten für den Nachmittagsempfang vorzubereiten.

Doch seine Gedanken wollten sich ganz und gar nicht auf seine Arbeit konzentrieren. Aus dem Korridor tönte das leise Stöhnen der Judenfrau, das wie das Glucksen eines verendeten Huhnes klang, in sein Arbeitszimmer und ließ ihm keine Ruhe. Ihn reizte die Neugierde: »Wer sind diese Menschen dort, weit, weit entfernt, im Ansiedlungsrayon? Wie leben sie dort? Was ist das für eine Sprache, die sie sprechen? Wie fremd und fern sind sie doch alle, wie Menschen eines ganz fernen Landes, aus einem

Gebiet, in das man nie kommt! Wie die Eskimos oder ein unerforschter Stamm des großen russischen Imperiums.«

Während seiner nunmehr ein Jahr währenden Praxis bei dem berühmten Advokaten hatte er mehr als einmal Gelegenheit, mit Juden aus dem Ansiedlungsrayon zu sprechen, und war ganz oberflächlich mit ihrem Leben und mit den spezifisch jüdischen Problemen bekannt geworden, welche die Ausnahmegesetze und die Rechtsbeschränkungen ihnen stellten. Doch das, was er heute sah, hatte er nie gesehen. Es war ein Geheimnis aus der Tiefe unbekannter, geheimnisvoller Welten. Jetzt erst fühlte er, wie tief ihn diese Welten berührten.

Er selbst verstand nicht, wieso er ein so lebhaftes Interesse an dem neuen Fall nehmen konnte.

Als dann die Judenfrau in die Kanzlei des berühmten Rechtsanwaltes vorgelassen wurde, kostete es viel Mühe, herauszufinden, was sie veranlaßt hatte, nach Petersburg zu kommen. Niemand verstand ihre Sprache. Die Hoffnungen, die auf den ersten Gehilfen, Jakob Schmulewitsch, gesetzt wurden, da er ja selbst aus dem Ansiedlungsrayon stammte, erwiesen sich als trügerisch. Jakob Schmulewitsch war gekränkt, daß man wagen konnte, auch nur daran zu denken, er verstehe den »Jargon«. Er betonte nachdrücklich, in seinem Vaterhause sei seit drei Generationen nur Russisch gesprochen worden. Heftiger als alle anderen schüttelte er den neuen Fall ab. Währenddessen hielt er sein Haarbürstchen kunstvoll zwischen dem Daumen und dem kleinen Finger, fuhr damit heimlich über Schnurrbart und Bart und ließ das charakteristische russische »R« so deutlich, wie es nur ging, rollen:

»Ich kann nicht begreifen, wie man ganz allein in die Rrresidenz zu kommen wagt, um jurrristischen Rrrat einzuholen, ohne die Sprrrache unserrres Landes zu verrrstehen.«

Als Retter in der Not erwies sich der berühmte Anwalt selbst. Er erinnerte sich noch recht gut der Sprache seiner Kinderjahre und freute sich auf die Gelegenheit, wieder seine Muttersprache sprechen zu können. Obwohl ihm die Aussprache der alten Frau fremd und schwer verständlich war — sie sprach mit starkem polnischem Akzent, sehr gedehnt und in singendem Ton, und gebrauchte noch dazu, da sie einem chassidischen Hause angehörte, viele Talmudausdrücke —, so konnte Halperin mit einiger Anstrengung doch fast alles verstehen.

In ihrer charakteristischen Sprache erzählte die alte Frau eine furchtbare Geschichte:

»Einen Sohn habe ich, einen einzigen vor Gott und seiner Mutter. Er ist ein Talmudgelehrter, so einen gibt es nicht mehr in der ganzen Welt. Das Rabbinerzertifikat hat er in der Tasche. Verheiratet ist er auch schon und hat zwei Kinderchen. Und nun hat man ihn, da vergessen wurde, in den Matrikelbüchern seinen jüngeren Bruder zu streichen, der, Gott schütze uns alle davor, gestorben ist, zum Militär eingezogen, obwohl er doch als einziger Sohn vom Militärdienst frei sein sollte. Er aber ist fromm über alle Maßen und würde lieber, Gott bewahre uns davor, hundertmal den Tod erleiden, als einmal von Gottes Wegen abweichen. Vom Trefe-Essen und anderen unreinen Dingen ganz zu schweigen. Kurz und gut, er hat nebbich ein böses, bitteres Jahr durchgemacht, es ist nicht zu beschreiben. Alles Böse und allerlei bitteres grausames Leid hat man ihm angetan. Man hat ihm schier das Fleisch aus lebendigem Leibe gerissen. Aber von Gottes Wegen ist er, dem Herrn sei gedankt, auch nicht um Haaresbreite abgewichen. Auch in der Macht der Gojim hat er ein ordentlich jüdisches Leben geführt. Er hat ihren Dienst gemacht und hat dabei die Gebete auswendig vor sich hingemurmelt. Wenn es möglich war, hat er den Gebetsmantel und die Gebetsriemen angezogen oder einen Blick in ein religiöses Buch geworfen, das er im Rucksack mit sich trug. Aber die Gojim konnten es nicht mit ansehen, daß er so treu zu seinem Glauben hielt, und sie hatten sich darauf verlegt, ihn dazu zu bringen, daß er, Gott bewahre, die heiligen Gebote übertrete. Vielleicht war das auch der Wille Gottes. Der Himmel wollte ihn wohl prüfen, ob er den Versuchungen widerstehen und an seinem Glauben festhalten würde, wie es die Pflicht gebietet. Kurz und gut, eines Tages haben sie dort mit ihm Spaß getrieben. Sein Vorgesetzter und noch einige seiner Kameraden, man nennt sie dort Feldwebel, sind auf ihn los, haben ein Stück ›Unreines‹ — kurz und gut: Schweinefleisch — genommen und es ihm in den Mund gesteckt. Natürlich hat er sich gewehrt. Wie denn auch nicht? Es steht doch geschrieben, daß der Jude, Gott bewahre, auch das Leben einsetzen muß, um nicht vom richtigen Wege abzuweichen. Kurz und gut, sie haben ihn zu Boden geworfen. Besoffen waren sie selbstverständlich auch. Denn wären sie nicht besoffen gewesen, so hätten sie doch begriffen, daß man so etwas nicht tun darf. Auch ihre eigene Religion verbietet derlei. Kurz und gut, sie wollten ihm das Schwein in den Mund stopfen. Wehe, daß meine Ohren das hören mußten! Reb Chaim Jidels einzigem Sohne, einem Enkel des berühmten Verfassers des Buches ›Das Licht des Lebens‹, hat man so etwas angetan!« Bei diesen Worten schluchzte die alte Frau bitterlich. »Und wie sie ihm das ›Unreine‹ in den Mund stopften, da hat er sich natürlich gewehrt. Und dabei hat er seinem Vorgesetzten die Bluse zerrissen, und einem anderen Vorgesetzten hat er in die Hand gebissen. Weiß man schließlich, was man in einem solchen Falle tut? Nun haben sie ihn bei dem höheren Kommando verklagt, er hätte an seine Vorgesetzten Hand angelegt. Darauf steht schwere Strafe. Kurz und gut, es fand sich niemand, der sich seiner annahm. Wer wußte denn, was geschehen war? Er hat nicht einmal nach Hause geschrieben. So haben sie ihn denn zu zwanzig Jahren Zwangsarbeit verurteilt, das bedeutet Sibirien. Und jetzt ist er schon gefesselt und in Ketten auf dem Wege dahin. Ich wußte mir keinen Rat, so bin ich zum Rabbi, er soll leben, und bin so lange mit dem Kopfe an des Rabbi Tür angerannt, bis ich zu ihm vorgelassen wurde. Und ich habe geschrien und Lärm geschlagen, wie man zugeben kann, daß ein Enkel des Mannes, der ›Das Licht des Lebens‹ verfaßt hat, in so jungen Jahren im Gefängnis modern muß! Da hat mir der Rabbi gesagt, es wäre am besten, sich nach Petersburg zu wenden: ›Dort gibt es einen großen Fürsprecher, einen Freund Israels, und wenn er will, kann er deinen Sohn retten.‹ Was tut nicht eine Mutter für ihr Kind? So habe ich mein Leben gewagt und bin zu dem großen Herrn nach Petersburg gekommen. Lieber Herr« — wieder stürzte ein Tränenstrom aus den Augen der alten Frau, sie fiel dem Advokaten zu Füßen, faßte seine Hand und küßte sie — »rettet mein Kind, meinen einzigen, gelehrten Sohn!«

Lange Zeit saß der Advokat bleich und stumm da. Nervös fuhren seine Finger durch seine große Mähne und zupften an dem wirren Bart. Die Judenfrau schob ihm den Brief zu, den sie in der Hand hielt:

»Hier, leset, lieber Herr, was der heilige Rabbi über ihn schreibt. Der heilige Rabbi hat es mit eigener Hand dem Herrn geschrieben. Der Herr wird sich das himmlische Paradies verdienen und alle Sünden werden ihm vergeben werden für die große Guttat, eine jüdische Seele aus den Händen der Gojim zu retten.«

Diese Worte rührten den Advokaten mehr als alles andere, nicht so sehr durch die Belohnungen, die die alte Frau ihm in Aussicht stellte, als durch den naiven starken Glauben, der aus den Worten der Judenfrau klang.

Der Anwalt erhob sich und ging im Zimmer auf und ab. Bisher hatte er noch kein Wort gesprochen. Beim Tische standen seine zwei Gehilfen und betrachteten neugierig die sonderbare Klientin.

»Ich sehe nichts, ich sehe gar nichts, was man tun könnte!« murmelte der Advokat unaufhörlich vor sich hin in einer Sprache, welche die Judenfrau nicht verstand. »Er ist durch das Kriegsgericht verurteilt worden.«

»Und einer solchen Kleinigkeit wegen, wegen eines Stückchens Schweinefleisch, setzt ein Mensch sein Leben aufs Spiel?« Mit einem Male kam dem ersten Gehilfen

Jakob Schmulewitsch das Idiom der alten Frau auf die Lippen. »Was wäre gewesen, wenn er das Stückchen Schweinefleisch aufgegessen hätte?«

»Lieber Herr, was sagt der Herr da? Tausendmal besser der Tod als, Gott bewahre, so etwas!« schrie die Judenfrau auf.

»Meine liebe Frau, Euch kann hier nur ein einziger Mensch helfen, das ist der Zar selbst!« rief der Advokat plötzlich aus. »Gegen das Urteil eines Kriegsgerichtes gibt es keine Berufung, und da kann kein Mensch helfen.«

»Aber der Herr der Welt!« Die Judenfrau hob ihre Hand gen Himmel.

Beschämt über die Antwort der Judenfrau sprach der Advokat mehr zu sich als zu ihr:

»Gewiß, gewiß, der Herr der Welt. Doch der Herr der Welt kann es nur durch den Zaren tun, denn Euer Sohn ist von einem Kriegsgericht verurteilt worden. Doch wer soll zum Zaren gehen? Wer kann ihm diesen Fall vorbringen? Wisset Ihr, in welchen Zeiten wir leben?«

»Der Rabbi hat mir gesagt, was ich tun soll, um des Zaren Herz zur Güte zu lenken.« Jetzt sprach die Judenfrau dem Advokaten Mut zu. »Auch der Zar ist in Gottes Hand.«

Ein Lächeln irrte über die Lippen des Anwalts:

»Inzwischen aber kann man Euch jeden Augenblick fassen, da Ihr kein Wohnrecht in Petersburg habt, und Ihr werdet unbarmherzig nach Hause abgeschoben.«

»Gibt es denn gar keine Hilfe für mein Unglück?« fragte die Judenfrau tödlich erschreckt.

»Ich weiß nicht, was wir in diesem Falle tun können, ich sehe keine Möglichkeit, keinen Ausweg ... Zutritt zum Zaren haben wir nicht.«

»Ich werde nicht von hier weichen. Der Rabbi hat mich zu dem großen Herrn geschickt, er weiß sicher, was er sagt. Mein Kind ist in Lebensgefahr. Wohin soll ich gehen? Ich werde mich vor dem Palaste des Zaren zu Boden werfen. Mögen sie mich mit den Füßen zertreten! Ich habe vor gar nichts mehr Angst. Mein Kind ist in der Gewalt der Gojim —« Wieder warf sich die alte Frau dem Advokaten zu Füßen.

Verlegen irrten die Blicke des Anwalts umher, als wollte er bei seinen Assistenten Hilfe finden. Jakob Schmulewitsch schnitt eine häßliche Grimasse. Der Advokat begann, leise mit seinen Gehilfen zu verhandeln.

»Solomon Ossipowitsch, vielleicht läßt sich doch etwas tun, das . . . das ist ja unerhört . . .« stotterte Mirkin.

»Was soll man mit ihr tun? Sie besitzt keine Aufenthaltsbewilligung. Sie kann jeden Augenblick abgeschoben werden. Jakob Schmulewitsch«, wandte sich Halperin an seinen ersten Gehilfen, »läßt sich da nicht ein Ausweg finden, durch Vermittlung unserer Klienten aus dem Ansiedlungsrayon? Sie müssen doch Mittel und Wege kennen, wie man sich vorübergehend in Petersburg aufhalten kann. Halten Sie doch ein wenig Umfrage. Fragen Sie zum Beispiel die Frau Hurwitz. Sie kommt, glaube ich, ebenfalls aus Warschau. Sie wissen ja, wen ich meine, die Mutter unseres Revolutionärs.«

»Mit solchen Dingen will ich nichts zu tun haben. Wir können uns nur Unannehmlichkeiten zuziehen.«

»Ich übernehme es. Ich werde die Sache ordnen«, ließ sich Mirkin vernehmen.

»Was verstehen denn Sie von einer Aufenthaltsbewilligung, Sie haben niemals mit derlei Dingen zu tun gehabt!« rief der Advokat und ging selbst in den Korridor, wo die armen Klienten warteten. Rasch musterten seine durchdringenden Augen die Reihe der Wartenden, die sich beim Erscheinen des Advokaten erhoben hatten. Unter ihnen bemerkte er einen polnischen Juden und winkte ihn heran. Der Jude glättete seinen Bart, räusperte sich und folgte dem Anwalt.

»Weinstein aus Wilna, Vater des Studenten Lew Ossipowitsch Weinstein«, sprach ihn der Advokat an, der die Namen und Causen aller seiner Klienten kannte.

»Ja, ich habe einen Brief erhalten«, begann der Mann mit seiner Angelegenheit.

»Nicht darüber will ich jetzt mit Ihnen sprechen. Ich habe eine Bitte an Sie. Sie halten sich doch selbstverständlich ohne Aufenthaltserlaubnis in Petersburg auf — nur keine Angst! Ich werde Sie nicht anzeigen! Könnten Sie nicht eine Judenfrau mitnehmen und sie unterbringen?«

»Ich wohne bei der Kwasniecowa«, entgegnete der Jude verlegen und senkte den Kopf.

»Ich habe Sie nicht um Details gefragt«, sprach der Advokat ärgerlich mit erhobener Stimme. »Wir alle leben in Rußland nicht wie wir wollen, sondern wie wir müssen. Nehmen Sie die Frau mit.«

»Es sind auch Frauen dort. Ich glaube ...«

»Ich sage Ihnen noch einmal, ich weiß nicht und will nicht wissen, was für ein Lokal das ist. Seien Sie so freundlich, die Frau mitzunehmen. Geht mit dem Juden«, wandte sich der Advokat an die alte Frau, »wir wollen sehen, was wir tun können.«

»Jakob Schmulewitsch, notieren Sie bitte den Namen des Sohnes dieser Frau und das Regiment, in dem er gedient hat.«

»Geht, geht!« Der Advokat half der alten Frau, sich vom Boden zu erheben. »Ihr sagtet ja selbst: Alles liegt in Gottes Hand.«

»Und jetzt der Reihe nach. Wer ist der nächste?«

In das Sprechzimmer des berühmten Advokaten trat eine Deputation unitarischer Bauern, von ihrem Geistlichen geführt ...

Madame Kwasniecowa

In derselben Straße, wo der berühmte Rechtsanwalt Halperin seine Kanzlei und seine Wohnung hatte, befand sich das in ganz Petersburg bekannte »Pensionat Kwasniecowa«. Es war im hinteren Trakt eines alten Hauses untergebracht. Der Hof, den man passieren mußte, um zum »Pensionat« zu gelangen, war unheimlich groß und stets voll von Gerümpel. Ein Trödler benützte ihn als Lagerraum für seine alten Möbel, ein Alteisenhändler für seine Eisen- und Blechabfälle, und eine im Vordertrakt befindliche Fischhandlung stapelte dort unzählige leere Heringstonnen auf . . . So glich der Hof einem Labyrinth, und wer ihn betrat, lief Gefahr, sich darin zu verirren. Durch diesen Hof gelangte man in Madame Kwasniecowas Vergnügungslokal, das einem großen Teile der Einwohner Petersburgs, besonders besseren Beamtenkreisen, unter dem Namen »Pensionat Kwasniecowa« wohlbekannt war. Diesen Namen führte es auch nicht zu Unrecht.

In einem Kellerlokal hatte die Kwasniecowa gemeinsam mit ihrem Verwalter Wassilj Alexandrowitsch eine »Teestube« eingerichtet. Über dem Toreingang hingen zwei blaue Schilder. Darauf waren grob stilisiert Russen in weißen Hemden dargestellt, die schwitzend um einen großen Samowar saßen. Ihre lebenden Gegenstände aber, aus deren weitgeöffneten weißen Hemden sich die dichtbehaarte mächtige Brust hervorwölbte, saßen schweißdampfend in den hintersten Räumen des Kellerlokales, und aus den offenen Türen drang dichter Rauch wie aus einem Dampfbad. Über der Teestube befand sich das »Pensionat«. In der ersten Etage, die durch einen langen

Korridor in zwei Teile zerfiel, waren auf der einen Seite die riesigen, unheimlich hohen Zimmer durch papierdünne Holzwände in winzige Kämmerchen geteilt und — offenbar in Eile — mit ständig sich blätternden geblümten Tapeten beklebt worden. Nur der »Salon« mit seinen vier Fensterluken nach der Straße war unberührt geblieben. Sein Mobiliar bestand aus roten Plüschsofas und -fauteuils und schwarzen Tischen mit geschnitzten Platten. Dort versammelten sich die Gäste, welche die Damen des »Pensionates« besuchten. Auf der anderen Seite des Korridors, gegenüber dem Pensionat, war an einer großen Wohnungstür ein Messingschildchen befestigt mit der Aufschrift »Privatwohnung Madame Kwasniecowa«.

In diese Wohnung aber ergoß sich ein Strom von Tränen, gleichsam der Blutstrom aus jener Wunde, die »Rußland« hieß ...

Madame Kwasniecowa führte ihren vollklingenden Namen nur in dem Teile des Stockwerks, wo sich das Pensionat befand. In ihrer Privatwohnung gegenüber dem Pensionat trug sie jedoch den jüdischen Namen, den sie aus ihrer Heimat, in der Gegend von Odessa, mitgebracht hatte; dort hieß sie — Dwojre Leje Braunstein.

In dem kleinen Kämmerchen des Pensionates glänzten hinter roten Lämpchen alle Ikonen ihres neu angenommenen Glaubens. In ihrer Privatwohnung jedoch hing eine Jahrzeittafel, auf der drei Grabsteine gezeichnet waren; sie trugen in russischer und hebräischer Schrift die Namen ihres Vaters, ihrer Mutter und ihres Gatten, und darunter waren nach dem jüdischen und dem russischen Kalender die Daten der drei Sterbetage verzeichnet. Auf den Tischen der Wohnung lagen Gebetbücher und Bibeln umher. Es war ihnen anzumerken, daß sie häufig benützt wurden. Unter der Jahrzeittafel stand ein kleiner Schrank, darauf standen zwei kleine Sabbatleuchter aus Messing, in denen zwei halb abgebrannte Kerzen steckten.

Madame Kwasniecowa war eine bejahrte, starke Frau

mit vollem, rotem Gesicht und einem hohen, ungewöhnlich dicken Hals. Er glich dem breiten Abzugsrohr eines gut geheizten Kessels; an einen Kessel erinnerte auch die runde und breite Figur, die aus einem Stück gegossen zu sein schien. Über dem grauen Haar trug die Madame eine braune Scheitelperücke, nicht so sehr aus Frömmigkeit als aus Gründen des »Berufes«. Sie war russisch-orthodoxer Konfession. Diese hatte sie seinerzeit zusammen mit ihrem Manne angenommen, zunächst aus rein materiellen Gründen, um in Petersburg ungestört wohnen und ihrer Beschäftigung nachgehen zu können. Später aber diente sie mit voller Hingabe ihrem neuen Glauben, feierte alle kirchlichen Festtage, besuchte regelmäßig die Kirche und spendete bei jeder Gelegenheit eine geweihte Kerze für das Seelenheil ihres verstorbenen Mannes. Das hinderte sie jedoch nicht daran, weiter an ihrem angestammten Glauben festzuhalten. Dafür war die alte praktische Erwägung maßgebend, daß doppelt genäht besser hält ... Ebenso wie die orthodoxen beachtete sie sämtliche ihr wohlbekannten jüdischen Feiertage, über deren Termine sie sich streng auf dem laufenden hielt. Dwojre Leje verstand es, die Festtage der beiden »Götter« so geschickt zu verbinden, daß ein Widerspruch oder Gegensatz zwischen ihnen nicht zu merken war. So schlichtete sie auf ihre Weise den tausendjährigen Zwist, den die Begründer der beiden Konfessionen in die Menschheit geworfen hatten. Nie unterließ sie es, auf ihren Ostertisch neben die bemalten Eier, den geschmückten Schweinskopf und die Kuchen, die der Pope mit Weihwasser besprengen sollte, auch die Mazzoth, die jüdischen Osterbrote, zù legen. Am Abend zelebrierte sie den »Seder«, am nächsten Morgen ging sie in die Kirche und tauschte mit allen Gläubigen den Osterkuß, mit dem Spruch: »Christ ist erstanden.« Und neben ihrem Weihnachtsbaum leuchteten die acht Lichtlein der alten jüdischen Menorah.

Diesen Frieden zwischen den Göttern über die Dogmen der herrschenden Religionen hinweg hatte eigentlich bereits ihr Mann Anschel Kulak gestiftet, der noch zusammen mit seiner Frau das von ihm begründete Unternehmen aus dem Hafen von Odessa in die Hauptstadt verlegt hatte. Und dem Andenken des Verstorbenen zuliebe ließ Dwojre in der Geschäfts- wie in der Religionsführung nicht die geringste Änderung eintreten.

Alle Feste, die jüdischen wie die russisch-orthodoxen, feierte Dwojre ganz privat, in ihrem vollständig separierten, am äußersten Ende ihrer großen Wohnung gelegenen Schlafzimmer. Darin hing eine große Ikone und daneben unter einem Bilde des Heiligen Grabes eine traditionelle Palästinasammelbüchse, die Rabbi-Meir-Baalneß-Büchse, die aus der Heiligen Stadt Jerusalem an ihre Adresse gesendet worden war. Und um keinen Anlaß zur Zwietracht unter den Göttern zu geben, warf Dwojre Leje, sooft sie frisches Öl in die Ikonlampe goß, eine namhafte Spende in die Büchse. Wenn diese voll war, trug sie sie mit eigener Hand in die Synagoge und ließ sie dort durch einen Vorsteher leeren. In ihrem Schlafzimmer wohnte und speiste sie, ruhte sich aus und zählte nachts bei geschlossenen Jalousien ihre Ersparnisse, die sie an einem Geheimplatz verborgen hielt ... Die anderen Zimmer ihrer Wohnung aber überließ sie den Juden, die sich ohne Erlaubnis in der Residenz aufhielten, als Nachtquartier.

Dwojre leitete ihr »Pensionat« streng, reinlich und anständig. Unter ihrer festen Führung wurden Skandale nicht geduldet. Ihr Kundenkreis war nicht zahlreich; er bestand fast ausschließlich aus ehrsamen verheirateten Männern, die von Zeit zu Zeit still und ohne Aufsehen einen kleinen Seitensprung machen wollten. Gäste, die nicht empfohlen waren, hatten keinen Zutritt, darüber wachte mit peinlichster Sorgfalt ihr Verwalter Wassilj Alexandrowitsch, von dem noch später die Rede sein wird. Mit der Polizei stand Dwojre Leje in korrekten Beziehungen; sie erlegte pünktlich das vereinbarte Wochenhonorar, und daher grüßte sie der Reviersinspektor, wenn er ihr auf der Straße begegnete, ehrerbietig. In der Nachbarschaft war Dwojre Leje trotz ihres Berufes geachtet, schon wegen ihrer Freundlichkeit und ihrer offenen Hand, wo es sich um wohltätige Zwecke handelte; überdies hatte sie ihre »Damen« strengstens angewiesen, die Nachbarn in keiner Weise zu belästigen. Auch in der höheren Beamtenschaft war Madame Kwasniecowa bekannt und angesehen. So war denn ihr Haus die sicherste Unterkunft für alle, die sich ohne Erlaubnis in Petersburg aufhielten.

Selbstverständlich gewährte Dwojre Leje ihre Gastfreundschaft nicht um klingenden Lohnes willen — sie nahm von ihren Bettgehern keinen Groschen —, sondern als gute Tat für das Seelenheil ihres verstorbenen Gatten, von dem sie zu ihrem größten Leidwesen keine Kinder hatte.

Wenn sie an dem Hause des berühmten Rechtsanwaltes vorüberging, hatte sie häufig zur Zeit der Sprechstunden in den Gängen bekümmerte, ängstliche Juden und Jüdinnen bemerkt, deren Aussehen, Kleidung und gedrückte Mienen sofort erkennen ließen, daß sie aus dem Ansiedlungsrayon stammten. Dann war sie stehengeblieben und hatte die bekümmerten Leute ins Gespräch gezogen. Zu den Sorgen, die sie aus ihrer fernen Provinz in die Hauptstadt brachten, kam fast immer noch eine: die Sorge um den Aufenthalt in Petersburg und damit die Angst vor der Polizei. Anfangs nahm Dwojre Leje aus Mitleid den einen oder anderen Juden in ihrer Wohnung auf, allmählich aber verwandelte sich ihre Wohnung in ein regelrechtes Hotel für Personen ohne Aufenthaltsbewilligung. Von Zeit zu Zeit kam sie selbst, um nachzufragen, ob jemand ein Nachtquartier brauche. Im Anfang begegnete sie erschreckten Mienen, bald aber gewann sie das Zutrauen der bekümmerten Menschen, und allmählich wurde ihre Wohnung eine Geheimadresse, die unter den Unglücklichen von Hand zu Hand, von Mund zu Mund ging.

Eine einzige Gegenleistung für ihre Gastfreundschaft verlangte Dwojre Leje von ihren Bettgehern: Sie mußten ihre Gebete in ihrer Wohnung verrichten. Durch den Türspalt ihres Schlafzimmers hörte sie dann dem schwermütigen Singsang der so lange nicht gehörten und doch nicht vergessenen Gebete zu, die in ihrem Herzen geschlummert hatten; und ein dickes Frauengebetbuch auf den Knien, summte sie die Gebete leise mit . . .

Zumeist wußten die Bettgeher nicht einmal, was dies für ein Haus sei. Den »Damen« des »Pensionats« war es strengstens verboten, die Schwelle der Privatwohnung Madames zu betreten. Dwojre Leje selbst ließ sich äußerst selten in den »Geschäftsräumen« sehen; es geschah nur, wenn ein hoher Beamter das »Pensionat« besuchte und Madame aus Gründen der Repräsentation dem hochgeschätzten Gast ihre persönliche Aufwartung machen mußte. Die Geschäftsführung lag zur Gänze in den Händen ihres erprobten Verwalters Wassilj Alexandrowitsch. Er war auch der Verbindungsmann zwischen dem »Pensionat« und Madames Schlafzimmer.

So wurde Dwojre Lejes Wohnung gegenüber dem »Pensionat« nach und nach zum Treffpunkt für die meisten jener Unglücklichen, die durch die Willkür der grausamen Ausnahmegesetze und der barbarischen Beamten genötigt waren, in der Hauptstadt Schutz zu suchen. Allmählich bildete sie ein Refugium für jüdisches Leid und jüdische Qual. Die Zimmer waren feucht von Tränen, an die Wände schlugen Seufzer gebrochener Herzen, Wehklagen der Psalmgebete. Und an dem Los ihrer Gäste nahm die Wohnungsinhaberin lebhaften Anteil.

In dieses Nachtquartier hatte das Schicksal auch die greise Esther Hodel Kloppeisen gebracht, die vom äußersten Ende des riesigen russischen Reiches gekommen war, um für ihren Sohn in der Hauptstadt Gerechtigkeit zu finden. Schon die strenge Religion der alten Frau und ihre alttraditionelle jüdische Tracht hatten vom ersten Augenblick an der Madame des Vergnügungslokals ganz besondere Achtung vor ihrem neuen Gast eingeflößt. Als Madame Kwasniecowa aber erfuhr, was die greise Judenfrau nach Petersburg geführt hatte, wurde sie so von Rührung übermannt, daß sie sofort ihren Verwalter Wassilj Alexandrowitsch rufen ließ, um mit ihm den tiefen Eindruck des eben Gehörten zu teilen.

Wassilj Alexandrowitschs Erscheinung ließ eher auf den Verwalter eines rechtgläubigen Devotionaliengeschäftes als auf den eines Vergnügungsetablissements schließen. Ebenso wie seine Chefin war auch er schon über die erste Jugend hinaus. Beim ersten Anblick flößte er Respekt ein, vor allem durch das lange, sorgsam mit Fett geglättete graue Haar, das wohlgeordnet über die Ohren fiel, den gepflegten Bart und die würdevolle Kleidung. Während der »Amtsstunden« im »Pensionat« trug Wassilj Alexandrowitsch stets einen schwarzen Salonrock und eine Samtweste, über die sich eine schwere Goldkette spannte.

Ebenso wie seine Chefin war auch er streng religiös. Ohne Übertreibung kann behauptet werden, daß die Atmosphäre der Frömmigkeit, die nicht nur in der Privatwohnung der Madame Kwasniecowa, sondern auch in ihrem »Pensionat« herrschte, zum nicht geringen Teile auf die tief religiösen Empfindungen des Verwalters Wassilj Alexandrowitsch zurückzuführen war. Diese Frömmigkeit war in Petersburg sprichwörtlich. Ein Scherzwort über gottesfürchtige Frauen lautete: »So fromm wie eine ›Dame‹ im Pensionat der Kwasniecowa.« Hinsichtlich der »Damen« des Pensionats übertrieb das Bonmot natürlich ein wenig. Aber es hatte doch einen wahren Kern: Da Wassilj Alexandrowitsch ein wahrhaft pflichttreuer Mann war, achtete er nicht bloß auf gutes Benehmen der »Damen«, wie etwa auf die richtige Art der Begrüßung der hochachtbaren Beamten, die zu den Stammkunden des Pensionats zählten, ebenso wie auf strenge Hygiene — im Interesse der unschätzbaren Gesundheit der hochgeschätzten Herren Besucher —, sondern auch auf den moralischen und religiösen Lebenswandel der Pensionärinnen. Er trug dafür Sorge, daß die »Damen« pünktlich jeden Sonnabend zur Vesper die Kirche besuchten, und begleitete sie persönlich, um darüber zu wachen, daß sie den Popen und den anderen Vertretern der Kirche gebührende Ehrfurcht bezeugten. Wassilj Alexandrowitsch ging dabei von dem Standpunkt aus, wer die Vorschriften der Religion befolge, dessen ganzes Leben sei aufs beste geregelt und er könne niemals Schaden stiften ...

Es muß noch hinzugefügt werden, daß es Wassilj Alexandrowitsch nicht auf die Befolgung der Vorschriften seiner Kirche ankam. In diesem Punkte war er überaus tolerant. Jeder Glaube war in seinen Augen gleich wertvoll und jeder Mensch, der an seiner Religion festhielt, anständig und vertrauenswürdig.

Böse Zungen behaupteten, die Doppelreligiösität der Madame Kwasniecowa sei auf den Einfluß Wassilj Alexandrowitschs zurückzuführen, und fügten hinzu, die Beziehungen zwischen Madame und ihrem Verwalter gingen seit dem Tode ihres Gatten über das Geschäftliche hinaus. Doch das war üble Nachrede. In Wahrheit geschah die Aufnahme von frommen Bewohnern ohne Aufenthaltsbewilligung mit vollster, ja beifälliger Zustimmung des Verwalters; übrigens wäre es ohne seine Mithilfe schon aus polizeilichen Gründen für Madame Kwasniecowa unmöglich gewesen, ein solches »Verbrechen« ungestört zu begehen. Wassilj Alexandrowitsch war ein so treuer Freund aller religiösen Menschen, daß er den Gästen in Madames Wohnung sogar die Gebete für das Seelenheil seines »Konkurrenten« Anschel Kulak, des verstorbenen Gatten der Kwasniecowa, nachsah, auf den er, wie böse Zungen weiter behaupteten, noch bei Lebzeiten maßlos eifersüchtig gewesen war; und noch dem Verstorbenen nahm er die Anhänglichkeit übel, mit der die Witwe sein Andenken ehrte.

Nach dem Gesagten ist es klar, welch tiefen Eindruck die Geschichte der Esther Hodel, von Dwojre Leje in ihrer Version wiedergegeben, auf Wassilj Alexandrowitsch übte. Er zog sein großes buntes Taschentuch aus der Schoßtasche seines würdevollen Salonrockes, fuhr damit, nachdem er seine rote Nase kräftig geschneuzt hatte, einige Male über die Augen und sprach, Tränen in der Stimme:

»So etwas darf in unserem heiligen Rußland geschehen, wenn ein Menschenkind die Gebote seiner Religion beachten will? Nein, das muß ich dem geehrten Herrn Vorsitzenden Akim Maximowitsch Zapuchin erzählen, wenn er uns nächstens mit seinem Besuche beehrt! Ich bin überzeugt, der hochverehrte Akim Maximowitsch wird ein Mittel finden, um Abhilfe zu schaffen; er ist ja mit den allerhöchsten Kreisen intim.«

Dann wandte er sich an die greise Esther Hodel und sprach sie huldvoll an:

»Bleibe ruhig hier bei uns! Wir werden sehen, was wir für dich tun können. Wir haben, Gott sei Dank, einen großen Bekanntenkreis, und was andere nicht können, das vermögen wir zu tun.«

Die alte Esther Hodel sprang wie von einer Tarantel gestochen auf; denn während seiner Rede hatte der »Goj« sie leicht mit der Hand berührt. Dieses Verhalten der Frau gefiel dem ehrsamen Wassilj Alexandrowitsch über alle Maßen.

Madame Kwasniecowa aber zog ein zweites Taschentuch aus ihrer Rocktasche, fuhr sich damit über die Nase und die tränenfeuchten Augen und sprach:

»Mütterchen, Ihr seid in gute Hände gekommen. Der Christ hier«, dabei deutete sie auf Wassilj Alexandrowitsch, »ist ein frommer Mann und hat einflußreiche Bekannte unter der Beamtenschaft. Bei mir verkehrt die große Welt — die besten und höchsten Kreise. Wir wollen ganz Petersburg in Aufruhr bringen. Indessen bleibt hier, ruhig hier, solange Ihr wollt. Ihr sollt koscheres Essen aus dem jüdischen Restaurant bekommen. Es wird Euch an nichts fehlen, das Beste vom Besten sollt Ihr haben; bleibt hier und betet zu Gott, wie Euch der Rabbi befohlen hat.«

Esther Hodel verdrehte fromm die Augen und begann, sich wie beim Beten hin und her zu wiegen:

»Die Macht des Rabbi ... sie ist offenbar ... ein Wunder des heiligen Mannes ...«

Und der Jude, der sie hingeführt hatte, sagte, ein wenig neidisch, mit einem Seufzer:

»Gott gebe es, daß mir so bald geholfen werde, wie Euch geholfen wird!«

Dann hockte sich Esther Hodel in einen Winkel und begann in klagendem Ton den ersten Psalm:

»Heil dem Manne ...«

Madame Kwasniecowa und Wassilj Alexandrowitsch standen mit freundlichen, träumerisch blickenden Augen daneben und sahen lange der sich fromm im Gebete wiegenden Jüdin zu, voll inniger Freude, daß ein so frommes Wesen bei ihnen Unterkunft gefunden hatte. Dann ging Wassilj Alexandrowitsch wieder ins »Pensionat«, wo man ihn dringend brauchte.

Die Tränenflut

Mirkin selbst hatte nicht geahnt, daß die Begegnung mit der alten Frau aus der fernen Provinz auf ihn so tiefen Eindruck machen würde. Vor allem geschah etwas Merkwürdiges: Er verstand alles, was die Judenfrau sprach. Woher das wohl kam? Ein versteckter Nerv schien in ihm in Funktion getreten zu sein, der die unverständlichen Worte aufnahm und in die Sinnesorgane weiterleitete. Bald hatte Mirkin das Idiom vollständig inne.

Bisher hatte Mirkin an den täglichen Willkürakten, die dem großen Advokaten vorgebracht wurden, rein berufliches Interesse genommen, soweit sein Beruf ihm überhaupt naheging. Durch die alte Frau und durch ihren lauten Schmerzensschrei von heute nachmittag ging ihm all dieses Unrecht nunmehr persönlich nahe. Es wurde zu seiner eigenen Sache. War es wohl der elementare Aufschrei des blinden, tief im Volke verwurzelten Glaubens, der Mirkin so tief berührte? Während seiner nun ein Jahr währenden Praxis bei dem berühmten Anwalt hatte ihn mehr als einmal starre Verwunderung ergriffen über die schrecklichen Ereignisse des täglichen Lebens. Doch diesmal war es weit mehr: Bebend und staunend stand er vor einem tausendjährigen Geheimnis, vor einer unzugänglichen, mysteriösen Verborgenheit, die noch so frisch, stark und tief in jenen Menschen seiner eigenen Rasse lebte; zitternd stand er vor einem Glauben, den er selbst nie besessen.

Er war fest entschlossen, sich der alten Judenfrau anzunehmen und ihr nach Kräften zu helfen. Als sie sich einige Tage nicht zeigte, beschloß er, sie in ihrem Quartier aufzusuchen. Vielleicht brauchte sie Geld oder etwas anderes, vielleicht hatte sie dort nicht bleiben können, vielleicht befand sie sich schon im Gefängnis und sollte in ihre Heimat abgeschoben werden.

Mirkin wußte, daß es mit dem Quartier, in das man die alte Frau gebracht hatte, nicht ganz geheuer war. Doch was dieses Quartier im Grunde wirklich war, wußte er nicht. Es gab häufig Angelegenheiten beim Advokaten, die vor Mirkin geheimgehalten wurden. Diese Geheimnisse kannte bloß Mirkins Kollege Jakob Weinstein; mit ihm beriet der berühmte Anwalt sehr häufig in seinem verschlossenen Arbeitszimmer, ohne Mirkin beizuziehen. Das Quartier der Kwasniecowa war wohl auch eine jener geheimnisvollen Angelegenheiten, weil niemals davon gesprochen wurde. Mirkin notierte sich insgeheim die Adresse.

Eines Abends nach der Sprechstunde ging er hin, um die Judenfrau aus der Provinz aufzusuchen. Während er die ungewöhnlich hell erleuchtete Treppe zur Kwasniecowa emporstieg, hörte Mirkin einige lustige Takte auf einem verstimmten Klavier aus der frisch gestrichenen Tür des »Etablissements« der Kwasniecowa dringen. Es war die Melodie eines populären Kabarettschlagers, und doch klang sie so traurig, daß Mirkin von einer ihm unbegreiflichen Wehmut erfaßt wurde.

Als er sich der Tür zur Wohnung der Kwasniecowa näherte, tönte ihm von dort eine ganz andere Melodie entgegen; gebrochene Stimmen sangen im Klageton Psalmen. Mirkin hielt seinen Schritt an und hörte den beiden so ganz verschiedenen Melodien zu, die aus den so nahe beieinander gelegenen Räumen drangen. Beide Räume trugen den gleichen Namen, nur mit dem Unterschied, daß auf der Tür, aus der die Kabarettmelodie drang, die Aufschrift »Vergnügungslokal Kwasniecowa« stand, auf der Tür aber, aus der das Rezitativ der Psalmen tönte, das Schildchen »Privatwohnung Madame Kwasniecowa«. Einen Augenblick lang schien es Mirkin, als vereinigten sich die beiden Melodien, die einander zu ergänzen schienen, zu einer Symphonie.

Der Eintritt in das Quartier wurde Mirkin nicht leicht; es gelang ihm erst, nachdem er sich Madame Kwasniecowa selbst vorgestellt hatte, die zu diesem Zweck aus ihrem Schlafzimmer geholt wurde. In dem Raume, den er betrat, fand er ein paar Frauen und einige bekümmerte Juden. Jeder saß in einer anderen Ecke, einige beim Tische, andere auf einer Bank neben einem kleinen Schränkchen, auf dem zwei kleine Kerzen im Leuchter brannten. Jeder der Insassen wiegte sich vor einem Psalmenbuch hin und her und rezitierte mit gebrochener Stimme die uralten Gesänge. Seit nämlich die alte Esther Hodel das Quartier bei Madame Kwasniecowa bezogen hatte, war es zu einem richtigen Bethaus geworden. Der alten Frau hatte ihr Rabbi aufgetragen, jeden Tag siebenunddreißigmal bestimmte Kapitel der Psalmen zu beten, solange sie in Petersburg weilen würde; dann würde sie bestimmt Hilfe finden. Das Psalmodieren der greisen

Esther Hodel wirkte ansteckend auf die übrigen Insassen, und sie folgten ihrem Beispiel. So entwickelte sich bei Madame Kwasniecowa ein regelrechtes Wettsingen im Psalmengesang. Das Psalmodieren im Quartier konnte nicht mehr nach Ellen, sondern nur noch nach Werst gemessen werden; es ging darum, wer mehr Werst Psalmen am Tag aus dem Munde ziehen konnte.

Ebenso wie die Patienten im Spital eifersüchtig sind, wenn der Arzt einem Kranken seine besondere Aufmerksamkeit schenkt, so waren sämtliche Bewohner des Quartiers schon lange auf die fromme Judenfrau aus der polnischen Provinz eifersüchtig, für die sich so viele Leute interessierten. Als aber jetzt der Gehilfe des berühmten Advokaten kam und nach der alten Esther Hodel fragte, entstand ein ärgerliches Murren unter den Insassen, und aus einer Ecke ließ sich auch eine laute Frauenstimme vernehmen. Sie gehörte einer schwarzgekleideten Frau, die keine Perücke, sondern ihr eigenes Haar trug. Die Frisur war ein wenig in Unordnung und belebte dadurch noch mehr das überaus energische, anziehende Gesicht, das trotz der vielen Falten auf der niedrigen Stirn durch die schönen Augen und die gerade, graziöse Linie von Nase, Mund und Kinn die Aufmerksamkeit auf sich zog:

»Seht doch nur, wie sie alle vor der alten Jüdin Habtacht stehen, vom Advokaten an bis zu den Gästen der Kwasniecowa! Als ob sie die einzige Mutter hier wäre, die einen Sohn hat! Ich werde mir auch eine Haube aufsetzen, vielleicht wird sich dann die ganze Welt auch für meinen Sohn interessieren.«

»Das ist etwas anderes. Sie hat einen gelehrten Sohn, und er sitzt um seines Judentums willen im Gefängnis«, suchte eine andere Frau die Sprecherin zu besänftigen.

»Mein Sohn ist auch ein großer Gelehrter! Meint Ihr, er hätte nicht studiert? Mit einundzwanzig Jahren war er im dritten Jahrgang der Universität, und er kann Sprachen, die nur zwei oder drei Menschen in der ganzen Welt können. Alle Professoren loben ihn. Hier habe ich einen Brief seines Professors. Heißt denn nur der ein Gelehrter, der die Bank im Bethaus drückt? Etwas anderes gilt bei euch gar nichts? Hier wurden einem jungen, hoffnungsvollen Baume die Äste abgesägt!«

»Wie kann sie sich mit jener vergleichen? Jene Frau hat einen Rabbiner zum Sohn, der um seines Judentums willen im Gefängnis sitzt!«

»Ich habe auch einen Rabbiner zum Sohn. Ja, einen Rabbiner, und er sitzt auch um seines Judentums willen im Gefängnis. Hat er denn jemanden beraubt oder erschlagen?«

»Wer hat ihn geheißen, sich mit ›diesen Dingen‹ abzugeben?«

»›Diese Dinge‹ sind genauso wertvoll und gut wie die Weigerung, Schweinefleisch zu essen, vielleicht noch wertvoller, das könnt ihr mir glauben. Sie werden der Welt mehr Nutzen bringen. Ich schäme mich gar nicht des ›Verbrechens‹ meines Kindes. Wären nur die Kinder aller Mütter solche ›Verbrecher‹ wie mein Sohn, wir würden heute ganz anders dastehen«, mit diesen Worten verließ sie die Frauengruppe und ging auf Mirkin zu, der neben der alten Judenfrau aus Polen stand und sie ausfragte.

»Sagen Sie mir doch, Herr Gehilfe, ich bitte Sie, wie lange soll ich noch in diesem Bordell sitzen und zuhören, wie die da Psalmen singen? Ich habe daheim ein ganzes Haus voll Kinder zurückgelassen und bin hergekommen, um meinen Sohn zu retten. Wollen Sie etwas für mich tun oder nicht? Sagen Sie es mir geradeheraus! Bei euch drüben in der Kanzlei kommt man ja nicht vor«, sprach sie auf Mirkin ein.

»Still, still, was schreit ihr so? Sie wird es hören!« Eine der Frauen deutete auf die Tür des Schlafzimmers der Kwasniecowa.

»Was kümmert das mich, ich habe vor niemandem mehr Angst! Was habe ich davon, daß die hier Psalmen singen? Alles geht doch dort hinüber in die Betten des

Bordells . . .« Die Frau deutete in die Richtung des »Pensionats«.

Mirkin kannte die temperamentvolle Sprecherin. Es war Frau Hurwitz aus Warschau. Seit zwei Monaten war sie in Petersburg wegen des Prozesses gegen ihren Sohn, einen Philologiestudenten, der beschuldigt war, einer Geheimorganisation polnischer Sozialisten »zum Umsturz der bestehenden Ordnung« anzugehören. Bei einer Haussuchung war bei ihm ein ganzes Archiv seiner Partei gefunden worden, das jedoch in einer völlig unverständlichen Sprache abgefaßt war.

»Die Papiere Ihres Sohnes befinden sich noch beim Professor seines Institutes. Seine Notizen sind in koptischer Sprache geschrieben. In ganz Rußland gibt es nur wenige Personen, welche diese Sprache verstehen. Solange der Professor nicht die Übersetzung der Notizen einsendet, läßt sich gar nichts tun«, erwiderte Mirkin.

Obgleich diese Antwort Mirkins nicht sehr hoffnungsvoll lautete, richtete sich Frau Hurwitz stolz auf. Ihre schönen, lebhaften großen Augen sprühten Funken, und unwillkürlich umspielte ein Zug der Freude ihre glatten, feingeschwungenen Lippen.

»Aber die Leute meinen, es gebe nur eine einzige Mutter auf der Welt, die einen gelehrten Sohn hat . . .«

Ehe sie jedoch noch den Satz beendete, verwandelte sich ihre freudige Miene in eine schmerzliche Grimasse. Ihre Augen füllten sich mit Tränen, und sie sprach mehr für sich als zu Mirkin:

»Bis man erlebt hat, ihn das Gymnasium vollenden zu sehen! Das Mark in den Knochen mußte man sich herausarbeiten, um jedes Semester das Schulgeld zu zahlen. Für jedes Buch, für jede Uniform . . . mein Mann ist ein armer Lehrer, er leitet eine Armenschule . . . ganze Nächte waren wir wach, bis man erlebte, daß er fertig wurde . . . Das Brot wurde im Magen sauer, bis es gelang, ihn zur Universität zu schicken. Die Welt mußte man auf den Kopf stellen ... Und auf einmal wird er verschickt, und man weiß nicht einmal, wo er ist!«

»Er hätte sich nicht in ›diese Dinge‹ einlassen sollen. Wer hat ihn das geheißen?« ereiferte sich ein Jude, der bisher in das Psalmensingen vertieft gewesen war. Er knickte ein Blatt des Psalmbuches ein, erhob sich langsam und begann in mürrischem Ton:

»›Diese Dinge‹ können sich die reichen Leute erlauben. Wie kommen die armen Leute dazu? Ein armer Mann hat zu schweigen, zu sehen, zu hören und zu schweigen ... Er hat das Gymnasium vollendet, ist auf der Universität aufgenommen worden — mancher hätte sich das gewünscht! Was willst du noch mehr, Parachkopf? Alles Übel kommt von ihnen. Ist das seine Sache?«

»Wehe, wehe, gegen den Staat sich zu erheben!« Die Falten in den Wangen der alten Frau aus der polnischen Provinz vertausendfachten sich, als sie begriff, worüber hier gesprochen wurde.

Da sprang Frau Hurwitz, die Mutter des Studenten, auf. Ihr Haar sträubte sich. Auch ihre zwei natürlich gekräuselten Stirnlocken ragten empor. Ihre Augen sprühten zorniges Feuer. Ängstlich wichen alle übrigen Insassen ihrem Blick aus und zogen sich auf ihre früheren Plätze zurück. Frau Hurwitz grub ihre kleinen Zähne in die Oberlippe. Dadurch wurde ihr langes Kinn noch länger. Ihre volle Brust wogte, als sie begann:

»Wessen Sache ist es, sich mit ›diesen Dingen‹ abzugeben? Ist es vielleicht Sache der Reichen? Ihnen sind die Zustände, so wie sie heute sind, recht. Sie haben, weiß Gott, genug Nutzen davon! Was fehlt ihnen denn? Sie können in Petersburg wohnen, sie können Handel treiben, wie es ihnen beliebt, ihnen kommt nichts schwer an. Nein, sich mit ›diesen Dingen‹ abzugeben ist nur Sache der armen Leute. Und ich bin stolz darauf, daß mein Sohn sich mit ›diesen Dingen‹ abgibt. Hätte er mich gefragt, ob er es tun soll, ich hätte ihm geboten, es zu tun; denn statt daß die Welt so ist, wie sie ist, ist es besser, daß alles zugrunde geht. Ich habe keine Furcht, meinetwegen können sie mich auch einsperren!«

»Da habt Ihr doch alles, was Ihr wünscht!«

»Ja, ich habe alles, was ich wünsche!« wiederholte Frau Hurwitz mit fester Stimme und wandte sich zornig ab.

Es ist nicht abzusehen, wie diese Szene geendet hätte, wäre nicht plötzlich in der Tür ihres Schlafzimmers Madame Kwasniecowa erschienen. Ihr Kleid und ihre breite Schürze standen so steif ab, daß sie aus Leder zu sein schienen. Am Schürzenband hing ein riesiger Bund Schlüssel zu den geheimen Winkeln ihres großen Hauses. Das Klirren der Schlüssel begleitete ihre Schritte. Sie blieb auf der Schwelle des Quartierraumes stehen, und mit einem freundlichen Blick der kleinen Mausaugen, die aus dem verwüsteten Gesicht flink über die Insassen des Quartiers huschten, begann sie gutmütig lächelnd:

»Ich war der Meinung, Leute in so unglücklicher Lage täten nichts als beten. In Wirklichkeit aber gibt es Streit.«

Die Insassen wurden ruhig, jeder zog sich in seine Ecke zurück. Nur der Jude, der mit Frau Hurwitz diskutiert hatte, erwiderte lächelnd:

»Aber wer streitet denn? Der Gehilfe des Advokaten ist hergekommen, und da schütten wir ihm unser Herz aus.«

Madame Kwasniecowa schloß, ohne zu antworten, die Tür ihres Schlafzimmers, und bald herrschte im Quartier Ruhe.

Ein Gebet um Mitternacht

Während dieser ganzen Szene saß ein Mann unbeweglich beim Fenster und schien überhaupt nicht zu bemerken, was in dem großen Quartierraum vorging. Er beteiligte sich nicht am Psalmenbeten, auch lag kein Buch vor ihm. Den ungewöhnlich großen Kopf mit dem langen Bart auf seine riesige Hand gestützt, starrte er, in stummes Nachdenken versunken, in die Nacht.

Die außerordentliche Größe und das befremdende Schweigen des Mannes hatten von Anfang an Mirkins Aufmerksamkeit erregt. Der Mann war so in sich vertieft, daß er gar nicht anwesend zu sein schien. Die kleine litauische Mütze aus der mächtigen Stirn geschoben, bedeckte er mit einer Spitze seines großen Bartes sein Gesicht, hatte die Augen geschlossen und schien in sich hineinzuschauen.

Mirkin überzeugte sich, daß die alte Frau, an der er Interesse nahm, vorläufig gut aufgehoben war, hörte eine Zeitlang der Diskussion unter den Quartierbewohnern zu und wandte sich zum Gehen. Der Unbekannte erhob sich und folgte Mirkin. Im Vorhause, bei der ungewöhnlich hell erleuchteten Treppe, unter den Klängen des Kabarettschlagers, die das verstimmte Klavier im Pensionat der Madame Kwasniecowa ertönen ließ, hielt der Fremde Mirkin an. Mirkin erschrak über die außergewöhnliche Größe des Mannes, seinen mächtigen Kopf, den großen Bart und die überlangen Arme. Neben dem Fremden sah Mirkin wie ein Knabe neben einem Erwachsenen aus. Mit mächtiger, metallisch klingender Stimme stellte sich der Fremde Mirkin vor: »Moses Baruch Chomski, Vorsteher der Judengemeinde von Tolestyn.«

Mirkin stand sprachlos da.

Der Mann zog bei Mirkin Erkundigungen über seine Angelegenheit ein. Er war im Auftrage seiner Gemeinde, einer Kleinstadt im Gebiet von Wilna, nach Petersburg gekommen. Die Regierung hatte die Stadt plötzlich in ein Dorf umgewandelt und angeordnet, daß die Juden, die in Dörfern nicht wohnen durften, den Ort zu verlassen hätten. In Petersburg hatte der Jude an alle Türen gepocht, auf die es ankam, und jetzt befand sich die Sache in den Händen des berühmten Advokaten Halperin. Mirkin konnte dem Mann nur unklare Antworten geben, da er selbst über die Sache wenig unterrichtet war; so speiste er ihn mit allgemeinen Redensarten wie: »Wir tun alles, was wir können« ab. Mit nachdenklichem Ernst hörte der Jude zu und sprach kein Wort.

Als Mirkin auf die Straße trat, wich der Jude nicht von seiner Seite und ging schweigend neben ihm her. Verwundert fragte ihn Mirkin, ob er ebenfalls zum Issakiewskij-Platz gehe.

»Ich kann auch auf den Issakiewskij-Platz gehen; was liegt daran?« sprach der Fremde halb für sich und schritt weiter stumm neben Mirkin her.

Mirkin hatte die Absicht gehabt, einen Schlitten zu nehmen, doch da der Jude ihn interessierte, beschloß er, zu Fuß zu gehen.

»Wohin soll man gehen?« sprach der Jude weiter mit sich selbst. »Hier ist kein Platz für mich. Seit fast einem Monat habe ich in dieser Stadt den Gebetsmantel und die Gebetsriemen nicht angelegt.«

»Warum?« fragte Mirkin.

»Ich werde doch nicht an einem unreinen Ort das Gebet verrichten!« antwortete der Jude in russischer Sprache.

Mirkin schwieg.

»Zwei Wochen lang streifte ich in den Straßen umher, weil ich dort, wo ich jetzt bin, nicht Unterkunft nehmen wollte. Ich bin Vorsteher unserer Gemeinde; ich habe erwachsene Kinder, verheiratete Töchter; noch nie in meinem Leben hat mein Fuß die Schwelle eines solchen Hauses überschritten. Und jetzt, in meinen alten Tagen, muß ich, der Vorsteher der Judengemeinde von Tolestyn, in einem solchen Hause wohnen . . .«

Nach längerem Schweigen begann der Jude wieder:

»Zwei Wochen wechselte ich kein Hemd, lag in keinem ordentlichen Bett. Ich streifte von einer Teeschenke zur anderen, übernachtete auf dem Bahnhof. Einmal wurde ich sogar verhaftet; es gelang mir, mich mit Geld loszukaufen. Wie lange konnte das so gehen? Ich konnte es nicht länger ertragen. Ginge es um meine eigene Sache, ich würde keine Stunde länger in dieser sündigen Stadt bleiben, selbst wenn ich mein Vermögen oder, Gott bewahre, mein Leben verlieren sollte. Doch es handelt sich um eine ganze Gemeinde. Die Gemeinde hat mich, ihren Vorsteher, hergeschickt.« Wieder verstummte der Jude; es war, als hätte er etwas hinuntergeschluckt und wartete, bis der Bissen die Speiseröhre hinabglitte. Dann fuhr er fort:

»Doch zu Gott beten, in einem solchen Hause — wie kann man das? Und die dummen Leute singen dort sogar Psalmen! Das ist doch die ärgste Gotteslästerung! Alles geht dort hinüber zu den Frauenzimmern . . . Hat denn die Frau Hurwitz aus Warschau nicht recht?«

Abermals verstummte der Mann.

»Doch warum über menschliches Unrecht klagen, daß Gott erbarm? Was bedeutet der Mensch, wenn sie es wagen, über Gott selbst zu Gericht zu sitzen? Zwölf Bauern werden über ihn, über den Gott der Juden, in Kiew ihr Urteil sprechen!« — damit spielte der Jude auf den damals bevorstehenden Ritualmordprozeß des Mendel Beilis an. Dann schwieg er lange Zeit. Diesmal schien er an einem schweren Bissen zu kauen, und es dauerte lange, bis er ihn geschluckt hatte.

Die Nacht war stockfinster. Kein Stern stand am Himmel. Dichte Finsternis senkte sich von oben nieder. In dem Dunkel erglänzten die Laternen und Lichter der Schaufenster doppelt stark und warfen runde Lichtkreise in die Luft, hinter denen alles wieder in schwere Dunkelheit versank. In der finsteren Nacht zeichneten sich bloß die Silhouetten der mächtigen Häuser ab und stachen emporstrebend in das wallende Dunkel. Sie sahen nicht wie Gebäude aus, sondern wie die Schatten riesiger unsichtbarer Wesen, die irgendwo in der Luft hingen.

Mirkin und der fremde Jude kamen auf den breiten, düsteren Issakiewskij-Platz. Wie zwei Tropfen im Meere verloren sie sich in der Dunkelheit, die über dem riesigen Platz lagerte. Ein mächtiger Palast aus Granit und Stahl zog sich über die ganze Breite des Platzes. Kein Lichtfunke leuchtete auf dem riesigen Platze ; nur aus einer Seitengasse, in der ein großes massives Gebäude stand, warfen die hohen, hellerleuchteten Fenster festlichen Lichterglanz hinüber.

»Heute ist Sitzung des Ministerrates«, wiederholte der Jude mechanisch.

Mirkin wurde der Fremde unheimlich. Er versuchte, von ihm loszukommen:

»Ich gehe zur Troizkij-Brücke. Und Sie?«

»Ich gehe denselben Weg, zum Winterpalais.«

»Was haben Sie beim Winterpalais zu tun?«

»Nichts, ich gehe hin . . . jeden Abend, ehe ich schlafen gehe, gehe ich zum Winterpalais.«

»Zum Winterpalais? Wozu?«

»Sie fragen, wozu? Ich gehe hin, um mein Gebet zu verrichten«, antwortete der Jude.

Mirkin schwieg verwundert. Auch sein Begleiter blieb stumm. So gingen sie den ganzen Weg bis zum Winterpalais schweigend nebeneinander her.

Der Platz vor dem Zarenschloß war noch mehr in Finsternis gehüllt als der Issakiewskij-Platz.

Die Gebäude der verschiedenen Ministerien, die den Platz umsäumten, lagen in tiefem Dunkel. Nur in der Mitte des Platzes flackerten die Lichter der vier Laternen am Denkmal Nikolaus I. und wehrten sich gegen die Nacht, die ihre Lichter verschlingen wollte. Die Nacht streckte ihre Tatzen auch gegen das kaiserliche Schloß aus. Wie ein Totenhaus stand es im schwarzen Raum. Nur aus einem der obersten Stockwerke glänzte ein einziges Lichtlein von einem hohen Fenster nieder. Es schien in der Luft zu schweben.

Ein heftiger Wind erhob sich vom freien Newa-Ufer her und faßte die Röcke und die Hüte der Passanten. Mitten auf dem Platze blieb der Jude stehen; er schien seine Mütze vor dem Winde schützen zu wollen. Auch Mirkin blieb stehen. Plötzlich sah er, wie der Jude seine übernatürlich langen Arme emporwarf, die im Dunkel der Nacht noch länger schienen. Mirkin war es, als griffe der Mann mit seinen langen Armen in unsichtbare Welten. Und mit einem Male begann der Jude, seine riesige Hand gegen das zitternde Lichtlein im Winterpalast ausgestreckt, mit fester, eherner Stimme zu beten; die Worte schienen nicht aus seiner Kehle zu dringen, sondern aus einer ungeheuren Tiefe:

»Ergieße deine Angst über die Völker, die dich nicht kennen, über die Stämme, die deinen Namen lästern. Zerstöre das Haus, daß kein Stein auf dem anderen bleibe — wie du es Assur und Babel getan!«

»Was ist das?« fragte Mirkin erschrocken, indem er den Juden am Arme faßte.

»Das ist mein Gebet zu Gott«, antwortete der Jude und verschwand im Dunkel der Nacht.

Erstaunt und erschreckt blieb Mirkin allein.

Im Restaurant »Danan«

Im Restaurant »Danan« auf der Morskaja gab Gabriel Haimowitsch Mirkin ein Familiendiner zu Ehren Ninas, der Braut seines Sohnes, und ihrer Eltern. Es waren bloß die nächsten Familienmitglieder anwesend: der berühmte Rechtsanwalt mit seiner Frau, die Braut, der Bräutigam und Gabriel Haimowitsch. Halt, noch jemand: Olga Michailownas Vetter, ihr »unentwegter Schatten« Naum Grigorowitsch, der sich zur Familie zählte. Helena Stepanowna, Gabriels Frau zur linken Hand, fehlte selbstverständlich. Um keinen Anstoß zu erregen, hatte sie es selbst so eingerichtet, daß sie für einige Tage zu einer Freundin nach Gatschina fuhr und dort blieb, bis die Familienfeierlichkeiten aus Anlaß der Verlobung Sacharijs vorüber waren. Das Diner fand am Schluß der Oper statt, wo die Gesellschaft Schaljapin als Mephisto und den damals neuen Stern an dem Himmel der russischen Tanzkunst, Madame Karsawina, bewundert hatte. Ins Theater war auch Mischa, der Bruder der Braut, mitgenommen worden. Ins Restaurant mitzugehen, gestattete ihm jedoch der Vater unter keiner Bedingung. Um das Schicksal seines Sohnes beim Abiturium wegen Mischas schlechten Fortganges besorgt, wünschte Halperin nicht, daß die Gymnasiastenuniform Mischas auffalle und daraus etwa neue Schwierigkeiten bei der Beendigung von Mischas Gymnasialstudien entstünden.

Die Männer trugen an den Fräcken ihre Universitätsauszeichnungen. Gabriel Haimowitsch wie stets seinen Annenorden dritter Klasse, den er für seine Verdienste um die sibirische Eisenbahn erhalten hatte.

Das Diner wurde für die kleine Gesellschaft in einem reservierten Kabinett aufgetragen, einerseits des Familiencharakters wegen, andrerseits mit Rücksicht auf die judenfeindliche Atmosphäre, die damals, zur Zeit des Beilis-Prozesses, in der Hauptstadt des Zaren ihren Höhepunkt erreicht hatte. Der Beilis-Prozeß durfte übrigens in Gegenwart des berühmten Anwalts nicht erwähnt werden; denn da er sich mit dem Verteidigungskomitee nicht hatte einigen können, war zum Hauptverteidiger Beilis' nicht er, sondern einer seiner Konkurrenten bestellt worden. In den hohen, aber intimen Salon, wo die kleine Gesellschaft um den ovalen, festlich gedeckten Tisch saß, ergossen sich Ströme elektrischen Lichtes aus allen Ecken der Decke und von den Wänden. Es spiegelte sich auf den hohen Marmorsäulen, brach sich in tausend Regenbogenfarben in dem Kristall des Lüsters und blitzte feurig auf dem Goldbronzeschmuck des Saales. Hinter dem Stuhl jedes Gastes stand steif ein Kellner in blütenweißem Anzug und servierte mit leichten, fast unmerklichen Bewegungen an dem blumengeschmückten Tische.

Die Mahlzeit war, wie alle russischen Gesellschaftsessen, großartig, überreich und extravagant. Es gab portugiesische Austern, die in eigenen Kühlwaggons aus dem Ausland gebracht worden waren, russischen Kaviar und französischen Champagner. Eifrig liefen die Kellner hin und her, um den Gästen ihr Bestes anzubieten; sie zeigten ihnen lebende glatte Forellen im Netz, in deren blauen, schleimigen Schuppen noch das kühle Geheimnis der Gebirgsbäche lag, jämmerlich piepsendes, in glänzendem Gefieder schillerndes Geflügel in Käfigen, frisches, das Auge durch das Spektrum seiner natürlichen Farben erfreuendes Gemüse. Alles sollte durch sein frisches Leben den Appetit der Gäste reizen.

Das Tischgespräch entwickelte sich nur langsam und war ein wenig steif. Die beiden Familien waren nur flüchtig miteinander bekannt. Nina und ihre Mutter gefielen Gabriel Haimowitsch vom ersten Augenblick an; Olga Michailowna eroberte ihn durch ihr Schweigen und ihre würdevolle Haltung, Nina durch ihren eigenartigen Liebreiz, der auf Gabriel tiefen Eindruck machte. Dagegen stieß die zurückhaltende Kühle des Advokaten den alten Mirkin ab. Solomon Ossipowitsch vergaß keinen Moment die Achtung, die andere ihm schuldeten und die er sich selbst schuldig war. Wie so viele Menschen, die in der Sonne der Berühmtheit stehen, erwartete er stets, von jedem neuen Bekannten, wer immer es auch sein mochte, Begeisterungsausbrüche. Doch Gabriel Haimowitsch hielt sich auch nicht für ganz unbedeutend. Die kühle Atmosphäre zwischen den beiden Vätern lastete auf der Unterhaltung. Doch es war nicht notwendig, viel zu sprechen; für gute Stimmung sorgten der ausgezeichnete Champagner und die vorzügliche Musik eines rumänischen Orchesters.

Die Kühle zwischen den beiden Vätern gab jedoch Ninas lebhaftem Temperament Gelegenheit, durch Geschick und Rührigkeit die Männer einander näherzubringen und eine freundschaftliche Stimmung zu schaffen. Ihre Ohren schmückten zwei nußgroße ungefaßte Brillanten von reinstem blauweißem Wasser, die Gabriel Haimowitsch einige Tage vorher bei dem bekannten Petersburger Juwelier Parsche gekauft hatte; sie waren für die Geliebte eines Großfürsten bestimmt, doch der alte Mirkin hatte den Preis überboten und die Steine kurz vor der Fahrt ins Theater Nina in einem riesigen Bukett Nizzaveilchen zugeschickt. Gabriel Haimowitsch verstand es ausgezeichnet, Damen Geschenke zu überreichen.

An ihrem schlanken Jungmädchenhals trug Nina die orientalische Perlenschnur, die Sacharijs Mutter ihm als Geschenk für seine künftige Braut hinterlassen hatte. Doch stärker und lebhafter als die Brillanten und die Perlen schimmerte ihr tiefschwarzes Lockenhaar und ihr dunkelgebräunter Körper. Er leuchtete, wie ein Edelstein aus seiner Fassung, aus dem schwarzen Kleide aus spanischen Spitzen, die über bernsteingelben Atlas gezogen waren.

Nina saß zwischen ihrem Vater und ihrem künftigen Schwiegervater. Den Bräutigam hatte sie ihrer Mutter überlassen, in deren stille Vornehmheit Sacharij ganz versunken schien; Nina hatte ihre beiden bloßen Arme um den Vater und den Schwiegervater gelegt, flüsterte bald dem einen, bald dem andern ein Kompliment ins Ohr, und mehr als einmal lächelten beide zu gleicher Zeit. So brachte Ninas Grazie und ihr geschicktes Manövrieren beide Männer in gute Stimmung.

Das Gespräch wandte sich dem Wohnungsthema zu, im Zusammenhang mit der bevorstehenden Einrichtung des neuen Haushaltes. Der »Engländer« Naum Grigorowitsch beherrschte jetzt das Gespräch und nahm lebhaftesten Anteil daran. Es ging um das Problem, wo das junge Paar wohnen sollte; in einem modernen, mit allem Komfort ausgestatteten Hause im neuen vornehmen Viertel beim Kameno-Ostrowskij-Prospekt, der damals in Petersburg sehr modern war, oder — und dafür machte der »Engländer« lebhafte Propaganda — in einem alten, von dem berühmten Architekten Quarenghi erbauten Palais aus der Zeit Alexanders I. auf der aristokratischen Nabereschnaja oder in einem anderen Viertel in der Nähe des Admiralspalastes. Selbstverständlich müßte der alte Bau den Forderungen der Neuzeit angepaßt und mit Zentralheizung und einem eigenen Aufzug versehen werden; der Umbau müßte durch einen fähigen Architekten ausgeführt werden, damit der Stil des Hauses nicht beeinträchtigt würde; die Einrichtung müßte antik sein, entweder Empire Alexanders I. oder französischer Louis-Quinze-Stil. Der »Engländer« machte sich erbötig, eine solche stilechte Einrichtung aufgrund seiner Kennerschaft in Antiquitäten und seiner Kenntnis aller, auch der unbekanntesten Antiquitätenhandlungen in Petersburg zu beschaffen.

»Also ein Haus, wo tote Tanten und andere Ahnfräulein nachtwandeln und sich auf die alten Fauteuils in ihren Lieblingsecken setzen oder worin sie ihre vergessenen

Liebesbriefe und andere Sündenregister in den Fächern der alten Schränke suchen«, spottete Nina in bester Laune.

»Manchmal bist du grausam, Nina!« warf Olga Michailowna ein und unterdrückte dabei ein Lächeln, das in ihren schönen lebhaften Augen aufblitzte. »Oft frage ich mich, von wem du diese Eigenschaft geerbt hast.«

»Nein, Mama, ich meine es ernst; es mag ja romantisch sein, im Geiste Alexanders I. nach echt Petersburger Art zu leben, etwa wie die ›Pique-Dame‹, doch wir haben genug eigenen Geist und eigenes Leben der Gegenwart und haben es nicht nötig, die Vergangenheit aus ihrem Grabe zu zitieren. Was meinst du, Papa?« fragte Nina, indem sie ihren rechten Arm dem Vater entgegenstreckte; dabei wandte sie ihr lebhaftes Gesicht nach der anderen Seite, Gabriel Haimowitsch zu:

»Bei Gott, ich selbst habe Angst vor den Geistern, die in mir wohnen, wozu brauche ich dann noch ein Haus mit Geistern?«

»Keine Angst, Nina Solomonowna, wir werden Ihnen helfen, die Geister aus dem Hause und aus Ihnen zu vertreiben.« Galant küßte der alte Mirkin ihre Hand, die sie ihm entgegengestreckt hatte.

Um den gekränkten »Engländer« zu versöhnen, rief ihm der berühmte Advokat über den Tisch hinüber zu:

»Da läßt sich eben nichts machen, Naum Grigorowitsch. Die heutige Generation ist nun einmal ganz anders. Sie hat keine Spur von Romantik, alles ist trockener Realismus. Da können wir nicht mit.«

»Das ist wahr«, entgegnete der alte Naum Grigorowitsch halb lächelnd und halb seufzend und warf dabei einen Blick in Olga Michailownas schöne Augen.

Olga Michailowna, die zur Rechten von Gabriel Haimowitsch saß, schob mit einer graziösen Bewegung ein Haar, das ihr in die Stirn geglitten war, an seinen richtigen Platz in ihrer glatten Scheitelfrisur und griff in das Gespräch ein:

»Dennoch beneide ich die neue Generation nicht.« Dann wandte sie sich lächelnd direkt an Naum Grigorowitsch:

»Wir, Naum, bleiben unserer Generation treu, nicht wahr?«

Indessen servierten die weißgekleideten Kellner mit nahezu unmerklichen und unhörbaren Bewegungen die Forellen, die ein paar Minuten vorher so frisch und graziös in den Netzen gezappelt hatten. Gabriel Haimowitsch nahm mit der Rechten ein Stück weißen Forellenfleisches auf seine Gabel, mit der Linken wies er auf seinen Sohn:

»Der dort ist nach der alten Generation geraten.«

»Sagen Sie das noch einmal, Gabriel Haimowitsch!« rief Nina fröhlich. »Ich habe es bereits einmal meinem neuen Herrn kundgetan. Ich weiß überhaupt nicht, wie ich mit ihm auskommen werde; entweder wird er sich meiner Generation anpassen müssen oder ich der seinen — und das glaube ich kaum.«

»Nun, wir nehmen ihn sehr gern in unsere Generation auf, nicht wahr, Naum?« sagte Olga Michailowna und legte, ohne es selbst zu bemerken, ihren runden nackten Arm um die Schulter ihres Nachbarn zur Rechten.

Sacharij und Olga Michailowna erröteten gleichzeitig; doch niemand beachtete dies.

Sacharij saß über seinen Teller gebeugt und wagte nicht, den Blick zu erheben und nach der Seite zu schauen, wo seine Braut und sein Vater saßen. Sein ganzes Wesen war voll von Olga Michailowna. Er war glücklich, neben ihr sitzen und die Nähe ihrer Arme fühlen zu dürfen. In tiefen Zügen trank er den feinen Duft ihres Schals, ihres Kleides, ihres Busens, atmete den Hauch ihres Körpers, ihres Haars, ihrer Seele. Ihr leicht und unabsichtlich koketter, vielsagender Blick machte ihn nicht unruhig, erregte und lockte ihn nicht, sondern schuf in ihm ein Gefühl völliger Ruhe und unbedingter Sicherheit. Er fühlte sich nicht schuldig durch die Empfindung für sie, die sein ganzes Wesen beherrschte. Im Gegenteil — diese

Empfindung gab ihm das Gefühl, geadelt, geläutert, besser geworden zu sein. Und ganz sonderbare, geradezu komische Gedanken stiegen in ihm auf, Gedanken, die noch in undeutlicher Ferne ihre Stimme erhoben, noch ungereifte Gedanken, die er selbst sich nicht völlig erklären konnte.

Seine legale Verbindung mit Nina schuf in Sacharij etwas wie Schuldbewußtsein. Einen Augenblick lang hatte er die Empfindung, hier in dem prächtigen Saal, wo er mit seiner Braut und seinem Vater saß, gehe etwas nicht mit rechten Dingen zu, geschehe etwas Unehrenhaftes. Doch er brauchte bloß einen kurzen Seitenblick auf die ebenmäßige Gestalt Olga Michailownas zu werfen, ihren duftenden Atem zu trinken, um sofort die Gewißheit zu finden, alles sei in bester Ordnung.

Das kindliche Gefühl, das er für Olga Michailowna empfand, schien jenes unklare Gefühl zu entwirren und zu läutern, das er für seine Braut hegte . . .

Kirschen im Schnee

Nach dem Diner schlug Gabriel Haimowitsch vor, auf die Inseln zu den Zigeunern zu fahren. Halperin lehnte für sich und seine Frau kategorisch ab:

»Das ist nichts mehr für uns, Gabriel Haimowitsch, eher für so junge Leute, wie Sie sind.« Doch Nina war entzückt von dem Vorschlag und bestand durchaus darauf. Der Advokat und seine Frau fuhren nach Hause, der restliche Teil der Gesellschaft bestieg zwei Schlitten und sauste in vollem Galopp über die Newa nach Ostrowa, wie die Inseln im Petersburger Dialekt genannt werden.

Im ersten Schlitten saßen Nina und Gabriel Haimowitsch. Seine mächtige Gestalt und der große breite Pelz füllten den Schlitten vollständig aus und verschlangen geradezu das kleine Mädchen. Der Kutscher wußte, wen er fuhr und wohin es ging. In jenem Galopp, wie er nur in Petersburg und für Gäste des Restaurants »Danan« nach zwei Uhr nachts erlaubt war, schoß der Schlitten über die breite Newa. So verloren Sacharij und Naum, die im zweiten Schlitten saßen, das Paar bald aus den Augen.

Der Wind, den der im Galopp dahinsausende Schlitten erregte, wirbelte die kristallhelle Schneedecke der Newa auf und stäubte die Flocken den Passagieren ins Gesicht, obwohl die Nacht windstill, sternenklar und mondhell war. Der Champagner hatte in Gabriel Haimowitsch alle Lebensgeister wieder erweckt und ihn geradezu verjüngt. Die Lebenslust seiner entschwundenen Jahre erwachte in ihm. Wie vor wenigen Tagen sein Sohn, so trank er jetzt das Parfüm, das aus dem warmen Pelz der neben ihm sitzenden kleinen Nina drang, und flüsterte ihr mit heißem Atem ins Ohr:

»Ich bin sehr glücklich, sehr glücklich, Nina Solomonowna, daß Sie eingewilligt haben, Sacharijs Frau zu werden. Ich bin sehr glücklich darüber, und ich danke Ihnen von Herzen.«

»Ich ebenso, Papa ... Erlauben Sie mir, Sie Papa zu nennen, Gabriel Haimowitsch, ich bitte Sie sehr darum ...« Nina näherte ihr heißes Gesicht dem seinen und schmiegte es an seine kalte, dicke Wange.

»Wir werden Freunde sein, nicht wahr, Nina?«

»Ja, Papa, unbedingt!« Sie legte ihren Arm um seinen breiten Rücken und streichelte seinen Backenbart. »Ich liebe so sehr Backenbärte! Warum trägt Sacharij keinen Backenbart? Ich liebe es, wenn ein Mann männlich aussieht, stark, groß und breit. Ich muß ihn dazu bringen, daß er einen Backenbart trägt wie sein Vater.«

»Ja, er ist noch ein Junge, mein Sacharij. Er muß erst geweckt werden. Er ist ein guter, lieber Junge, aber ein Junge. Ich weiß nicht, was ich mit ihm anfangen soll.«

»Ja, Papa, das sage ich auch immer. Ich weiß nicht, warum ich mich in Sacharij verliebt habe. Es war wohl das Blut in ihm ... ich habe seinen Vater in ihm gespürt ...« Lachend schmiegte sich Nina an ihn. Gabriel Haimowitsch wurde plötzlich ernst.

»Ich bin so glücklich! Du weißt ja selbst nicht, Kind, wie glücklich du einen alten, verlassenen Mann gemacht hast.«

»Aber Papa, Sie sind doch kein alter Mann! Ich wünschte, Sacharij wäre so alt wie Sie.«

»O ja, Mädchen, ein alter, verlassener Mann ... ich war immer einsam. Bei uns gab es keine Familie, doch jetzt wirst du uns eine Familie geben. So sehr habe ich mich darnach gesehnt!«

»Sprechen Sie nicht so, Papa! Es paßt gar nicht zu Ihnen, so zu sprechen. Sie sind ein so starker, fester Mann, Papa, Sie sollten ganz anders sprechen!«

»Das macht die Freude, meine Tochter, die Freude.« Der Alte preßte Ninas Kopf an seine Brust. »Die Freude und das Glück.«

»Sie haben aber eine Art, einer Dame ein Geschenk zu überreichen, Papa! Brillanten in einem Veilchenbukett. Die Jugend sollte von Ihnen lernen, nicht von den Männern von heute. Das zeugt von Erfahrung!«

Gabriel verbarg ein Lächeln in seinem Bart.

»Ach Papa, es war sicher mehr als eine, der Sie auf solche Weise Herz und Verstand raubten. Nur gut, daß unsereines nicht zu Ihrer Zeit gelebt hat.« Schalkhaft drohte sie mit dem Finger.

»Vorbei, Mädchen, vorbei«, murmelte der Alte.

»Sie werden mir alles erzählen müssen, alles, Papa, Sie dürfen mir nichts verschweigen!«

Der Schlitten hielt in einem verschneiten Wäldchen vor dem berühmten Zigeunerkabarett »Fontanka«.

»Wo sind die anderen?« fragte Nina. »Ich meinte, sie wären knapp hinter uns.«

»Jedes Pferd erkennt sofort, wen es fährt«, erwiderte

der Alte. Indes war schon das Schellengeklingel des zweiten Schlittens zu hören.

Im Kabarett »Fontanka« war Gabriel Haimowitsch gut bekannt. Kaum wurde man seiner ansichtig, so stürzte das ganze Personal, vom jüngsten Kellner bis zu dem tatarischen Besitzer mit blatternarbigem Gesicht, eilfertig aus dem von fröhlichem, rauschendem Lärm erfüllten Saale.

»Ah, Gabriel Haimowitsch, unser Väterchen! Ach, wie lange hatten wir nicht mehr die Ehre, Sie bei uns zu sehen! Nehmt den Herrschaften die Pelze ab! Welches Glück, welch ein Festtag! Das rote Zimmer ist vorläufig besetzt, doch soll es sofort für Sie freigemacht werden. Geh, Kolka, komplimentiere die Gäste hinaus! Nur einen Augenblick Geduld — nicht in den großen Saal, nein, hier, bitte, in mein Büro, bis das Zimmer in Ordnung ist!«

Fünfzehn Händepaare waren bereit, die Pelze zu übernehmen und die Gäste zu bedienen. Doch der tatarische Besitzer duldete es nicht, er ließ sich die Ehre nicht nehmen.

»Ist Natalia noch immer bei euch, ist sie noch nicht durchgegangen?« fragte Gabriel Haimowitsch.

»Noch immer, Väterchen, noch immer, selbstverständlich. Wird das eine Freude sein! Gestatten Sie, daß ich sie mit der ganzen Kapelle in Ihr Kabinett bestelle?«

»Nein, nur sie allein soll kommen und die Akrobattänzerin, unbedingt, die Akrobattänzerin.«

»Gut, Väterchen, gut! Sie hätten ihre Nummer sehen sollen, die sie jetzt im großen Saale hatte. Der ganze Saal stand kopf. Die Servietten flogen in die Luft, bei Gott! Sie war auch großartig, die Akrobattänzerin. Und heute haben wir ein ganz besonders vornehmes Publikum, viel hohe Beamte, nicht die kleinen, die nicht zahlen. Der Hof ist auch vertreten. Großfürst Boris ist angesagt und Fürst Arbasoff mit seiner Gesellschaft. Auch viele Herren vom Handelsministerium sind hier und sehr viele reiche Leute. Sie haben sich fast gerauft, um die Brillanten, die unser Kokotschka zu verkaufen hatte, für die Akrobattänzerin als Geschenk zu erwerben. Er hat heute ein gutes Geschäft gemacht, unser Kokotschka . . .« So sprach der geschwätzige Tatare unaufhörlich auf Gabriel Haimowitsch ein.

»Hör endlich auf mit deinem Kokotschka und der Akrobattänzerin! Laß lieber den Champagner ins Eis stellen«, unterbrach der alte Mirkin, »und sieh nach, ob das Zimmer schon frei ist.«

»Welche Marke wünschen Sie, Monopol?«

»Wie gewöhnlich.«

Einige Kellner setzten sich hastig zugleich in Bewegung, um den Befehl auszuführen. Nicht lange darauf wurde die kleine Gesellschaft in das rote Kabinett geführt, das noch voll war von dem Rauch fremder Männer und vom Parfüm fremder Damen. Der Tatare suchte den Dunst mit der Serviette zu verscheuchen.

»Ach, Gabriel Haimowitsch, erinnern Sie sich noch jener Jahre, da Sie mit den Beamten des Eisenbahnministeriums hierher kamen? Da gab es Gelage! Ach, was für eine schöne Zeit war das, als Sie befahlen, Natalia in eine Wanne mit gewärmtem Champagner zu setzen . . . Da half nichts, unbedingt in eine Wanne Champagner.« Der Tatare schwelgte in Erinnerungen, während er den Tisch neu deckte.

»Wer hat dich gefragt, Hundekerl?« schrie ihn Gabriel an. »Was wetzest du deine Zunge, wenn man dich nicht dafür bezahlt?«

Doch der Tatare kannte seine Gäste. Je mehr sie ihn anschrien, daß er den Mund halten und nichts ausplaudern sollte, desto mehr wünschten sie seine Verherrlichung ihrer Heldentaten.

»Aber damals, Gabriel Haimowitsch, als Sie das Diner für den Vorsitzenden der Bahnkommission Graf Karwin gaben, erinnern Sie sich? Damals haben Sie die Gäste von kleinen nackten Französinnen bedienen lassen . . .«

»Ich habe dir doch befohlen zu schweigen, verstanden?« rief Gabriel Haimowitsch in jenem Ton, den er gegen seine Angestellten anschlug und der keinen Widerspruch duldete. Sein rötlichblonder angegrauter Backenbart und seine Brauen sträubten sich, die zwei Mähnen, welche glatt zu beiden Seiten des Scheitels lagen, gerieten in Bewegung.

»Zu Befehl!« sagte der Tatare in soldatischem Ton und tat fortan stumm seine Arbeit.

»In Rußland kann man bei nüchternen Leuten nichts ausrichten, man muß sie erst besoffen machen, um etwas durchzusetzen, sonst legen sie uns unaufhörlich Steine in den Weg.« Mit diesen Worten wandte sich der alte Mirkin entschuldigend an die Umstehenden. »Selbstverständlich mußte man mittrinken. Und jetzt tischt der Kerl Geschichten auf!«

»Ach, Papa, ärgere dich nicht.« Zärtlich streichelte Nina die Wangen des Alten mit ihrem nackten Arm, von dem sie inzwischen den Handschuh abgestreift hatte. Mirkin staunte, daß sie so etwas wagte.

Lächelnd bat er den tatarischen Besitzer um Entschuldigung für den »Hundekerl«; doch der Tatare nahm das Schimpfwort als ein Kompliment hin und dankte ehrerbietig.

Inzwischen hatten die Kellner Champagner und Obst gebracht. Die Früchte waren, wie kleine Kinderkörperchen, in wattegepolsterte Kistchen gebettet. Aus ihnen leuchtete das frische Grün der Birnen und das sonnige Rot der Pflaumen und ausländische Pfirsiche. Nina, die neben Gabriel Haimowitsch auf einem bequemen Sofa saß, suchte mit ihren schmalen Fingern zwischen den Früchten umher. Sie ergriff eine Birne und legte sie wieder zurück, langte nach einer Feige, roch daran und schob sie gelangweilt weg.

»Was willst du, Nina?« fragte der alte Mirkin.

»Gar nichts, ein dummer Einfall, gar nichts ...«

»Was ist es denn? Sag es doch, Kind! Ich beschwöre dich bei Gott, sag es!«

»Ich hätte Lust, Kirschen zu essen! Ich weiß nicht, warum — aber als wir in Wind und Schnee über die vereiste Newa fuhren, da kamen mir plötzlich Kirschen in den Sinn.«

Gabriel Haimowitsch winkte dem Kellner und befahl ihm, den Besitzer zu rufen.

Als der blatternarbige Tatare dienstfertig vor Gabriel Haimowitsch stand, fragte der alte Mirkin:

»Sage doch, alter Freund, wäre es nicht möglich, irgendwo Kirschen aufzutreiben? Halte doch ein wenig Nachschau!«

»Unmöglich, Väterchen, so wahr mir Gott helfe, unmöglich! Schon dreimal habe ich nach Nizza telegraphiert: ›Sendet Kirschen!‹ — ›Noch nicht reif in den Treibhäusern!‹ — war die Antwort.« Der Tatare bekräftigte seine Worte, indem er sich an die Brust schlug.

»Lügst du nicht, du Gauner?« Gabriel Haimowitsch blickte den Tataren mit hochgezogenen Brauen an.

»Papa, wie können Sie so etwas sagen? Es steht doch wahrhaftig nicht dafür«, suchte Nina ihn zu besänftigen.

»Nein, Fräulein, Gabriel Haimowitsch darf mir alles sagen, was er will!« Der Tatare schlug an seine Brust. »Er hat mich noch gekannt, als ich Lehrjunge beim früheren Besitzer war. Er ist ja mein Wohltäter. Er hat mir doch das Geld geliehen, um nach dem Tode des früheren Besitzers das Geschäft zu kaufen. Ich bin bloß in sein Kontor gekommen. ›Wieviel brauchst du?‹ — ›Soundso viel.‹ — ›Geh zur Kasse!‹ — Er hat mich nicht gekannt und hat mir getraut. Und das Geld habe ich bloß mit Getränken und mit Trinkgeldern zurückgezahlt. Das ist Gabriel Haimowitsch!«

»Davon hast du auch zu schweigen, verstanden?«

»Verstanden, Gabriel Haimowitsch.«

»Und doch lügst du, du hast Kirschen.«

»Ein einziges Körbchen, ein Dutzend, höchstens zwanzig Stück im ganzen. Für den Großfürsten Boris. Noch vor einer Woche bestellt: ›Telegraphiere nach Monte Carlo und laß für den 22. Kirschen kommen! Sind sie nicht hier, so schinde ich dich bei lebendigem Leibe.‹ So haben Hoheit geruht, mir durch seinen Sekretär sagen zu lassen. Ich meinte, es würde wenigstens ein Kistchen ankommen, aber da schicken sie eine Menge Papier und viel Watte und darin, fest eingewickelt wie ein Kind, damit es sich ja nicht erkälte, im ganzen zwanzig Kirschen. Mehr sind noch nicht in den Treibhäusern reif, schrieb man dazu. Doch ich will sie Ihnen überlassen. Ich weiß, der Großfürst wird mich schlagen, mit der Peitsche wird er mich traktieren — doch was tut das? Dir bin ich Dank schuldig, mein Wohltäter. Alle sollen es wissen: Der gnädige Herr hat mir dreißigtausend Rubel geliehen, um das Geschäft zu kaufen, und er hat mich nicht einmal recht gekannt. Ein Bursche war ich damals noch. Alles habe ich ihm zu verdanken. Erlauben Sie mir, Gabriel Haimowitsch, Ihre werte Hand zu küssen!«

»Genug, sage ich! Geh, hole die Kirschen, die junge Dame hat Lust auf ›Kirschen im Winter‹.«

Während Gabriel Haimowitsch dem Tataren den Auftrag gab, zog er ein kleines Notizbüchlein aus der Brusttasche; ohne sich um die übrige Gesellschaft zu kümmern, machte er mit dem Goldcrayon, der an seiner Uhrkette befestigt war, eine Notiz.

»Sacharij, vergiß nicht, morgen zu mir ins Büro zu kommen, noch ehe du zu Gericht gehst. Ich habe etwas mit dir zu besprechen«, rief der alte Mirkin plötzlich zur allgemeinen Verwunderung dem Sohne zu.

Indessen war der tatarische Besitzer verschwunden, und die Gesellschaft trank schweigend ihren Champagner. Nach ungefähr zehn Minuten erschien der Tatare, eine große Porzellanschüssel in der Hand. Sie war mit blendendweißem reinem Schnee angefüllt, und, wie um der Natur zu trotzen und sie zu verhöhnen, waren in dem Schnee rote, fleischige Kirschen gebettet. Das Frühlingsrot jeder einzelnen Kirsche lachte aus dem Weiß des Winters.

»Ich danke Ihnen, Gabriel Haimowitsch«, sagte der Tatare und stellte die Schüssel vor Nina hin.

Nina faßte eine Kirsche, wusch sie im frischen Schnee, tauchte sie in ihr Champagnerglas und steckte sie Gabriel Haimowitsch in den Mund:

»Kosten Sie, Papa!«

Dann nahm sie die Schüssel und reichte sie dem erstaunten Tataren.

»Nehmen Sie dies zurück, bewahren Sie es für den Großfürsten auf! Schade um Ihre Haut.«

»Was hast du, Nina?« fragte der alte Mirkin.

»Nichts, Papa. Ich hatte Lust darauf, denn ich glaubte, es sei nicht zu bekommen. Da ich sehe, daß es zu bekommen ist, habe ich keine Lust mehr.« Ihre schwarzen Augen lachten ihn spöttisch an.

»Nimm die Schüssel weg!« befahl der alte Mirkin ärgerlich.

»Papachen, ärgern Sie sich nicht!« Nina hielt den Finger an den Mund, und ihre Augen ruhten noch immer lachend auf Mirkins Gesicht.

Der alte Mirkin mußte lächeln. Der Tatare benutzte diese Gelegenheit:

»Gabriel Haimowitsch, gestatten Sie, daß Natascha kommen darf? Sie lechzt danach, Sie zu sehen.«

»Gut«, antwortete der alte Mirkin gedehnt.

Eine Petersburger Nacht

Sacharij Mirkin saß am andern Ende des Tisches, neben dem »Engländer«, und schwieg beharrlich. Der »Engländer« brachte dann und wann ein Wort heraus, doch Mirkin öffnete wie zum Trotz nicht den Mund.

Er blickte zu seinem Vater hinüber; das Gefühl des

Fremdseins, das in seiner Kinderzeit zwischen ihm und seinem Vater geherrscht hatte, stellte sich wieder ein:

»Wer ist eigentlich dieser breitschultrige, beleibte Mann, der mir gegenüber neben meiner Braut sitzt, neben meiner künftigen Frau, der künftigen Mutter meiner Kinder? Wer ist dieser Mann mit den großen dicken Wangen, dem breiten, rötlich und grau melierten Backenbart und den wasserblauen Augen . . .?« Die Tränensäcke, die in tausend Fältchen unter den Augen des alten Mirkins lagen, waren dem Sohne bekannt und erweckten in ihm die Erinnerung an irgendeine Beziehung zu diesem Manne; doch der übrige mächtige Körper schien — Sacharij hatte zum ersten Male diesen Eindruck — einem Fremden zu gehören.

»Was hat er eigentlich während der ganzen Zeit allein, ohne seine Familie, in Petersburg getrieben? Mit wem hat er hier verkehrt? Wer ist er? Wer kennt ihn?«

Nina spürte bald, was hinter Sacharijs steifer Hemdbrust und seiner hohen glänzenden Stirn vorging. Unvermittelt streckte sie ihm ihren Arm über den Tisch entgegen; nackt, braun und schlank rankte er sich aus ihrem Spitzenärmel. Mit ihren nervösen schlanken Fingern führte sie einige Zauberstriche gegen ihn:

»Komm doch hierher, Sacharij, hierher, neben mich; ich habe dich ja den ganzen Abend nicht gesehen.« Zum ersten Male seit sie einander kannten, duzte sie ihn, ganz unvermittelt, setzte jedoch, als wäre sie selbst darüber erschrocken, sofort hinzu:

»Mir ist sehr bange nach Ihnen. Kommen Sie doch hierher zu mir, ich bitte Sie, hierher auf das Sofa! Verzeihen Sie, Naum Grigorowitsch, daß ich Sie Ihres Gesellschafters beraube.«

Mirkin errötete schüchtern und ging auf die andere Seite des Tisches; dort ließ er sich bei Nina neben seinem Vater nieder.

Nina war nach ein paar Gläsern Champagner in bester Stimmung. Sie hielt Sacharij ihr Glas an den Mund. Er nippte daran. Sie reichte das Glas seinem Vater, dann trank sie selbst.

»So, jetzt kenne ich euer beider Gedanken«, rief sie lachend, legte ihren Arm um Mirkins Schulter und fuhr mit den Fingern durch sein Haar.

»Wissen Sie, Gabriel Haimowitsch, daß Sacharij mit meiner Mutter, Olga Michailowna, sehr befreundet ist? Sie sind so gute Freunde, daß ich oft auf Mama eifersüchtig bin. Jawohl, ich sage es ganz offen, ich fürchte, Sacharij hat sich früher in Mama verliebt und dann erst in mich. Nicht wahr, Sacharij? Gestehen Sie!«

»Ja, ich habe Olga Michailowna wirklich gern und achte sie sehr«, antwortete Mirkin lächelnd.

»Auf Olga Michailowna kann man noch immer eifersüchtig sein«, fügte sein Vater galant hinzu.

»Aber ich bin ja gar nicht eifersüchtig«, Nina lachte, »im Gegenteil, ich bin sehr glücklich darüber, daß du, Sacharij, meine Mutter so lieb hast; das bringt mich dir näher, macht mich gewissermaßen mit dir mehr verwandt ... Es ist genau so wie mit Naum Grigorowitsch. Naum Grigorowitsch macht Mama ebenfalls den Hof, deshalb habe ich ihn auch sehr gern.« Sie streckte dem »Engländer« die Hand entgegen. »Ich weiß nicht, ich habe ein Faible für alle Männer, die für Mama eine Schwäche haben. Am Ende war das der eigentlich Grund unserer ganzen Verbindung, Sacharij.«

Ninas Worte wirkten ein wenig unangenehm. Für einen Augenblick verstummte das Gespräch. Doch die peinliche Stille schwand sofort, als ein schmalgeformter kleiner Kopf durch den Türvorhang des roten Zimmers hereinlugte und mit gezierter russischer Aussprache fragte:

»Nina Solomonowna, ist es gestattet, Sie einen Augenblick zu besuchen?«

»Sie sind es, Boris Abramowitsch? Treten Sie nur ein!«

Es gibt verschiedene Arten von Mäusen: Kirchenmäuse, Theatermäuse und auch Kabarettmäuse. Sie unterscheiden sich ebenso voneinander wie die Stätten, in denen sie ihre Schlupfwinkel haben. Die Kabarettmaus lebt trotz ihrer Größe einsam, wandelt wie im Traum durch die Welt der Realität und ist von allen übrigen Gattungen der Mäusewelt durch ihren unstillbaren ästhetischen Durst unterschieden. Alles in unserer armen kleinen Welt ist für sie dumm, gemein und talentlos; und während sie ihre gutgepflegten Nägel betrachtet, sucht sie Erlösung für die Tragik ihres Ich in einem großen, neuen Wort, das die Welt aus ihrer Erniedrigung erheben soll. Unter der Welt ist natürlich die Mäusewelt zu verstehen, unter dem Wort ein neuer Weg zur Kunst, ein neuer Ausdruck für ihre Formen und ein neuer Gradmesser für den Inhalt der Kunst. Und da die Kabarettmaus Labung für ihre dürstende Seele nur in abstrakten Formen finden kann, so erwartet sie die Welterlösung durch den Tanz — ihrer Meinung nach den passendsten Ausdruck für den Rhythmus des modernen Menschen, wozu noch zu bemerken ist, daß sie vom Tanz, zu dessen Popularisierung in den Petersburger Salons sie durch ihre ästhetischen Essays beigetragen hat, auch ihren ärmlichen Lebensunterhalt zieht. Doch da das große Erlösungswort für den Tanz, darin der »Schrei unserer Zeit« ertönen soll, noch immer nicht gekommen ist, hat sich die Kabarettmaus zum gemeinen Volke herabgelassen. Dieses Herablassen besteht darin, daß sie tagelang im Bette liegt und sich an einer griechischen Bibel und pornographischen Bildern ergötzt, die gute Freunde nach eigenen Erlebnissen angefertigt haben; die Nächte aber verbringt sie in den Salons vom Typus des Hauses der Sophia Arkadjewna, wo Privataufführungen veranstaltet werden. Das wesentlichste Moment des Herablassens aber besteht darin, daß die ästhetische Maus ganze Nächte im Kabarett »Fontanka« verbringt und dort Heilung für ihre dürstende Seele sucht; das Heilmittel sind die Parfüms schöner Frauen und geschenkter Sekt, dann und wann ein kleiner Flirt mit vorübergehend unbesetzten Soubretten und Zigeunermädchen . . . Eine solche Kabarettmaus war der berühmte

Tanzkritiker Boris Abramowitsch Lewinstein, dessen scharfgeschnittenes Gesicht jetzt mit Mephistogrimasse durch den Türvorhang des roten Zimmers lugte.

Im Bewußtsein seiner Bedeutung stellte er sich der Gesellschaft entsprechend vor. Er war groß, hager und abgezehrt und sah wie aus Holz geschnitzt aus. Diesen Eindruck erhöhten noch sein enganliegender schwarzer Gehrock und die schwarze Weste, die er wie ein protestantischer Pastor bis zum Kragen geschlossen trug. Damit betonte er seine »individuelle Note«. Er verbeugte sich mit gezierter Salonhöflichkeit, wartete still, bis man ihm einen Platz anbot, und neigte sich in rechtem Winkel über Nina Solomonownas weiße Hand, die sie ihm zum Kusse entgegenhielt.

»Ich hatte Sehnsucht nach einem Menschen in dieser Sahara, die sich Petersburg nennt. Sie müssen mir daher verzeihen, daß ich mich zu Ihnen rettete. Ich hörte von Sophia Arkadjewna, daß Sie hier seien. Die Herren werden doch entschuldigen, wenn ich so frei bin ...«

»Aber Boris Abramowitsch, wir haben uns geradezu nach Ihnen gesehnt. Bitte, nehmen Sie Platz! Hier sind lauter Freunde: mein Papa, Gabriel Haimowitsch. Das hier ist mein Bräutigam. Naum kennen Sie ja. Sie sind uns sehr willkommen und erscheinen gerade im richtigen Augenblick. Wir führen hier ein Gespräch über ein Thema, über das Sie uns manches Aufschlußreiche sagen können. Wir dürsten nach Ihren Worten, Meister.«

Der alte Mirkin zog die mächtigen Brauen hoch, als er Ninas Worte vernahm. Es war ihm das Mißfallen darüber anzusehen, daß Nina einen wildfremden Menschen in ein intimes Familiengespräch zog. Doch Nina verstand es, ihn zu zähmen; mit ihren kühlen, kleinen Fingern strich sie die Runzeln auf seiner Stirn glatt.

»Boris Abramowitsch gehört ja zu unserem Kreise. Wir können vor ihm ganz offen sprechen. Und er ist ein so gescheiter Mensch. Sie werden es bald selbst hören, Papa.« Absichtlich stimmte sie das Gespräch auf einen leichteren

Ton, wie ihr Instinkt es ihr gebot, und lockerte es gewissermaßen wie einen zu eng geschnallten Gurt.

»Wir alle sind begierig zu hören, was Sie über das Thema zu sagen haben«, wandte sie sich an Boris Abramowitsch. »Wir sprechen eben vom Familiengefühl. Was ist eigentlich Familie? Erklären Sie es uns, Boris Abramowitsch.«

»Familie, Familie ...« Boris Abramowitsch streckte zwei Finger seiner linken Hand aus. »Familie ist Materie, das Mitglied der Familie ist die aus der Materie geknetete Form.«

»Wenn man sich nun zum Beispiel verliebt, in was verliebt man sich eigentlich, Boris Abramowitsch, in die Materie oder in die Form?« fragte Nina weiter.

»Form ist etwas Veränderliches, Materie etwas Beständiges. Liebe ist elementar, ist sexuell. Das Elementare im Menschen sucht das Beständige, nicht das Vorübergehende. Man verliebt sich nicht in etwas Äußerliches, sondern in das Blut, die Rasse, die Materie. Im Anfang heirateten die Mädchen den Stamm, dann die Familie, zuletzt erst, in unserer dekadenten Zeit, ein Individuum. Wissen Sie, wie Jäger wilde Tiere fangen? Sie locken sie in die ausgelegten Fangeisen durch den Sexualgeruch ihrer Gattung. Auch der Mensch wird auf diese Weise gefangen. Jede Familie hat ihren eigenen Familiengeruch, ich möchte ihn, wenn es mir gestattet ist, diesen Ausdruck zu gebrauchen, Sexualgeruch nennen.«

»Hören Sie, Papa? Das ist echter Boris Abramowitsch! Auf Ihr Wohl! Trinken Sie, Boris Abramowitsch! Aus Ihren Worten folgt also: Wenn ich mich in Sacharij Gawrilowitsch verliebt habe, so mußte ich mich zugleich in seinen Papa verlieben«, fuhr Nina lachend fort. »Ich muß wirklich gestehen, daß ich ihn sehr gern habe, diesen Papa.« Bei diesen Worten lehnte sie ihren Kopf an die Brust des alten Mirkin.

Der Alte quittierte diese Erklärung mit einem Kuß auf Ninas Stirn:

»Ganz meinerseits.«

Währenddessen öffnete sich leise die Tür, und der tatarische Kabarettbesitzer ließ die Tänzerin Natalia und ihren jüdischen Begleiter eintreten.

Natalia war keine Zigeunerin, sondern Armenierin. In ihren großen, lebhaften Semitenaugen lag das ganze Leid ihres unterdrückten und geknechteten Volkes. Sie stand nicht mehr in der ersten Jugend, sondern hatte die Vierzig bereits überschritten. Ihr fester Körper neigte zur Fülle. Das pechschwarze Haar war glatt gekämmt und im Nacken in einen großen Knoten gelegt. Nach Art der spanischen Zigeunerinnen trug sie einen großen Kamm im Haar, das sie mit roten Nelken geschmückt hatte. Als sie den ihr wohlbekannten Gabriel Haimowitsch erblickte, wollte sie ihm im ersten Augenblick entgegenstürzen, aus den langen Fransen des cremefarbenen spanischen Tuches, das ihren kräftigen, trotz des Nachtlebens wohlerhaltenen Körper umhüllte, streckte sie ihm ihre vollen Arme entgegen. Doch ein ernster Blick unter des alten Mirkin hochgezogenen Brauen genügte, um Natalias erste Regung zu unterdrücken und sie an ihre Stellung zu erinnern.

Mit verlegenem Lächeln auf den Lippen blieb sie an der Tür stehen und verbeugte sich leicht hinter ihrem Begleiter, dem jüdischen »Zigeuner«, der seine Mandoline stimmte.

Der Mandolinenspieler präludierte, und dann begann Natalia mit sittsamer, fast geschäftlicher Miene ihre Zigeunerromanzen zu singen.

Obwohl ihre Stimme durch den Alkohol gelitten hatte, lag in ihr doch etwas rührend Elegisches. Sie sang mit Gefühl und schien das Los der vergessenen Zigeunerhelden, der Kosaken und ihrer in Liebe, Zorn und Eifersucht erglühenden Mädchen, wovon die romantischen Zigeunerlieder voll sind, selbst mitzuempfinden. Wie auf jeden russischen Menschen, verfehlten Zigeunerlieder auch auf die kleine Gesellschaft ihre Wirkung nicht. Der

Champagner, die Zigeunerlieder und Boris Abramowitschs kluge Reden brachten Nina in eine sehnsüchtige Stimmung von Kabaretttragik.

Sie lehnte ihr Köpfchen an Sacharijs Brust, spielte mit seinen Fingern und summte leise der Sängerin nach:

»Noch einmal . . .«

»Noch viele, viele Male . . .«

Plötzlich flüsterte sie dem alten Mirkin leise zu:

»Gabriel Haimowitsch, schicken Sie die Sängerin weg, ich bitte Sie darum. Wir wollen unter uns bleiben.«

Gabriel Haimowitsch steckte der Sängerin eine größere Geldnote zu und sagte lächelnd:

»Das Fräulein mag nicht mehr. Sie hat ihre Stimmungen. So geh, Natascha. Wir wollen es ein anderes Mal nachholen.«

»Auch ich hatte einst meine Stimmungen, jetzt muß ich mich den Stimmungen anderer anpassen.« Mit diesen Worten verließ Natalia gekränkt das Zimmer.

Nina wurde wehmütig.

»Ich weiß nicht, woher das kommt, ich kann nicht gleichgültig bleiben, wenn ich Zigeunerlieder höre. Sie erregen mich zu sehr. Es ist, als erinnerten sie mich an etwas.«

Dann fügte sie halb für sich hinzu:

»Es ist, als hätte ich Angst vor etwas.«

Sie ergriff ihr Champagnerglas, drückte die Lippen an den Rand und sagte halb im Scherz, halb im Ernst, während sie in ihrer reizenden Art, die ihr so gut stand, Vater und Sohn gleichzeitig zulächelte:

»Ihr werdet gut auf mich achtgeben müssen!«

»Warum, Nina Solomonowna?« fragte der alte Mirkin.

»Ich weiß nicht, warum, doch manchmal habe ich vor mir selbst Angst. Ich glaube, daß ich mich selbst nicht kenne. Ich weiß nicht, was ich morgen anstellen werde, hört ihr? Vor kurzem war ich nämlich bei jener Aufführung bei Sophia Arkadjewna. Sie können es wirklich bedauern, Sacharij, daß Sie mich hingeschickt haben. Der

Abend war interessant, sehr interessant! Ich hoffe, Sie werden mich von heute an nicht mehr solche Abende besuchen lassen.« Lächelnd drohte sie ihrem Bräutigam mit dem Finger. »Dort traf ich jemanden, eine jener Frauen. Es waren viele interessante Leute an diesem Abend beisammen, nicht wahr, Boris Abramowitsch? Und da traf ich eben diese Person, die hat mir verschiedenes erzählt. Von dem Bäuerlein, das jetzt in den Petersburger Salons so populär ist, nun ihr wißt ja: Rasputin. Erst konnte ich gar nicht verstehen, wie intelligente aristokratische Frauen von Kultur mit ordinären Bauern verkehren können; und keine ist auf die andere eifersüchtig, sie lieben einander sogar, und die Vornehmen lernen von den gewöhnlichen Frauen, möglichst ordinär und primitiv zu sein, um nur ja dem Bäuerlein zu gefallen. Es ist, als hätte er sie in *ein* heiliges Feuer zusammengeschmolzen. Dann hat mir diese Frau sozusagen die Sache selbst erklärt. Sie hat mir auch Andeutungen darüber gemacht, was eigentlich daran ist. Und ich muß gestehen — die Dinge haben mich nicht kalt gelassen. Denn trotz allem sind wir ja — weiß der Teufel, was wir sind!«

Die anderen blieben stumm, selbst Boris Abramowitsch sprach kein Wort. Nina warf einen Blick auf ihren Bräutigam. Sie schien sich an etwas zu erinnern oder sich vor sich selbst entschuldigen zu wollen und wurde böse. Dann wandte sie sich mit weinerlicher Stimme an den alten Mirkin:

»Gabriel Haimowitsch, ich habe es diesem kleinen Sacharij schon einmal gesagt und ich sage es ihm noch einmal: Es ist eine Gemeinheit, so anständig zu sein wie Sacharij. Er beschämt mich unaufhörlich und erinnert mich stets daran, wie verworfen ich bin. Nein, nein, Sacharij« — jäh wandte sie sich an ihren Bräutigam — »ich habe keine Zuneigung zu dem Bäuerlein gefaßt; doch eines wundert mich wirklich« — jetzt sprach sie zu allen — »mich wundert es, daß ich nicht empört darüber war, daß mich nicht der Ekel vor diesen Dingen gepackt hat. Schließlich bin ich trotz allem sozusagen ein moralischer Mensch, obwohl Sacharij vielleicht meint, ich sei ein verdorbenes Wesen. Was halten Sie von diesen Dingen, Boris Abramowitsch? Möchten Sie uns nicht einige Ihrer belehrenden Worte darüber sagen?«

»Meine Teure, in Rußland«, Boris Abramowitsch befeuchtete seine trockenen Lippen mit Champagner, »unter russischen Menschen herrscht eine ganz andere Art der Moral als in allen anderen Teilen der Erde, ich möchte mir sogar gestatten zu sagen, eine höhere Gattung der Moral, nicht die egoistische Moral, welche wie ein Polizist das Eigentum bewacht, sondern eine Moral, die ich Kollektivmoral nennen möchte. Es ist die Moral der Familie, nicht die des einzelnen Individuums. Es ist gewissermaßen die Moral des ›Wir alle‹. Wir leben noch in einer früheren Weltordnung oder vielleicht schon in einer späteren, im Kollektivismus, wie er einst wohl herrschte zur Zeit, als es die Stammesherrschaft, als es das Mutterrecht gab. Daher gibt es bei uns nichts Persönliches, nichts Intimes. Haben Sie schon bemerkt, daß es bei uns kein Geheimnis gibt? Ganz Rußland erweckt den Anschein, als wäre es eine große Badeanstalt. In Europa schämt sich ein Mensch vor dem anderen seiner Nacktheit, wir aber haben eine besondere Freude daran, wenn wir uns einander nackt zeigen können ... Und so wie es äußerlich ist, so ist es auch innerlich. Der russische Mensch kann nicht nur kein Geheimnis bewahren, sondern er findet sogar ein besonderes Vergnügen daran, wenn er etwas zu gestehen und jemandem etwas zu beichten hat. Hat er zufällig nichts auf seinem Gewissen, so erfindet er flugs irgendeine Sünde, um ja nur beichten zu können. Was beweist das? Es beweist, daß der russische Mensch nicht allein mit seinem Ich, in seiner eigenen Welt leben kann. Wie kein anderer sonst braucht der russische Mensch das Milieu des Kollektivismus als seine natürliche Lebensform, nicht nur in sozialen Dingen, wie es bei unseren Bauern der Fall ist; er braucht den Kollektivismus noch weit mehr in seinem intimen, persönlichen Leben, er hat Angst, mit sich allein zu sein, er muß seinen Mitmenschen mit sich, in sich haben. Ganz Rußland ist verbrüdert und verschwistert. Wenn auch bei uns die soziale Schichtung viel schärfer ist und viel tiefere Furchen gegraben hat als in allen andern Ländern, sind es doch nur Furchen, oberflächlich und auf irdische Güter bezogen. Der Reiche gönnt sich dreimal täglich Wodka, der Arme nur einmal. Doch innerlich, in seinem Wesen und seiner Seele, ist Rußland noch eine kollektive Masse. Daher auch das Bedürfnis, seine Sünden mitzuteilen ebenso wie die guten Taten und die intimsten Dinge, mit einem Worte — die Seele. Bei anderen Völkern ist das soziale Leben vielleicht durch Zwang und Not entstanden, dem russischen Menschen war es natürliches Bedürfnis wie Speise, Trank und Luft.«

Diese Rede kam heftig und stoßweise aus Boris Abramowitschs Munde, und dabei tat er doch so, als langweilte ihn alles, selbst seine eigenen geistreichen Worte.

»Das ist echter Boris Abramowitsch!« rief Nina nochmals. »Papa, haben Sie derlei schon gehört? Auf Ihr Wohl, Boris Abramowitsch, trinken Sie mit mir!«

»Jedes Volk, das auf seine spezifische Eigenart stolz ist, denkt ähnlich von sich. An der Universität hatte ich einen jüdischen Kollegen, der Zionist war. Alles, was Sie, Boris Abramowitsch, eben jetzt über das russische Volk ausgeführt haben, das brachte er als Charakterbild des jüdischen Volkes vor, so oft er mit mir diskutierte und sich bemühte, mich für seine Ideen zu gewinnen«, warf der junge Mirkin ein.

»Das mag schon richtig sein, denn es besteht in dieser Hinsicht tatsächlich eine große Ähnlichkeit zwischen dem russischen und dem jüdischen Volke, vor allem in der Art ihres gemeinsamen Lebens und in ihrem Zusammengehörigkeitsgefühl. Jedes Volk, das eine Leidensgeschichte hat, besitzt die Eigenschaft der Brüderlichkeit. Der Unterschied zwischen dem Russen und dem Juden besteht jedoch darin, daß der russische Mensch es liebt, mit seinem Mitmenschen das Böse zu teilen, das er begangen hat; der Jude dagegen hat eine Vorliebe dafür, seine guten Taten mit anderen zu teilen. Das Böse verheimlicht er und zwingt sich dazu, es zu unterdrücken. Das kommt daher, daß der russische Mensch gern ein belastetes Gewissen hat; ohne ein paar Pfund Sünden geht er sozusagen nicht auf die Straße, und hat er etwa keine begangen, so denkt er sich selbst Sünden aus, um nur ja mit dem Kainszeichen auf der Stirn spazierengehen zu können. Der Jude dagegen hat gern ein reines Gewissen, um stets sicher zu sein. Die ganze vielgerühmte Schlauheit des Juden besteht darin, sein ›Konto‹ in den Büchern stets in Ordnung zu halten, als müßte er jeden Augenblick eine Revision gewärtigen. Er mag die gemeinsten Verbrechen begehen, stets wird er einen Weg finden, um sie vor sich selbst so rein hinzustellen, daß eine gute Tat daraus wird. Geht es nicht anders, so wird er mit dem lieben Gott in Kompanie gehen, wie es der Patriarch Jakob getan hat. Hätte ein Christ dem Laban ähnlich mitgespielt wie Jakob — mochte es auch nur der Schwindel mit den geschälten Ruten bei der Tränke sein —, so hätte er sich unbedingt schuldbewußt gefühlt; Jakob aber machte daraus noch eine gute Tat um seiner Frau und Kinder willen. Der Jude ist imstande, seine täglichen, brutal egoistischen Interessen in Heiligkeiten zu verwandeln. Darin besteht, Sie verzeihen doch, die jüdische Schlauheit.«

»Sie haben mir aus der Seele gesprochen, Boris Abramowitsch!« Nina reichte ihm über den Tisch hinweg die Hand. »Ich habe oft darüber nachgedacht — es gibt Menschen, die können die schlimmsten Gemeinheiten begehen, und doch werden ihre Verbrechen zu strahlenden, von einer Gloriole bekränzten guten Taten; andererseits gibt es wieder solche, bei denen aus all ihren Handlungen, mögen ihre Intentionen noch so rein sein, ein kleines Verbrechen herauskommt. Ein Beispiel dafür steht vor Ihnen. Ich kann eine noch so gute und ehrenhafte Tat tun wollen, immer entsteht daraus etwas, was mein Gewissen nicht zur Ruhe kommen läßt. Und ich sage Ihnen — gerade deshalb mag ich die Juden nicht. Es ist gemein und niederträchtig, stets gerecht zu sein. Da ist es mir schon viel lieber, ein sündiger Mensch zu sein, wie alle Christen. Auch Papa ist in dieser Hinsicht kein Jude. Er trägt auch gern wenigstens eine Kleinigkeit auf seinem Gewissen. Nicht wahr, Papa?« Die letzten Worte waren an den alten Mirkin gerichtet. »Und Naum Grigorowitsch hat auch etwas auf dem Gewissen, oh, ich weiß es! Aber der da« — sie deutete auf ihren Bräutigam — »ist ganz und gar ein Jude. Stets rein wie eine Taube! Ich kann mir gar nicht vorstellen, wie ich an seiner Seite werde leben können. Doch so etwas ändert sich, Gott sei Dank! Ja, Sacharij? Komm her, wir wollen auf deine sündhaften Gedanken trinken. Das bringt ihn mir viel näher. Trink, Sacharij!« Sie hielt ihm ihr Champagnerglas an den Mund. »Auf deine Sünden!«

»Wir werden uns bemühen, daß es ihrer recht viele werden, doch du mögest es hinterher nicht bereuen, Mädchen!« rief der alte Mirkin.

Es klopfte. Wieder gab es eine Störung. Zwischen den zurückgeschlagenen Vorhängen erschien eine große, schlanke blonde Dame, einen Strauß weißer Rosen im Arm. Ihr goldenes Haar schien sich während des langen angeregten Abends gelockert zu haben und begann sich zu lösen, als striche der Wind darüber. Sie streckte ihre langen schneeweißen Arme unter dem kurzen Fuchsmantel schon von weitem Nina entgegen und rief mit melodischer Stimme:

»Verzeih, Nina, daß ich so frei bin! Doch ich hörte, du wärest mit deinem Bräutigam hier, und konnte nicht gehen, ohne dich zu küssen und dir zu gratulieren.«

»Ach Sofia Arkadjewna, Sie sind hier?« Nina sprang auf und lief auf sie zu. Die Frauen küßten sich herzlich und lange.

»Gestatten Sie, daß ich vorstelle! Gabriel Haimowitsch Mirkin, mein Papa; mein Bräutigam Sacharij Gawrilowitsch Mirkin; Naum Grigorowitsch Rosamin. Gräfin Arbusoff, Sofia Arkadjewna.«

Die Herren verneigten sich stumm.

»Ich will nicht stören. Bleibt alle gesund und glücklich! Ich wollte dir nur einen Kuß geben, sonst nichts. Entschuldigen Sie!« sagte die Gräfin, während sie einen Blick auf die Männer warf. Ihre großen traurigen Augen ruhten ein wenig länger auf Sacharij, als wollte sie ihn mit diesem Blick kennenlernen.

Graf Arbusoff, der zur Abfahrt bereit im Pelz an der Tür wartete, mußte seine Frau holen. Er war ein noch junger Mann mit ruhigen Bewegungen und müden Mongolenaugen.

»Ich bitte um Entschuldigung, daß ich im Pelz bin«, sagte der Graf mit ironischem Lächeln, drückte den Herren kühl die Hand und führte die Gräfin am Arm aus dem Zimmer.

»Das ist Sofia Arkadjewna, Gräfin Arbusoff?« fragte der junge Mirkin verwundert.

»Ja, was wundert dich so? Daß sie so jung und schön ist? Du hast dir wohl vorgestellt, sie sei eine alte Schachtel?« fragte Nina ein wenig spitz.

»Nein, ich wundere mich . . . ich wundere mich«, sagte Mirkin halb für sich, »daß sie so traurig ist; ihre Augen blicken so wehmütig. Und ich meinte, sie sei immer heiter und lustig.«

»Woran erkennst du, daß sie traurig ist?« fragte Nina.

»An ihren Worten ›Bleibt alle gesund und glücklich‹. Glückliche Menschen sprechen nicht so.«

»Das ist wahr«, stimmte der kluge Boris Abramowitsch bei.

»Ich weiß nicht, wieso ich darauf komme, aber ich habe den Eindruck, daß sie jüdischer Abstammung ist. Das ist doch sicher ausgeschlossen«, sagte Sacharij.

»Du hast es erraten, sie war wirklich Jüdin, hat sich jedoch taufen lassen, um ihren Grafen zu heiraten. Doch wie bist du auf den Gedanken gekommen, sie wäre Jüdin? Sie sieht doch gar nicht wie eine Jüdin aus!«

»Ich weiß es nicht recht, es ist mir so eingefallen. Es scheint in ihren Augen zu liegen, und dazu die Worte ›Bleibt alle gesund und glücklich‹.« Mirkin wiederholte noch einmal die Worte der Gräfin, als wollte er sie sich einprägen.

»Ei, ei, kleiner Sacharij, die Gräfin scheint ja auf dich starken Eindruck gemacht zu haben! Auf Mama bin ich nicht eifersüchtig, aber auf die Gräfin werde ich eifersüchtig sein.«

»Also, jetzt ist alles in bester Ordnung. Du hast ja selbst gesagt, Mädchen, du wünschest, Sacharij möge auch etwas auf dem Kerbholz haben«, sagte der alte Mirkin lachend.

Doch ehe sie noch Zeit hatten, mit dem Eindruck, den die Gräfin hinterlassen hatte, fertig zu werden, erhielten sie einen neuen Besuch. Es klopfte, und zwei Diener brachten einen mächtigen Korb roter Rosen, den sie kaum tragen konnten. Ihnen folgte ein junger Mann, groß und hager, mit stark semitischem Aussehen, das die scharfgeschnittene, knochige Nase und die herabhängende Unterlippe besonders stark hervorhoben. Als der Zug beim Tische angelangt war, stellten die Diener den Korb vor Nina nieder und verschwanden. Der junge Mann trat näher heran. Er verbeugte sich vor Nina und Gabriel Haimowitsch, wobei sich die Enden seines langen Frackes spreizten. Dann begann er in feierlichem Ton:

»Gabriel Haimowitsch, gestatten Sie mir, Ihnen aus Anlaß des frohen Ereignisses in Ihrer Familie meinen Glückwunsch darzubringen.«

Der alte Mirkin übersah die Hand des jungen Mannes, griff nach der Tischglocke und klingelte heftig. Als der tatarische Kabarettbesitzer ängstlich herbeieilte, befahl ihm der Alte in ruhigem, geschäftsmäßigem Tone:

»Sage deinen Dienern, sie mögen den Korb samt dem Herrn hier fortschaffen.« Damit wandte er seinen Blick ab und setzte das Gespräch bei Tisch fort.

»Nun, wir treffen uns noch einmal, Gabriel Haimowitsch«, sagte der junge Mann und verließ kopfschüttelnd, ein erzwungen liebenswürdiges Lächeln unter seinem kleinen Schnurrbart, das Zimmer.

»Das ist Mischka Molodietz, der größte Spekulant Petersburgs«, rechtfertigte der alte Mirkin vor den übrigen sein Benehmen von vorhin. »Er hatte schon Millionen an Vermögen, hat sie aber verloren und wieder gewonnen. Seit Jahren sucht er eine Gelegenheit, mit uns in Geschäftsverbindung zu kommen. Er darf mein Büro nicht betreten ... Nun, es ist wohl Zeit zu gehen. Man scheint im Saal erfahren zu haben, daß wir hier sind.«

Der alte Mirkin klingelte um die Rechnung. Er zahlte, gab der Dienerschaft reichliche Trinkgelder und half unter tiefen Verbeugungen und Segenswünschen des Besitzers und der Diener Nina in den Pelz.

Als sie sich der Tür des roten Zimmers näherten, stießen sie auf eine Gruppe junger Herren, die ihnen den Weg versperren wollte. Zwei von ihnen waren sehr jugendlich, in Zivil gekleidet, und trugen Ordensbändchen an ihren Fräcken; hinter ihnen standen einige Offiziere in Uniform.

»Trotz allem sind sie doch ›Beilisleute‹ ... Alle sind sie ›Beilisleute‹, auch wenn sie sich im Frack kostümieren«, rief einer der in Zivil gekleideten Burschen laut; die anderen begleiteten seine Worte mit trunkenem Lachen.

Der alte Mirkin tat, als hörte er nichts. Er hielt Nina fest unterm Arm und versuchte, an der betrunkenen Gruppe vorüber, den Ausgang zu gewinnen. Sacharij dagegen blieb stehen; kreidebleich trat er hart an den Sprecher heran:

»Was wünschen Sie, Sie ...«

Doch ehe Sacharij noch Zeit hatte weiterzusprechen, spürte er, daß eine starke Hand seinen Arm umklammerte und ihn energisch mitzog.

»Gute Nacht, meine Herren! Möchten Sie so freundlich sein, einer Dame den Weg freizugeben?« rief der alte Mirkin der betrunkenen Gruppe freundlich lächelnd zu. Instinktiv öffneten sie Nina den Weg und verbeugten sich. Ihr Lachen verstummte.

»Willst du hier niedergeschossen werden, Junge? Hätte ich auf alle Anpöbelungen von Saufbrüdern reagiert, so hätte ich die sibirische Eisenbahn sicher nicht gebaut«, flüsterte der alte Mirkin seinem Sohne zu, als sie vor die Türe traten.

Draußen erfrischte sie der eisige, belebende Wind, der nach so langem Aufenthalt in einem rauchgeschwängerten Raume doppelt wohl tut. Noch immer herrschte tiefes Dunkel, und die Nacht schien erst begonnen zu haben, obwohl es bereits sehr spät war. Der Himmel war mondlos, und die Sterne standen im Erlöschen. Um die Schlitten hatte sich vor der Türe des Kabaretts die arme Bevölkerung der Petersburger Inseln geschart. Sie wartete auf die Gäste, die das Restaurant verließen, um Almosen zu bekommen. Mütter hielten unter ihren Tüchern Säuglinge an der Brust, die größeren Kinder klammerten sich an ihre Schürzen. Dazwischen drängten sich zerlumpte Greise. Ihre nackten Füße steckten im Schnee. Vor Kälte zitternd hauchten sie in die Hände, obwohl sie um ein Feuer herumstanden, das der Kabarettbesitzer für sie hatte anzünden lassen.

Bleich und noch erregt von der eben erlebten Szene hatte der junge Mirkin noch nicht Zeit gefunden, seine Gedanken zu sammeln. Während der Vater auf die Schlitten wartete, die ein Diener holte, stieß er beim Anblick der frierenden Bettler einen Fluch zwischen den Zähnen hervor:

»Sodom!«

»Gabriel Haimowitsch, um Gottes willen, was ist geschehen? In meinem Hause hat man gewagt, Sie zu beleidigen?« Mit diesen Worten kam der tatarische Besitzer bestürzt aus dem Saale gelaufen.

»Hundesohn, es ist gar nichts geschehen! Wer sagt, daß etwas geschehen ist? Hier sind hundert Rubel, verteile sie unter die Leute für Kohle, Nina Solomonowna Halperin zu Ehren.« Der alte Mirkin zog einen Hundertrubelschein aus der Brusttasche und reichte ihn, auf die Bettler deutend, dem Tataren.

Auf dem Heimwege herrschte gedrücktes Schweigen. Obwohl die peinlichen Empfindungen, die der letzte Zwischenfall erweckt hatte, durch das geistesgegenwärtige Benehmen des alten Mirkin sehr gemildert wurden, verlief die Fahrt doch in stummem Nachdenken. Aber während Nina beim Haustor des Advokaten auf den Diener wartete, der ihr öffnen sollte, drückte sie — zum ersten Male — ihrem Bräutigam einen raschen Kuß auf den Mund und sagte lächelnd:

»Und doch gefällt mir Ihr Vater besser als Sie!«

Eine Begegnung

Am nächsten Morgen stand Mirkin sehr spät auf. Er erinnerte sich, daß der Vater ihn ins Kontor bestellt hatte, und kleidete sich daher eilig an. Dann nahm er einen Schlitten und fuhr zu dem großen Bankhaus auf dem Newskij-Prospekt, wo sich das Kontor seines Vaters befand.

Obwohl es schon Ende März war, hatte es nach einer kurzen Periode geringerer Kälte plötzlich wieder zu frieren begonnen. Der Schnee auf der Brücke war trocken, hart und krümelig. Die Fußgänger liefen mit dicken Mänteln, die Schultern hochgezogen, durch die Straßen und hauchten in die Hände. In der Luft hing Eisnebel und hüllte ganz Petersburg in eine bleischwere, milchweiße Wolke. Der Himmel sah wie eine große, vereiste Fensterscheibe aus, durch die die Engel sich vergebens auf die Erde zu schauen bemühten. Auch die Sonne, die dann und wann aus dem Nebel brach, schien an ihrem Platze festgefroren zu sein und sich von dort nicht mehr wegrühren zu können.

Das Bankhaus der Firma Mirkin war in einem der neuen Häuser auf dem Newskij-Prospekt untergebracht. Der schwarze Marmor des Gebäudes glänzte von den vereisten Tautropfen, die ihn bedeckten. Als Mirkin die mächtigen hohen Säle betrat, schlug ihm ein so warmer Dunst der vielen in Bewegung befindlichen Menschen entgegen, daß es den Anschein hatte, alle diese geschäftig hin und her eilenden Personen strömten heißen Dampf aus.

Es dauerte ziemlich lange, bis Sacharij zum Vater vorgelassen wurde. Das Wartezimmer vor dem Büro des Chefs war gesteckt voll von interessanten Typen, teils in Uniform, teils in Zivil, alle mit bedächtigen starren Mienen und hohen steifen Kragen. Dazwischen gab es auch Arbeitertypen in schwarzen russischen Hemden mit hohen Stiefeln, Frauen in ernstem Schwarz und mit Kopftüchern, schöne junge Damen und alte verhärmte Mütterchen, Beamte mit dicken Mappen unterm Arm und mürrischen Mienen, die sich darüber aufhielten, daß man ihnen die kostbare Zeit raubte.

Die zwei Diener in ihren Bankuniformen und glänzenden hohen Stiefeln brachten energisch und dennoch mit jener Höflichkeit und dem leichten Lächeln, das nur russische Dienerschaft aufzusetzen vermag, Ordnung in das Menschengewühl, fragten jedermann nach dem Charakter seines Besuches und wiesen die Wartenden in die einzelnen Abteilungen; dies erregte freilich bei den meisten Unzufriedenheit, da sie keine Möglichkeit hatten, den Chef selbst zu sprechen.

»Der Chef darf nicht gestört werden ... eine wichtige Konferenz ... es wird noch sehr lange dauern ... wollen Sie vielleicht den Herrn Sekretär Akim Stepanowitsch sprechen?«

Mirkin war ein seltener Besucher seines Vaters, doch die Diener kannten ihn.

»Der gnädige Herr läßt ausrichten, Herr Sacharij Gawrilowitsch möge die Freundlichkeit haben zu warten. Der gnädige Herr wird bald kommen.«

Die schwere Tür des väterlichen Arbeitszimmers öffnete sich. Ein angenehmes Aroma von Zigarrenrauch, gemischt mit behaglicher Wärme, strömte aus dem Zimmer. Dann trat der kleine, blonde Vorsitzende Akimow heraus, den Sacharij von seinem Besuche beim Rechtsanwalt her kannte. Hinter ihm tauchte die hohe, breite Gestalt seines Vaters auf. Während der alte Mirkin den Senator zur Tür begleitete, ertönte seine kräftige Baßstimme:

»Wassilj, führen Sie Sacharij Gawrilowitsch in mein Zimmer«, rief er einem der Diener zu. »Ich komme sofort«, fügte er an den Sohn gewendet bei, nachdem er sich von dem Senator verabschiedet hatte. Dabei musterte er die Wartenden, die sich bei seinem Erscheinen erhoben hatten, und wandte sich mit seiner befehlenden Stimme, jedoch sehr höflich an sie:

»Sie müssen mir verzeihen, meine Herren, es ist mir unmöglich, Sie heute zu empfangen, Sie werden sich an die einzelnen Abteilungschefs wenden müssen. Die Herren haben Auftrag, Ihnen in jeder Weise entgegenzukommen. Wassilj, führen Sie die Pensionisten zum Sekretär; er weiß Bescheid.«

»Gabriel Haimowitsch, ich habe für Sie ein Geschäft von höchster Wichtigkeit.« Mit diesen Worten trat ein großer, schlanker Herr mit steifem Kragen auf den alten Mirkin zu.

»Mit geschäftlichen Vorschlägen wenden Sie sich an die entsprechende Abteilung. Ich bedaure sehr, ich habe keine Zeit«, entgegnete der alte Mirkin höflich lächelnd und schloß die Tür hinter sich.

»Papa, war der Herr, der dich eben verließ, nicht Akimow, Staatsrat Akimow?«

»Ja«, antwortete der Vater dem erstaunten Sohn und versenkte seine mit Sommersprossen gesprenkelten Hände in die Seitentaschen seiner breiten Samtweste, über der seine dicke Uhrkette baumelte.

»Was hat der Unterschriftenfälscher bei dir zu suchen?« fragte Sacharij.

»Unterschriftenfälscher!« Der alte Mirkin verzog die Oberlippe. »Je nachdem, wie man es nennen will; trotz allem ist es schließlich Akimow der Senator, der Vorsitzende der Kommission für die Staatsforste, der Wirkliche Staatsrat.«

»Er war mit seiner Sache bei Solomon Ossipowitsch, der hat ihm jedoch die Tür gewiesen.«

»Das war zwecklos und voreilig. Man darf nicht so rasch ein Urteil fällen. In Rußland ist alles möglich. Ihr Advokaten kennt eben nichts als das Gesetz. Was im Gesetzbuch steht, das ist Gesetz, was nicht drin steht, ist es nicht. Nein, mein Junge, Rußland hat ein anderes Rechtsverständnis. Wie drückte sich doch gestern Boris Abramowitsch aus? ›In Rußland herrscht ein anderer Begriff von Ethik und Moral.‹ Er ist ein gescheiter Mensch, der Tanzkritiker! Man würde es ihm gar nicht ansehen. Ähnlich wie mit der Moral steht es auch mit dem Recht. Was bei anderen Völkern Verbrechen genannt wird, das gibt noch lange keinen Maßstab für Rußland. Wir haben hier Verständnis für die Menschen, nicht für das Gesetz. Wie sagte doch der Tanzmeister? ›Eine Moral nicht für das einzelne Individuum, sondern für den ganzen Stamm.‹ So steht es auch mit dem Recht: ›Recht nicht für den einzelnen, sondern für die ganze Familie, für den Stamm.‹«

»Für die Kaste, für die Klasse — meinst du wohl, Papa?«

»Oh, du sprichst ja schon ganz wie ein Sozialist! Das höre ich nicht gern — nicht deshalb, weil diese Leute Sozialisten sind, sondern weil sie ihre Doktrinen ganz mechanisch von dem deutschen oder englischen auf den russischen Menschen anwenden wollen. Das deutsche Hemd paßt aber nicht für den russischen Menschen. Wenn einst bei uns eine andere, eine soziale Gerechtigkeit, wie ihr es nennt, entstehen wird, so wird sie uns nicht aus dem Ausland importiert werden, sondern aus den tiefsten Tiefen der russischen Seele emporwachsen, angepaßt dem russischen Charakter, den eigenen Begriffen und dem eigenen Maßstab für Gerechtigkeit, ein ureigenes russisches Produkt. Ich habe dir schon einmal gesagt, daß Rußland noch nicht vollendet ist. Der russische Mensch ist erst im Entstehen. Er schwankt noch. Heute kann er Millionär oder unumschränkter Herr über riesige Gebiete sein, Großkaufmann oder Großgrundbesitzer, morgen aber ohne ersichtlichen Grund ein Säufer und Vagabund; der russische Mensch ist noch jung, und demgemäß muß er auch wie ein Kind behandelt werden, wie ein unschuldiges Kind, das selbst nicht weiß, daß es Böses tut ... Gestern erst wolltest du dich mit einem Betrunkenen anlegen, weil er dich beleidigt, schwer beleidigt hat. Was wäre geschehen, wenn ich dich nicht fortgezogen hätte? Sein Kamerad hätte den Revolver erhoben und dich niedergeschossen. Vielleicht wäre er dafür mit einem Monat Gefängnis bestraft worden, vielleicht nicht einmal das. Aber ich bin sicher, daß ich diesem Burschen mit meinem Gutenachtgruß die Schamröte ins Gesicht getrieben habe. Und wenn man heute denselben Burschen, der den Auftritt provoziert hat, darauf aufmerksam machen würde, daß er einen Bräutigam in Gegenwart seiner Braut beleidigt hat, so wird ihn, selbst wenn es sich um einen Juden handelt, sein Gewissen quälen, und er wird schleunigst bereit sein, dir Abbitte zu leisten. Weißt du übrigens, wer uns gestern beleidigt hat? Niemand anderer als Akimows Sohn. Ich kenne ihn sehr gut, er hat sich schon mehr als einmal bei mir Geld ausgeliehen.«

»Akimows Sohn?!« schrie Sacharij auf. »Und du hast dem Vater davon erzählt?«

»Eben deshalb war ja sein Vater bei mir, um mir Abbitte zu leisten. Ich weiß nicht, wer ihm berichtet hat, daß wir gestern einen unangenehmen Auftritt mit seinem Sohn hatten. Der Sohn — sagt der Alte — schämt sich, mir vor die Augen zu treten, und hat den Vater geschickt, daß er mir Abbitte leiste. Meinst du vielleicht, er hätte das aus Berechnung getan, weil er mich braucht? Ich bin überzeugt, daß das nicht der Fall ist. Sein Gewissen hat ihn dazu gebracht, vielleicht haben ihn auch seine Kameraden später darauf aufmerksam gemacht. Ich habe jedoch die Gelegenheit benutzt und dem Vater die hunderttausend Rubel geborgt, die er ersetzen muß, um die Bücher in Ordnung zu bringen. Ich weiß, daß ich damit sehr jüdisch gehandelt habe, doch ich konnte nicht anders, da war schon meine Rasse am Werk.«

»Die Bücher auszugleichen!« Der junge Mirkin lachte. »Ein sehr milder Ausdruck für eine Unterschriftenfälschung!«

»Ich habe es dir schon einmal gesagt: In Rußland gibt es kein Verbrechen, in Rußland gibt es nur ein Versehen, einen Irrtum, und ich bin überzeugt, daß es auch oben bei Hofe so aufgefaßt werden wird, als Ausgleich des Kontos und nicht als falsche Unterschrift.«

»Und er hat das Geld genommen?«

»Anfangs hat er sich geziert. Was soll das heißen? sagte er. Ich bin gekommen, um dir für die Grobheit meines Sohnes Abbitte zu leisten, und du willst mir das mit einer Wohltat vergelten? Das geht nicht. Das beschämt mich zu sehr; freilich, um die Wahrheit zu sagen, ich weiß wirklich nicht, woher ich das Geld nehmen soll; im Ministerium wollen sie alles in Ordnung bringen, der Staatsanwalt hat Befehl erhalten, die Anklage vorläufig noch zurückzuhalten; Jekaterina Sacharowna ist der Zarin zu Füßen gefallen, und das ›Bäuerlein‹ hat auch geholfen: ›Einem guten Freunde muß man aus dem Dreck helfen‹, sagte er, ›Gott will es so.‹ Doch sie bestehen darauf, daß das Geld ersetzt wird, um die Bücher in Ordnung zu bringen, und ich weiß nicht, woher ich es nehmen soll; da kommst du mit offener Hand. Das ist zu christlich — ruft er. Du weißt doch, sage ich, daß die Juden die besten Christen sind, und habe den Scheck ausgestellt. Übrigens ist das gar kein so schlechtes Geschäft. Dieser Akimow wird noch einmal hochkommen, er ist noch lange nicht erledigt: Jekaterina Sacharowna und das ›Bäuerlein‹ werden schon dafür sorgen. Und der Mensch behält viel länger eine Wohltat im Gedächtnis, die man ihm erweist, wenn er sich in Not befindet und am Boden liegt, als wenn er hochsteht, noch dazu, wenn es ein russischer Mensch ist.«

»Ich erlaube mir zu bezweifeln, daß dies das Motiv für deine Handlungsweise war, Papa«, warf der junge Mirkin ein.

Der alte Mirkin fuhr sich mit der Hand über den Schnurrbart, als wollte er hinter der vorgehaltenen Hand unbemerkt etwas hinunterschlucken. Dann glättete er die langen Spitzen seines Backenbartes und lehnte sich weit in seinem tiefen lederüberzogenen Lehnstuhl zurück.

»Ich bin Kaufmann und habe meine Geschäftsprinzipien und Geschäftsmethoden. Ich schäme mich ihrer nicht, sie haben mich erfolgreich dorthin gebracht, wo ich stehe. Doch diesmal habe ich nicht an mich gedacht, denn ich glaube: das, was wir haben, wird für dich und deine Kinder, wenn du welche haben wirst, vollständig reichen. Doch sage, hast du mir nicht neulich von einer Judenfrau erzählt, die aus dem Ansiedlungsrayon zu euch wegen ihres närrischen Sohnes gekommen ist? Wenn ich mich recht erinnere, ist er zu zwanzigjährigem Strafdienst in Sibirien verurteilt worden. Ihr wißt euch in der Sache keinen Rat, denn das Urteil wurde vom Kriegsgericht gefällt, und nur der Zar allein kann es kassieren und den Mann begnadigen ... Ihr habt niemanden, der die Sache vor den Zaren bringen könnte?« Der alte Mirkin beugte sich über seinen breiten Mahagonischreibtisch und deutete mit dem Papiermesser aus Bronze auf seinen Sohn.

»Verzeihung, Papa, Verzeihung, meine Worte waren nicht böse gemeint.«

»Beruhige dich, beruhige dich, ich weiß es!« Der Alte lächelte. »Ich habe Akimow die ganze Sache erzählt und ihm den jüdischen Soldaten geschildert, besser gesagt, den frommen Juden in Soldatenuniform, dessen Glaube sein einziger Besitz ist, für den er sein Leben hinzugeben bereit ist. Oh, es ist gut, einen Glauben zu haben!« Der Alte seufzte leise auf.

»Nun, was hat Akimow gesagt?« frage Sacharij ungeduldig.

»Gesagt? Geweint hat er. Geweint, wie ein kleines Kind, aufrichtige Tränen hat er geweint, hat sich an die Brust geschlagen und geschworen, in der ersten Audienz, die ihm der Zar gewährt, werde er ihm zu Füßen fallen und nicht für sich um Gnade bitten, sondern für den jüdischen Soldaten. Alles will ich Väterchen erzählen, rief er. Und ich glaube ihm, ja noch mehr, ich bin überzeugt, dieser jüdische Soldat wird Akimow helfen. Der Zar wird in Tränen ausbrechen, wenn er seine Geschichte hört, und wird zugleich mit ihm auch Akimow begnadigen. Keiner von euch kennt den russischen Menschen. Sie sind ja Kinder; sie schlagen und wissen nicht warum, sie tun Gutes und wissen nicht warum. Eure Kanzlei möge mir nur rasch den Namen und das Regiment des Soldaten sowie seine Geburtsstadt mitteilen, damit ich diese Daten Akimow weitergeben kann. Er erwartet, in den allernächsten Tagen beim Zaren zur Audienz vorgelassen zu werden, sobald er die Bücher in Ordnung gebracht hat. Ich werde euch davon verständigen.«

»Papa!« schrie Sacharij auf, wie einst als Knabe in Jekaterinburg, wenn der Vater ihn mit seinem Besuch überraschte. Und ebenso wie damals wollte er sich dem Vater auch jetzt an die Brust werfen.

»Und du wolltest dich gestern wegen der beleidigenden Worte eines Betrunkenen schlagen und warst wütend, als ich dich fortzog. Nach deiner Meinung durfte es nur ein Duell geben! Überlege doch, wieviel Gutes aus der Beleidigung von gestern entstanden ist: Ein Mensch hat bereut, ein anderer wurde gerettet, und deine Judenfrau wird froh heimfahren können. Wäre es aber, Gott bewahre, anders abgelaufen, so hätte ich heute einen Toten zu beklagen.« Der Vater lachte.

»Du hast recht, Papa«, sagte Mirkin im Tone eines Schuljungen, dem eine Lektion eingedrillt wird.

»Doch nicht darüber wollte ich mit dir sprechen. Ich habe dich aus einem bestimmten Grunde herbestellt. Was war es nur? Gedulde dich bloß einen Augenblick! Bleib sitzen, bleib sitzen!« Der alte Mirkin zog sein Notizbuch, setzte das Pincenez auf und blätterte eifrig. »Ja, über Nina wollte ich mit dir sprechen. Sollen wir es hier tun? Oder wollen wir nicht lieber irgendwo anders hingehen? Ich habe meine Tagesarbeit für heute beendet. Gott sei Dank, es war der beste Tag seit langer, langer Zeit, ich habe der alten Judenfrau ihren Sohn gerettet. Halt, ich habe eine Idee! Du hast doch noch nicht gespeist? Rufe deine Kanzlei an, daß du heute nicht zur Sprechstunde kommst. Ich wünsche überhaupt, du mögest deine Lebensweise gründlich ändern. Darüber eben möchte ich mit dir sprechen. Wir werden ins Hotel ›Europe‹ fahren, dort sind wir ungestört. Vielleicht fahren wir dann zusammen zu Olga Michailowna; ich möchte mich gern erkundigen, wie Nina sich nach dem unangenehmen Zwischenfall von gestern befindet.«

Vater und Sohn

Als Vater und Sohn es sich an einem Ecktisch des großen, zu dieser frühen Stunde noch fast leeren Speisesaales des Hotels ›Europe‹ bequem gemacht hatten, begann der Vater zunächst in einem Tone, als führte er ein Selbstgespräch:

»Sie ist kein so einfaches Persönchen, deine Nina, sondern eine sehr interessante Frau, dafür aber auch ein ziemlich komplizierter Charakter. Gar kein leichter Bissen — du entschuldigst doch diesen Ausdruck! Ich fürchte, mein Sohn, du wirst dich darauf vorbereiten müssen, ein ganz anderes Leben zu führen als bisher, wenn du mit ihr glücklich sein willst.«

Sacharij hörte stumm zu.

»Ich kenne die Frauen. Ich wiederhole es dir: Nina ist keine einfache Frau ... Dafür ist sie aber ein außergewöhnlich interessanter und warmfühlender Mensch mit echt russischem Empfinden. Laß dich von ihren Worten nicht schrecken! Ich kenne das. Das sind Jungmädchenreden, mit ein wenig weiblicher Koketterie — im tiefsten Grunde aber, in Wahrheit ist sie ein lieber, guter, reiner Mensch. Nein, nein, ich lasse mich von ihren Worten nicht schrecken, aber sie muß erzogen werden. Jede Frau muß erzogen werden. Man heiratet nie einen vollendeten Menschen, und eben darüber möchte ich mit dir sprechen; du gestattest es mir doch?«

»Sprich ungestört, Papa!«

»Zunächst, ich bin sehr glücklich, daß du Nina gewählt hast. Ich glaube, daß sie die Frau ist, die du brauchst; sie wird dich aufwecken. Ja, mein Sohn, du hast es notwendig, aufgerüttelt zu werden. Du machst den Eindruck, als schliefest du. Du mußt es mir schon entschuldigen — trotz Gymnasium, Universität und 27 Lebensjahren bist du über deine Knabenträume noch nicht hinausgekommen. Gewiß, ich weiß — es ist meine Schuld: deine Erziehung, deine fortwährende Einsamkeit ohne Familie — das ist meine Schuld. Doch es ist höchste Zeit, Sacharij, das Kindertraumland zu verlassen, ein Mann zu werden, ein Mann mit eigenem, mit starkem Willen, der nicht allen auf den Mund sieht. Du bist mir doch nicht böse, daß ich so offen zu dir spreche?«

»Nein, nein! Dasselbe, genau dasselbe hat mir Olga Michailowna gesagt.«

»Das freut mich wirklich, das ist mir sehr recht. Du mußt dich ein wenig in die Hand nehmen. Ich will, daß mein Sohn ein starker, selbständiger Mensch sei. Dabei wird dir, so glaube ich, Nina Solomonowna viel helfen; sie wird dich sozusagen mitreißen, und das ist mir sehr recht.«

»Und was müßte ich, Papa, deiner Meinung nach tun?« unterbrach Sacharij unvermittelt den Vater.

»Das erste, was du meiner Meinung nach zu tun hättest, wäre, die Beschäftigung, die du dir gewählt hast, aufzugeben. Die Advokaturpraxis entspricht nicht allzu sehr deinen Fähigkeiten. Sei mir nicht böse, aber sie entspricht auch gar nicht dem Leben, das du — wie ich glaube — wirst führen müssen, wenn du Nina heiratest. Du mußt in unsere Firma eintreten. Wir werden dich als Vizepräsidenten anstellen mit einem Jahresgehalt, das dir die Möglichkeit geben wird, ein Leben zu führen, wie es Nina erwartet. Allzu viel Arbeit wirst du nicht haben; dazu haben wir tüchtige Prokuristen. Du wirst hie und da mit einem juristischen Rat helfen und mit unseren Rechtskonsulenten zusammenarbeiten. Eine solche Stellung wird dich unabhängig machen und dir jene Position in der Gesellschaft schaffen, die jedermann dir als meinem Sohne zuspricht. Du wirst auch Macht erhalten, da Leute von dir abhängig sein werden ... Du wirst auch eine Wohnung haben müssen, eine elegante, vornehme, erstklassige Wohnung in Petersburg, entweder ein altes Palais, wie es dein ›Engländer‹ will, oder ein modernes Haus. Dein ›Engländer‹ hat nichts zu tun und wird daher Zeit haben, dir antike Möbel anzuschaffen. Du wirst ein eigenes Auto haben und eigene Pferde halten müssen. Glaubst du denn, Nina werde in deine Junggesellenwohnung einziehen? ... Sie erwartet von dir ein Haus, in dem sie Gäste empfangen kann, ohne sich zu schämen, und sie hat auch ein Recht, das zu erwarten; ebenso hast du ein Recht darauf, mein Sohn. Dein Großvater hat nicht vergebens darauf hingearbeitet, ein Vermögen zu machen, und dein Vater hat sich ebenfalls nach Kräften darum bemüht; und mit Gottes Hilfe ist es ihm auch gelungen, etwas zurückzulegen, wovon sein Sohn genießen und glücklich sein kann.«

»Glaubst du, Vater, dies sei das Glück — ein vornehmes Haus, Empfangsabende und Bälle, wie bei Sofia Arkadjewna?«

Diese Frage brachte den alten Mirkin ein wenig aus dem

Konzept. Er schwieg und versank in Nachdenken. Dann winkte er, das abgenommene Pincenez in der Hand, dem Kellner, der sich gerade mit dem Wein näherte, er möchte nicht stören. Als der Kellner geräuschlos den weißen Bordeaux und die Gläser niedergestellt hatte und sich entfernte, rief ihm der Alte nach:

»Mit dem Servieren des Fisches kannst du warten, bis wir dich rufen, jetzt stör uns nicht.«

»Jawohl«, entgegnete der Kellner und ging.

»Glück —« Der alte Mirkin dehnte das Wort, seine Augen röteten sich, wurden größer und traten an den Rand der dicken Tränensäcke. »Glück ... Wer weiß, was Glück ist? Ich habe schon so viele Menschen gesehen, und keiner konnte mir noch sagen, was Glück ist. Ich wünsche aber, daß mein Sohn ein Heim habe, ein Heim, das sein Vater nie hatte.« Der Alte verstummte.

»Papa!« rief Mirkin.

»Da gibt es nichts zu leugnen, ich weiß es, es ist meine Schuld. Vielleicht ist es auch nicht meine Schuld, sondern ein Fluch oder etwas Ähnliches? Wie dem auch sei, ich hatte kein Heim. Dir wünsche ich etwas anderes. Und schließlich erwacht auch in mir das Verlangen, ein wenig, wenn nicht am eigenen, so doch wenigstens an deinem Herd, mein Sohn, meine alten Knochen zu wärmen, wenn du es gestattest ... Das Leben wird langweilig, und man sehnt sich nach etwas. Ja, ja, ich möchte dich gerne glücklich sehen ...«

Sacharij schwieg. Das Schicksal des Vaters machte sein Herz weich und erfüllte ihn mit tiefem Mitleid, wie in früherer Zeit.

»Warum sprichst du so?«

Um das Gespräch auf ein anderes Thema zu bringen, setzte der Alte fort:

»Und trotz allem glaube ich, daß Nina eine gute Frau sein wird. Sie wird dir das Haus behaglich machen. Daß sie Launen hat, schadet nichts. Das ändert sich. Nach der Hochzeit wird sie Dame sein, ebenso wie Olga Michailowna.«

»Meinst du, Papa?«

»Ich bin überzeugt davon. Solche Fälle kenne ich viele. Doch auch du mußt dich ein bißchen ändern, mußt männlicher werden. Doch sage mir, liebst du Nina wirklich so sehr, daß du dich zu diesem Schritt entschlossen hast? Du erscheinst mir ihr gegenüber ein wenig kühl; doch vielleicht ist das auch sonst deine Art.«

»Um die Wahrheit zu sagen, ich weiß es nicht, Papa.«

»Was heißt das? — Ach, Jugend von heute! Es ist schwer, euch zu verstehen. Du weißt es nicht? Und du tust einen solchen Schritt?«

»Ja, gewiß. Ich konnte wirklich nicht anders. Aber ich habe mich noch nicht daran gewöhnt, und es kommt mir ein wenig fremd vor.«

»Ach, das meinst du?! Das wird sich ändern müssen, und nach der Hochzeit wird es sich auch sicher ändern. Dazu bedarf es nur eines behaglichen Heimes, eines richtigen vornehmen Heimes. Es ist Zeit, mein Sohn, schon lange Zeit! Vielleicht werde ich auch zu euch ziehen, wenn ihr es gestattet. Ich bin des Hotellebens wahrhaftig schon überdrüssig.«

»Wieso?« fragte Sacharij erstaunt.

»Das ist doch ganz einfach — wir werden eine große Wohnung mieten oder ein Haus kaufen. Ja, es wird besser sein, ein Haus zu kaufen: ›Haus Mirkin‹ soll es heißen. Darin werde ich meine eigene Wohnung haben. Nina wird die Hausfrau sein. Wir werden gemeinsam Gäste empfangen und Soupers für unsere Freunde geben. Mit einem Wort, wir werden unsere Heimat nach Petersburg verlegen, in das ›Haus Mirkin‹. Nach Jekaterinburg werden wir ja doch nicht mehr zurückkehren, wir haben dort nichts mehr zu suchen.«

Sacharij zögerte eine Weile, ehe er die Frage über die Lippen brachte:

»Und was soll mit Helena Stepanowna geschehen?«

»Mit Helena Stepanowna? Was mit Helena Stepanowna geschehen soll? Sie hat ja ihr eigenes Heim.«

»Ich meine ... wird es Helena Stepanowna recht sein ... verzeih, wird es ihr recht sein, wenn du bei uns wohnst?«

»Was hat ihr recht oder nicht recht zu sein? Sie hat ja ihr eigenes Leben.«

»Papa, verzeih, daß ich die Frage wage, doch ... was soll mit ihr geschehen?«

»Ich sagte dir doch schon, was mit ihr geschehen soll! Helena Stepanowna hat genug Geld, und wenn sie noch welches braucht, werde ich es ihr geben. Die Sache muß ja einmal ein Ende haben!« Der Alte lächelte.

»Papa, du denkst doch nicht daran, mit Helena Stepanowna zu brechen?« Sacharij schrie diese Worte fast.

»Ich habe es mir schon lange vorgenommen, und jetzt werde ich es auch tun. Ich glaube, sie selbst ist darauf vorbereitet!«

»Papa, wie kannst du nur? Diese Frau hat dir doch ihr Leben geweiht«, schrie der Sohn auf.

»Was weißt du davon, ob sie mir ihr Leben geweiht hat oder nicht? Es ist nicht deine Sache, das zu entscheiden. Du selbst wünschest doch wohl nicht, daß dein Vater sein unstetes Leben weiterführt. Nein, auch für deinen Vater ist es höchste Zeit, ein Mensch wie andere Menschen zu werden.«

»Aber Papa, Papa, wie kannst du so etwas tun? Tut es dir denn gar nicht leid um die Frau, die so viel für dich getan hat?«

»Leid oder nicht leid, es muß geschehen! Bei Dingen, die geschehen müssen, darf man nicht haltmachen, mag der Einsatz noch so hoch sein. Übrigens, die Sache mit Helena Stepanowna ist meine eigene Angelegenheit, und du wirst mir schon gestatten müssen, meine Angelegenheiten selbst in Ordnung zu bringen.«

Sacharij schwieg.

»Kellner, jetzt kannst du den Fisch servieren.« Der alte Mirkin winkte dem Kellner, der in angemessener Entfernung wartete.

Die Mahlzeit verlief zumeist in Schweigen; wenn gesprochen wurde, betraf es uninteressante und bedeutungslose Dinge.

Nach dem Essen fuhren beide zu den Halperins. Als sie bei Olga Michailowna eintraten, lief ihnen Nina mit einem Brief in der Hand entgegen.

»Denkt euch nur, der freche Kerl, der uns gestern beleidigt hat, war niemand anderer als der junge Akimow, der Sohn des bekannten Unterschriftenfälschers«, rief Nina verwundert.

»Wieso? Woher weißt du das, Kind?« fragte der alte Mirkin erstaunt, nahm sein goldenes Pincenez ab und putzte umständlich die Gläser.

»Soeben habe ich einen Brief von ihm erhalten, in dem er um Verzeihung bittet; er sagt, er sei betrunken gewesen. Sogar Blumen hat er mir geschickt.«

»Das ist interessant, sehr interessant.« Der alte Mirkin nahm den Brief aus der Hand und wendete ihn umständlich hin und her.

Während dieser Szene betrachtete der Sohn den Vater aufmerksam. Ein ungeheuerlicher Verdacht stieg in ihm auf, vor dem er selbst erschrak, wie es schwache Menschen tun, wenn die Empörung sie packt. Vor ihr erschrak Sacharij und — vor seinem Vater.

»Er hat ihr den Brief gekauft, wie er alles kauft.«

Diese Worte standen auf den Lippen des jungen Mirkin; doch er drückte seinen Mund auf Ninas Hand und schwieg.

Zweiter Teil

Mischa

Olga Michailowna war eine wahrhaft rührende Mutter fremden Kindern gegenüber und dort, wo ihre Mütterlichkeit einen besonderen Reiz ihrer Weiblichkeit bildete. Eine weit weniger warmfühlende Mutter war sie jedoch ihren eigenen Kindern, wo ihre Mütterlichkeit aus ernsten Pflichten bestand und Opfer auf Kosten ihrer eigenen Freizeit forderte.

Nina war früh erwachsen, indem sie mit Gewalt die Zäune ihrer Erziehung und Kinderstube durchbrach und sich — sehr zum Ärger, ja zur Verzweiflung ihrer Mutter — selbst als erwachsen erklärte. Den Knaben aber glaubte sie, obwohl er schon die letzte Gymnasialklasse besuchte, seines weiblichen Wesens wegen noch in den Fesseln der Kinderzucht halten zu müssen, oder richtiger gesagt, der berühmte Advokat und seine Frau meinten, ihr Mischa wäre noch ein Kind, und sein Leben spielte sich noch immer im Kinderzimmer ab ...

Doch keiner von beiden wußte, was in Mischas Herz und Kopf hinter den Wänden seines Zimmers vorging ...

Der Vater war zu sehr mit Arbeit überlastet, um seine Kinder richtig kennenzulernen, die Mutter dagegen zu sehr mit sich selbst beschäftigt.

Als Nina herangewachsen war, entwickelte sich zwischen Mutter und Tochter ein gewisses Freundschaftsverhältnis. Olga Michailowna befreundete sich mit dem Gedanken, daß Nina ein erwachsener Mensch, eine Frau für sich sei. So entstanden zwischen beiden auf der Grundlage von gleich und gleich freundschaftliche Beziehungen;

das gemeinschaftliche Geheimnis, das stets zwischen Frauen herrscht, trug sehr viel dazu bei, Mutter und Tochter zu Freunden zu machen. Ganz anders jedoch war das Verhältnis zwischen Mutter und Sohn.

Man könnte nicht behaupten, daß Olga Michailowna ihren einzigen Sohn allzu sehr liebte. Auch als Mischa noch klein war und man sein blondes Köpfchen streicheln konnte, waren die Gefühle der Mutter für den Knaben nie allzu warm gewesen, sie hatte das Mädchen viel lieber. Doch seit Mischa sich für erwachsen hielt, erschien ihr der junge Bursche mit den schönen blauen Augen und den kindlich-unschuldigen Mienen fremd, ja geradezu unsympathisch. Und sonderbar — die Antipathie der Mutter gegen ihren Sohn hatte ihren vorherrschenden Grund in seiner Schönheit ... Noch als Mischa ein Kind war, hatten ihn die Frauen in Olga Michailownas Freundeskreis auf den Tisch gestellt und sich an seinem schönen Gesichtchen, seinen Locken und seiner zarten Gestalt nicht satt sehen können; sie liebten es, ihn zu küssen, zu streicheln und die wirklich wunderbar edlen Linien seines jungen Körpers zu bewundern, kurz, sie behandelten ihn ganz wie ein schönes Rassehündchen. Schon damals empfand Olga Michailowna einen Widerwillen gegen ihr puppenhaftes Kind. Ein heimliches Gefühl der Eifersucht schien dabei mitzuwirken, da das Kind die Aufmerksamkeit von der Mutter auf sich ablenkte, und es bereitete ihr Ärger, daß die Leute die Schönheit ihres Kindes bewunderten.

»Ein Püppchen, sonst nichts!« sagte sie oft.

Solange Mischa klein war, konnte sie seine Schönheit noch ertragen; doch als er heranwuchs und seine mädchenhafte Weichheit nicht verlor, da entstand in der Mutter geradezu Antipathie gegen ihn.

Olga Michailowna hatte sich einen kräftigen, männlichen, hochgewachsenen Sohn erträumt, mit breitem Rücken und starken muskulösen Armen, aus dessen Gesicht das junge Haar und der Bart kräftig sprießen würden; doch hier wuchs ein Knabe auf mit biegsamer, zarter, mädchenhafter Gestalt, mit einem glatten, ovalen Mädchengesicht, mit unschuldsvollen Mienen, dazu einladend, ihn zu küssen und zu streicheln, mit großen blauen Augen, die niemandem frei ins Gesicht sahen, sondern unsicher zur Seite blickten; wagten sie doch einmal einen Blick auf ihr Gegenüber zu werfen, so schien darin stets eine verborgene Absicht, ein schlechter Gedanke zu liegen. Die Bewegungen waren nicht fest, nicht fordernd, sondern faul und geradezu bittend — sie baten um Berührung, um Zärtlichkeit ... Woher der Knabe wohl diese Art hatte? Seine Ähnlichkeit mit ihr selbst machte die Mutter fremd und kühl gegen ihren Sohn, und mehr als einmal äußerte sie in vertraulichem Gespräch mit ihrem unvermeidlichen Schatten, dem »Engländer« Naum Grigorowitsch:

»Es ist sonderbar, meine Tochter hat sich zu einem starken Charakter entwickelt wie ein Knabe; aber der Sohn, ich verstehe es wirklich nicht — Mischa sieht ja wie ein Fräulein aus.«

Mischa spürte instinktiv, welche Empfindungen die Mutter gegen ihn hegte, und vergalt es ihr in gleicher Weise. Seinem Vater gegenüber empfand er doch einen gewissen Respekt, zunächst seiner Berühmtheit wegen — die allerdings in dem Knaben auch etwas wie Neid erweckte — sowie wegen der ernsten und unaufhörlichen Arbeit des Advokaten. Für seine Mutter dagegen hatte er bloß Geringschätzung, ja eine gewisse Verachtung. Er war der einzige im Hause, der die Mutter ganz und gar durchschaute. Häufig zog er in Gedanken einen Vergleich zwischen ihr und der Mutter seines Freundes Markowitsch, die ihr Leben für den Sohn hingegeben hätte; er verglich, was die Eltern seines Freundes für ihren Sohn taten und was seine Mutter für ihn übrig hatte, und kam zu dem Ergebnis, seine Mutter sei eine Egoistin und Müßiggängerin, halte noch immer an ihren Jungmädchengedanken fest und beneide ihre Tochter um ihre Mädchenjahre. Mutter und Sohn kannten die Gefühle, die sie füreinander hegten.

Im Elternhaus lebte Mischa nahezu ganz für sich. Der Vater war zu stark beschäftigt, um für mehr Zeit zu haben, als für das sozusagen offizielle Interesse an Mischas Studium, seinen Noten und Ausweisen, die er für des Sohnes weiteren Aufstieg für wichtig hielt. Die Mutter empfand sehr deutlich die Gefühle ihres Sohnes und war zu stolz, um sich vor ihm anders zu geben, als sie wirklich war, und ihm mehr Zärtlichkeit zu beweisen, als sie für ihn aufbringen konnte. Da sie Unannehmlichkeiten und häusliche Szenen, die sie nicht liebte, vermeiden wollte, zog sie es vor, dem Sohne auszuweichen. So war Mischa sich selbst und dem Kreise seiner Freunde überlassen, vor allem seinem Freunde und Schulkollegen Ossip Markowitsch.

Es war nach dem Diner im Hause des berühmten Advokaten. Mischas Eltern und Nina waren auf Gabriel Haimowitschs Einladung hin wieder einmal in die Oper gegangen. Mischa war allein zu Hause und erwartete seinen Freund Ossip. Bis zur Ankunft des Schulkameraden vertrieb er sich die Zeit damit, den Börsenteil des Abendblattes durchzusehen; er informierte sich hauptsächlich über den Kurs der sibirischen Silberaktien, an denen er sozusagen interessiert war.

Mischas Interesse für die Börse war freilich mehr theoretisch, unter dem Einflusse seines Freundes Markowitsch entstanden.

Mischa hatte den Wunsch, es rasch zu etwas zu bringen. Der Ruhm seines Vaters lastete auf dem Knaben. Er hatte den Ehrgeiz, selbst etwas zu werden und bald einen ebenso klangvollen Namen zu erwerben wie sein Vater. Daß er dies durch einen der üblichen Berufe nie erreichen würde, dessen war er sich wohl bewußt; selbst wenn er Jus studieren und in die Kanzlei seines Vaters eintreten wollte, so würde er stets der Sohn seines Vaters sein;

überdies hatte Mischa sehr wenig Lust zum Studieren. Er träumte davon, Flieger zu werden — dieser Sport war damals neu und der Name der Piloten in aller Munde — oder durch Börsenspekulationen mit einem Schlage zu Reichtum zu kommen.

In der staatlichen Fliegerschule, die er sehr gern besucht hätte, konnte Mischa — das wußte er — als Jude und als Sohn eines »radikalen« Advokaten nicht hoffen, Aufnahme zu finden. Er dachte sehr ernstlich daran, sich dieser Karriere wegen taufen zu lassen, und nur sein unentschlossener Charakter und seine Furcht vor materiellen Nachteilen, wenn ihm der Vater seine Unterstützung entziehen würde, hielten ihn von diesem Schritt ab. Mit den Börsenspekulationen hatte es wieder andere Schwierigkeit: So sehr sich Mischa auch bemühte, Einblick in das Wesen der Börse zu erhalten, so konnte er es doch nie zu dem Verständnis bringen, das sein Freund Markowitsch besaß. Im Grunde genommen interessierte ihn auch die Börse sehr wenig, und sein Interesse an ihr war nur oberflächlich, mehr seinem Freunde zuliebe. So wußte er nicht, was er beginnen sollte. Ans Studium wollte er nicht denken, er wünschte vielmehr, daß irgendein Ereignis eintrete, durch das ihm das Studium abgeschnitten würde. Für einen anderen Beruf zeigte Mischa auch keine besondere Lust, und sein Interesse an der Börse und am Flugwesen ging über die Lektüre der Zeitungen nicht hinaus.

Indessen hatte Mischa eine Entdeckung gemacht, die ihn anfangs wunderte, dann belustigte, schließlich aber interessierte: Er hatte die Wirkung seiner Schönheit erfahren. Tatsächlich mußte Mischa gleich beim ersten Anblick durch seine ungewöhnliche, knabenhafte Grazie Bewunderung erwecken. Beide Geschlechter, Männer wie Frauen, schenkten ihm Aufmerksamkeit. In seiner biegsamen Gestalt lag soviel Weichheit, daß sie den Wunsch erweckte, auf ihn zuzugehen und ihn zu streicheln wie einen schönen sibirischen Rassehund, der mit lässig-weichen, harmonischen Bewegungen und der wunderbaren Haltung seines edlen Kopfes dahinschreitet. Das glatte Gesicht des mädchenhaften Jünglings, vor allem aber seine tiefblauen Augen hatten einen so traurig edlen, doch sündhaft reinen Ausdruck, daß er die Herzen von jung und alt gewann. Seine Augen waren denen seiner Mutter ähnlich: länglich, von mongolischem Schnitt, von langen, dichten, mit wunderbarer Regelmäßigkeit angesetzten dunklen Wimpern beschattet. Wie bei seiner Mutter waren die Lider fein gewölbt. Wie zwei Monde leuchteten Mischas Augen unter seiner mädchenhaft kurzen Stirn, merkwürdig blau, tief und glänzend. Ihr Blick konnte so unschuldig-lüstern sein, daß er Zweifel erweckte, ob er wissend oder unwissend war. Es schien, als ginge der schöne Jüngling mit einem offenen Messer in der Hand einher, ohne zu wissen, wen er stach.

Anfangs hatte Mischa keine Ahnung, daß seine Augen, seine zarte elastische Gestalt und seine trägen, zärtlichen, geradezu bittenden Bewegungen solche Macht besaßen. Später aber sagte man es ihm — das taten seine Kameraden in der Schule, die Mädchen in der Tanzstunde. Als er größer wurde und seine Schönheit noch mehr auffiel, begannen die Frauen ihm Aufmerksamkeit zu schenken, in gleicher Weise junge wie alte, Frauen der Gesellschaft, Freundinnen seiner Mutter und seiner Schwester, Frauen aller Schichten, bis zu den Dienstmädchen im Hause. Es gab auch Männer, die ihm von seiner Schönheit erzählten. Dieser Bewunderung wurde auf verschiedene Weise Ausdruck gegeben, im Scherz und im Ernst, mit dem Munde und mit den Augen, durch feurige Blicke oder durch heimliche zärtliche Liebkosungen. So wurde sich der Jüngling seiner Macht bewußt.

Heute kennt er sie bereits, und seine Schönheit ist ihm nicht mehr lästig und zuwider, wie sie es in seinen Kinderjahren war, wenn die Frauen ihn heimlich küßten. Heute weiß er bereits um seine Schönheit, weiß auch, daß sie eine Macht bildet. Deshalb ist er darauf bedacht, seinen besonderen Reiz so deutlich wie möglich zum Ausdruck zu bringen, und wartet ungeduldig auf die Zeit, da er die Gymnasiastenuniform ablegen und seine Anzüge vom besten Schneider Petersburgs anfertigen lassen darf. Jetzt schon widmet er seinen Hemden und Kragen große Sorgfalt und achtet genau darauf, daß seine Strümpfe und seine Taschentücher stets von gleicher Farbe sind. In der Westentasche trägt er, wie ein Mädchen, stets einen kleinen Spiegel; den zieht er bei jeder Gelegenheit hervor, betrachtet sich stundenlang darin, prüft, auf welcher Seite ihm die Haarlocke besser steht, und bemüht sich, sein glattes, reines Gesicht und den Blick seiner blauen Augen möglichst eindrucksvoll zu machen. Damit ist er auch jetzt beschäftigt, da ihm die Ziffern der Börsenkurse langweilig geworden sind.

Im Vorzimmer waren Schritte zu hören. Doch es war nicht sein Freund Ossip Markowitsch, den Mischa erwartete; leise stahl sich Anuschka, das Stubenmädchen seiner Mutter, zur Tür herein und blieb wie ein Hund an der Schwelle stehen.

Anuschka rührte sich nicht von der Schwelle. Sie hielt ihren Kopf mit der weißen Stubenmädchenschleife auf dem dichten, schwarzen Haar tief auf ihre Brust gesenkt, wie ein Wiesenreiher, der den Kopf zwischen die Flügel steckt.

»Was willst du?« fragte Mischa in launischem und zugleich schmeichelndem Tone.

Anuschka senkte ihren Kopf noch tiefer und verbarg das Gesicht in ihren kleinen Spinnenarmen, aus denen nur Augen und Mund hervorlugten.

»Teurer, Teurer, Teurer!« stammelte sie, und Augen und Mund wölbten sich ihm verlangend entgegen.

»Wie oft habe ich dir schon gesagt, du sollst nicht in mein Zimmer kommen, wenn ich nicht rufe?«

»Verzeihen Sie, Himmlischer, ich konnte es nicht mehr aushalten.«

»Geh jetzt, geh, ich erwarte Besuch.«

»Nur eine Minute, eine Minute nur lassen Sie mich Sie anschauen — es ist niemand zu Hause.«

»Ich will nicht! Augenblicklich geh hinaus, sonst werde ich dich mit Fußtritten hinausjagen wie einen Hund!«

»Nur noch eine kurze Sekunde! Ich gehe ja schon, jetzt ist mein Herz glücklich!« Gierig hefteten sich ihre schwarzen Augen auf ihn.

Mischa stand auf und schritt hastig auf sie zu. Je mehr er sich dem Mädchen näherte, desto stärker zuckte und krümmte sich ihr in Schwarz gehüllter Körper wie ein Wurm. Krampfhaft gruben sich ihre Hände in ihre Brust. Das blasse Gesicht, das in glühendem Verlangen durch ihre Arme hervorlugte, wurde noch bleicher, die Züge wurden schärfer und lebhafter; ihr Atem keuchte hörbar von dem rasenden Schlag ihres Herzens; aus den Nasenlöchern und den offenen bebenden Lippen strömte heißer Atem; der Mund verzerrte sich krankhaft, als hätte er ein bitteres Gift gespürt.

»Jetzt geh, sofort!« Er faßte sie am Nacken und versuchte, sie brutal hinauszustoßen.

Doch das Mädchen sank zu seinen Füßen nieder und umklammerte ihn mit ihren elastischen, weichen Armen wie eine Schlange. Sie preßte ihr blasses volles Gesicht zwischen seine Knie und küßte mit hysterischer Leidenschaft seine schmalen Hände. Dabei stieß sie wie eine Verdurstende heisere Worte hervor:

»Schönster, Göttlicher! Ach du, du siehst wie ein Engel aus!«

Wie zu einem Heiligenbild hob sie ihr bleiches Gesicht zu ihm empor und sprach flehend, mehr mit den weit geöffneten, schwarzen Augen als mit den brennenden Lippen:

»Keiner ist hier, alle sind fort, laß mich dich streicheln!«

»Mach, daß du weiterkommst, augenblicklich!«

»Jawohl, Teuerster, ich gehe, ich gehe!« Ihr schmaler Leib bebte wie im Fieber.

Sie wollte sich erheben, um seinem Befehl zu gehorchen, doch sie vermochte es nicht; denn als sie ihr heißes Gesicht zu ihm emporhob, hatten sich ihre langen, dicken Zöpfe gelöst und waren auf den Boden gesunken. Ohne es zu bemerken, stand Mischa auf ihrem Haar. Sie sprach kein Wort, sondern blickte bloß lächelnd zu ihm empor.

»Warum gehst du nicht, ich habe es dir doch befohlen!«

Wortlos lächelte sie ihm zu.

»Was hast du eigentlich, bist du verrückt geworden? Hörst du nicht, daß es klingelt? Muß ich selbst öffnen gehen? Verdammtes Frauenzimmer!«

Noch immer lächelte sie ihm stumm zu und hielt den Kopf emporgehoben. Sie schien Freude daran zu haben, daß er ihr weh tat.

»Geh zum Teufel!« Er stieß sie fort und wollte selbst öffnen gehen. Erst jetzt, als er einen Schritt vorwärts machte, bemerkte er, daß seine Füße sich in ihrem Haar verwickelten, auf dem er die ganze Zeit gestanden hatte. Mehr aus Gutherzigkeit als aus Mitgefühl blieb er stehen und fragte:

»Habe ich dir weh getan? Ich kann nichts dafür, ich habe es nicht bemerkt, verzeih mir!«

»Ach, es ist nichts, gar nichts!« Ihre Augen glänzten, und ihre Lippen lächelten selig.

Mischas Freund Ossip Markowitsch

In den Korridor trat ein junger Mann. Anuschka half ihm, den Mantel abzulegen. Vor ihr stand ein raffiniert gekleideter Elegant: Die Farben seiner Krawatte und seines Taschentuches stimmten überein, ebenso die der Strümpfe und der tief ausgeschnittenen graubraunen Weste. Er blieb einen Augenblick stehen und sah sich um. Seine lange Nase schnupperte und schien mit dem Geruch alles aufnehmen zu wollen, selbst das, was seine Augen nicht sahen. Es gibt Menschen, die mit den Augen, und solche, die mit den Lippen sehen. Der Ankömmling sah mit der Nase. Die Nasenlöcher waren scharf wie gute Linsen eines photographischen Apparates. Mit ihnen schien er die ganze Wohnung zu riechen, ehe er sie recht gesehen hatte.

Ehe er weiterging, blieb er bei dem Spiegel im Korridor stehen, zog einen Taschenkamm hervor und ordnete das glatt gescheitelte und sorgfältig geschnittene Haar; dabei nahm er auch seine Hände zu Hilfe. Er warf einen letzten prüfenden Blick auf seine Krawatte, um sich zu vergewissern, daß der Knoten richtig im Kragenausschnitt saß. Dem großen Spiegel im Korridor schien er nicht zu trauen, denn er zog rasch einen kleinen Spiegel aus der Westentasche und hielt abermals ein Examen ab, ob alles an seiner Kleidung ordentlich saß. In dieser Tätigkeit wurde er durch Mischas Stimme gestört, der ihm aus der Tür seines Zimmers zurief:

»Bist du es, Ossip?«

»Ja, ich bin es«, antwortete der junge Mann; seine Stimme verriet heimliche Angst und Unsicherheit.

»Du trägst keine Uniform?« fragte Mischa, als er aus seinem Zimmer in den Korridor trat.

»Nein!« Ossip schrak zusammen. »Deine Eltern sind doch nicht zu Hause?«

»Nein, es ist niemand zu Hause. Alle sind mit den neuen Schwägersleuten, den Mirkins, ausgegangen.«

»Ich ziehe mich gern ordentlich an, ich mag nicht immer wie ein Bürschchen in der Uniform herumlaufen.« Jetzt erst beantwortete Markowitsch Mischas Frage.

»Nun, wie geht es dir?« fragte Mischa.

»Hast du heute die Kurse gesehen? Sibirisches Silber ist um 15 Punkte gestiegen. Mein Papa hat an dem heutigen Tag fünfzigtausend Rubel verdient, vielleicht sogar sechzigtausend. Du hättest mir folgen und einige Aktien kaufen sollen.«

»Ja, ich habe es gelesen, doch ich hatte kein Geld«, erwiderte Mischa. »Komm in mein Zimmer.«

»Ich möchte in den Salon.«

»Warum in den Salon? Ich sitze nicht gern dort, komm lieber in mein Zimmer! Anuschka wird uns etwas zu trinken bringen.«

»Laß mich nur ein wenig im Salon sitzen, ich liebe euren Salon.«

Ohne besonderen Eifer führte Mischa seinen Gast in den Salon, den er zur Hälfte beleuchtete.

»Bitte, mehr Licht! Ich sehe so gern einen voll beleuchteten Salon.«

Mischa drehte alle Lichter auf; Ossip nahm auf einem der gepolsterten Stühle Platz und schlug mit einer eleganten Bewegung die Beine übereinander. Das Gespräch mit Mischa führte er sehr zerstreut; seine lebhaften schwarzen Augen glitten rasch von einem Gegenstand zum anderen; sie sogen geradezu die kostbaren Bilder, die schönen Möbel und die prächtigen Teppiche in sich ein.

»Wohin sind deine Leute gegangen?« fragte Markowitsch und warf einen verstohlenen Blick auf den Silberschrank; neidisch bebte seine Oberlippe und grub sich tief in die Zähne.

»Ins Theater oder ins Restaurant, weiß der Teufel! Seit sie sich mit den Mirkins verschwägert haben, tun sie nichts, als von einem Restaurant ins andere zu rennen; der alte Mirkin gibt keine Ruhe.«

»Ein großer Macher, euer Mirkin, das größte Holzunternehmen in ganz Rußland.«

»Ich liebe die neue Schwägerschaft nicht. Der Alte geht ja noch an, aber der Sohn — ein so wunderlicher, fremdartiger Patron! Man weiß nie, was er denkt. Übrigens scheint er mehr in Mama als in Nina verliebt zu sein. Tagelang sitzt er bei Mama. Wahrscheinlich hat sie ihn für die Tochter aufgegabelt, jedenfalls ist er ihr ins Garn gegangen. Ich meide den Verkehr mit den Leuten.«

Ossip lachte, mehr mit seiner schnuppernden, dünnen, scharfen Nase als mit seinen Lippen. Seine schwarzen Augen glänzten, während sie die Bilder in den schweren Goldrahmen an den Wänden förmlich verschlangen.

»Es ist ein Unsinn, wenn du dich von diesen Leuten fernhältst. Weißt du, wer die Mirkins sind? Der Alte beherrscht die Börse; mit einer Handbewegung kann er dir die Taschen mit Gold füllen. Hätte ich nur solche Schwägersleute, ich wüßte schon etwas mit ihnen anzufangen.«

»Mich interessieren sie nicht. Nun, wir haben jetzt genug im Salon gesessen, ich hasse diese Salons. Komm, wir wollen in mein Zimmer gehen. Anuschka wird uns etwas zum Trinken bringen.«

»Nein, gegen wir lieber ins Speisezimmer. Du mußt mit mir hingehen, ich beschwöre dich! Ich liebe so sehr euer Büfett«, bat Ossip.

Als er die vielen Zimmer durchschritt, die zwischen dem Salon und dem Speisezimmer lagen, ließ er keinen Augenblick lang die Möbel und die anderen Einrichtungsgegenstände der Räume aus den Augen. Er konnte sich an ihnen gar nicht satt sehen. Ohne daß er selbst darum wußte, stieg in seinem Herzen eine ingrimmige neidische Bitterkeit auf. Er zog einen Vergleich zwischen sich und Mischa, den er stets für einen Halbidioten ansah, und es schmerzte ihn, daß nicht er, Ossip, das Glück hatte, der Sohn so berühmter und reicher Eltern zu sein, sondern Mischa.

Denn obwohl Ossip Markowitsch so nachlässig hingeworfen hatte, daß sein Papa heute an der Börse einen Coup von fünfzig- oder sechzigtausend Rubel gemacht hatte — der etwas naive Mischa wunderte sich freilich, warum die Leute dann in so ärmlichen Verhältnissen lebten —, so hatte doch gerade heute Ossips Mutter, Frau Markowitsch, ihr letztes halbes Dutzend Silberbesteck in einem kleinen Antiquitätengeschäft in der Sadowa verkaufen müssen, um ihrem Sohne die phantastisch graue, tief ausgeschnittene Weste und das seidene Taschentüchlein kaufen zu können, dessen Farbe mit der seiner Krawatte übereinstimmen mußte. Ihr Sohn hatte ihr heimlich anvertraut, er sei bei den Halperins eingeladen, und es sei nicht ausgeschlossen, daß er dort die Bekanntschaft der Mirkins machen werde, mit denen die Halperins sich verschwägert hatten. Für diesen Besuch mußte Ossip entsprechend angezogen sein, koste es, was es wolle. Denn trotz ihrer bitteren Armut hatte die Familie Markowitsch nur einen Wunsch — ihr Sohn möge mit Kindern aus reichem Hause Freundschaft schließen; und um ihrem Ossip den Zutritt in reiche Familien zu ermöglichen, war den Eltern nichts zu teuer. Seine Mutter war bereit, dafür jedes Opfer zu bringen. Die Markowitsch waren auch einst reich gewesen — in Polen, woher sie stammten. Doch soweit Ossips Erinnerung reichte, hatten seine Eltern in Petersburg stets in größter Armut gelebt. Sein Vater war ein kleiner Börsenmakler, und sein Verdienst reichte niemals aus, um der Familie das tägliche Brot zu geben. Stets war die Not in der dunklen Dreizimmerwohnung zu Gaste. Vater und Mutter hatten sich schon jahrelang kein neues Kleidungsstück angeschafft; die Mäntel waren geflickt und die Schuhe abgetreten; man sparte sich den Bissen vom Mund ab, doch Ossip, der einzige Sohn, mußte das Beste und Schönste haben, um sich vor seinen reichen Kameraden, denen er sich nach dem Wunsche seiner Eltern anschließen sollte, nicht schämen zu müssen.

Im Hause der Markowitsch träumte man vom Reichtum und vergötterte ihn. Das Leben der russischen Millionäre lag im Hause Markowitsch wie ein offenes Buch auf. Jedes Ereignis in der Familie des Barons Ginsburg, im Hause Poljakoff und der anderen Millionäre war bei den Markowitsch nahezu längst bekannt, ehe es sich tatsächlich abspielte, und wurde eifrig besprochen. Und für den Sohn hegte man nur eine Hoffnung und einen Wunsch: daß er reich werden möge. Wie das geschehen solle, davon hatte man im Hause Markowitsch freilich keine rechte Vorstellung. Am häufigsten träumte man von einer reichen Heirat. Der Sohn, darüber war man sich einig, mußte unbedingt der Klasse der Reichen angehören. In diesem Geiste wurde er erzogen, und deshalb hielt man ihn dazu an, sich an reiche Schulkameraden anzuschließen. Die Familie Markowitsch hungerte, aber der Sohn wurde in ein sogenanntes vornehmes Gymnasium geschickt, das ausschließlich von Kindern der reichen Petersburger Juden besucht wurde. Nur um dieses Zieles willen ließ man ihn studieren; und um seine Armut zu verdecken, wurde er übertrieben elegant angezogen, trug die besten Uniformen und Lackschuhe. Und als es Ossip gelang, in der Schule mit reichen Kameraden Freundschaft zu schließen, herrschte bei den Markowitsch mehr Stolz und Freude, als wenn sie selbst zu Reichtum gekommen wären. Wenn Ossip von einem Besuche bei einem reichen Schulkameraden heimkam, wurde er unaufhörlich über alles und jedes ausgefragt. Seine schwergeplagte und vergrämte Mutter, auf deren Schultern die Sorge um die Befriedigung aller Bedürfnisse ihres Sohnes lastete, fragte ihn unermüdlich danach, wie der Salon, wie das Büfett aussah, was er zu essen bekommen, wen er kennengelernt und mit wem er gesprochen hatte.

Der junge Bursche selbst schien bereits jetzt alle Vorbedingungen für seinen künftigen Beruf des Millionärs erlangen zu wollen. Er pflegte sich vor den großen Restaurants zu postieren und die Toiletten der Damen zu mustern; er kannte die Namen der ausgesuchtesten Speisen auf den Speisekarten der großen Restaurants, obwohl er sie nie gekostet hatte, war über alle Autotypen orientiert, wußte die Namen aller bekannten Choristinnen, Tänzerinnen und kleinen Kurtisanen, die in der Lebewelt verkehrten, und kannte die Adressen aller vornehmen Bordelle. Ebensogut wußte er über die letzte Hausse auf der Börse Bescheid; darüber hielt ihn schon sein Vater auf dem laufenden.

Sooft er einen reichen Schulkameraden besuchte, wollte er stets nur im Salon, im Speisezimmer oder in einem schön ausgestatteten Boudoir sitzen, um nachher seinen Eltern erzählen zu können, wie die Millionäre wohnten und wie es bei ihnen aussah. Das war freilich nicht der einzige Grund; Ossip hatte wirklich großes Vergnügen daran, in schönen Zimmern zu sitzen, wie er sie zu Hause nicht hatte. Doch gleichzeitig mit seiner Verehrung für die Reichen und mit dem Wunsch, in ihre Schicht einzudringen, nagte an Ossip Markowitsch ein solcher Neid auf ihr gutes Leben, daß seine Verehrung für sie sich in brennenden Haß verwandelte. Wenn er den Prunk eines Millionärhauses sah, so erbleichten seine aufgeworfenen Lippen, und jeder Tropfen Blut schwand aus ihnen; unwillkürlich ballte er die Faust, und ein Fluch auf den Wohlstand der anderen entrang sich seinem von Neid und Wut erfüllten Herzen. Er hatte das Gefühl, stets draußen stehen zu müssen und nur durch das Fenster in die hellen und behaglichen Räume der Reichen blicken zu dürfen . . .

Auch als Mischa ihn jetzt durch die vielen prächtigen Zimmer führte und ihm das Boudoir seiner Mutter und — auf dringendes Bitten — das Zimmer seiner Schwester zeigte, fieberte Ossip vor Neid. Er verglich die ärmliche enge, finstere Wohnung daheim, in der Tag und Nacht das elektrische Licht brennen mußte, mit den Prunkräumen im Hause des Advokaten. Während er seine eigene Lage bei seinen armen Eltern, die sich jeden Bissen vom Munde absparten, um ihm ein Paar Lackschuhe zu kaufen, mit den Möglichkeiten verglich, die Mischa durch seinen berühmten Vater und jetzt durch die Heirat seiner Schwester mit dem allmächtigen Mirkin hatte, rumorte im Kopfe des armen Maklersohnes, wie bei allen armen Leuten, die Frage: »Warum dem einen alles und dem anderen nichts?« Er haßte seinen Freund ob seines Reichtums und verwünschte ihn in Gedanken mit den häßlichsten Flüchen. Einen Augenblick lang versetzte er sich in Mischas Lage: »Gott, wie weit könnte ich kommen!«

Bei diesem Gedanken blieb er stehen; seine Phantasie entzündete sich an den großen Dingen, die er erreichen könnte, wenn er an Mischas Stelle wäre. Und als er dann in dem bequemen tiefen, weichgepolsterten Stuhl im großen hellbeleuchteten Speisezimmer saß, da steckte er vollständig in Mischas Haut: Er sah sich als Sohn des Hauses, als Schwiegersohn des berühmten Advokaten, und fühlte sich in dieser Situation so wohl, daß er gar keine Lust hatte, ins wirkliche, nüchterne Leben zurückzukehren, als Mischa ihn aus seinen Träumen riß:

»Wollen wir hier auf den Polsterstühlen hocken wie die Weiber an Mamas Empfangstag? Wir wollten doch irgendwohin gehen«, drängte Mischa.

»Wohin sollen wir gehen? Wir haben doch kein Geld! Ich habe fünfzig Kopeken, es sind die letzten, die Mama hat . . .« Im Banne seiner Phantasien hatte ihm die Wahrheit über die Lippen kommen wollen, doch er fand im letzten Augenblick so viel Geistesgegenwart, sich zu verbessern. ». . . die Mama mir gegeben hat; dort aber brauchen wir beide wenigstens ein Zehnrubelstück, woher willst du es nehmen? Da ist es viel gescheiter, wir bleiben noch ein wenig hier.«

»Warte einen Augenblick, ich will einen Versuch machen«, rief Mischa, ließ seinen Freund sitzen und ging allein in sein Zimmer. Dort klingelte er zweimal. Das war ein verabredetes Signal.

Anuschka erschien in der Tür. Sie verbarg nicht wie vorher ihr Gesicht in den Händen; die Freude, daß er sie rief, gab ihr den Mut, mit lachenden Augen, das bleiche, selig schimmernde Gesicht und die vor Verlangen offenen Lippen dem jungen Herrn zugewandt, einzutreten.

»Anuschka, ich brauche zehn Rubel, hast du vielleicht etwas Geld?«

Voll Seligkeit, daß er sie um etwas ersuchte, und doch

zugleich irgendwie erschreckt, schwankte ihr Blick zwischen Glück und Verzweiflung:

»Ich habe nur fünf Rubel, ein Goldstück, das der alte Herr Mirkin mir bei seinem letzten Besuch gegeben hat; ich hole es sofort«, entgegnete sie mit bebender Hast, und aus ihren Augen zuckte ein greller Schein, der die glühende Bitte ausdrückte, ihre Hilfe anzunehmen.

»Ich brauche zehn Rubel und nicht fünf. Fünf werden nicht reichen«, entgegnete Mischa mit einer weinerlichen Grimasse, schloß die Augen und runzelte seine kleine Stirn.

»Einen Augenblick, ich laufe nur zum Portier, er wird mir das Geld leihen. Zur Dienerschaft zu gehen, schäme ich mich«, rief Anuschka gleich mit fliegendem Atem.

»So geh schnell, ich warte.«

»Einen Augenblick!«

Anuschka verschwand, und Mischa ging wieder ins Speisezimmer zu seinem Freunde. Wenige Minuten später steckte Anuschka ihr Köpfchen durch die Tür des Speisezimmers und rief atemlos:

»Mischa Solomonowitsch, einen Augenblick, bitte, es möchte Sie jemand sprechen.«

Mischa erhob sich, ging in den Korridor und schloß die Tür sorgfältig hinter sich. Draußen wartete bereits Anuschka. Ein eigenartiger, triumphierender Glanz, den Mischa jedoch nicht bemerkte, lag in ihren Augen, während sie glückselig sagte:

»Ich habe Geld, Mischa, der Portier hat es mir geliehen«, damit reichte sie ihm das Geld, das von ihren Händen warm war.

»Gut«, quittierte Mischa, »ich gebe es dir zurück, wenn ich mein Taschengeld von Papa bekomme.«

»Nicht nötig, nicht nötig, Einziger, Strahlender!« Die Fäuste krampfhaft geballt, sah Anuschka zu dem Knaben wie zu einem Gott auf.

»Wie du willst«, erwiderte Mischa, wandte sich nach dem Eßzimmer und rief seinem Freunde zu:

»Wir haben Geld, zehn Rubel, wir können gehen!«

Auf Ossips blutlosen Lippen stand ein häßliches Lächeln. Seine schwarzen Augen blitzten, und seine dünnen Nasenflügel zuckten:

»Du brauchst wirklich keine Sorgen zu haben, Mischa, dein schönes Gesicht wird für dich alles durchsetzen!«

Auf Mischas längliche, schön modellierte Wangen trat eine feine Röte und behauchte sie wie schimmernder Tau. Es war die gleiche mädchenhafte Röte, wie sie manchmal das Gesicht seiner Mutter überzog. Und ebenso wie bei seiner Mutter verschwand die leichte Röte in dem Cremeweiß seiner zarten Haut, aus der sie noch lange wie unter einem durchsichtigen Schleier hervorschimmerte.

Naum Grigorowitsch Rosamin

»Haus Mirkin« wurde gekauft. Kein alter Palast aus der Zeit Alexanders I., wie es der »Engländer« Naum Grigorowitsch wünschte, sondern ein modernes Gebäude in amerikanischem Stil, wohnlich und mit allem Komfort ausgestattet. Ein Ingenieur hatte es für seine eigenen Zwecke erbaut, war jedoch durch Geldmangel genötigt, es zu veräußern. Es lag wohl nicht auf der Nabereschnaja, doch in der Nähe des Finnischen Bahnhofes in einem modernen und gesunden Stadtviertel. Den Hauskauf hatte der alte Mirkin durchgeführt und ging nun mit all seinem Feuer und Elan, mit dem er auch sonst an die Verwirklichung von Plänen schritt, und mit der ganzen Mirkinschen Energie und Lebenskraft an die Gründung des »Hauses Mirkin«. In der letzten Zeit hatte, sehr zur Freude seiner Feinde, Mirkins Energie und Lebenskraft offensichtlich nachgelassen. Doch seit dem glücklichen Ereignis in seiner Familie war sie wiedergekommen, neue bisher verborgene Quellen von Lebenslust und Triebkraft schienen sich in Mirkins Innerem erschlossen zu haben. Seine Makler erhielten Befehl, rasch ein passendes Haus ausfindig zu machen; als Nina ihre Einwilligung gab, wurde es sofort gekauft. Dutzende von Handwerkerhänden — Maurer, Tischler, Schlosser und Maler — wurden sofort in Bewegung gesetzt, um das Haus den Bedürfnissen der Familie Mirkin entsprechend einzurichten ...

In Mirkins Automobil fuhren jetzt der »Engländer«, Olga Michailowna, Nina und häufig auch Sacharij zu allen möglichen Antiquitätengeschäften, um passende Möbel anzusehen, wie er und die Innenarchitekten sie sich für das Haus vorgestellt hatten. Denn der alte Mirkin hat es eilig und besteht unbedingt darauf, daß die Hochzeit des jungen Paares sofort nach der Fertigstellung des Hauses stattfinden soll. »Warum aufschieben?« ist seine ständige Phrase.

Wahrhaftig, auch Sacharij wird, durch Olga Michailowna ermuntert, dann und wann von seiner Braut mitgezerrt. Seit er zu Ninas Mutter in ein so nahes Familienverhältnis getreten ist, fühlt er sich noch mehr zu ihr hingezogen und fügt sich allen ihren Wünschen. So durchstreift er denn mit dem »Engländer« Naum Grigorowitsch alle Antiquitätengeschäfte, Galerien und Kunstausstellungen, in denen die Einrichtung für die Mirkins gekauft wird. Immer wieder wird er aufgefordert, seine Meinung über diesen oder jenen Gegenstand zu äußern, der für ein Menschenleben das Haus der Mirkins schmücken soll, letzten Endes wird ja doch sein Haus, das Haus des jungen Mirkin, eingerichtet. Die Möbel, die Bilder, die anderen Einrichtungsstücke werden für ihn, für seinen täglichen Gebrauch angeschafft, mit ihnen wird er sein ganzes Leben teilen müssen. Warum sollte er da gleichgültig bleiben?

Doch Sacharij hat gar nicht das Gefühl, daß alle diese Dinge, um die es sich hier handelt, für ihn erworben werden, er empfindet gar nicht, daß das Haus, das hier begründet wird, für ihn bestimmt, sein Haus ist. Dann und wann sagt er wohl seine Meinung über das eine oder andere, über die Einrichtung dieses oder jenes Zimmers, manchmal aus eigenem Antrieb, manchmal herausgefordert durch eine Frage seiner Braut oder ihrer Mutter. Doch stets geschieht es so gleichgültig, als handele es sich nicht um sein eigenes Heim, sondern um einen Kunstgegenstand für irgendeinen beliebigen Zweck.

Dieses Verhalten schreibt man seinem phlegmatischen Temperament zu und macht sich nicht viel Kopfzerbrechen darüber. Er selbst gibt durch sein gleichgültiges Lächeln und seine kühlen Bemerkungen zu erkennen, man möge in allen diesen Dingen nicht mit ihm rechnen, er verlasse sich vollständig auf seine kunstverständige Schwiegermutter.

Einmal aber wurde Sacharij diesem Verhalten untreu; das war, als er gerufen wurde, um ein altfranzösisches geschnitztes Schlafzimmer zu besichtigen, zu dessen Anschaffung der »Engländer« dringend riet. Sacharij betrachtete lange das riesige Bett mit den Säulen und dem Baldachin, das ihm gar nicht für einen Menschen, sondern für spielende Himmelsenglein gemacht zu sein schien. Ein verständnisloses Lächeln, sonst nie bemerkt, trat plötzlich auf seine Lippen. Er konnte überhaupt nicht begreifen, daß er irgendeine Beziehung zu diesem Bette hatte, und wandte sich an den kunstsinnigen Naum Grigorowitsch, der ihn bewogen hatte, das Schlafzimmer zu besichtigen:

»Ich verstehe überhaupt nicht — wie können Menschen ihre Betten wechseln? Ein Bett ist doch das einzige Möbelstück, das der Mensch sein eigen nennen kann. Es ist gewissermaßen sein eigentliches Heim, ebenso wie etwa die Haut.«

»Sie denken doch nicht daran, in die neue Wohnung Ihr Junggesellenbett mitzunehmen?« Der »Engländer« lächelte zweideutig.

»Warum nicht?« fragte Sacharij verwundert. »Warum soll ich mein Bett wechseln?«

»Das wird ein schönes Leben werden! Sie werden in die Wohnung Ihr Junggesellenbett mitbringen und Nina ihr Mädchenbett. Wo wird dann eigentlich die neue Mirkinsche Generation geboren werden, die alle so ungeduldig erwarten, vor allem, wie ich merke, Ihr Vater?«

Diese Bemerkung wurde leichthin und scherzend hingeworfen; doch sie enthüllte Sacharij das wahre Antlitz seiner Lage und offenbarte ihm erst jetzt den Sinn der Moralpredigten seines Vaters und Olga Michailownas. Jetzt erst sah er klar, welchen Schritt er tun wollte, und begriff die ganze Verantwortung, die er damit auf sich nahm.

»Das geht also tatsächlich mich an, mich selbst?« sagte er sich in Gedanken. Dem »Engländer« aber antwortete er scherzhaft:

»Meinen Sie nicht, Naum Grigorowitsch, daß das Bett zu alt ist, um darin ein neues Geschlecht zur Welt zu bringen?«

Diese Worte sagte er ohne jede Nebenabsicht, doch ihre Wirkung war ganz anders, als es zu erwarten stand. Der Ton in Mirkins Worten erregte bei Naum Grigorowitsch Erstaunen, doch als wohlerzogener Europäer — dafür hielt sich der »Engländer« im Gegensatz zu seiner ganzen Umgebung — enthielt er sich einer Bemerkung über Dinge, die ein fremdes Privatleben betrafen, und lenkte das Gespräch auf ein anderes Thema:

»Wie es scheint, halten Sie die Einrichtung Ihrer Wohnung für eine viel zu geringfügige Angelegenheit, um ihr Aufmerksamkeit zu schenken. Merkwürdig — für mich sind alle Dinge, die mit mir das ganze Leben verbringen sollen, sehr wichtig. Jedes Möbelstück, das ich in der Wohnung aufstelle, jedes Bild, auf das mein Blick täglich fallen soll, erscheint mir als lebendes Wesen, mit dem ich mein tägliches Leben werde teilen müssen. Meinen Sie ja nicht, die Dinge seien tote Gegenstände. Wenn Sie sich ein wenig in sie einleben, so werden Sie die Stimme jedes einzelnen Gegenstandes vernehmen können; jeder Stuhl wird Ihnen von der Epoche erzählen, aus der er stammt, von der Seele des Meisters, der ihn ersonnen, von der künstlerischen Laune, die seine Linien gezogen hat. Wenn Sie verstehen werden zu schauen, werden Sie die Wogen der künstlerischen Phantasie eines Meisters rauschen hören, in den Linien seiner Möbel ebensogut wie in den Strophen eines Liedes. Man muß Poesie aus Möbelstücken lesen können, aus einer alten Kommode, einem alten Schrank, einem Tisch, ebenso wie man es verstehen muß, Musik zu hören, Poesie zu empfinden oder auf Farben zu reagieren. Ich wundere mich sehr, Sacharij Gawrilowitsch, daß Sie allen diesen Dingen gegenüber so gleichgültig sind, als schämten sie sich, Ihre ästhetischen Bedürfnisse offen zu zeigen. Sehen Sie, Ihr Vater hat das sofort begriffen, und jetzt hat er an jedem Möbelstück, das in die neue Wohnung kommt, ebenso starkes Interesse wie an der Qualifikation und dem Charakter eines neuen Angestellten, den er in seinem Unternehmen aufnimmt. Er wünscht ausdrücklich, wir mögen die Wohnung mit echten Stücken möblieren, unbekümmert um den Preis. Jeden Tag fragt er mich telefonisch, wie weit die Einrichtung der Wohnung gediehen sei. Ich vermutete gar nicht, daß er diesen Dingen so viel Interesse entgegenbringen würde.«

»Ein so großes Interesse hat mein Vater an der Wohnung?« fragte Sacharij verwundert und fügte halb im Scherz hinzu:

»Dann sollten Sie, Naum Grigorowitsch, eigentlich meinem Vater das Bett zeigen; er mag entscheiden, ob es geeignet ist, die neue Mirkinsche Generation darin zur Welt zu bringen. Denn letzten Endes hat, glaube ich, mein Vater das größte Interesse an dem neuen Geschlechte der Mirkins, ein größeres als ich und als Nina Solomonowna.«

»Sacharij Gawrilowitsch, warum sind Sie heute so bitter? Gut, daß die Damen nicht mit uns sind! Ich wußte nicht, daß Sie — Sie nehmen mir doch das Wort nicht übel — so zynisch über diese Dinge sprechen können.«

»Hoffentlich habe ich Ihre keuschen Gefühle nicht verletzt, Naum Grigorowitsch, wir sind doch zwei Männer.«

»Nein, doch der Ton, den Sie anschlagen, ist mir ganz neu, Sacharij Gawrilowitsch. Bei jemand anderem würde es mich in unserer Zeit nicht wundern, doch von Ihnen — gestatten Sie mir ein offenes Wort — erwartete ich, Sie würden über Ihr künftiges Familienleben in anderem Ton oder gar nicht sprechen. Sie wissen ja, wir halten Sie für einen Romantiker, auch Olga Michailowna.«

Olga Michailownas Name ließ Mirkin erröten.

»Ich wußte nicht, daß Sie es so ernst nehmen würden, Naum Grigorowitsch — ich bin eben heute in solcher Stimmung.«

»Ich weiß, ich weiß«, erwiderte Naum Grigorowitsch, »doch gestatten Sie mir, Ihnen offen zu sagen: Es schockiert mich stets, wenn ich höre, mit welcher Roheit die Jugend von heute sich über die heiligsten und persönlichsten Gefühle äußert. Ich kann das noch immer nicht ertragen.«

Mirkin wunderte sich, daß diese Dinge dem »Engländer« so zu Herzen gingen. Schließlich hatte er, Mirkin, ja seiner selbst, seines eigenes Loses gespottet — wen ging das etwas an?

Dem »Engländer« brachte Sacharij eine gewisse Geringschätzung entgegen, ebenso wie alle Personen in der Umgebung des berühmten Anwaltes. Vielleicht ohne jede Nebenabsicht, vielleicht aber aus einem unbewußten Gefühl der Eifersucht beeinflußte der Advokat seine ganze Umgebung gegen den »Engländer«. Sooft er mit Naum Grigorowitsch zusammentraf, nahm er jede Gelegenheit wahr, bissige oder geradezu verächtliche Bemerkungen an die Adresse des »Engländers« zu richten, um ihn lächerlich zu machen. Doch wie gering auch Sacharij den müßigen Petersburger »Dandy« einschätzte, so empfand er doch eine gewisse Verwandtschaft mit ihm. Sie hatte ihren Grund in den heimlichen Empfindungen des »Engländers« für Olga Michailowna, die Sacharij, ebenso wie allen anderen Personen des Hauses, bekannt waren. Eifersucht trennt nicht bloß die Rivalen, sondern in einem gewissen Maße verbindet sie die Empfindung für ein und dieselbe Person ebenso stark, wie sie diese zu Feinden macht; es ist, als ob die von beiden geliebte Person sie heimlich verbrüdere . . .

Sacharij wußte, daß der »Engländer« Olga Michailowna zuliebe seinem eigenen Lebensglück entsagt hatte. Ihr zuliebe war er Junggeselle geblieben und lebte in seiner Phantasie nur mit ihr. Er ließ keine Gelegenheit vorübergehen, Olga Michailowna seine Empfindungen offen zu zeigen; bei jedem Besuch im Hause überraschte er sie mit einer kleinen Aufmerksamkeit, einer alten Porzellantasse, einer Miniatur oder dergleichen, obwohl er sich dadurch vor seiner ganzen Umgebung lächerlich machte. Dem »Engländer« schien jedoch die Meinung seiner Umgebung gleichgültig zu sein; er folgte seinem Gefühl, wohin es ihn führte, ohne sich darum zu kümmern, was die anderen darüber dachten.

»Naum Grigorowitsch, was für einen Lebenszweck haben Sie eigentlich?« Unvermittelt stellte Sacharij dem »Engländer« diese Frage, während sie das Auto bestiegen, um heimzufahren.

Naum Grigorowitsch sah ihn lange an. In seinen blauen Augen schienen Tautropfen zu hängen. Er fuhr mit seinem seidenen Taschentuch über die heiße Stirn und blickte dabei Sacharij unverwandt an. Anfangs meinte er, der junge Mirkin spotte und wolle mit der Frage auf seine Leere anspielen. Doch der ernste Ausdruck von Sacharijs Gesicht und der leise Ton, mit dem er die Frage an ihn richtete, überzeugte den »Engländer« bald von ihrer Aufrichtigkeit und erklärte ihm gleichzeitig Sacharijs früheres Verhalten; er begriff: Kopf und Herz des jungen Mannes mußten wohl in Aufruhr sein.

»Ich will mit Ihnen so offen sein, wie Sie es waren. Streifen wir für einen Augenblick den romantischen Nebel ab, den ich mir um meiner Bequemlichkeit und Behaglichkeit willen als Hülle für mein Leben zurechtgelegt habe; versuchen wir, den Dingen auf den Grund zu kommen: niemand hat mich gefragt, ob ich geboren werden will, und ich hatte keine Möglichkeit, mir dafür einen Grund und einen Zweck auszusuchen. Mein Vater hatte ein physisch-sexuelles Bedürfnis, und so wurde ich geboren. — Sie sehen, jetzt bin ich der Zyniker. Hätten meine Eltern die Mittel gekannt, die wir heute benützen, um Unannehmlichkeiten zu vermeiden, so wäre ich sicher nicht zur Welt gekommen; denn ich bin das fünfte Kind meiner Eltern ... Da ich also gewissermaßen ein Zufall bin, so will ich mein Leben unter den Umständen leben, die mir meiner Gemütsanlage und meiner Eindrucksfähigkeit nach am besten passen. Ich betrachte mich als Mücke oder als ein Blatt, die ins Leben geworfen wurden. Instinktiv wendet sich die Mücke oder das Blatt dem Lichte, die Biene der Blume zu. Ebenso wende ich mich meinem Instinkte nach jenen Lichtstrahlen, jenem Honig zu, der meinem Gaumen behagt. Das Vermögen meines Vaters gab mir die Möglichkeit, meine Lebensbedürfnisse in tausend verschiedenen Formen und Nuancen zu verfeinern. Das Vermögen meines Vaters gestattet mir auch, diese verfeinerten Bedürfnisse zu befriedigen. So genieße ich denn alle Schönheit, die durch Form, Linie und Farbe in alten Möbeln, altem Porzellan oder alten Bildern aufgespeichert sind. Hätte sich mein Geschmack nicht so krankhaft ausgebildet, so könnte ich mich wahrscheinlich mit jenen Formen begnügen, welche das wirkliche Leben und die Umgebung geschaffen haben — ich hätte Freude an der Sonne, an dem Schnee auf der Brücke, an einem blauen, heiteren Himmel oder an Musik; wäre ich auf dem Dorfe unter anderen Verhältnissen aufgewachsen, so hätte ich wohl Freude an Wald und Feld, an Sommer und Winter, an der ursprünglichen Landschaft. Bei der Gemütsanlage, die ich besitze, könnte ich sicherlich in jeder Lage meine Freude und mein Glück, die Speise für meinen Gaumen finden; denn ich gehe durch das Leben wie die Mücke, wie der Sonnenstrahl, der selbst durch einen Spalt dringt. Ich nehme alles in mich auf, was meinem raffinierten Instinkt Nahrung gibt, meinen Durst löscht. Allem, was ich finde, sauge ich gewissermaßen jene Formen aus, die meinem individuellen Bedürfnis am besten entsprechen. Nehmen Sie, um ein Beispiel zu nennen, mein Sexualbedürfnis: In diesem Punkte suchen andere ihre Befriedigung durch Übersättigung, ich dagegen durch ständigen Hunger, durch das Lechzen nach Lust. Sie alle kennen meine Gefühle für Olga Michailowna, ich verberge sie nicht. Meine Liebe zu einer Frau, die mir nie gehören wird — ich würde es auch niemals, selbst in Gedanken nicht wagen, die Sättigung meines Begehrens von ihr zu fordern —, ist die entsprechende Form für mein, um es geradeheraus zu sagen, sexuelles Bedürfnis. Niemand hat mir den romantischen Mantel umgelegt, den mir alle vorwerfen; ich selbst habe mich in ihn gehüllt, weil er meinem innersten Wesen am besten entspricht. Ich halte das armselige Bündel Lebensjahre nicht für einen Selbstzweck, sondern für ein kleines, enges, in den Tod mündendes Bächlein, darein wir zufällig geraten sind und das sich in das unendliche, ewige Meer der Vernichtung ergießt.«

»Und das befriedigt Sie?« fragte Sacharij. »Das genügt Ihnen?«

»Was kann uns überhaupt genügen? Das ist vielleicht das einzige Göttliche in uns, die einzige Spur der Ewigkeit. Lassen Sie das ›genügen‹ in Ruhe!«

»Wenn dem so ist, wozu geboren werden?«

»Ja, wenn wir dies vermeiden könnten!«

Sacharij versank in kurzes Nachdenken, dann sagte er leise, mehr zu sich als zu dem »Engländer«:

»Wir können aber das Leben vermeiden.«

Auch der »Engländer« schwieg eine Zeitlang, als müßte er sich Sacharijs Gedanken erst gut zurechtlegen; dann antwortete auch er leise, halb für sich:

»Ja, das können wir.«

Weiter wurde kein Wort mehr gesprochen.

Helena Stepanowna

»Also, mit Helena Stepanowna ist, Gott sei Dank, alles geordnet«, rief der Vater Sacharij entgegen, als dieser sich wieder einmal im Chefzimmer des alten Mirkin einfand.

»Was bedeutet das?« fragte Sacharij erstaunt.

»Was meinst du mit diesem ›Was bedeutet das?‹. Wir sind im besten Einvernehmen geschieden und haben Unannehmlichkeiten vermieden, Gott sei Dank — schließlich und endlich ist Helena Stepanowna ja doch eine kluge Frau«, rief der Alte, zog sein großes Taschentuch und wischte den Schweiß von seinem roten, dicken Nacken. Sacharij schwieg.

»Jetzt gibt es also, Gott sei Dank, kein Hindernis mehr. Dein ›Engländer‹ möge sich doch mit der Einrichtung der Wohnung beeilen! Viele Jahre zu leben habe ich ohnedies nicht mehr.«

Sacharij schwieg noch immer.

»Und über dein Betragen hört man ja auch schöne Dinge, mein Sohn! Nina hat sich über dich beklagt, daß du dich in der letzten Zeit überhaupt nicht blicken läßt. Ich begreife dich nicht. Meinst du vielleicht, daß sie dir nachlaufen wird? Diese Dummheiten müssen aufhören!«

»Welche Dummheiten?« fragte Sacharij wie im Traum.

»Ich meine deine Verrücktheiten — du entschuldigst doch diesen Ausdruck, aber ich finde wirklich keinen anderen! So ein junger Herr kriegt das schönste Mädel in Petersburg, und ehe er sie noch recht angesehen hat, in der Brautzeit, vor der Hochzeit, vernachlässigt er sie schon. Wie stellst du dir eigentlich dein weiteres Leben vor? Was hast du eigentlich? Was geht dir im Kopf herum? Sage, gefällt dir die Sache nicht? Glaubst du, das sei nichts für dich? Dann gibt es nur eines: Schluß machen, und das bald! Was für eine Art ist das, sich so zu benehmen? Man richtet dir eine Wohnung ein, und du zeigst nicht einmal das geringste Interesse dafür. Noch eines möchte ich dir sagen — ich beginne sie bereits zu bedauern, deine Nina. Was willst du eigentlich? Jeder Mensch muß doch wissen, was er eigentlich will!«

Sacharij ließ den Vater sprechen und schien seinen Worten aufmerksam zuzuhören. In Wahrheit aber beschäftigte er sich mit etwas ganz anderem und antwortete auf die Vorwürfe des Vaters mit einem plötzlichen Wutausbruch, wie er sonst bei ihm nie vorgekommen war.

»Das ist doch unmöglich! Das ist unerhört, das ist doch . . .«

»Was meinst du? Was ist unerhört?«

»Deine Handlungsweise gegen Helena Stepanowna. Wie kannst du so etwas tun?«

Dem Vater stieg das Blut ins Gesicht. Seine Ohren glühten. Es war zu merken, daß er vor Erregung keine Worte fand. Doch das dauerte nur kurze Zeit. Dann neigte er sich in dem beweglichen Kontorstuhl zurück und sagte ruhig und kühl, mit ironisch-scherzhaftem Unterton:

»Es ist allerdings sehr modern und entspricht der heutigen Zeit, daß die Kinder den Eltern Vorschriften machen, wie sie sich zu benehmen haben, statt umgekehrt. Doch ich wünsche, daß sich niemand, hörst du, niemand in meine Privatangelegenheiten einmengt, auch mein eigener Sohn nicht.«

»Wieso ist das deine Privatangelegenheit? Das ist eine Angelegenheit, die uns alle angeht.«

Der alte Mirkin beherrschte wieder vollkommen die Situation:

»Eben deshalb, weil es eine Angelegenheit ist, die uns alle angeht, mußte ich so schnell wie möglich Schluß machen. Woher weißt du denn, daß es mir so leichtgefallen wäre? Vielleicht verfügt dein Vater noch über ebensoviel menschliches Empfinden wie du! Vielleicht spielen bei ihm auch andere Gründe mit, sentimentale, gewissermaßen egoistische? Wenn ich nun dieses Opfer brachte, so geschah es nicht um meiner Bequemlichkeit willen, sondern tatsächlich nur für unser aller Wohl. Woher weißt du, wie Nina und ihre Eltern es aufnehmen würden, wenn eines Tages ein Reporter über mein Verhältnis zu Helena Stepanowna einen Sensationsartikel schmiert? Denn magst du mich auch tausendmal verleugnen, so bin ich doch der Vater dieses Sohnes da. Und ich habe die Gewohnheit, ehe ich einen Schritt tue, mir alle Hindernisse aus dem Wege zu räumen.«

Des Vaters ruhiger und selbstverständlicher Ton entwaffnete den jungen Mirkin. Er stand jetzt vor seinem Vater wie ein Kind vor einem großen Ball, den es mit seinen kleinen Händchen fassen will und immer wieder fallen läßt. Jeder schwache Charakter verliert das Maß, wenn er seine Ohnmacht fühlt. So meinte auch Sacharij, einen Hauptschlag gegen seinen Vater zu führen, indem er sagte:

»Ich gehe zu ihr, ich gehe zu Helena Stepanowna, ich will ihr Abbitte leisten, sie beruhigen, sie ...« Er suchte nach einem passenden Ausdruck.

»Ja, geh hin, sie erwartet dich. Sie kann es nicht begreifen, warum du ihr in der letzten Zeit ausweichst, ebenso wie uns allen. Ich habe ihr versprochen, dich hinzuschicken; doch ihr ›Abbitte‹ zu leisten, sie zu ›beruhigen‹, ihr etwas zu ›versichern‹, dazu hast du keinen Anlaß. Davon wirst du dich bald selbst überzeugen. Wenn du sie siehst, so richte ihr aus, daß alles so geordnet wurde, wie sie es wünschte. Übrigens schreibe ich ihr das auch.«

»Entschuldige, Papa, doch ich muß es ablehnen, deine Botschaft auszurichten.«

»Du magst recht haben, Sacharij; entschuldige meine Taktlosigkeit«, entgegnete der Vater gelassen.

Sacharij erhob sich und verließ mit einem schüchternen

Lebewohl, wie ein Knabe nach einer Strafpredigt, das Zimmer seines Vaters. Er nahm eine Droschke — auf der Petersburger Brücke schmolz bereits der Schnee — und fuhr nach dem Kameno-Ostrowskij-Prospekt zu Helena Stepanowna.

Er traf sie an, wie ihm sein Vater vorausgesagt hatte; von einer tragisch verzweifelten Frau, als die er sich Helena Stepanowna nach dem Bruch mit dem Vater vorgestellt hatte, war nichts zu merken. Ganz wie sonst empfing sie ihn lächelnd, mit jener aufrichtigen Freude, die sie durch ihr offenes Lachen und ihre herzlichen Worte stets so geschickt kundzutun verstand.

Sie war wie immer zu stark gepudert, und ihr blondes Haar umsäumte in tausend Löckchen wie Quasten ihren Kopf. Aus den weiten Batistärmeln ihres Kleides streckte sie ihm die nach Hautcreme duftende Hand entgegen, führte ihn in ihr Boudoir und ließ ihn neben sich in ihrer Lieblingsecke auf dem zierlich bestickten Teesofa Platz nehmen. Wie immer standen auf allen Spiegeltischchen, Kommoden und anderen kleinen Möbelstücken ihres Boudoirs die Photographien seines Vaters und Sacharijs Kinderbilder. Das Gespräch führte sie offenherzig und mit großem Interesse; sie erkundigte sich bei Sacharij über Nina Solomonowna und die bevorstehende Hochzeit:

»Wie ich annehme, ist es nicht mehr weit bis dahin. Sie warten wohl nur, bis die Einrichtung Ihres Hauses fertig ist?«

»Ja, so ist es.« Nach einer kurzen Pause brach es aus Sacharij heraus:

»Helena Stepanowna, ich bin gekommen, um Ihnen für meines Vaters unerhörte Handlungsweise Abbitte zu leisten. Wir beide, Nina Solomonowna und ich, können das unverständliche Vorgehen des Vaters nicht verantworten. Ich möchte Ihnen die Versicherung geben, daß alle unsere Sympathien auf Ihrer Seite sind.«

»Ach so, das meinen Sie?« Lächelnd zeigte Helena Stepanowna ihre Wangengrübchen. »Ich habe es schon längst erwartet und war darauf vorbereitet.«

»Nach den vielen Jahren Ihres Zusammenlebens?« fragte Sacharij erstaunt.

»Ich kenne Ihren Vater zu gut, um nicht mit Überraschungen zu rechnen. Bei Ihrem Vater darf man sich über nichts wundern, mein junger Freund. Er ist kein gewöhnlicher Mensch wie wir alle. Wenn wir ein gewisses Alter erreichen, so wissen wir alle, wohin wir gehören. Ihr Vater aber erneuert sich immer wieder, für ihn gibt es kein Altern. Er kann wie ein Tier ganz einfach sein Winterkleid abwerfen. Und um ganz offen zu sein, ich bin froh, daß es so geendet hat. Ihr Vater war zu beweglich, selbst für mich. Ich bin eine ältere Frau und weiß, daß ich vom Leben nichts mehr zu erwarten habe. Ihr Vater aber hofft noch immer auf Wunder. Er resigniert nie, und er hat recht damit. Er erneuert sich immer wieder. Eben scheint Gabriel Haimowitschs Schifflein ans Ufer gekommen zu sein und Anker werfen zu wollen, doch plötzlich zieht er den Anker empor und richtet den Kurs nach einem anderen Hafen. Wer kann wissen, was Ihren Vater noch in Zukunft erwartet?«

»Ich will ihn nicht in Schutz nehmen oder verteidigen. Seine Handlungsweise gibt Ihnen das Recht, die schlechteste Meinung von meinem Vater zu haben, Helena Stepanowna, und ich möchte Ihnen nochmals versichern, daß Sie unsere ganze Sympathie besitzen.«

»Junger Freund, Sie irren sich gewaltig. Ich und Gabriel Haimowitsch stehen im besten Einvernehmen. Ich habe die allerbeste Meinung von ihm. Ich selbst habe ihm zu diesem Schritt geraten. Unaufhörlich wiederholte ich ihm: ›Zusammen mit Ihnen, Gabriel Haimowitsch, muß man stets die Koffer gepackt haben und reisefertig sein.‹ In den Jahren unseres Zusammenseins habe ich gelernt, bei Ihrem Vater auf zwei Dinge zu achten: Erstens darf man ihm nicht in den Weg treten, denn er bricht alle Fesseln; zweitens nützen Hindernisse nichts, denn er wird unter allen Umständen tun, was er will. In ihm schlummern geheime Energiequellen, und man weiß nie, wann eine solche Reserve an Lebenskraft seine Adern wieder füllen und sein Blut auffrischen wird. Immer wieder sagte ich ihm: ›Ich werde es gewiß fühlen, wenn eine Explosion bevorsteht, und werde Sie dann selbst fortschicken‹ — und tatsächlich habe ich es viel früher gefühlt als er. Es war in dem Augenblick, als Sie sich mit Nina Solomonowna verlobten. Damals sagte ich ihm: ›Jetzt ist es Zeit.‹ — Vielleicht habe ich selbst mitgeholfen, diese Lebenskraft in ihm neu zu erwecken. Warum hätte ich es auch nicht tun sollen? Es wäre doch eine Sünde vor Gott und vor uns allen, es wäre schade, jene kostbare Energie, die in Ihrem Vater immer wieder erwacht, verlorengehen zu lassen. Er entwickelt dann eine wunderbare Rührigkeit; seine Kräfte erneuern sich, sein Denken wird frisch, und in diesen Momenten entwirft er seine grandiosen Pläne. Nein, Gabriel Haimowitschs Zeit ist noch nicht vorüber! Und weshalb ihn hindern? Ich glaube zu sehr an ihn, ich schätze und liebe ihn zu sehr, als daß ich mich ihm als Hindernis in den Weg stellen sollte. Um es kurz zu sagen — ich selbst habe es getan, ich selbst habe ein Ende gemacht. Sie haben Ihrem Vater nichts, gar nichts vorzuwerfen.«

»Der Vater glaubte, er müsse es der Leute wegen tun, sein Verhältnis zu Ihnen, das Sie aus mir unverständlichen Gründen nicht legitimiert haben, könnte einigermaßen die öffentliche Meinung gegen uns einnehmen und unserer gesellschaftlichen Position schaden, die er nach meiner Verbindung mit Nina für unser Haus wünscht. Ich kann jedoch absolut nicht begreifen, in welcher Beziehung dieses Verhältnis zu uns steht.«

»Ihr Vater hat recht, und ich stimme ihm vollkommen zu. Nina muß eine ihr entsprechende Position in der Gesellschaft haben und Sie ebenso. Das Verhältnis Ihres Vaters zu einer früheren Sängerin ist selbstverständlich ein Hindernis. Sie können Ihrem Vater nur eines vorwerfen:

Wenn Gabriel Haimowitsch überhaupt jemanden auf der ganzen Welt liebt, das heißt, wenn er auch nur des kleinsten Opfers fähig ist, wenn er der geringsten Forderung seiner Eigenliebe entsagen kann, so vermag er es nur für einen Menschen — für seinen Sohn. Alles andere existiert für ihn nur so wie etwa die Nahrung für die Tiere des Waldes. Ich bin überzeugt, daß seine Liebe und Anhänglichkeit an seinen Sohn das einzige Motiv für seine Handlungsweise war. So müssen Sie sie auch beurteilen. Gerade seine letzte Handlung hat rein ideale Beweggründe. Ich gebe Ihnen die Versicherung, daß ich mit ihm fühle. Ich hätte vielleicht auch so gehandelt, wenn das Glück es besser mit mir gemeint hätte; für ein Kind wäre ich bereit gewesen, alles zu opfern, selbst meine Liebe zu Gabriel Haimowitsch.«

»Oh, Sie sind zu edel, Helena Stepanowna!« Gerührt küßte Sacharij ihr die Hand.

»Ach ja, wie ich annehme, hat Ihr Vater die Absicht, mit Ihnen in dem Hause zu wohnen, das sie jetzt einrichten?« fragte Helena Stepanowna unvermittelt.

»Ja, er findet das Hotelleben nicht mehr amüsant. Wie denken Sie darüber?«

»Gewiß wird das neue Familienleben für Gabriel Haimowitsch eine Quelle neuer Freuden sein; ich kann ihn verstehen, ich fühle mit ihm. Freilich heißt es im allgemeinen, daß Hotelgäste sich sehr schwer in ein Heim finden. Es zieht sie wie mit Zauberkraft immer wieder in die Welt hinaus. In diesem Falle freilich wird ein Gegenzauber wirksam sein, um Ihren Vater an das Heim zu binden. Damit meine ich die vornehme Nina Solomonowna, an der Ihr Vater, wie ich merke, sehr hängt. Ich bin überzeugt — sie wird alle ihre Reize aufwenden, um Gabriel Haimowitsch an das Heim zu fesseln.«

Ohne einen rechten Grund hatte Sacharij bei der letzten Bemerkung Helena Stepanowna ein unangenehmes Gefühl. Wie gewöhnlich in solchen Fällen, lächelte er verlegen und nickte mit dem Kopfe, ohne ein Wort herauszubringen. Endlich erhob er sich und wandte sich mit einer tiefen Verbeugung vor Helena Stepanowna zum Gehen.

»Ja, ehe Sie gehen —« Helena Stepanowna schien sich an etwas zu erinnern. »Ich habe Ihrem Vater ein kleines Päckchen zu übergeben. Möchten Sie so freundlich sein, es mitzunehmen? Ihr Vater hat es bei mir vergessen oder weiß es selbst nicht, daß es sich hier befindet, und es wäre schade, wenn sein kostbarer Inhalt verlorenginge.«

»Ich bitte vielmals um Entschuldigung, Helena Stepanowna, aber ich muß es diesmal ablehnen, Ihre Bitte zu erfüllen. Auch der Vater wollte mir einen Auftrag für Sie geben, ich habe ihn jedoch abgelehnt; denn ich möchte an dem für uns alle so unangenehmen Vorfall in keiner Weise teilhaben.«

»Junger Freund, es hat gar keinen Zweck, Dinge tragisch zu nehmen, die es nicht sind. Ihr Vater und ich, wir sind schon alte Leute, wenn auch Gabriel Haimowitsch nicht dieser Ansicht ist. Das Kästchen, das ich Sie bat, Ihrem Vater zu überbringen, enthält etwas, das vielleicht von größerem und bedeutungsvollerem Interesse für Sie ist als für Ihren Vater. Es handelt sich nämlich um die Briefe Ihrer verstorbenen Mutter. Seinerzeit pflegte Ihr Vater wichtige Dokumente und Briefe bei mir aufzubewahren, schon mit Rücksicht auf seine fortwährenden Reisen. Alle anderen Dokumente, es waren zumeist solche finanzieller Natur, hat er wieder an sich genommen, nur das Päckchen hat er offenbar vergessen. Ich dachte ohnedies daran, es eines schönen Tages Ihnen zu übergeben; denn ich weiß, daß diese Briefe Sie sehr interessieren werden.«

Sie überreichte ihm ein silbernes Kästchen in russischer Arbeit, das sie einer Kasse entnommen hatte. Es war von Frauenhand mit einem rosa Band umwunden. Helena Stepanowna schlug es in Papier ein und sagte dabei:

»Glauben Sie mir — ich habe die Briefe wie ein Heiligtum gehütet, denn trotz allem, was zwischen mir und ihrem Vater bestand, habe ich Ihre verstorbene Mutter vergöttert.«

Sacharij nahm das Paket an sich. Ohne ersichtlichen Grund verbeugte er sich kühl vor Helena Stepanowna und berührte kaum ihre Hand. Dann verließ er hastig das Haus.

Eine Stimme aus dem Grabe

Über die Treppe lief Sacharij mehr, als er ging. Er stieß einen Fluch und ein derbes Schimpfwort zwischen den Zähnen hervor. Der mehr durch das Blut ererbte als anerzogene Familieninstinkt zuckte in ihm auf:

»Papa hat recht gehandelt. Sie ist ja doch ein falsches Luder. Und wie sie mich gegen den Vater aufhetzen wollte, mit ihren schlauen glatten Worten! Sie meinte, ich hätte den Wink nicht verstanden, die unverschämten Andeutungen über Nina ... Wie gemein, ich hätte ihr an Ort und Stelle die gebührende Antwort geben sollen!«

In der Hand hielt Sacharij das silberne Kästchen mit den Briefen seiner Mutter, in Papier eingehüllt. Er warf einen Blick darauf: »Ich muß sie Papa abgeben, wie ich sie bekommen habe. Wozu alte Erinnerungen wecken? Mama selbst würde es nicht wünschen, daß ich ihr Geheimnis kenne.«

Er nahm eine Droschke, doch statt auf den Newskij-Prospekt ins Kontor des Vaters zu fahren, ließ er sich nach Hause bringen. Das silberne Kästchen hielt er die ganze Zeit auf seinen Knien und hatte dabei das Gefühl, eine Totenhand zu halten, die ins Grab gehörte. »Wie ich es bekommen habe, so muß ich es dem Vater übergeben«, sagte er sich noch einmal, »es ist Vaters und Mutters gemeinsames Geheimnis.«

Dennoch nahm er das Kästchen nach Hause mit, und ohne zu wissen, warum er es tat, schloß er sich damit in seinem Zimmer ein und gab Weisung, er wolle nicht gestört werden.

Er stellte das Kästchen auf den Tisch und setzte sich auf das alte Sofa, das ihn durch seine Studentenjahre begleitet hatte. Sein Blick wanderte zu dem Kästchen hinüber; er hatte die Empfindung, als stehe drüben auf dem Tisch eine Graburne mit der Asche eines Toten, das Ganze aber sei ein Traum, der ihn nichts angehe. Noch einmal beschloß er, das Kästchen in keinem Falle zu öffnen:

»Ich will nicht wissen, was darin ist, es geht mich nichts an.«

Doch merkwürdig — plötzlich regte sich in ihm die Neugierde. Es war bloße Neugierde, nichts weiter; ein rechtes Interesse war nicht vorhanden.

Diese kuriose Stimmung gewann bald vollständig Macht über ihn. Er erhob sich, griff nach dem Kästchen, riß die Papierhülle ab und öffnete das Schloß. Ärgerlich über seine Schwäche, die seinen ersten Vorsatz zunichte gemacht hatte, stürzte er das Kästchen um, so daß der ganze Inhalt sich auf den Tisch ergoß.

Es waren alte Briefe in zierlicher, feiner Handschrift. Beim Anblick der bekannten Schriftzüge fühlte Sacharij einen angenehmen Stich im Herzen; ein Beben durchlief seinen Körper wie einst, wenn er als Kind Gelegenheit hatte, heimlich etwas zu berühren, was Mama gehörte.

Zunächst fielen ihm die verschiedenen Firmenaufdrucke auf den Briefumschlägen in die Augen: Sie zeigten die Namen von Hotels und Pensionen in schön ausgeführten Signets und Monogrammen. Sacharij griff nach einem Brief und wollte zu lesen beginnen; da bemerkte er plötzlich, daß zwischen den Briefen eine Photographie seiner Mutter hervorsah.

Er nahm das Bild in die Hand und betrachtete es. Es war eine bereits stark verblaßte kleine Kabinettphotographie, im Ausland aufgenommen. Mama sah darauf sehr traurig und kränklich aus. Ihre Augen unter den so fein geschwungenen Brauen hatten einen gleichgültigen und erloschenen Blick. Auf dem Bilde trug Mama einen hohen Hut, ein Reisekostüm in englischem Schnitt und einen breiten Spitzenkragen um den Hals; sie hielt einen Schirm in der Hand.

»Wie schön sie ist, wie schön! Wie konnte er nur so gar keine Empfindung für ihre Schönheit haben, gar kein Verständnis für sie?«

Aus alter Knabengewohnheit führte er die Photographie an seine Lippen; doch er schämte sich vor sich selbst, einen Kuß darauf zu drücken.

Dann ergriff er einen Brief und las aufs Geratewohl den Anfang einer Seite:

»Als ich selbst die Strafe auf mich nahm, von meinem Kinde, der einzigen Freude meines Lebens, getrennt zu sein, tat ich es nicht um eigener Schuld willen, sondern weil mein Schicksal so entschieden hat. Jetzt aber sehe ich, daß ich einen zu teuren Preis bezahlt habe. Ich hätte mit meinem Schicksal kämpfen sollen, mochte ich auch noch so schwach sein und noch so wenig Aussicht haben, den Sieg davonzutragen. Es wäre besser gewesen, im Kampfe gegen das Schicksal zu fallen, als feige vor ihm zu fliehen, wie ich es getan . . .«

»Genug, Genug! Wozu?« sagte sich Sacharij und warf den Brief weg. Doch die Neugierde ließ ihn nicht aus dem Bann. Er zog einen anderen Brief hervor, dessen Kopf den Namen eines berühmten Schweizer Sanatoriums für Lungenkranke trug, und las:

»Du mußt mir schon verzeihen, wenn ich nach allem, was zwischen uns vorgefallen ist, nicht aufhöre, Dich mit meinen Briefen zu quälen. Meinen dummen Stolz, der mich um alle meine Freude gebracht und mich verurteilt hat, von meinem Kinde getrennt zu sein — ihn habe ich schon längst überwunden und es macht mir nichts mehr aus, was Du über mich denken wirst. Trotz allem kann ich niemandem schreiben außer Dir; denn für andere Menschen habe ich kein Interesse. Und heute, da die Sonne zum ersten Male nach dem langen Winter am Himmel strahlt und ich die rötlichen Baumwipfel sehe, heute habe ich den Wunsch, jemandem zu schreiben. Verzeihe mir ...«

»O Gott, wieviel hat sie gelitten, die Ärmste! Sie hat ihn bis zur letzten Stunde geliebt, trotz allem, was er ihr getan.«

Auch diesen Brief warf Sacharij weg, griff nach dem ganzen Haufen Briefe und legte sie in die Kassette zurück. Ein Brief blieb auf dem Tische liegen, als hätte ihn eine unsichtbare Hand mit Absicht Sacharij hingeschoben.

Er entfaltete ihn und überflog die letzte Seite:

»Ich weiß, daß Sacharij es mir nie verzeihen wird, daß ich ihn in seiner Kindheit verlassen und der Mutterliebe beraubt habe. Dies wird auch bestimmt auf die Entwicklung seines Charakters einwirken. Von meinem Kinde habe ich nichts zu fordern und nichts zu erwarten, da ich es so unüberlegt meiner Eigenliebe, meinem verwundeten Stolze, meiner verletzten Ehre geopfert habe. Jetzt sehe ich den großen Fehler meines unsühnbaren Verbrechens. Was ist Stolz, was Ehre, daß man dafür alles opfert? Eine wahre Mutter kennt nur eines: die Mutterliebe. Mein Platz war daheim, wenn auch beschämt, krank, verlassen, verworfen — aber doch daheim bei meinem Kinde. Mir ist recht geschehen, daß das Schicksal mich so gestraft hat, mir ist recht geschehen, daß mein Kind gar nichts für mich empfinden wird. Jetzt, am Ende meines Lebens, sehe ich erst klar, und mir bleibt nur übrig, alle um Verzeihung zu bitten, zunächst Dich, den ich liebe, den ich lieben muß gegen meinen Willen, magst Du mir Gutes, magst Du mir wehe tun. Vielleicht liebe ich Dich noch mehr, weil Du mir wehe tust. Sieh doch, wie ich meinen Stolz überwunden habe! Ich bekenne Dir offen, daß ich die Hand liebe, die mich schlägt, daß ich fähig bin, alles zu tun, selbst mit meinen schlimmsten Feinden

Frieden zu schließen, wenn Du es von mir verlangst; denn mit Gottes Hilfe habe ich meinen dummen Stolz überwunden ...«

Mirkin konnte nicht weiterlesen. Als wollte er einem Schreibenden den Mund schließen, warf er den Brief zu den anderen und klappte den Deckel darüber zu.

»Unglückliche Mama! Er hat dich zu Tode gequält, und du liebtest ihn bis zum letzten Augenblick!«

Und dennoch war er, wie er verwundert feststellte, seinem Vater nicht böse. Gerade die herzzerreißenden Briefe seiner Mutter erweckten in ihm ein Gefühl der Vertraulichkeit und Nähe dem Vater gegenüber, als hätte er zugleich mit seiner Mutter allen Stolz überwunden.

»Was ist zu tun? Vielleicht hat er auch nicht anders können. Eines ist klar, mit uns zusammen wohnen darf er nicht!« Mit einem Male stand dieser Gedanke klar vor ihm. »Helena Stepanowna hat vollständig recht. Ich werde es ihm deutlich zu verstehen geben, noch heute. Ich werde es ihm klar und offen heraussagen, daß er keinen Grund hat, seine Lebensweise zu ändern. Sein ganzes Leben hat er im Hotel verbracht, er muß weiter so leben. Da ist nichts zu ändern, er hat es selbst gewollt.«

Sacharij schlug das silberne Kästchen wieder in Papier ein, zog das rosa Bändchen darüber und beschloß, die Briefe sofort seinem Vater zu überbringen.

»Nicht einen Tag darf dies hier bei mir bleiben; es gehört ihm, und er mag es hinunterwürgen, wenn er kann!«

Als er auf die Straße trat, war es noch heller Tag; die Sonne schien, und es war Frühling. Ein leichter, belebender Wind hauchte durch die Luft. Schweißtriefende Leute standen auf der Straße und räumten den letzten Schnee weg; sie luden ihn mit Schaufeln auf große Karren. Das Pflaster der Straße kam zum Vorschein, und das Erdreich rings um die Bäume wurde sichtbar. Mirkin wunderte sich, daß Petersburg wie jede andere Stadt auf Erdreich stand, nicht auf Schnee.

Es war ein schöner, sonnenheller Tag, und die Menschen waren glücklich, sprachen und lachten laut; ihr Schritt war rascher als sonst. Da und dort war bereits ein Fußgänger ohne Pelz und Überrock zu sehen — nach einem langen Winter fällt dies sofort auf.

Auch auf Mirkin wirkte die Frühlingsluft belebend. Der Frühlingswind blies die unangenehme Erinnerung an den Besuch bei Helena Stepanowna fort und brachte Sacharij immer mehr in jene elegische Stimmung, die seiner Mutter Briefe ihm eingehaucht hatten. Er nahm einen Einspänner und ließ sich in das Büro seines Vaters auf dem Newskij-Prospekt bringen. Während er jetzt das Kästchen in der Hand hielt, hatte er nicht mehr die traumhafte Erinnerung einer Totenhand wie früher, sondern er trug etwas Lebendes, Nahes und Heiliges. »Sie müssen wohl verwahrt werden, es sind Familienreliquien!« fuhr es ihm durch den Sinn. »Ich muß Papa sagen, er möge sie in der Kasse einschließen.«

»Fast hätte er sie bei ihr vergessen. Wie konnte er das nur? Es sind doch Mamas Briefe!« Er wunderte sich mehr über den Vater, als er ihm böse war. Im Kontor traf er den Vater nicht mehr an, obwohl es noch lange vor Büroschluß war. Es wurde ihm gesagt, der Vater sei irgendwohin außerhalb der Stadt gefahren.

Sacharij war unschlüssig, ob er das Kästchen auf dem Schreibtisch zurücklassen oder mitnehmen sollte. Er entschied sich, es mitzunehmen und vorläufig bei Nina aufzubewahren.

»Soll ich ihr von den Briefen erzählen oder nicht?« Wieder war er im Zweifel und entschied sich, es Nina zu erzählen. »Es wird sie interessieren, und schließlich soll sie ja auch davon wissen.«

Er nahm eine Droschke und fuhr zum Advokaten. Es war die Zeit der Sprechstunde.

Als er ankam, wollte er Nina von den Briefen erzählen. Doch auch Nina war nicht zu Hause. »Gabriel Haimowitsch war hier; er ist mit dem Auto vorgefahren und hat Fräulein Nina mitgenommen, wahrscheinlich zu einer

Spazierfahrt«, berichtete ihm das Stubenmädchen Anuschka.

Obwohl es sehr häufig vorkam, daß der Vater mit dem Auto vorfuhr und Nina mitnahm, so wirkte die Nachricht diesmal auf Sacharij, als wäre etwas ganz Ungewöhnliches geschehen. Und die Sonne schien jetzt so stark und hell durch die großen Fenster! Der Sonnenschein, die vom Schnee gesäuberten Petersburger Straßen, die er auf dem Wege hierher bemerkt hatte, die unvermutete Ausfahrt seines Vaters mit seiner Braut — all das wirkte so erstaunlich und befremdend auf ihn, daß der erste Frühlingstag Petersburgs seinen Verdacht noch mehr bestärkte. Ja, der Frühling war ein Verbündeter seines Vaters und seiner Braut in der Verschwörung, die gegen ihn, Sacharij, gerichtet war!

»Was soll das heißen?« fragte er sich selbst, als wäre etwas ganz Ungewöhnliches geschehen.

Plötzlich kam ihm der Gedanke, die nahe Freundschaft, die in der kurzen Zeit seiner Verlobung zwischen seinem Vater und seiner Braut sich entwickelt hatte, entspringe nicht rein familiären Empfindungen. Diese Familiengefühle waren zu schnell in seinem Vater erwacht — und er, Sacharij, hatte sie sich bisher mit des Vaters Alter und seiner Sehnsucht nach einem Heim erklärt. Die kleinen und größeren Aufmerksamkeiten, die sein Vater seiner Braut erwies, erhielten in Sacharijs Augen jetzt einen befremdenden, unerklärlichen Charakter: sie entstammten sicher nur seinen heimlichen, schmutzigen Instinkten.

Eine Glutwelle schoß durch Sacharijs Körper. Das Hemd klebte an seiner Haut, er fühlte, daß sein ganzer Körper feucht war.

»Was ist das? Bin ich verrückt geworden?« versuchte er sich zu beruhigen. »Solche Gedanken darf man doch nicht haben. Ich bin von Sinnen, es ist nicht anders möglich. Was soll das heißen? Erschlagen will ich ihn wie einen Hund!« Dieses schreckliche Wort durchraste plötzlich seinen ganzen Körper und ließ jeden Tropfen Blut in ihm aufwallen; alle seine Glieder bebten, als hätte jemand seine bloßen Nerven berührt.

Mit einem Male sah er alles klar vor sich, als wäre ein Vorhang vor seinen Augen weggezogen worden: »Mama und ich, wir haben dasselbe Los. Ich erleide Mamas Schicksal.«

Sacharij wollte sich gegen den Gedanken wehren. Jemand schien eine Zwangsjacke über ihn geworfen zu haben, und er wollte sich aus ihr befreien. Aber noch stärker und lauter tönte in ihm das furchtbare Wort:

»Erschlagen, wie einen Hund erschlagen! Das zuallererst.«

In seinem Innern wußte er, daß es leere Worte waren; vergeblich wehrte er sich, vergebens versuchte er das Los, das auf ihm lastete, abzuschütteln — er blieb ihm verbunden. Und doch wiederholten seine Lippen unaufhörlich:

»Erschlagen, wie einen Hund erschlagen!«

Während er diese Worte zu sich sprach, stand er im Korridor zwischen den Kanzleiräumen und der Privatwohnung des Advokaten. Er wußte, daß jeden Augenblick jemand von der Familie eintreten und ihn bemerken konnte. Mirkin war es, als müßten alle Menschen ihm seine Gedanken von der Stirn lesen können. Auch konnte Olga Michailowna aus ihrem Zimmer kommen und ihn treffen! Die Scham vor Olga Michailowna riß ihn aus seiner Erstarrung. Er ging in die Kanzleiräume und durchschritt die Wartezimmer der Klienten. Um irgend etwas zu tun, an etwas anderes zu denken und sich dadurch ablenken zu lassen, trat er in das Arbeitszimmer, das er mit dem ersten Gehilfen des Advokaten, Jakob Schmulewitsch Weinstein, teilte. Er fand seinen Kollegen vor einem Stoß Akten sitzen.

»Ach, Sie sind es, Jakob Schmulewitsch!« rief Mirkin erstaunt, als sähe er ihn nach langer Trennung zum ersten Male. »Gut, daß ich Sie treffe. Sie werden sich heute ohne mich behelfen müssen, ich habe etwas sehr Wichtiges zu besorgen.«

»Um was geht es Ihnen?« erwiderte Jakob Schmulewitsch, ohne seinen tief in den Akten vergrabenen Kopf zu heben. »Wir sind ohnedies darauf vorbereitet, daß Sie gehen.«

»Darauf vorbereitet, daß ich gehe?« fragte Mirkin erstaunt.

»Nun ja, es heißt doch, Sie beabsichtigen, Ihren Beruf zu wechseln und ihre ganze Lebensweise zu ändern.«

»Ach, das meinen Sie? Ja, ja, ich beabsichtige, meinen Beruf zu wechseln und meine ganze Lebensweise zu ändern, ja, ja«, murmelte Mirkin zerstreut und verließ das Zimmer. Weinstein sah ihm kopfschüttelnd nach.

Das Ringen mit dem Schicksal

Mirkin streifte ziellos durch die Straßen Petersburgs. Alle seine Gedanken drehten sich jetzt um die Bemerkung, die Jakob Schmulewitsch hatte fallen lassen, und unaufhörlich wiederholte er sich die Worte:

»Vorbereitet, daß ich gehe.«

Der Tag wollte, so schien es ihm, wie zum Trotz kein Ende nehmen. Sonnenhell und jünglingshaft strahlte er in vollem Glanze. Der Tag freute sich der Menschen, und die Menschen freuten sich seiner. Rascher rollten die Wagen über die Brücke, die Menschen gingen schneller als sonst, und alle schienen zu einem großen Feste zu eilen, zu dem er, Sacharij, nicht geladen war.

Als er den Issakiewskij-Platz betrat, bemerkte er verwundert, wie groß und breit der Platz auf einmal geworden war. Und erstaunt nahm er noch etwas wahr: Das Denkmal Peters des Großen und die Isaakskathedrale standen mitten in einem Wald von Bäumen. Wie kamen nur die Bäume her? Während des ganzen Winters hatte Sacharij zweimal täglich den Platz überquert und nie bemerkt, daß Bäume auf ihm standen — und jetzt standen hohe Bäume da; eine Mutterhand schien sie frisch gewaschen und gekämmt zu haben. Die Ruten ihrer Zweige warfen ein feinmaschiges Schattennetz auf den vom Schnee befreiten Boden. Rötlicher Flaum lag um die nackten Zweige. Die Welt war frei, groß und schön. »Vorbereitet, daß ich gehe — alles ist vorbereitet, daß ich gehe. Und ebenso wie drüben in der Kanzlei die Sprechstunde weitergehen wird, noch am Tage, da ich fort bin, so wird alles hier weiter stehen, weiter leben, noch am Tage, da ich fort bin« — so spann Mirkin seine Gedanken weiter.

»Doch wohin werde ich gehen?« fragte er sich. Und um etwas zu verscheuchen und nicht zu Ende zu denken, stürzte er sich in den Menschenstrom. Alles eilte zur Nabereschnaja, zur Newa.

Das Ufer der Newa, die ganze Breite der Troizkij-Brücke, die ganze Länge der Nabereschnaja, der Platz vor dem Winterpalais bis weit stromabwärts, war voll von Menschenmassen, die das Spiel der Eisschollen auf der Newa betrachteten. Es war ein Spiel von Giganten. Riesige Eisberge schwammen den Fluß hinab und stießen einander in die Seiten. Andere Eisberge vor ihnen sperrten den Weg zur finnischen Mündung. So sprang ein Berg auf den anderen, und es begann ein gewaltiges Ringen der Eisschollen. Die stärkere, schwerere, mächtigere drückte ihre schwächere Gefährtin ins Wasser, zertrümmerte und zersplitterte sie und brachte sie zum Schwimmen.

Die Menschenmenge, Männer und Frauen, alt und jung, war gefesselt von dem Spiel, das sich ihren Augen bot. Mit sorglos knabenhafter Fröhlichkeit tauschten einander ganz unbekannte Leute in lauten Worten ihre Eindrücke aus.

Auch Mirkin blieb stehen und wurde sofort von der Menge verschlungen. Hier entschlüpfte er sich selbst, flüchtete er aus seiner eigenen Welt und war für eine Minute ebenso wie alle anderen durch das Spiel des Winters mit dem Frühling gefesselt.

Doch bald begann es wieder in seinem Kopfe zu hämmern wie bei einem Kranken mit heimlichem, gefährlichem Siechtum, das er niemandem anvertraut und woran er unaufhörlich denken muß . . . Noch immer hielt Sacharij das silberne Kästchen mit den Briefen der Mutter in der Hand, das ihm Helena Stepanowna gegeben hatte. Es war ihm, als sei es schon mit ihm verwachsen und werde es sein Leben lang bleiben. Und wirklich — er fühlte gar nicht mehr, daß er etwas in der Hand hielt. In seinem Kopfe, seinem Herzen oder anderswo warf eine unsichtbare Hand vor seinem geistigen Auge blasse, undeutliche Bilder auf eine Leinwand, wie man sie im Traume sieht; sie stellten das Leben dar, wie es nach ihm sein würde. Und als hätte sich ein Buch vor ihm geöffnet, so stand mit einem Male in völliger Klarheit die Bedeutung des Ausdruckes »vorbereitet, daß ich gehe« vor ihm.

»Warum auch nicht? Eigentlich ist alles in bester Ordnung und muß so sein. Das neue Haus der Mirkins ist bald fertig. Papa und Nina werden einziehen, Papa wird glücklich sein, endlich ein Heim gefunden zu haben. Nina wird glücklich sein, Olga Michailowna wird glücklich sein, alle werden glücklich und zufrieden sein. Alles wird sein, wie es sein soll. Nur ich bin nicht zufrieden — darum muß ich gehen. Ich werde gehen wie ein Windhauch. Alles andere wird bleiben. Die Straße wird dieselbe sein, die Leute werden weiter hasten. In Olga Michailownas Hause wird es aussehen wie sonst. Die Möbel in der Wohnung und die großen Aktenschränke in der Kanzlei werden an demselben Platze stehen. Die Klienten aus der Provinz werden im Korridor und in den Wartezimmern sitzen. Mit ihnen wird sich Jakob Schmulewitsch befassen. Der berühmte Advokat wird allein in seinem Arbeitszimmer sitzen, und alle werden ungeduldig darauf warten, daß sich die Türe seines Zimmers öffnet. Olga Michailowna mit dem schneeweißen Leib unter ihrem schwarzen Kleide wird, den Kopf keusch gesenkt, auf einem Fauteuil in ihrer Lieblingsecke sitzen und eine Tasse, ein Miniaturbild oder ein anderes kleines Geschenk betrachten, das ihr Naum Grigorowitsch gebracht hat. Vielleicht wird sie ihm dankbar zulächeln, und der ›Engländer‹ wird selig sein vor Freude. In ihrem Boudoir wird sich Nina mit ihrem Krauskopf halb nackt auf dem Sofa hin und her wälzen und ein unanständiges Buch lesen, das ihr der Tanzkritiker geliehen hat; oder sie wird irgendwo in einem entlegenen Zimmer versteckt mit ihrer Freundin, der blonden Gräfin, Küsse tauschen oder andere heimliche Dinge treiben ... Mein Vater wird am Vormittag wie immer in seinem Kontor beschäftigt sein und sich nicht stören lassen. Wenn er die Post erledigt hat, wird er Nina mit seinem Automobil abholen und mit ihr eine Ausfahrt machen. Sie werden in einer Schenke vor der Stadt sitzen und russischen Schnaps trinken. Warum eigentlich gerade in einer Schenke russischen Schnaps trinken? Doch Sacharij konnte von dem grotesken Bilde nicht loskommen, das eine Laune seiner Phantasie ihm ausmalte. — Vielleicht werden sie auch schon in dem neuen Hause zusammen wohnen, beide zusammen — warum auch nicht? Wie wird eigentlich das neue Haus aussehen, mit all den Einrichtungsstücken, die Naum Grigorowitsch zusammengetragen hat? Wie wird eigentlich das Zusammenleben des Vaters mit Nina aussehen?« — Das konnte sich Sacharij absolut nicht vorstellen.

»Und ich, wo werde ich sein? Ich — werde nicht sein. Die Hand, der Fuß, die Hüfte, die ich jetzt greife, mein ganzer Körper wird nicht sein ... doch, er wird anderswo sein. Anderswo? Nein, er wird etwas anderes werden.« Mirkin konnte sich absolut nicht vorstellen, besser gesagt, sein gesunder Lebensinstinkt verhüllte vor seinen Augen das Bild, wie sein Körper, sein Ich aussehen würde, wenn er nicht wäre. Dieses Gefühl der Feigheit wollte er mit den philosophischen Begründungen des »Engländers« übertönen, die er jetzt beinahe laut hinausschrie:

»Wenn ich eine Mücke bin, was macht das aus, daß ich ein bißchen weniger summe? Wenn ich ein Grashalm bin, so werde ich eben etwas früher von der Erde weggewischt werden. Hundert Jahre später, zwanzig Jahre, einen Tag nach meinem Tode, eine Stunde, eine Minute — was wird es mir dann ausmachen, ob ich mein volles Teil von siebzig Jahren gelebt habe oder nur ein Viertel davon? Und für die Menschen hier, für die Menschen, die jetzt neben mir stehen, für sie existiere ich doch überhaupt nicht. So viele Milliarden Geschöpfe leben auf der Welt, und keines weiß, ob ich lebe oder nicht. Worin besteht dann der Unterschied, ob ich wirklich lebe oder nicht?«

Er warf einen Blick auf den Fluß und sah eine unförmige Eisscholle von riesenhafter Größe heranschwimmen. Sie trug noch die Spuren eines Dorfes oder einer anderen menschlichen Siedlung auf sich; Holzstücke und andere Anzeichen menschlicher Tätigkeit waren an ihr angefroren. Die Eisscholle lenkte die Aufmerksamkeit vieler Beobachter auf sich, eben weil sie daran erinnerte, daß sie aus dem Bereiche menschlicher Siedlung kam. Sacharij durchfuhr ein Gedanke: »Wenn ich mich jetzt in den Fluß stürze, komme ich gerade zurecht, um von der Eisscholle zermalmt zu werden. Vielleicht würde sie ein Stück von mir auf ihrem Zuge mitschleppen. Wenn ich will, daß sie mich erfaßt, so muß ich mich sofort hinunterstürzen, sonst komme ich zu spät, denn sie ist bald vorüber!«

Er betrachtete noch einmal die große Eisscholle, die sich wegen ihrer Schwere und ihrer vielen Spitzen an den anderen Schollen festhielt. Ihre Ecken tauchten ins Wasser, doch die Fläche in der Mitte war unberührt und sah aus, als sei sie noch mit einer Menschensiedlung verbunden. Schlittenspuren waren darauf sichtbar, ein Stück Holz, Tellerscherben, ein alter Topf und Stroh lagen auf der Fläche umher ... Und gerade der Gedanke an die Ansiedlung, die auf dem schwimmenden Eisberg gelebt hatte, rief in Sacharij das Verlangen hervor zu leben. Er sah ein

Dorf vor sich. Schlitten fuhren hindurch ... Vielleicht hatten Menschen auf dieser Eisscholle einander geliebt ...

Und das Stück Eis, das seine Knochen zermalmen sollte, rief ihn wieder ins Leben zurück ... Sein Blick ging in die Runde, und er merkte mit Staunen, wie hell und frei, wie groß und weit die Welt war. Jenseits der Newa breitete sich ein unendlicher Himmel aus. Grüne Dächer, goldene Kirchtürme wurden von dem fröhlichen Spiel der Sonne beglänzt. Die goldene Nadel des Admiralspalastes leuchtete wie eine Flamme und warf funkelnde Strahlen zur Erde, die irgendwo in der Luft zerbrachen und sich in ihr auflösten. Die Häuser jenseits der Newa, die Peter-Pauls-Festung mit ihren Kirchturmspitzen — alles sah wie ein Kinderspielzeug aus. Wahrhaftig, die ganze Welt sah wie ein lächerliches Kinderspielzeug aus! Richtig groß, ernst und wahr war bloß der Himmel und seine Unendlichkeit. Er schien seine Wölbung höher über die Welt gespannt zu haben. Der Himmel war wie ein unendliches Meer. Wolkenschollen schwammen durch ihn, doch die Wolkenschollen waren nicht so stofflich fest, eckig, zugeschnitten und abgezirkelt wie die Eisschollen. Etwas Elastisches durchzog, vom Winde bewegt, in zitternden Falten das ganze Gewebe am Himmel; es ähnelte einem zusammengefallenen Leinenzelt, in das der Wind bläst. In der durchsichtigen leichten Frühlingsatmosphäre war nichts Konkretes, wie Erde, Landschaft, Häuser, zu sehen. Sie waren gewissermaßen einbezogen in die durchsichtige, spinnennetzartige und bewegliche Atmosphäre. Alles schwankte wie Farbenschimmer. Über der Welt herrschte der Himmel mit seinen schwimmenden hellen und dunklen Wolken, die in dem tiefen Himmelsblau badeten. Manchmal sahen die Wolken verwischt und verschwommen aus, wie schimmernde Leiber unsichtbarer Riesen unter einem bewegten, durchsichtigen Schleiervorhang. Dann wieder nahmen sie konkrete Formen an; bald schien ein Riesenweib aus der Tiefe des himmlischen Lichtmeeres aufzutauchen und die mächtigen Schwingen zum Trocknen auszubreiten. Bald wieder verwandelten sich die Wolken in eine Herde schneeweißer geflügelter Schafe, die auf dem Himmelszelt weideten und ihre fadendünne Wolle von der Sonne bescheinen ließen. In der Luft schwebte rotlilafarbener Äther. Die kahlen Zweige der Bäume, der Mund der befreiten Erde atmeten diesen Äther aus, und er tränkte jedes Lebewesen mit Lust. Er tränkte auch den kranken Sacharij; in seine Adern ergoß sich die Kraft des Blutes, in seine Muskeln das Verlangen. Auf seinen Lippen fühlte er den Geschmack seines Blutes, seines lechzenden Blutes.

»Nein, ein Tag und ein Jahr sind nicht gleich. Durch jede Sekunde erneuert sich die Ewigkeit, durch jede Empfindung die ganze Schöpfung, durch jedes Erzittern der Herznerv der Welt. Ewigkeit — das ist das Leben.

Eine Mücke? Ein Adler mit unbezähmbarem, unbegrenzbarem Willen ist der Mensch. Er ist für das Leben geschaffen. Alles übrige ist angekränkelt, ausgeklügelt, feige. Ich, Sacharij, durch Zufall aus einem winzigen Atom ins Leben geworfen, bin selbst Zweck und Ziel. Ich bin die Welt, das Universum, die Schöpfung. Durch jeden meiner Atemzüge atmet die Welt, durch jede meiner Lustempfindungen erheben sich Lustwogen in der Welt, in den Lüften. Eben jetzt fühle ich mein Verlangen. Ich lasse ihm freien Lauf, und alle meine Adern öffnen sich, mein Blut trinkt das Verlangen bis zu bewußtloser Trunkenheit — nein, bis zu bewußtloser Nüchternheit!«

Er öffnete die Mündungen seiner Poren, um jenen Trank aufzunehmen, dem das bisher niedergehaltene Verlangen jetzt freien Lauf ließ. Er warf eine Fessel ab und riß das Siegel einer so lange verschlossenen Flasche fort; der Trank schäumte auf.

In sich hatte Mirkin jetzt Olga Michailowna . . . Ja, Olga Michailowna selbst, nackt hingestreckt, mit ihren großen vollen Mutterbrüsten. Sie umschlang ihn mit ihren festen Armen. Er fühlte die Kühle, die Glätte, die Weichheit ihres Leibes, ihres reifen, faltigen Bauches, den er stets in seinen heimlichen Phantasien unter ihrem schwarzen Seidenkleide zittern gesehen hatte. Er sah sie ähnlich Rembrandts »Dame«, die nackt auf ihren weichen Kissen liegt und wartet ... Stundenlang hatte er vor diesem Bilde gestanden und hatte sich heimlich in Gedanken etwas ausgemalt. Jetzt ließ er diesen Gedanken freien Lauf. Das Blut Mirkins, das in ihm niedergehalten und verschlossen gewesen war, schien erwacht, warf mit aller Kraft die Fesseln ab und schäumte auf.

»Nein, nicht sterben. Wem zuliebe denn? Ich werde fordern, mein Leben von euch fordern und von jedem Tribut nehmen, der ihn mir leisten kann. Ich bin ein Mirkin! Lange genug war ich schwach, zurückhaltend und sentimental. Es ist Zeit, daß ich aufhöre, ein Kind zu sein, ein schwaches, sentimentales Kind. Es ist Zeit, vom Leben den Tribut zu fordern.«

Mit einem Male fühlte er die Schwere des silbernen Kästchens und seines ganzen Inhaltes in seiner Hand. Ein Gedanke durchzuckte ihn: Dieses Kästchen hier war schuld daran, daß er bisher so schwach und kindisch gewesen war, daß er nichts wagte, sich nie entschließen konnte. Das Verlangen ergriff ihn, sich von dem Kästchen zu befreien. Es war ihm, als hielte er es sein ganzes Leben lang in der Hand, seit dem Tage, an dem er geboren wurde, bis heute. Das Kästchen hatte ihn an allem gehindert. Es war höchste Zeit, sich davon zu befreien. Und als wollte er mit einem Ruck die unsichtbaren Ketten abstreifen, die ihn an seine Mutter schmiedeten, hob er es samt seinem Inhalt hoch empor und schleuderte es in weitem Bogen in den Fluß zwischen die Eisschollen.

Im Falle überschlug es sich mehrmals; doch ehe noch die Briefe Zeit hatten herauszufallen, war es zwischen den Eisschollen verschwunden.

»O Gott, was habe ich getan?« schrie er erschrocken auf. Doch zugleich fühlte er eine innere Erleichterung und Befreiung — mit dieser Tat schien etwas abgeschlossen zu sein und etwas Neues zu beginnen.

Die Leute wurden auf das fallende Kästchen aufmerksam und musterten den Mann, der es hinabgeschleudert hatte. Um sich den Blicken zu entziehen, ging er rasch fort und mischte sich unter die Menge, die zum Newskij-Prospekt strömte.

Der Newskij-Prospekt war noch mehr belebt als die Nabereschnaja und die Troizkij-Brücke. Ganz Petersburg schien am ersten Frühlingstage auf den Beinen zu sein. Den ganzen Newskij-Prospekt entlang standen auf jedem Stückchen freien Raumes Käufer vor den Ständen und kauften bemalte Ostereier, Wurst und Fleisch aller Art, Lebkuchen und andere Süßigkeiten. Bauern, Bäuerinnen und Handwerker hielten selbstgeschnitztes Kinderspielzeug: Puppen, Soldaten, Holzeier feil. Die Kinder freuten sich an dem Spielzeug, die Frauen feilschten, die Männer betrachteten sie mit vom Frühling gewecktem Begehren.

Die Osterwoche hatte begonnen.

Das Blut erwacht

Als Mirkin müde, mit ermatteter Seele heimkam, fand er zu Hause einen Brief seines Vaters und seiner Braut: Sie waren dem ersten Frühlingstag zu Ehren nach Nowaja Derewnja gefahren und wollten dort zum Essen bleiben, hatten ihn in seiner Wohnung gesucht, aber zu ihrem Bedauern nicht zu Hause getroffen; er solle unbedingt Olga Michailowna mitnehmen und in einem Mietauto nachkommen, sie erwarteten ihn. Nina hatte hinzugeschrieben: »Teurer Sacharij, bitte, laß uns nicht aufsitzen, sonst werde ich sehr böse sein. Mit Dir wird Mama auch kommen, Du kannst ja alles bei ihr durchsetzen.«

Das Dienstmädchen richtete ihm aus, die Halperins hätten ihn schon einige Male angerufen und Olga Michailowna lasse ihm sagen, er möge sofort nach seiner Rückkehr unbedingt zu ihr fahren oder sie anrufen.

Mirkin blieb von dieser Neuigkeit überrascht stehen. Eine Minute lang war er im Zweifel, was er tun sollte. Und wieder hatte er, wie stets, wenn er mit seinem Vater in Berührung kam, das gleiche Gefühl wie ein Kind, das vor einem großen Ball steht und nicht weiß, wie es ihn anfassen soll. Doch bald war sein Entschluß gefaßt: »Ich gehe unbedingt. Und mit der Spazierfahrt nach Nowaja Derewnja werden wir es uns noch überlegen, vielleicht dorthin, vielleicht anderswohin.«

Er ging ans Telefon und rief Olga Michailowna an. Sein Herz begann zu hämmern. Es saß in ihm wie ein Wesen für sich. Innerlich schalt er sich, daß er sich nicht in der Gewalt hatte, doch es half nichts: Sein Herz war bereits ein anderes Wesen, und er hatte keine Macht darüber.

»Wohin sind Sie eigentlich verschwunden, Sacharij? Wir haben schon Patrouillen durch die Stadt geschickt, um Sie zu suchen«, ließ sich durch die Muschel Olga Michailownas angenehme, weiche Frauenstimme vernehmen.

»Der Frühling hat mich eingefangen, entschuldigen Sie! Ich habe wie ein Betrunkener die Straßen durchstreift, habe den Eisgang auf der Newa gesehen«, antwortete Mirkin in burschikosem Ton, selbst verwundert über seinen Mut, mit Olga Michailowna so zu sprechen.

»Kommen Sie sofort her! Die Jugend« — Olga Michailowna nannte den alten Mirkin und Nina ›die Jugend‹ — »ist nach Nowaja Derewnja gefahren und erwartet uns. Doch ich fürchte, es ist schon zu spät.«

»Ich komme sofort«, versicherte Mirkin.

Er wusch sich sorgfältig, zog frische Wäsche und einen dunklen Anzug an und spürte dabei, daß er seine Krankheit zum Teil überwunden hatte. Doch während er sich ankleidete, konnte er von einem anderen Gefühl nicht loskommen, das in ihm Bitterkeit und Zorn über sich selbst erweckte; er kam sich wie ein zum Tode Verurteilter vor, der sich zur Henkersmahlzeit vorbereitet. »Warum?« fragte er sich selbst. »Wer zwingt mich, anders zu sein, als ich bin, als Papa, als Nina, als die ganze Welt? Warum muß ich das Leben anders nehmen als alle anderen?«

Doch er konnte sich nicht helfen. Mit diesem Gefühl nahm er eine Droschke, um zu Olga Michailowna zu fahren, und mit diesem Gefühl ließ er vor einer Blumenhandlung halten, um Olga Michailowna Blumen zu kaufen.

Da er in diesem Dingen keine Erfahrung hatte, kaufte er einen ganzen Baum an Blütenzweigen, dessen ungewöhnliche Größe Aufmerksamkeit erregen mußte. Dann bestieg er die Droschke und fuhr auf der Kasanskaja-Gasse vor dem Eingang vor, der zur Privatwohnung des Advokaten führte.

Ohne sein hämmerndes Herz in der Gewalt zu haben und mit dem unaufhörlich bohrenden Gefühl eines zum Tode Verurteilten vor der Henkersmahlzeit stieg er hinter dem Diener, dem er den mächtigen Blütenstrauß übergeben hatte, die Treppe empor und trat bei Olga Michailowna ein.

»Was ist das?« fragte Olga Michailowna beinahe ängstlich, als sie Mirkin festlich gekleidet, mit bleichem Gesicht, und den Diener, mit den riesigen Blütenstrauß in der Hand, eintreten sah.

»Entschuldigen Sie, Olga Michailowna, heute war der erste Frühlingstag, und ich hatte das Bedürfnis, Ihnen Blumen zu bringen. Verübeln Sie es mir nicht, daß ich mir die Freiheit nehme«, sagte Mirkin mutig, jedoch totenbleich.

»Mir Blumen? Wie komme ich dazu?«

»Ja, Ihnen, gerade Ihnen«, wiederholte Mirkin.

»Nun, meinetwegen — ich danke Ihnen sehr. Das ist ja ein ganzer Baum, wie konnten Sie das herschleppen? Kommen Sie, setzen Sie sich zu mir her, Sacharij Gawrilowitsch!« Sie ließ ihn in ihrer Ecke Platz nehmen. »Ich erwarte Sie seit fünf Uhr. Ihr Papa war hier, hat Nina abgeholt und ist mit ihr nach Nowaja Derewnja gefahren. Wir sollten nachkommen, doch ich habe vergebens auf Sie gewartet. Jetzt wird es wohl schon zu spät sein. Wo haben Sie eigentlich gesteckt? Haben Sie schon gespeist?«

»Entschuldigen Sie, Olga Michailowna, ich wußte nicht, daß Sie auf mich warten. Ich war heute schier betrunken von dem ersten Frühlingstag, bin durch die Straßen gebummelt und habe dem Eisgang auf der Newa zugesehen. Es waren so viele Menschen auf der Troizkij-Brücke! Dann bin ich über den Newskij-Prospekt geschlendert und habe mir die Stände mit Osterspielzeug angesehen. Ich weiß selbst nicht, was ich heute habe.«

»Was für ein Kind sind Sie doch, Sacharij! Sie lassen sich vom Frühling verführen, und indessen muß eine alte Frau ganz einsam und allein auf Sie warten. Solomon Ossipowitsch ist zu einer Versammlung beim Bankier Landau gefahren. Mischa ist bei seinem Freunde Markowitsch, um mit ihm zusammen die Hausaufgaben zu machen, und so bin ich ganz allein und warte auf Sie. Selbst Naum Grigorowitsch hat sich heute nicht blicken lassen. Alle seid ihr mir am ersten Frühlingstag untreu geworden. Sehen Sie, so kann man auf euch zählen!«

Mirkin blickte sie unverwandt an, während sie diese Worte sprach. Der Satan selbst schien ihren Platz so gewählt zu haben, daß sie seinen aufgewühlten Gedanken, Gefühlen und Sinnen Nahrung bot. Sie trug nicht wie sonst ein schwarzes Seidenkleid, sondern hatte, offenbar für die beabsichtigte Ausfahrt, ein tiefausgeschnittenes rotes angezogen; dieser Toilette war anzusehen, daß sie für eine reiche Dame gemacht war; sie unterstrich die kraftvolle Rundung des reifen, festen Frauenleibes, fiel leicht über die runden Arme, den vollen Hals, die kräftige Brust und ließ da und dort die helle, mit schamhaft keuschem Rosa überhauchte Haut sehen, die mit blauen Adern durchzogen war und den süßen Duft von Muttermilch atmete ... Sacharij enthüllte sich dieser Leib, der so lange in tiefverborgenem Begehren geschlummert hatte, mit allen seinen Wünschen; alle in ihm eingegrabenen Lüste lagen dort unter der Seide, in den Falten der Haut, unter den Brüsten, in den weißen Schultern, den starken Hüften. Diese Gedanken betäubten schließlich den letzten Rest von Sacharijs Bewußtsein, und die letzte Spur von Nüchternheit schwand aus seinen Sinnen.

»Warum sehen Sie mich so sonderbar an, Sacharij Gawrilowitsch?« fragte sie ein wenig ängstlich und errötete dabei wie eine Braut; ihr Blut schien der Glut seiner durstigen Lippen Antwort zu geben.

»Ach, nichts.« Sacharij lächelte wirklich ganz sonderbar. »Sie tragen heute ein neues Kleid?«

»Sieh da, Sie bemerken das! Seit wann schenken Sie denn Damentoiletten Ihre Aufmerksamkeit, Sacharij? Was haben Sie heute?«

»Sie müssen mir wirklich verzeihen ... ich weiß nicht, ob der plötzliche Frühling daran schuld ist ... Ich bin heute nicht ganz ... Es ist mir, als wäre ich betrunken.«

»Es freut mich, Sie so zu sehen. Ich wußte nicht, daß ein Frühlingstag so auf Sie wirken kann. Das ist ein Zeichen Ihrer Lebensfreude.«

»Wirklich, Olga Michailowna, ich fühle mich heute wie ein Kind ...« Er brach ab.

»Nun denn, erzählen Sie, was haben Sie heute den ganzen Tag getan?«

»Was soll ich erzählen? Verschiedenes, allerhand dummes Zeug habe ich gedacht, das sind wohl Frühlingsstimmungen. Olga Michailowna, wollen Sie vielleicht nach Nowaja Derewnja hinausfahren oder anderswohin? Die Nacht ist heute wundervoll, ein eigenartiger Äther liegt in der Luft, merkwürdige Winde wehen, und ein ganz fremdartiges Licht umgibt alles, als wäre der Schimmer der weißen Nächte, die uns bevorstehen, ihnen schon vorausgeeilt.«

»Wohin sollen wir fahren? Sie hätten früher kommen müssen, Ihr Papa und Nina werden sicher bald zurückkommen. Aber was haben Sie nur heute abend? Sie sind ja auf einmal poetisch ... Ich habe Sie nie so gesehen.«

»Ich weiß nicht, ich weiß es selbst nicht«, entgegnete Sacharij und verdeckte seine Augen mit der Hand.

»Irgend etwas brodelt in Ihnen, etwas in Ihrem Innern ist nicht klar. Was ist geschehen? Erzählen Sie doch, lieber Sacharij.« Mütterlich legte sie ihre Hand auf seine Schulter.

Sacharij zuckte zusammen. Ein Beben durchlief sein ganzes Inneres; er faßte ihre Hand, drückte sie an seinen Hals und grub dann seine Lippen und Augen hinein.

Eine rote Welle überflutete Olga Michailowna und trat auf ihrem Gesichte und ihrem Busenausschnitt zutage. Rasch entzog sie ihm ihre Hand:

»Offen gesagt, wenn ich Sie nicht kennen würde, so hätte ich vor Ihnen Angst. Sie sind heute so sonderbar ...«

Diese Worte machten ihm Mut.

»Olga Michailowna, ich liebe Sie, nur Sie ... Sie allein, Sie liebe ich. Es ist mir ganz egal, was Sie über mich denken, da läßt sich nichts mehr ändern. Ich begehre Sie bis zum Wahnsinn ... Ich dürste nach Ihnen, nach Ihrem Leib, nach Ihrer Seele, nach Ihnen ganz, ganz ... Haben Sie Mitleid mit mir, nehmen Sie, nehmen Sie mich ganz, ganz an sich, tief in sich! Ich kann ohne Sie nicht leben, ich werde sterben ... Ich will ...« Sprudelnd stieß er die Worte hervor, und sein Mund, seine Augen, sein ganzer Leib flogen ihr entgegen, während er wie festgenagelt auf seinem Platze saß.

Olga Michailowna sprang auf. Im ersten Augenblick hatte sie die Absicht, das Zimmer zu verlassen, wie es ihr Gewissen, ihre Frauenehre und ihre Mutterpflicht geboten. Doch zugleich erwachte ein anderes Gefühl: das Gewöhntsein an ihn und die treue Sorge um den verwaisten Knaben, der niemals die Liebe einer Mutter gehabt hatte. Frauen sind mutterlose Kinder nicht gleichgültig; ein geheimes Naturgesetz scheint in ihnen zu wirken, daß die eine an die Stelle der anderen tritt. Dazu kam noch, daß Sacharij ihr künftiger Schwiegersohn war, daß er stets Zuneigung für sie gehabt und ihr mehr als Nina vertraut hatte. Das erinnerte Olga Michailowna an ihre Mutterpflichten gegen den jungen Menschen, der bei ihr ein Heim gefunden hatte.

Überdies erweckte Sacharijs Zustand Mitleid. Und das Mitleid ließ ihr Herz weicher werden. Sie war bereit, alles für ihn zu tun, als wäre er ihr eigenes Kind. Sie sah sich als seine Mutter, sie mußte an die Stelle der Mutter treten, schon um des Zutrauens und der Zuneigung willen, die dieser junge Mensch ihr geschenkt hatte. Ihn jetzt verlassen, hieße ihn mit eigenen Händen in den Abgrund stoßen. Sie mußte stark sein, mußte ihm jetzt die starke Mutterhand ersetzen, die ihm sein ganzes Leben lang gefehlt hatte.

Olga Michailowna blieb am Kamin stehen, lehnte sich an das Marmorsims und bedeckte ihre Augen mit der Hand. Ihr aufgewühlter Körper bebte, seine Bewegung war unter den leichten Falten des Seidenkleides deutlich zu sehen.

Eine Minute herrschte Schweigen.

»Sind Sie verrückt geworden? Wie können Sie es wagen? Wie nur . . .«

»Ich bin verrückt geworden . . . Vielleicht noch schlimmer. Ich weiß, daß mein Leben verwirkt ist . . .«

Olga Michailownas Augen ruhten, von der Hand beschirmt, auf ihm. Ihr Blick war sonderbar forschend und erstaunt. Das Kinderweinen in seinen Augen, das kindisch-ohnmächtige Verlangen, sein Leiden, der Kinderschrei seiner ihr entgegengestreckten Hand bannte sie an ihren Platz und erfüllte ihr Herz mit Mitleid für ihn.

»Ich weiß — jeder Augenblick, den ich hier mit Ihnen bleibe, ist Sünde, da Sie mir Ihre sonderbaren, unbegreiflichen Gefühle entdeckt haben . . . Ich darf nicht länger hier bei Ihnen sein.«

»Olga Michailowna, gehen Sie nicht, verlassen Sie mich nicht! Sie können mich nicht verlassen . . .«

Unvermittelt wandte er ihr sein Gesicht voll zu; in seinen Augen standen Tränen.

Ihr Herz krampfte sich zusammen, ihre Hände zitterten, ihre Augen wurden feucht. Sie trat einen Schritt näher, nahm seinen Kopf in ihre Hände und sah ihm ins Gesicht.

»Sacharij Gawrilowitsch, was haben Sie? Was ist Ihnen geschehen? Erzählen Sie es mir!«

»Ich weiß nicht, Olga Michailowna ... Ich sehne mich nach Ihnen, und ohne Sie werde ich sterben —« Er hob zwischen Ihren Händen sein Gesicht zu ihr empor und sah ihr mit kindlichem Flehen in die Augen.

»Ich liebe Sie doch, wie eine Mutter ... Sie haben mich ja selbst darum gebeten. Ist Ihnen das nicht genug?«

Mirkin schwieg und schaute unverwandt, mit lechzendem Blick auf sie.

»Was haben Sie? Erzählen Sie mir! Ich liebe Sie wie meinen Mischa, vielleicht noch mehr. Wie können Sie so an eine Frau denken, die Sie als Mutter ansehen?«

Ihre letzten Worte betäubten Sacharij völlig; er vergrub sein Gesicht tief in ihrem Hals; an seine Nasenflügel, an seinen offenen Mund wehten die Duftwogen der Mutter und der Frau; das brausende Blut schwellte seine Adern mit Energie und seine Muskeln mit männlicher Kraft. Er umarmte sie, und die lange quälende Sehnsucht nach ihr brach mächtig hervor. Er fühlte die Weichheit, die Glätte, die Kühle ihres Leibes, wurde ein hungriges Kind, das nach tagelangem Warten sich zwischen die Brüste der Mutter stürzt.

»Was tun Sie? Das ist doch Sünde ... fast Blutschande ... Ich bin doch ... Ich bin doch fast Ihre Mutter ...«

Ihr Atem flog. Elastisch, schlangengleich überließ sie sich den gespannten Muskeln seiner Arme. Ihr ganzer Leib schien sich mit Milch zu füllen, ganz Mutterbrust zu werden ... In qualvollem Entzücken ergab sie sich seinen Armen.

»Was tun Sie mit mir? Was tun Sie?« flüsterte sie, den Kopf an seine Schultern gelehnt.

»Mutter, meine Mutter ...« stöhnte er voll Entzücken.

Ihre Herzen schlugen zusammen, das Blut schien aus ihren Leibern zu strömen und sich zu vermengen ...

»Mutter, Mutter ...« stöhnte er immer wieder.

»Was ... was ...?« stammelte sie.

»Tu alles für mich! Alles, alles ...«

»Ja, alles ... alles ...« antwortete sie kaum hörbar.

Aus ihren weitgeöffneten Lippen wehte heißer Atem über Sacharijs Hals und Nacken ...

In der eigenen Falle

Wie ein verwundetes Tier seinen siechen Körper in eine Höhle schleppt, um ruhig zu sterben, so brachte Sacharij jetzt seinen kranken, ihm widerwärtigen Leib nach Hause. Er fühlte ihn nicht einmal. Seine Gedanken waren in schwarzen Nebel gehüllt, die ewig unendliche Nacht schien ihn schon zu umgeben. In die finstere Nacht drangen Lichtstrahlen in Regenbogenfarben. Sie hatte er auch vorher gesehen, als er mit seinem ganzen Wesen sich in die ewige Mütterlichkeit gestürzt hatte ... Die Farben waren vor seinen Augen noch nicht erloschen. Auf seinen Lippen brannte noch ein sündhaft süßer Geschmack und erinnerte ihn an etwas. Diesen Geschmack auf den Lippen wollte er behalten bis zum letzten Augenblick, bis zum letzten Hauch. Sacharij war nicht verwundert, dies alles noch zu fühlen, denn in Wahrheit war er sich gar nicht dessen bewußt, was er fühlte. Den Heimweg in der Droschke legte er wie im Traum zurück. Vor seinen Augen drehte sich alles wie ein Karussell, die Nacht, die Sterne, die brennenden Laternen, die erleuchteten Häuser, die dahingleitenden Wagen und Menschen. Alles wand sich um ihn wie die blonden Zöpfe einer Hexe. Er selbst aber schwamm in der schwarzen Wolke, und seine Augen tauchten in die Abgründe der regenbogenfarbenen Lichtstrahlen ...

Er erwachte erst, als er heimkam und sich in seinen vier Wänden umsah. Er erkannte das Arbeitszimmer mit seinen wohlvertrauten Möbeln, dem Sofa, auf dem er dann und wann ausruhte, den Photographien an den Wänden, dem Stuhl vor seinem Schreibtisch, den Papieren auf dem Pult, und begann jetzt erst zu begreifen, was vorgefallen war. Die Nacht und die funkelnden Lichtstrahlen verschwanden. Nur am Rande seiner Lippen fühlte er noch den letzten Hauch jener süßen sündhaften Wärme. Er wunderte sich, daß er noch lebte: Warum kommt der Tod nicht von selbst, wenn man reif für ihn ist? Warum wartet er, bis er gerufen wird? Erstaunt stellte Sacharij fest, daß er noch gehen, sich bewegen, die Hand rühren konnte. Gehörte er denn nicht schon dorthin, zu jenen, die sich nicht bewegen ...?

Mit geschlossenen Augen wirft er sich auf das Sofa. Noch einmal will er den Traum hervorrufen, den er erst vor kurzer Zeit klar und deutlich als Wirklichkeit erlebt hat. Ein reines Lächeln erscheint auf seinem bleichen Antlitz. Er denkt an etwas, das ihm wohltut, und gegen seinen Willen, doch in Übereinstimmung mit seinem ganzen Denken, läßt dieses Wohltuende reine Freude in ihn einströmen und macht ihn stolz.

»Mein Gott, das kann doch nicht wahr sein, das kann doch nicht wahr sein! Es kann nicht sein!«

Doch bald erscheint die klare Erinnerung und legt ihm das Rechnungsbuch vor: Ja, so war es.

Der Preis fällt ihm ein, den er dafür zu zahlen hat.

»Warum kommt das Ende nicht von selbst, wenn man es will, worauf wartet es?« fragt er sich in Gedanken und fügt dann mit lauter Stimme hinzu:

»Wenn der Tod nicht selbst kommt, so muß man ihn eben rufen!«

Er sieht sich in seinem Zimmer um. Jetzt kommt es ihm

wie ein verschlossenes Totenhaus vor; er wird es nicht mehr verlassen. Alle erwarten dies von ihm, die Nahe- und Fernstehenden, und vor allem — er selbst.

Sein Leben steht vor ihm. Eine kurze Strecke Weges hat er noch zu durchmessen, dann kommt er zu einer Grube. Die muß er überspringen! Ob früher oder später, was macht das aus? Einen anderen Ausweg gibt es nicht. Er muß ohnehin einmal zu der Grube kommen, da ist es besser, sie rasch zu überspringen. Ja, der Tod wird gerufen werden müssen, je schneller, desto besser!

Und um noch eine Minute Zeit zur Selbsttäuschung zu gewinnen, beschäftigten sich seine Gedanken mit den letzten Vorbereitungen. Briefe müssen geschrieben werden — an wen nur? An Nina, sie um Verzeihung zu bitten; nichts weiter, nur ein paar Worte: »Nina Solomonowna, Vergebung.« Doch wozu? Plötzlich steht Nina vor seinen Augen wie etwas unerreichbar Reines, wie eine Heilige, eine Leidende: »Darf ich ihr schreiben? Nein, ich darf es nicht. Sie kann nur eines von mir erwarten: daß ich mich so schnell wie möglich wortlos ihr aus dem Wege räume. Und das werde ich tun.«

»Ich bezahle, ich bezahle«, sagt er sich. Und wie ein Schuldner, der für alle seine Schulden Bargeld in der Hand hält, so hält er sein Leben in der Hand, bereit zu bezahlen. Das stärkt und mildert ein wenig seine Niedergeschlagenheit.

»Ich zahle, ich zahle!« schrie er fast, als wehrte er sich gegen jemanden.

»Dem Vater müßte ich doch ein paar Worte zurücklassen, etwa: ›Es hat keinen Wert zu trauern, besser und richtiger so.‹« Auch der Vater steht jetzt vor seinen Augen auf unerreichbarer Höhe: »Er ist doch, nach seinen Begriffen, ein reiner Mensch, er hat doch seine Moral. Aber ich?«

Mit einem Male fühlt er, daß er gar kein Recht hat, an diese Dinge zu denken. Jede Minute, die er noch lebt und nachdenkt, ist bloß feiges Zaudern.

»Ohne Überlegung. Zur Sache! Anfangen!« Wieder

wird der feste Entschluß zu seiner Tat, zu Bargeld in der Hand des Schuldners, und gibt Sacharij den Mut für eine weitere Minute.

An Olga Michailowna schreiben? Er wagt nicht, diesem Gedanken die Tore zu öffnen: »An Olga Michailowna gewiß nicht! Sie erwartet, die Neuigkeit im Morgenblatt zu finden, ohne jeden Kommentar.«

Jetzt fühlt er, daß die kleine Strecke Wegs zu Ende, daß er an den äußersten Rand der Grube gekommen ist. Jetzt heißt es, den Sprung tun!

Langsam, wie unter Rutenstreichen, erhebt er sich von seinem Sofa. Wie soll es ausgeführt werden? Bisher hat er gar nicht darüber nachgedacht. Am besten wäre ein Revolver. Doch es ist kein Revolver im Hause.

»Denkt ein Selbstmörder darüber nach, wie er seine Tat durchführen soll? Gibt es denn wenige Wege? Man wirft sich einfach vor die erste beste Tram, stürzt sich in den Fluß. Wie ich gehe und stehe, kann ich mich doch auf das Fenster schwingen und auf die Straße stürzen!«

»Nein, nicht auf die Straße, nicht auf die Straße, nicht in Schnee und Kot! Die Leute werden auf mich treten«, sagte er sich, als bäte er jemanden um Verzeihung.

»Denkt ein Selbstmörder daran, was aus seinem toten Körper werden wird? Das ist nichts anderes als Feigheit.«

Er erinnert sich, einmal gelesen zu haben, daß ein Student sich mit seinen Hosenträgern an dem Lüsterhaken erhängt hat.

Er sucht den Haken des Lüsters: »Ja, das ist schon besser, doch noch nicht das Richtige. Es ist zu anstrengend und macht zu viel Lärm, den Lüster abzuhängen. Das Dienstmädchen kann aufmerksam werden und stören.

Schließlich macht es wirklich niemandem etwas aus, wie ich es tue, wenn es nur geschieht. Und geschehen wird es noch heute abend. Ich werde dieses Zimmer nicht mehr verlassen. Es geht nur darum, eine einfache und ruhige Art zu finden, geräuschlos, sozusagen intim.«

Er erinnert sich, in einem Roman gelesen zu haben, daß

ein Verliebter sich das Leben nahm, indem er sich die Pulsadern aufschnitt und dabei die ganze Zeit die vor ihm stehende Photographie seiner Geliebten betrachtete. Ja, dieser Tod ist schmerzlos, sozusagen angenehm.

»Denkt der Selbstmörder daran, ob der Tod angenehm und schmerzlos ist?« höhnt er sich. »Das sind ja feige Gedanken.«

Er entschließt sich für das Öffnen der Pulsadern: »Es ist geräuschlos und intim.«

Langsam, wie unter Peitschenhieben, beginnt er sich zu entkleiden. Er legt ein Kleidungsstück nach dem andern ab und vergißt nicht, es ordentlich hinzuhängen, in dem unausgesprochenen Wunsch, das Zimmer möge nach seinem Ende einen ästhetischen Anblick bieten . . .

Als er sich im Spiegelschrank nackt dastehen sah, enthüllte sich ihm mit einem Male die volle Bedeutung seiner Tat.

»Mein Gott, es handelt sich doch um mich, um diesen Körper hier! Ich habe mich doch entkleidet und stehe nackt hier, um mit mir ein Ende zu machen!«

Sein Lebensinstinkt bäumte sich mit einem Protest auf. Unwillkürlich fuhr er mit der Hand über seinen Körper, seine Brust, seine Schultern, als wollte er sich allein streichelnd und liebkosend auf dem letzten Gange begleiten.

»Muß es sein? Gibt es wirklich keinen anderen Ausweg mehr?« Ohne seinen Willen kommt ihm diese Erwägung.

»Was für ein niederträchtiger Feigling ich doch bin!« verhöhnt er sich. »Schon um meiner Feigheit willen muß ich sterben.«

Mit hastigen Schritten geht er zum Toilettentisch und löst die Rasierklinge aus dem Apparat. Dann betrachtet er seine hervorstehenden Adern am Handgelenk: »Hier muß man einschneiden, tief einschneiden und das Blut fließen lassen.«

Sein Kopf wird warm. Die Luft im Zimmer verdichtet sich, und er hört plötzlich seinen Herzschlag.

»Aber es gibt doch keinen anderen Ausweg! Es gibt

doch nichts mehr!« will er sich beinahe weinend zuschreien.

»Ich muß es tun! Ich muß es tun!«

Auf dem Wege zum Sofa bleibt er, die Rasierklinge in der Hand, vor dem Spiegel stehen und betrachtet seinen Körper. Er erkennt sich: »Dieser Leib war so lange mit mir zusammen, vom Tage meiner Geburt an! Dieser Leib, die Brust, der Bauch, die Lenden, all das bin ich, Sacharij Gawrilowitsch Mirkin.« Er will sich von seinem Leibe trennen: »Ich, Mirkin, bin etwas anderes, und mein Leib ist wieder etwas anderes. Ich, Mirkin, bin ein Begriff, der vielleicht noch weiterleben wird, wenn der Körper, dieser Körper da, bereits Erde, Verwesung, Staub ist.«

Die Rasierklinge entfiel seiner Hand. Er warf sich in einen Sessel, preßte die Hände an die Schläfen und versank in Nachdenken.

»Wie ist das möglich, daß ich bereits verwest und Staub sein und doch weiter existieren werde?«

»Das hat seinen Grund darin, daß wir gewöhnt sind, den Tod mit denselben Augen, im gleichen Lichte zu sehen wie das Leben. Tod ist aber etwas anderes, etwas ganz anderes. Was ist Tod? Tod ist der Weg zu jenem Unbekannten, Ewigen, wovon wir keinen Begriff und keine Kenntnis haben. Der Weg dahin führt durch die Vernichtung. Je schneller die Vernichtung kommt, desto näher sind wir der unbekannten grenzenlosen Ewigkeit, die wir nicht kennen. Warum zaudere ich also? Warum schiebe ich es hinaus? Ich müßte doch im Gegenteil trachten, so rasch wie möglich dahin zu gelangen, daß die Welt für mich zu Ende ist, zu Ende!«

»Ich wandere also in ein anderes Land. Ganz einfach — ich gehe fort, weil es mir hier nicht gefällt.«

»Keiner Sache, keinem Menschen zuliebe! Ich will es einfach so. Mit eigenem Willen. Darüber muß ich mir selbst klar sein.«

Durch diesen Gedanken gestärkt, hebt er die Rasierklinge vom Boden auf und macht einen Schritt vorwärts:

»Wo? Beim Schreibtisch? Auf dem Sofa? Ja, lieber auf dem Sofa.«

Auf dem Wege vom Schreibtisch zum Sofa fällt sein Blick auf Mamas Photographie, die vom grünlichen Schein der Lampe so traulich warm beleuchtet ist. Es ist, als wäre Mama mit ihrem weißen Spitzenkragen und den weißen Manschetten auf dem schwarzen Kleide, mit dem jungen, geradezu lebendigen Gesicht leibhaftig hier im Zimmer.

Mirkin bleibt einen Augenblick bei der Photographie stehen und ist erstaunt, daß Mamas Gesicht so lebendig ist. Sie scheint sich auf dem Karton zu bewegen, als wäre hinter dem Rahmen ihr Herz, nein, ihr ganzer Körper versteckt; und aus einem bloßen Karton streckt ihm Mama ihr lebendiges Gesicht, ihre lebenden Augen entgegen.

»Das ist eine Illusion. Es ist ja doch nur ein Stückchen Karton. Mein Lebenswille bringt allerhand Bilder hervor, um mich zu hindern, um mir Steine in den Weg zur Vernichtung zu legen. Da, ich berühre ja die Photographie — es ist kaltes Glas, dahinter ein Kartonstück. Da, ich berühre mich selbst — warm, lebendig; meine Sinne sind noch wach!«

»Der Körper, den ich dort durch das Glas sehe, das Gesicht, die Hände dort, sie sind bereits vernichtet. Wo sind sie und was sind sie?« Sacharij will sich den Körper seiner Mutter im Grabe vorstellen, doch ein Äderchen seines Lebenswillens verwischt immer wieder dieses Bild und läßt es nicht deutlich werden. »Hier aber lebt sie in einem Begriff weiter. Bei wem? Was tut das zur Sache? Ein Begriff schwebt in den Lüften, wenn auch der Inhalt, der den Begriff trägt, schon lange nicht mehr existiert. Mama ist also schon den Weg der Vernichtung gegangen.« Und wie Mama diesen Weg schon ging, erscheint er Sacharij gewissermaßen markiert und bekannt.

Doch plötzlich — ist es wirklich bloße Täuschung? Nein, es ist doch ganz deutlich — er sieht, wie Mama ihm aus der Photographie winkt! Ja, sie winkt ihm ganz sonderbar, fast unanständig, als wollte sie ihn zu etwas Unanständigem, Heimlichem einladen, daß er sich neben sie ins Grab lege, um sich bei ihr zu wärmen.

»Mein Gott, was für Gedanken kommen mir? Das sind schon Todesvisionen —« So erklärt es ihm ein einziger kleiner Lebensnerv, der sich noch nicht vom Todesnetz hat umgarnen lassen.

Und um diese sündhaften, unanständigen Gedanken zu verscheuchen, die in der letzten Minute seiner Existenz in ihm entstanden sind, um sich auf einen anderen Weg zu retten, ruft er die Erinnerung an einen anderen Leib wach. Während er daran denkt, fühlt er sich nicht so sündig wie durch die Gedanken an den Leib seiner Mutter . . .

Mirkin hat das lebhafte Gefühl, auf der Newa zwischen Eisschollen zu stehen. Eben ist er von einer Scholle, die zu sinken drohte, auf eine andere hinübergesprungen; dort hat er sich in Sicherheit gebracht und verweilt jetzt länger. Er sieht sich wieder als Kind im alten Haus in Jekaterinburg. Er hat Sehnsucht nach Mama, und weil er ein Kind ist, ist ihm noch alles erlaubt.

Nackt, die Rasierklinge in der Hand, fällt er auf das Sofa, vergräbt das Gesicht in den Kissen und, als wäre ihm schon alles erlaubt, wagt er es, in seiner Phantasie jenes Erlebnis wieder hervorzuzaubern, das er vor nicht langer Zeit, noch heute abend hatte, jenes Erlebnis, das seiner Mutter totes Gesicht in ihm eine Minute vor seinem Tode wiedererweckt hat: »Ja, mir ist schon alles erlaubt. Wem macht es auch etwas aus, woran der Selbstmörder denkt, um sich seinen Strick zu verzuckern?« So verantwortet jetzt Sacharij vor sich selbst seine unanständigen Gedanken und läßt seiner Phantasie freien Lauf. In seiner Vorstellung erscheint das Erlebte heißer, tiefer, stärker, wenn auch nebelhaft. Die Grenzen von Mensch und Begriff werden verwischt, die Jahre verschieben sich. Er weiß selbst nicht mehr, ob er der Mirkin von heute ist oder Mirkin das Kind, der kleine Sacharij. Und Maria Iwanowna beugt sich über sein Lager und hält ihn schützend an ihre starke Brust. Ja, jetzt fühlt er es: Jemand beugt sich über ihn, bettet seinen Kopf, sein Gesicht in die wundervolle Wärme, in die göttliche Mütterlichkeit, die zwischen den Brüsten einer Frau ruht. Er spürt den Weg des Blutes durch die Adern unter der Haut dieses festen kräftigen Mutterleibes. Er hört das Blut unter der Haut schlagen. Die Brüste füllen sich mit Milch, werden voll und straff. Und zwischen ihnen hat er das Gefühl, als wäre das Leben aus seinem körperlichen Wesen gezaubert worden und dort, zwischen den Brüsten, ruhe jetzt seine nackte Seele. Jede Stelle, jede Berührung des Leibes, seine Kühle und seine Wärme atmet mütterliche Zärtlichkeit, vermengt mit weiblichster ungebundener Lust. Alles ist erlaubt — ihm, dem Kinde. Und noch einmal wiederholt er das Wort von früher:

»Mutter, tu alles für mich, alles.« Und er fühlt, daß die Mutter alles tut.

Seine Sinne werden trunken von Bildern, von Düften, auf seine Lippen, auf seine Lider weht heißer Atem aus einer kühlen glatten Haut. Ohnmächtig strecken sich seine Hände zur Umarmung aus. Fest und stark drückt er einen mächtigen Mutterleib an sich, geformt aus allen Frauen, die ihn je geliebt, Mama, Olga Michailowna, Nina, Maria Iwanowna, viele andere unbekannte, nie gesehene Frauen. Das ganze Wesen des Weibes ist in dem Mutterleibe vereinigt, den er jetzt umarmt, dem er jetzt seinen Lebensodem einhaucht ...

So lag er lange Minuten, ja Stunden in ohnmächtigen Visionen. Wer könnte die Zeit messen?

Bis er mit dem Gefühl erwachte: jetzt habe ich alles erreicht. Nichts bleibt mehr übrig, jetzt bin ich am Rand der Grube angelangt.

»Der Sprung muß mutig und froh sein. Mit dem Geschmack des Mutterleibes auf den Lippen, ehe der letzte Hauch der Vision verschwindet.«

Er erhob sich, streckte die linke Hand aus, ballte sie zur

Faust; die Pulsadern schwollen an und krochen wie blaue Würmer aus dem zarten Gewebe der Haut hervor. Das Handgelenk glich jetzt dem nackten Hals eines Huhnes. Um es nicht sehen zu müssen, schloß er die Augen und fuhr mit der Rechten gegen das Aderngespinst der Linken.

Er selbst wußte nicht, ob er schon tot war oder noch lebte. Er wunderte sich bloß, daß er gar keine Schmerzen fühlte. Dann öffnete er langsam die Augen und sah, daß seine Hand mit der Rasierklinge etwa fünf Zentimeter von dem Gelenk unbeweglich, wie erstarrt, innegehalten hatte.

»Gott, ich kann nicht, ich kann nicht!« schrie er verzweifelt auf und schalt sich grimmig:

»Was für ein gemeiner Feigling ich doch bin! Gott, wenn sie wüßten, wie schwer es dir ankommt, sie würden mich verachten. Warum kann ich es nicht?«

Und nur um sich zu strafen, bloß seiner gemeinen Feigheit wegen, versuchte er es noch einmal.

Doch die Hand mit der Rasierklinge stockte schon im Beginn. Sie schien ihm zu widersprechen und sich gegen seinen Willen aufzulehnen.

»Ich kann nicht! Ich kann einfach nicht!« In zorniger Verzweiflung warf er das Messer zu Boden und schrie: »O du niederträchtiger Feigling!« Verzweifelt lief er im Zimmer auf und ab und suchte in seinen Gedanken einen rettenden Ausweg, einen Strohhalm, an den er sich klammern könnte: »Nicht leben und nicht sterben können, Gott, wie schrecklich!«

Sein Hirn arbeitete fieberhaft, seine Gedanken schienen ein Sprungtuch weben zu wollen, das seinen fallenden Körper auffangen sollte.

»Da ich nicht sterben kann, bin ich offenbar für den Tod noch nicht reif. Die Natur läßt mich nicht sterben, mein eigenes Schicksal läßt es nicht zu.«

»Aber ich bin doch ein niederträchtiger Mensch, ich kann und darf doch nicht leben! Man erwartet es von mir, mein Schicksal selbst — *sie* erwartet es doch von mir. Morgen früh erwartet sie als erstes diese Nachricht zu hören.«

Furchtbarer Zorn über sich selbst loderte in ihm auf. Er kam sich wie ein Aussätziger vor.

»Und ich werde meinen schmutzigen Leib mit Gewalt ins Grab zerren!«

Er bückte sich und wollte die Rasierklinge wieder aufheben.

Da läutete das Telefon auf seinem Schreibtisch, sonderbar schrill und eindringlich, wie es Sacharij schien.

»Zum Teufel! Gerade der richtige Moment!« Er erbebte. Ohne sich um das Telefon zu kümmern, versuchte er nochmals, die Rasierklinge aufzuheben.

Doch das Telefon läutete zum Rasendwerden und gab nicht Ruhe ... Seine Knie waren wie gelähmt, seine Hand zitterte, er griff nach der Muschel.

Im Apparat ertönte Olga Michailownas Stimme:

»Sacharij! Sacharij! Sind Sie es? Gott sei Dank! Gott sei Dank! Ich weiß selbst nicht, warum — aber ich zittere vor Angst. Mein Herz ist in Angst um Sie. Um Gottes willen, machen Sie ja keine Dummheiten, ich beschwöre Sie! Alles wird sich aufklären.«

Schamhaft und zitternd bat Olga Michailownas Stimme durch das Telefon:

»Warum schweigen Sie? Versprechen Sie mir, um was ich Sie bat, sonst eile ich sofort zu Ihnen! Ich zittere am ganzen Leibe.«

»Ich verspreche es Ihnen«, stammelte Sacharij.

»Gute Nacht.«

»Gute Nacht«, wiederholte Sacharij stammelnd.

Weiße Rosen

Dem Menschen ist letzten Endes seine eigene Haut am nächsten, und er kennt sich selbst am besten. Der Lebenswille im Menschen ist jeden Augenblick bereit, Brücken über Abgründe zu schlagen, um dem Fuß die Möglichkeit zu geben weiterzuschreiten.

Als Sacharij sich am nächsten Morgen nach einem langen, schweren Schlaf erhob, hatte er bereits die Berechtigung für einen weiteren Lebenstag gefunden; denn schon vorher hatte sein Wille der Gedankenmaschine den Auftrag gegeben, diese Berechtigung fertigzustellen.

»Also, ich bin ein Feigling. Was liegt daran?« sagte er sich. »Was ist eigentlich Feigheit? Ein Selbsterhaltungstrieb, den die Natur dem Menschen eingepflanzt hat. Ebenso wie sie in unsere Glieder die glühende Lust legte, ohne die unsere Fortpflanzung unmöglich wäre, so hat sie uns das Gefühl der Furcht und der Feigheit gegeben, damit wir unser Leben nicht von uns werfen. Wie der Egoismus eine Triebkraft für unsere Ziele ist, so ist die Feigheit ein Selbsterhaltungstrieb, den wir für unser Leben benötigen.«

Tief in seinem Innern wurde ihm etwas bewußt, wogegen er sich nicht wehren konnte: daß er aus seiner niederträchtigen Tat von gestern eine Tugend machte. Doch jedenfalls war der Vorwand da, um den heutigen Tag zu überleben. Feigheit ist nicht das Gefühl eines kranken, sondern weit mehr eines gesunden Menschen; sie regt einen starken Lebensstrom an, der uns nicht gestattet, uns selbst aufs Spiel zu setzen. Gerade schwache und lebensmüde Charaktere beweisen Mut und Opferbereitschaft, gesunde und starke Naturen hüten ihr Leben wie einen Augapfel.

»Wie dem auch sei, schließlich habe ich doch den Tod besiegt«, sagte er sich nicht ohne Stolz. »Doch wozu habe ich den Tod besiegt, warum? Um zu leben?«

Sacharij setzte sich an seinen Schreibtisch und stützte den Kopf in die Hände. Er hatte gar keine Lust, sich anzukleiden. Wozu auch? Wozu auf die Straße unter Menschen gehen? Wie konnte er Nina in die Augen sehen? Und was tausendmal furchtbarer war, wie konnte er noch ihr, Olga Michailowna, entgegentreten?

Verzweifelte Resignation und zugleich eine unerfüllbare Sehnsucht beherrschten ihn jetzt vollständig. Auf den Lippen saß ein bitterer Geschmack der Übersättigung, im Herzen herrschte unzufriedene Leere. Er fühlte sich wie ein Vergifteter, in dessen Körper das Gift immer stärker wirkt, wie einer, der mit einer ansteckenden Krankheit behaftet ist. Mit dieser Krankheit, mit diesem Gift unter Menschen gehen? Mit dem kranken Leibe Nina berühren? Seine Krankheit würde doch sie, seine Frau, seine Kinder anstecken!

»Mein Gott, sterben kann ich nicht, doch wie werde ich leben? Wie wird mein Leben aussehen in dem ewigen Joch einer schwer lastenden Sünde?«

Wie ein Gefesselter warf er sich hin und her und konnte sich doch nicht von der Angst befreien, die ihn in Bande schlug. »Es wird kein Leben geben, es wird kein Leben geben.« Immer wieder murmelte er diese sinnlosen Worte vor sich hin, obwohl er nicht recht begriff, wie und wodurch er das Leben vermeiden würde.

»Es kann nicht sein, es darf nicht sein!« Damit wollte er sich in seinem Beschlusse bestärken. Doch auch das half ihm nicht, sich über den Weg klarzuwerden.

Es klopfte, die Tür ging auf, und das Dienstmädchen brachte einen kleinen Rosenstrauß in Seidenpapier gewickelt.

»Ein Dienstmann hat das soeben aus der Stadt gebracht. Eine Karte war nicht dabei.«

Sacharij entfernte die Hülle und hielt drei Rosen von

fleckenlosem Weiß in der Hand. Wie Tränen hingen die Wassertropfen an den weißen Rosenblättern.

»Von wem?«

»Das wurde nicht gesagt.«

»Wo ist der Mann?« Sacharij lief zur Tür.

»Er ist schon fort, er war bezahlt.«

Sacharij hielt die Blumen wie ein Sünder eine Thorarolle und fürchtete, sich ihnen zu nähern: er wußte, von wem sie kamen.

Die Lust wandelte ihn an, die unschuldigen, feuchten Knospen mit seinen Händen zu berühren, als könnte er sich damit reinigen; doch er wagte es nicht.

»Stell die Rosen ins Wasser«, befahl er dem Dienstmädchen, verbesserte sich jedoch sofort, »nein, ich werde es lieber selbst besorgen. Du kannst gehen.«

Die Rosen in der Hand, ging Sacharij im Zimmer auf und ab und wußte nicht, was er mit den Blumen tun sollte ... Er hatte das Gefühl, als sei er aussätzig, und der Finger eines reinen Menschen habe ihn berührt. Ein Beben durchlief seine Glieder und Gelenke; es reinigte, läuterte und heilte.

Das Telefon läutete.

Sacharij war entschlossen, nicht hinzugehen. Er wußte, wer anrief. Doch das Telefon mahnte und zwang ihn heran; er ging mit gelähmten Knien und totenbleichem Gesicht.

Ihre Stimme war nicht mehr so fest und energisch wie am Abend vorher; sie zitterte. Er spürte in der Stimme das Pochen ihres Herzens und sah, wie sich die Wimpern über ihre Augen senkten; ganz deutlich aber sah er durch das Telefon die Bogen ihrer schwarzen Brauen.

»Sind Sie es, Sacharij Gawrilowitsch? Gott sei Dank! Kommen Sie, ich bitte Sie, kommen Sie wie immer, als wäre gar nichts geschehen! Nein, kommen Sie bald, sofort; ich muß Sie sehen.«

»Wie kann ich das?«

»Und wie kann ich das? Ich bin nur eine Frau. Warum soll ich die ganze Last allein tragen?«

»Olga Michailowna, haben Sie mir weiße Rosen geschickt?«

»Ja, ich habe Ihnen weiße Rosen geschickt.« Ihre Stimme hatte die Festigkeit wiedergefunden.

Sacharij schwieg.

»Sacharij, kommen Sie sofort! Ich war die ganze Nacht in Angstschweiß gebadet ... Kommen Sie, seien Sie stark, überwinden Sie alles. Kommen Sie, Sie müssen kommen, sonst — Gott weiß, was ich sonst tue.«

Sacharij schwieg.

»Warum schweigen Sie? Warum quälst du mich so?« Unvermittelt ging sie auf das Du über. »*Ich* bin doch an allem schuld, ich, ich!« So schrie sie fast ins Telefon. Er erkannte: das war ein Aufschrei aus tiefstem Herzen.

»Ich komme, ich komme, ich komme sofort!« antwortete Sacharij.

»Geradewegs in mein Zimmer! Ich erwarte Sie.«

Sacharij kleidete sich eilig an, stürzte ein Glas Likör hinunter, um sich zu stärken, nahm eine Droschke und ließ sich im Galopp in die Kasanskaja-Gasse zu Olga Michailownas Wohnung führen.

Sie erwartete ihn an der Tür ihres Zimmers und streckte ihm aus ihrem lose fallenden Morgenrock die Hand entgegen. Sie war, so schien es ihm, außergewöhnlich bleich. Er warf einen Blick auf ihr Gesicht und erkannte sie kaum wieder. Das war nicht mehr die frühere Olga Michailowna; über Nacht hatte sie sich völlig verändert. Ihr Gesicht war blutleer wie das eines Gefolterten. So weiß es war, so sah es jetzt noch viel feiner und anziehender aus. Eine bisher ungekannte Erfahrung hatte der Frau ihren Stempel aufgedrückt; ihr Gesicht glich jetzt dem einer bleichen Braut am Morgen nach der Hochzeitsnacht. Olga Michailowna sah Sacharij mit so offenem Blick in die Augen, daß er mit einem Mal die ganze Vertraulichkeit spürte, die sie beide umschloß.

»Ich weiß alles, Sacharij; ich weiß, was Sie in der letzten Nacht gedacht, was Sie erlebt haben. Ich weiß alles. Alle

Qualen und Schrecken habe ich mit Ihnen zusammen durchgemacht. Sehen Sie doch, mein Herz hat sich noch immer nicht beruhigt.« Sie führte seine Hand an ihren seidenen Schlafrock. »So ging es die ganze Nacht, die ganze Nacht, bis ich Sie endlich mit eigenen Augen sehen durfte. Gott sei Dank!«

»Wovor hatten Sie Angst?« fragte Sacharij, indem er ihren Blicken auswich.

»Ich weiß es nicht. Mein Herz sagte mir nichts Gutes, und ich flehte zu Gott für Sie. Sie sind ja ganz und gar nicht schuld. Sie sind ein Kind, ein reines, unschuldiges Kind. Ich bin schuld, ich, ich!« Sie schlug sich an die Brust und errötete wie ein junges Mädchen.

»Olga!« schrie Sacharij auf. »Was tun Sie? Ich bin doch ein niederträchtiger Mensch, ich darf ja nicht leben! Und ein Feigling bin ich obendrein, der nicht den Mut hatte, seinem gemeinen Leben ein Ende zu setzen.«

»Nein, nein!« — sie hielt ihm den Mund zu — »Du bist rein und unschuldig, du bist doch ein Kind, ein verwahrlostes Kind, das ich zu mir genommen habe. Ich bin an allem schuld. Ich habe es getan, ich selbst, um dich gesund zu machen, dich zu heilen. Und jetzt bist du heil und gesund und geläutert. Ich schäme mich nicht, daß ich es getan habe. Nein, ich schäme mich nicht. Eine jede hätte es getan. Ich sah, wie du dich quältest . . . und konnte nicht anders!« Die letzten Worte sprach sie schamhaft und schmachtend.

Sacharij biß sich auf die Lippen; er konnte die Tränen, die in seine Augen traten, nicht zurückhalten.

»Doch jetzt muß alles vergessen sein, muß in die Nacht versinken, für immer verlöschen, für immer, in Gedanken und Erinnerung, in allen Sinnen! Gar nichts darf davon übrig bleiben, alles muß vergessen werden, als wäre es mit der eigenen Mutter geschehen«, setzte sie geheimnisvoll flüsternd hinzu.

Sacharij schwieg, und ein tränenloses Weinen verzerrte seine Lippen.

»Versprichst du es mir?«

»Ja!« antwortete Sacharij und nickte mit dem Kopf.

»Für das Glück unserer Familie!« setzte sie hinzu.

»Ja.«

Sie nahm seinen Kopf zwischen ihre Hände und zog ihn an ihre Brust, schloß die Augen und blieb so eine Zeitlang regungslos stehen. Dann sprach sie wie zu sich:

»Wer wird mich dafür richten, was ich für mein krankes Kind tat?«

Mütterlich küßte sie ihn auf die Stirn und fuhr sich mit ihrem gestickten Taschentuch über die Augen. Sacharij blickte sie unverwandt an wie ein stummes Tier, dem die Sprache fehlt.

»So, jetzt geh zu Nina! Sie ist sehr traurig. Entschuldige dich, daß du gestern nicht hinausgekommen bist. Sage, was du kannst, lüge, für das Glück unserer Familie!«

»Olga Michailowna, nicht jetzt, nicht jetzt!«

»Du mußt. Alles muß mit einem Male weggewischt werden, als wäre es nie gewesen!« Ihre Haltung wurde steif, sie reckte sich zu ihrer vollen Höhe und sagte in sicherem, starkem Ton, ihm fest in die Augen blickend, als wollte sie nunmehr alles auslöschen:

»Sacharij Gawrilowitsch, zwischen uns hat es gar nichts gegeben. Verstanden?«

»Gar nichts gegeben«, wiederholte Sacharij leise.

Sie nahm ihn an der Hand, führte ihn zur Tür ihres Zimmers und sprach mit sicherem, freundlichem Mutterlächeln:

»Sacharij Gawrilowitsch, Nina erwartet Sie.« Damit deutete sie auf die Tür im Korridor. Sacharij verneigte sich tiefer als sonst, verließ das Zimmer und schritt über den Korridor, um Olga Michailownas Befehl auszuführen.

Olga Michailowna blieb in der Tür stehen, schloß die Augen und lehnte eine Weile nachdenklich am Türrahmen.

Dann riß sie sich los und ging mit der vollen Ruhe ihrer Mütterlichkeit an die tägliche Beschäftigung.

Vertauschte Rollen

Durch Olga Michailownas Worte ermutigt, klopfte Sacharij an die Tür seiner Braut.

»Nina Solomonowna, darf man eintreten?«

»Sie sind es?« fragte sie erstaunt, als er eintrat — und schwieg.

Trotz der späten Stunde war Nina noch in Morgentoilette, Pyjama und gesticktem japanischem Schlafrock; das Haar schwang in tausend kleinen Locken um ihr Gesicht. Sacharij merkte, daß ihre Augen rot vom Weinen waren. Sie nahm sich nicht einmal die Mühe, es zu verbergen. Ihr Gesicht war diesmal nicht gepudert und zeigte trotz seiner ungewöhnlichen Blässe die ganze Frische ihrer jugendlichen Haut. Die Füße mit den bestickten Pantöffelchen gekreuzt, saß sie wie eine orientalische Prinzessin, den schwarzen Lockenkopf an das zart hellgelbe Muster des Bucharateppichs über ihrem Sofa gelehnt, und rauchte nervös in tiefen Zügen eine Zigarette aus einer langen Zigarettenspitze.

Vor Sacharij saß eine ganz neue Nina. Nie hatte er sie so ernst und nachdenklich gesehen. Ihr bleiches Gesicht krampfte ihm das Herz zusammen.

»Nina Solomonowna, ich bin gekommen, Ihnen Abbitte zu leisten, daß ich Sie gestern so vernachlässigt habe. Ich bin in den Straßen herumgebummelt und wußte nicht, daß Sie auf mich warteten«, begann er und wunderte sich selbst, daß er so leicht die Worte fand.

»Ach, deshalb hätten Sie sich nicht so früh herbemühen müssen. Ich habe die Zeit mit Ihrem Vater sehr angenehm verbracht.«

Das Gespräch stockte kurze Zeit.

Plötzlich erhob sich Nina vom Sofa, ging nervös im Zimmer auf und ab und schien ein Selbstgespräch zu führen.

»Ich bedaure es von ganzem Herzen, daß ich die Gelegenheit versäumt habe«, setzte Sacharij fort, ohne zu wissen, was er sprach.

»Und wie haben Sie den ersten Frühlingstag verbracht?«

»Ich . . . oh, verschieden . . .« stotterte er.

Mit einem Ruck blieb Nina neben ihm stehen und sah ihm forschend ins Gesicht.

»Gestehen Sie, Mama hat Sie zu mir geschickt, aus eigenem Willen wären Sie sicher nicht gekommen.« Und halb für sich fügte sie hinzu:

»Doch das kann nicht so weitergehen! Es muß ein für allemal ein Ende nehmen!«

»Diesmal sind Sie im Irrtum; diesmal bin ich freiwillig, ganz aus freien Stücken zu Ihnen gekommen«, erwiderte Sacharij, und seine Stimme klang aufrichtig und überzeugend.

Mit einem Male änderten sich Ninas Mienen. Die Kühle, Verbitterung und Fremdheit in ihrem Gesicht schwand; es wurde warm und belebte sich. Ihre Wangen zogen sich ein, als wollte sie pfeifen. Sie bemühte sich, den leidenden Zug zu verbergen, der sich in ihre weichen Lippen und das lange Kinn einschnitt, aber es gelang ihr nicht. Ihr Gesicht verzog sich, als hätte sie eine Träne hinuntergewürgt. Die Augen erhielten den Wachsglanz der Tränen — doch sie lächelte.

Wieder blieb sie neben ihm stehen und sah ihm ins Gesicht, diesmal jedoch nicht forschend, sondern mit herzlicher Bitte; mit gebrochener Stimme begann sie:

»Sacharij Gawrilowitsch, was habe ich Ihnen getan? Warum strafen Sie mich immer wieder?«

Sacharij lächelte verlegen.

»Ich Sie strafen? Was fällt Ihnen ein?«

»Ja, Sacharij Gawrilowitsch, ja, ja, Sie tun, als wäre der liebe Gott in eigener Person Ihr Vater und hätte Sie auf die

Erde hinabgesandt, um Richter über die Menschen zu sein. Warum richten Sie mich? Warum halten Sie beständig die Waage über meinem Haupt? Gewiß, ich bin ein sündiges Wesen, gewiß! Doch was läßt sich tun? Mit Ihnen und mit Mama kann es ja niemand aufnehmen. Meine Natur ist nun einmal so. Und nun gestatten Sie mir ein offenes Wort: Wenn Sie eine solche Meinung über mich haben, wenn Sie nichts tun als mich abwägen und über mich nachdenken — warum weichen Sie mir nicht aus? Es hat fast den Anschein, als freuten Sie sich darüber, daß ich nicht an Ihre Höhe heranreichen kann. Ich weiß nicht, ob alle reinen Menschen so wie Sie handeln, ob alle Reinen die anderen mit solchen Augen betrachten wie Sie. Ist dem aber so — dann will ich kein reiner Mensch sein, dann bin ich damit zufrieden, so zu sein wie ich bin und meinetwegen bald in die Hölle zu kommen.«

Sie sprach hastig, erregt und feurig, mit einer gewissen Verbitterung. Ihre Locken bewegten sich heftig; der Ausschnitt ihres Schlafrockes verschob sich und ließ das Rund ihrer bloßen braunen Schulter sehen.

Mirkin stand mitten im Zimmer und ließ geduldig ihre Worte wie Steine auf sich niedersausen. Als sie zu Ende war, begann er ruhig, ein wenig phlegmatisch, noch immer verlegen lächelnd:

»Das ist wahr, ich habe Sie gerichtet. Ich leugne es nicht. Doch wissen Sie nicht — alle, die Lasten zu tragen haben, die selbst mit Sünden beladen sind, sie sind die ersten, um andere zu richten!«

Mehr der stille und ernste Ton als die Worte selbst setzten sie in Erstaunen. Sie hatte wieder ihren Platz auf dem Sofa eingenommen und sah ihn eine Zeitlang forschend an; mit einem Male brach sie in ein nervöses, unnatürliches Lachen aus.

»Sie ein Sünder? Sie eine schwarze Seele? — Was schwatzen Sie da, kleiner Sacharij? Sie sind doch ein unschuldiges Kätzchen, das sich fortwährend mit seinem Zünglein wäscht.«

Sacharij erwiderte darauf mit dreist, geradezu frech lächelndem Blick:

»Woher wissen Sie, was in mir vorgeht?«

Sie wurde ernst, doch ihr Lächeln blieb:

»Ja, wer weiß? Ein Sprichwort sagt: Stille Wasser sind tief. Doch wenn dem so ist, bin ich sehr zufrieden.«

»Ja«, antwortete Sacharij, »ich habe oft darüber nachgedacht, was Sie über die Gerechten sagen. Wissen Sie, Nina Solomonowna, ich habe mich überzeugt, daß Sie recht haben: Nicht immer sind die Gerechten die Reinen.«

Nina war starr vor Staunen.

»Was haben Sie heute? Sie in der Rolle eines Beichtkindes? Geben Sie diese Rolle rasch ab, sonst bin ich bereit, Ihnen zu glauben.« Sie lachte. »Sie, Sacharij, in dieser Rolle! Wahrhaftig, ein ungewohntes Schauspiel.«

Sacharij stimmte fröhlich ein.

»Doch genug den Kopf reumütig an den Boden geschlagen! Ich bin kein Pope, vor dem man beichtet. Wenn Sie etwas auf dem Gewissen haben, halten Sie es bei sich, das wird Sie besser machen. Kommen Sie lieber zu mir her! Warum stehen Sie mitten im Zimmer wie ein Büßer? Kommen Sie hierher, wenn Sie sich schon herbemüht haben. Erzählen Sie mir lieber, was Sie gestern den ganzen Tag getrieben haben. Wir haben Sie gesucht. Sie waren nirgends zu finden. Schade! Wir haben eine Spazierfahrt nach Nowaja Derewnja gemacht. Ach, wie schön war alles draußen! Denken Sie nur, die Felder beginnen schon zu grünen! Noch liegt der Schnee auf ihnen, und doch lugen schon grüne Spitzen hervor. Die Saat grünt, und die Erde ist so frei, so warm, so feucht! Ach, wie gut ist es, auf dem Lande zu sein, wenn der Frühling kommt! Ich hätte nie gedacht, daß die Natur so reinigen und erfrischen kann. Wir beide, Papa und ich, fühlten uns wie neugeboren. Ich wußte gar nicht, daß Gabriel Haimowitsch Feld und Bäume so liebt! Bei jedem Bauern blieb er stehen und führte mit ihm ein Gespräch über die Saat. Wie doch alles auf den Feldern in Bewegung ist, wie die Menschen arbeiten! Das ganze Dorf ist auf dem Acker: Frauen, Kinder und Männer. Wissen Sie, Sacharij, wenn man so zusieht, wie sie alle arbeiten, dann schämt man sich seines Müßigganges. Zum ersten Male schämte ich mich meiner Lebensweise. Ich bin doch eigentlich ein Parasit, wir alle sind Parasiten! Es tut wohl, einmal in Wind und Feld zu baden und — arbeiten zu sehen! Man wird wie neugeboren. Sacharij, wir müssen jedes Jahr einige Zeit auf dem Lande verbringen. Das ist wie ein Gottesdienst, wie ein Besuch in der Kirche. Der Mensch wird rein von allen seinen Sünden durch den Anblick eines geackerten Feldes. Wissen Sie, warum das so schön ist? Weil die Natur so traurig ist. Es macht den Eindruck, als empfänden die nackten Felder traurige Freude, wenn sie sich vom Winter reinigen. Sie, Sacharij, werden das vielleicht nicht verstehen; Sie sind ja ohnedies stets wohl gewaschen und gekämmt. Ich und Ihr Vater haben es verstanden. Wir Menschen aus der Räucherkammer der Stadt, die das ganze Jahr im Rauch, in den Parfüms der Kabaretts dunsten, wir brauchen diese reinigende, traurige Freude der Natur.«

Mit geschlossenen Augen lauschte Sacharij ihrer frohen Kinderstimme. Sie klang, als hätte sie sich gestern in dem frischen Quell, in dem Winde gewaschen, von dem sie erzählte. Ninas Stimme hatte einen neuen Klang. Sacharij hielt die Augen geschlossen und schaute in sich hinein; und sonderbar: kein Reuegefühl nagte mehr an ihm. Durch Ninas Worte fühlte er sich geläutert.

»Woran denken Sie, kleiner Sacharij?« fragte sie, während ihre Finger durch sein Haar fuhren.

»Ich denke an die traurige Freude der Natur«, sprach er wie für sich.

»Ja, es ist wirklich so. Ich weiß nicht, warum der gestrige Tag auf mich so stark wirkte. Es ist doch lächerlich, mir ist, als hätte ich jemandem gebeichtet! Die ganze Nacht lag ich wach und dachte über mich nach. Jetzt verstehe ich Sie, Sacharij, ich begreife, daß Sie mich so ansehen, mich richten. Ja, Sie haben recht: Ich war wirklich ein abscheuliches Geschöpf, wie konnten Sie, mit Ihrer Schönheit, mich liebhaben? Ja, jetzt sehe ich mich ganz, ich will mich ändern, Sacharij, vollständig ändern. Helfen Sie mir dabei.« Sie verbarg ihren schwarzen Lockenkopf an seiner Brust und stammelte: »Sie sind so rein, ich bin Ihrer nicht wert.«

Sacharij schwieg. Auf seinen Lippen lag ein Wort, ein furchtbares Wort; doch ein innerer Instinkt, weit stärker als er, wachte wie einst über ihn und schloß ihm die Lippen.

Unvermittelt löste Nina ihr Gesicht von seiner Brust und wischte mit der bloßen Hand die Tränen aus den Augen, durch die noch immer ihr Lächeln schimmerte.

»Verzeihen Sie mir, liebster Sacharij, ich bin eine Närrin! Wissen Sie, Sacharij, was ich beschlossen habe? Wir dürfen von nun an nicht mehr wie zwei gänzlich verschiedene Leute leben, daß keiner den andern um etwas fragt. Gestern habe ich es mir ganz anders vorgenommen: Zwischen uns darf es nie Geheimnisse geben. Wir wollen miteinander leben, ganz anders als alle Leute von heute. Wir wollen ein altmodisches, richtiges Ehepaar sein, nicht wahr, mein Sacharij?«

Sacharij lächelte:

»Wenn Sie es wünschen . . .«

»Sagen Sie mir, was Sie gestern getrieben haben? Ich will alles wissen.«

»Gestern . . .« Er dachte ein wenig nach, als müßte er sich erst erinnern. »Ach, nichts Besonderes. Ich bin durch die Straßen gestrichen, habe den Eisgang auf der Newa betrachtet, und dann habe ich mir den Ostermarkt auf dem Newskij-Prospekt angesehen. Den Abend verbrachte ich mit Olga Michailowna.«

Nina wollte etwas erwidern, schämte sich jedoch, es über die Lippen zu bringen, und schwieg. Doch da sie für das, was sie unterdrückt hatte, kein anderes Wort fand, entstand eine Pause. Das Stocken des Gespräches war beiden Teilen peinlich; doch keines vermochte über die Pause hinwegzukommen.

Nina heftete ihre großen Augen auf ihn und sah ihn lange an. Sacharij wußte nicht recht, ob sie lachte oder weinte.

Endlich sagte sie mitleidig, während sie mit den Fingern durch sein Haar fuhr:

»Und warum sind Sie so bleich, Sacharij?«

Sacharij lächelte:

»Bin ich bleich? Ich weiß gar nichts davon.«

Nina brach in lautes Lachen aus.

»Wie sentimental ich doch heute bin! Daran ist nur der gestrige Frühlingstag schuld. Ich glaube, wir haben die Rollen vertauscht. Auf mich hat der erste Frühlingstag sentimental gewirkt, auf Sie — ein wenig anders.«

»Wie anders?« fragte Sacharij neugierig.

»Ich weiß nicht. Sie kommen mir heute so fremd, so anders vor — ich erkenne Sie nicht wieder. Was ist gestern mit Ihnen geschehen?«

»Wie anders?« Sacharij wiederholte seine Frage.

»Das ist schwer zu sagen.« Sie sah ihn befremdet an. »Es ist, als hätte Sie jemand . . . man kann nicht wissen, wir werden Mama fragen müssen, was gestern mit Ihnen geschehen ist.« Damit lief sie zur Tür und rief:

»Mama, Mama, darf man zu Ihnen?«

»Was tun Sie?« schrie Sacharij mit unnatürlicher Stimme auf.

Nina erbleichte, sah ihn erstaunt an und sprach halb für sich:

»Entschuldigen Sie, ich wußte nicht, daß es so ernst ist.«

»Was ist ernst? Und wie kommt Mama plötzlich ins Spiel?«

Nina schwieg beschämt.

»Verzeihen Sie, Sie sind doch an Mama so gewöhnt, Sie haben zu ihr mehr Vertrauen als zu mir.«

Sacharij erwiderte kein Wort.

Am Abend erschien Gabriel Haimowitsch bei Olga Michailowna. Er kam, um mit ihr eine Familienangelegenheit zu besprechen, die das junge Paar betraf. Ohne lange Einleitung begann er:

»Wissen Sie, Olga Michailowna, was ich heute meinem Sohn sagte? ›Junger Mann‹, sagte ich ihm, ›du mußt heiraten, und je früher, desto besser.‹ Auch das Benehmen der jungen Leute bestärkt mich darin, daß wir nicht lange zögern sollen. Sind Sie nicht auch dieser Ansicht?«

»Ja, ich glaube, Sie haben recht«, entgegnete Olga Michailowna. Ein rötlicher Schimmer huschte wie das letzte Leuchten der untergehenden Sonne über ihre Wangen und vermengte sich rasch mit dem edlen Weiß ihrer Haut.

Wieder bei Madame Kwasniecowa

Gabriel Haimowitsch teilte seinem Sohn mit, daß er von Senator Akimow die Nachricht erhalten hatte, die Angelegenheit des jüdischen Soldaten, der zu zwanzig Jahren Strafdienst in Sibirien verurteilt worden war, weil er sich geweigert hatte, Schweinefleisch zu essen, werde in den nächsten Tagen dem Zaren im »Peterhof« vorgetragen werden; Akimow selbst werde bei der bereits bewilligten Audienz dem Zaren den Fall vorbringen; die Sache sei auf unbekanntem Wege — Gabriel Haimowitsch wußte nichts vom »Pensionat Kwasniecowa« — in die Hofkreise gedrungen und habe großes Aufsehen erregt; es bestehe die beste Aussicht auf Erfolg.

»Und jetzt, mein Junge, kannst du deiner Judenfrau aus der polnischen Provinz — ihren Namen habe ich mir nie merken können — die frohe Nachricht bringen. Sie soll nur fleißig beten, daß alles gut abläuft!«

Mirkin war in den letzten Wochen so sehr mit sich beschäftigt, daß er seinen Beruf vollständig vernachlässigte und über die Agenden in der Kanzlei gar nicht mehr informiert war. Seit seinem ersten Besuch hatte er die Wohnung der Madame Kwasniecowa nicht wieder gesehen. Als er jetzt die Mitteilung des Vaters erhielt, machte er sich auf den Weg dahin, um der greisen Judenfrau, an der er anfangs so viel Anteil genommen hatte, die Nachricht persönlich zu überbringen.

Im Quartier bei Madame Kwasniecowa fand er fast alle früheren Insassen wieder. Die Prozesse und anderen Angelegenheiten, die sie nach Petersburg geführt hatten, kamen nur langsam vorwärts und wanderten von einer Kammer zur anderen. So waren die daran interessierten Personen oft genötigt, monatelang in Petersburg zu verweilen, bis sie irgendein Ergebnis erreichen oder ihre Angelegenheiten wenigstens klarstellen konnten.

Auch Frau Hurwitz aus Warschau wohnte noch immer im Quartier der Kwasniecowa. Die Übersetzung der Notizen ihres Sohnes war wohl schon von dem Professor für alte Sprachen eingesandt worden und befand sich jetzt bei der Polizei, doch bis zu einer Erledigung war es noch weit. Es war nicht einmal bekannt, wann der Prozeß stattfinden würde. Zu dem Beschuldigten wurde niemand zugelassen, weil man nicht wußte, wo er sich befand. Während ihres Aufenthaltes in Petersburg hatte Frau Hurwitz die Hälfte ihres Gewichtes verloren und war ein Schatten ihrer selbst geworden. Dennoch zeigte sie keine Spur von Entmutigung oder Verzweiflung; im Gegenteil, ihre Haltung, ihre Stärke und ihr Optimismus gaben allen anderen Insassen im Quartier der Kwasniecowa Mut. Der gesunde Frohsinn dieser Frau übertrug sich auf ihre Leidensgenossen. Von Natur aus energisch und arbeitsam, hatte sie für die Bewohner des Quartiers eine eigene Küche eingerichtet und stellte mit Hilfe einer andern Frau, deren Sohn ebenfalls politischer Gefangener war, für alle Insassen täglich das Essen her. Frau Hurwitz schien an dem unglücklichen Los der anderen mehr Anteil zu nehmen als an dem ihres eigenen Sohnes. Sie kannte den

Stand jedes einzelnen Prozesses und trieb durch ihre Lebenslust die anderen zu energischeren Schritten. Ließ jemand verzweifelt die Hände sinken, so flößte sie ihm Mut und Kraft ein:

»Was für ein Unglücksmensch sind Sie doch! Geht es einmal nicht, wie man will, ist das schon ein Grund, die Hände sinken zu lassen? Das wollen sie ja, sie wollen uns so lange quälen, bis wir unsere Kinder ihrem Schicksal überlassen, sie wollen uns zwingen nachzugeben. Das werden sie nicht erleben! Geben Sie ihnen keine Ruhe, machen Sie Lärm! Wirft man Sie aus der Tür heraus, so gehen Sie zur andern hinein!«

Und obwohl sie kein russisches Wort konnte — Frau Hurwitz sprach bloß ein bäurisch derbes Polnisch, da sie in einem polnischen Dorfe aufgewachsen war, rannte sie in Kammern und Ämtern alle Türen ein. Sie war einfach überall. Daß sie den berühmten Advokaten täglich aufsuchte, ist selbstverständlich. Doch sie ging auch zu dem Professor, der die unverständlichen Notizen ihres Sohnes übersetzen sollte, und zwang ihn geradezu, eine falsche Übersetzung herzustellen. Mit allen Mitteln, die ihr zu Gebote standen, wirkte sie auf ihn ein, mit ihrer Mütterlichkeit ebenso wie mit ihrem weiblichen Reiz, durch ihre Tränen wie durch ihr Lächeln. Sie hatte sogar herausbekommen, in wessen Händen die Untersuchung gegen ihren Sohn lag, und hatte auch dorthin den Weg gefunden. Mehrmals war ihr schon die Ausweisung aus Petersburg angedroht worden, doch sie hatte vor niemandem Angst, und keine Beamtenuniform konnte sie aus der Fassung bringen.

Auch der sonderbare große Jude, der Vorsteher der von der Vertreibung aus ihrem Wohnorte bedrohten Judengemeinde von Tolestyn, Baruch Chomski, wohnte noch im Quartier der Kwasniecowa.

Chomski wollte schon lange der sündhaften Stadt den Rücken kehren. Er war des Antichambrierens bei den Anwälten müde, das Wohnen bei der Kwasniecowa verletzte seine Würde. Er, der Vater erwachsener Töchter, mußte sich auf seine alten Tage in einem solchen »Hause« aufhalten, und das unverschämte Benehmen der verschiedenen Beamten, die ihn wie einen Spielball einander zuwarfen, indem sie ihn von einem Ministerium ins andere schickten, zermürbte ihn vollends. An ein günstiges Ergebnis seiner Bemühungen glaubte er nicht mehr, und wäre es nur um ihn gegangen, so hätte er schon längst Petersburg verlassen und sich in sein Schicksal ergeben; doch aus seiner Heimatstadt kamen immer wieder dringende Bitten, er möge alles aufwenden, um seine Gemeinde, die schon Hunderte von Jahren bestand, vor der Vernichtung zu bewahren. So wollte er denn im Bewußtsein seiner Verantwortung als Vorsteher Petersburg nicht verlassen, ohne alle Mittel angewendet zu haben.

Geduldig harrte er aus, lief von einem Protektor, von einem Advokaten, von einem Amt zum andern, ließ alle rohen Späße und Beleidigungen der Beamten über sich ergehen, als müßte er sie zur Strafe für seine Sünden auf sich nehmen, und blieb standhaft auf seinem Posten, obwohl er selbst an seine Mission nicht glaubte. Während dieser Zeit schien er noch größer und hagerer geworden zu sein, und auch sein mächtiger Bart war länger.

Diesmal traf Mirkin die Bewohner des Quartiers nicht mehr beim Psalmenbeten an. Sie schienen müde geworden zu sein und sich daran gewöhnt zu haben, in dem sonderbaren Quartier ihr normales Leben zu führen. Als Mirkin ankam, war es Abend, und alle Bewohner saßen um den Tisch unter der Hängelampe, die aus einem Gasarm auf elektrische Beleuchtung ummontiert worden war; die milchweißen Kugelgläser warfen ein schattenhaftes Licht auf die müden, bekümmerten Gesichter der Personen am Tische. Jeder war mit etwas anderem beschäftigt; zwei Juden mit gestutzten Bärten spielten Domino, der riesige Chomski mit dem mächtigen Barte saß hart unter der Lampe und schrieb einen Brief. In einem Winkel hockte eine Frau und aß allein aus einer Schüssel. Nur

Esther Hodel, die alte Judenfrau aus der polnischen Provinz, bewegte, mehr aus Gewohnheit als aus Frömmigkeit, unaufhörlich die Lippen. Über alle Bewohner aber führte Frau Hurwitz aus Warschau das Regiment; sie stach auch von allen übrigen durch ihr energisches starkknochiges Gesicht ab. Jetzt stand sie in der improvisierten Küche neben dem großen Zimmer, schöpfte mit aufgeschürzten Ärmeln Suppe aus einem großen Topf und rief jeden einzelnen der Insassen beim Namen, mit der Aufforderung, sich einen Teller zu holen.

»Reb Baruch, bitte, kommen Sie doch her! Nehmen Sie Ihren Teller, sonst wird die Suppe kalt«, rief sie dem Vorsteher der Judengemeinde von Tolestyn zu.

»Nun, Moskowitsch, wollen Sie heute noch Ihr Essen oder nicht? Ich komme gleich zum Tisch und zerstöre Ihnen Ihr Domino! Was meinen Sie, wir werden Ihretwegen die ganze Nacht Teller waschen?« rief sie einem der Spieler zu.

Die Bewohner fürchteten sie wie Kinder eine strenge Mutter, und jeder kam zum Herd, nahm einen Teller und trug ihn an seinen Platz. Selbst der Vorsteher der Judengemeinde von Tolestyn mußte seinen Brief unterbrechen und Frau Hurwitz' Befehl Folge leisten. Während sie die Suppe aßen, ließen sie sich in ihrer Beschäftigung nicht stören. Die Dominospieler löffelten ihre Teller aus, ohne das Spiel zu unterbrechen, das sie mit ihren im Talmudsingsang vorgebrachten Bemerkungen würzten. Der Gemeindevorsteher schrieb während des Essens seinen Brief weiter und hantierte dabei sehr vorsichtig, damit nicht sein Bart oder der Brief etwas von der Suppe abbekomme.

Nur Esther Hodel Kloppeisen aus Dombrowa in Polen, die Mutter des frommen jüdischen Soldaten, aß nichts aus der von Frau Hurwitz organisierten gemeinsamen Küche. Sie hatte kein rechtes Vertrauen zu Frau Hurwitz' koscherer Wirtschaftsführung. Da mit der Errichtung der Küche die Bevorzugung der alten Frau durch Madame

Kwasniecowa aufgehört hatte und sie kein Essen mehr aus dem koscheren Restaurant erhielt, begnügte sie sich mit trockenem Brot. Soeben verzehrte sie eine alte Semmel mit einer Zwiebel, die sie aus ihrem Busen hervorzog, andere Speisen rührte sie ihrer Frömmigkeit wegen in der treifenen Stadt Petersburg nicht an. Während des Essens murmelte sie, mehr aus Gewohnheit als aus Frömmigkeit, ihre Psalmen und schob zwischendurch bekümmerte Stoßseufzer ein, etwa so:

»Heil denen, die in deinem Hause wohnen, ach und weh ist mir!«

Polnische Suppe

Als die Bewohner des Quartiers den unerwarteten Besuch des Gehilfen Halperins erhielten, sprangen alle neugierig auf. Sie wußten, daß sich etwas Ungewöhnliches ereignet haben mußte, und jeder von ihnen nährte die Hoffnung, der Besuch gelte ihm. Mirkin enttäuschte sie jedoch arg, als klar wurde, zu wem er gekommen war:

»Warum hat sie mehr Glück als wir? — Ist sie in einem seidenen Hemdchen geboren worden? — Hat nur ihr Kind eine Mutter, und sind unsere Kinder auf dem Felde gewachsen?«

Die Nachricht, daß die Angelegenheit der alten Frau vor den Zaren in eigener Person kommen werde und die besten Aussichten auf ein günstiges Ergebnis habe, rief bei den Bewohnern nicht nur Sensation, sondern richtige Mißgunst und Feindschaft hervor. Alle waren mit einem Male der frommen Greisin in Scheitelperücke und Haube gram. Doch sie beachtete die mißgünstigen Blicke der anderen nicht. Fromm wiegte sie sich mit starr verzückten

Blicken hin und her, hob Hände und Kopf gegen die Decke und rief:

»Das hat der Rabbi, er soll leben, vollbracht! Das ist seine Macht.«

Frau Hurwitz kam aus ihrer improvisierten Küche herein. Da sie in ihrer Heimat als Freigeist in einer Atmosphäre ständigen Kampfes gegen den jüdischen Fanatismus lebte, konnte sie sich einer Bemerkung nicht enthalten; die Worte, die sie zwischen den scharfen Zähnen hervorstieß, waren aus Kampfgeist, nicht aus Mißgunst geboren:

»Esther Hodel, wollt Ihr wissen, wessen Macht das vollbracht hat? Die Macht der Frauenzimmer von drüben!« Dabei deutete sie mit dem Finger auf die Tür des »Pensionats Kwasniecowa«.

Die anderen lächelten vielsagend und zufrieden. Esther Hodel verstand die Bemerkung nicht und fügte ihrem frommen Wunsch hinzu:

»Euch wird auch geholfen werden mit Gottes Hilfe. Allen guten Müttern frommer Kinder wird geholfen werden, ganz bestimmt!«

»Ja, wenn wir die richtige Protektion haben«, ergänzte Frau Hurwitz.

»Das Gebet des heiligen Rabbi.«

»Das nicht, mein liebes Mütterchen. Unser müssen sich die Gäste von drüben annehmen!«

Damit wandte sie sich an den verlegenen Mirkin; ihre lebhaften Augen blitzten aus ihrem energischen Gesicht, und sie schrie ihn geradezu an:

»Selber könnt ihr gar nichts, nur wenn man euch da drüben hilft, dann seid ihr große Herren.«

»Hat sie denn nicht recht?« fügte einer der Dominospieler hinzu. »Wir sitzen schon monatelang in Petersburg, rennen uns die Beine ab und richten nichts aus. Und da kommt eine alte Judenfrau aus Polen mit ihrer Sache, einer schweren Sache überdies, kennt keinen Menschen in der Stadt, findet Gnade in den Augen einer Bordellbesitzerin und kommt beim Kaiser selber vor! Gott gebe es, ich hätte eine solche Protektion.«

»Narr, wer bist du denn? Ist dein Sohn fromm? Alle Frommen halten zusammen, auch wenn sie verschiedenen Glaubens sind.«

Während die anderen ihre Bemerkungen austauschten, trat Frau Hurwitz auf Mirkin zu, legte ihm einen ihrer bloßen Arme, mit denen sie eben die Suppe geschöpft hatte, um die Schulter und begann, halb polnisch, halb in schlechtem Russisch radebrechend:

»Junger Mann, schade um Ihre Zeit, die Sie in Ihrer Kanzlei versitzen! Warum machen Sie einen Narren aus sich? Kommen Sie lieber zu uns nach Warschau und leisten Sie richtige Arbeit! So wahr ich lebe, Sie würden damit mehr Nutzen bringen, als wenn Sie in Ihrer Kanzlei sitzen und sich und andere zum Narren halten. Sie wissen doch selbst, daß Sie gar nichts erreichen können.«

Bei diesen Worten warf sie ihm einen tiefen Blick aus ihren ungewöhnlich lebhaften Augen zu. Mirkin merkte, wie ihre kräftigen Kiefer mit den fehlerlosen, starken Zähnen sich bewegten. Der Blick ihrer Augen wärmte ihn, und ihr kräftiger Arm hielt ihn fest wie eine Mutter ihr Kind.

Mirkin wollte sich anfangs von der Frau losmachen und eine ärgerliche Miene aufsetzen; denn ihn verdroß die dreiste Art, in der sie zu ihm sprach. Doch er merkte bald, es war kein Anlaß zum Ärger: Die Worte der Frau klangen herzlich und aufrichtig, und anheimelnde Wärme strömte aus ihrem gesunden, beweglichen Leibe, ihrem kräftigen kurzen Hals und dem offenen, hellen Gesicht, das durch die Augen und die starken Lippen belebt wurde. So nahm denn Mirkin ihre Worte mit gutem Humor und entgegnete lächelnd:

»Was könnte ich drüben in Warschau leisten?«

»Dasselbe, was mein Mann tut und was mein Sohn getan hat. Warum soll ein so gesunder Mensch wie Sie, der noch ein großes Stück Leben vor sich hat, nicht auch bei der Arbeit helfen? Was leisten Sie hier? Mit dem Aktenschmieren vertrödeln Sie doch nur Zeit; es bringt niemandem Nutzen, weder Ihnen noch anderen Leuten.«

»Welchen Nutzen könnte ich euch in Warschau bringen?« fragte Mirkin neugierig. Dabei betrachtete er ihr lebhaftes Gesicht und fragte sich verwundert, woher er es wohl kennen mochte. Er hatte den Eindruck, diese Frau bereits früher einmal gesehen zu haben, ja noch mehr, er mußte mit ihr schon in nähere Berührung gekommen sein! Das Gesicht kam ihm mehr als bekannt vor.

»Welchen Nutzen?« Frau Hurwitz wiederholte die Frage und zwinkerte dabei verstohlen und kokett mit den halbgeschlossenen Augen. »Sie wissen schon, welchen Nutzen ich meine! Zuckerwerk kriegt man dafür nicht als Belohnung, aber Polizeibesuch bei Nacht.«

Sacharij errötete über ihr kokettes Augenzwinkern ebenso wie über die Andeutung, mit der sie ihm den Wirkungskreis umschrieb. Er antwortete:

»Ich weiß nicht, ob ich für die Arbeit, die Sie meinen, geeignet wäre.«

»Dann könnten Sie wenigstens mit den jungen Burschen Russisch lernen oder sie für die Mittelschule vorbereiten. Täglich kommen sie in Scharen aus der Provinz, und man weiß nicht, wo man zuerst anfangen soll; man müßte vier Hände haben. Oh, an Arbeit wird es Ihnen nicht fehlen: Sie müssen nur wollen, nicht mit verschränkten Armen dasitzen und sich mit Dummheiten abgeben! Sie selbst befriedigt ja Ihre Arbeit nicht!«

»Woher wissen Sie, daß mich meine Arbeit nicht befriedigt?«

»Ach, das sieht man Ihnen sofort an. Meinen Sie, wir kennen uns nicht aus? Ihr Kollege, der andere Gehilfe, wie heißt er doch? — Ja, Weinstein, der Herr Weinstein ist sehr zufrieden mit seiner Arbeit, der berühmte Advokat ebenfalls. Aber Sie schleichen dort herum wie ein Schatten, überflüssig und zwecklos. Man sieht Ihnen schon von weitem an, daß die Arbeit Ihnen nicht Herzenssache ist.«

Wieder errötete Mirkin; er sah Frau Hurwitz erstaunt und erschreckt zugleich an: »Woher weiß sie das?« Einen Augenblick durchzuckte ihn der Gedanke, daß er diese Worte schon einmal gehört hatte, sogar von dieser Frau selbst.

Und als hätte Frau Hurwitz seine Gedanken erraten, fuhr sie mit wahrhaft mütterlicher Anteilnahme fort:

»Sie sind wirklich zu bedauern. Sie sind ein so netter Mensch!« Dabei lächelte sie ihm freundlich zu, und aus ihren lebhaften Augen strahlte herzliche Güte.

Wieder schien es Mirkin, daß er sie schon irgendwo und irgendeinmal sprechen gehört hatte, im gleichen Ton, mit der gleichen tiefen Anteilnahme an seinem Schicksal. Einen kurzen Augenblick glaubte er zu träumen; er erwachte bald und fragte lächelnd:

»Woher wissen Sie, daß ich ein netter Mensch bin?«

»Wären Sie es nicht, so kämen Sie nicht, uns zu besuchen, hätten sich nicht für die alte Judenfrau dort interessiert, deren Sohn beim Militär ins Unglück geraten ist. Warum stattet uns Ihr Kollege oder der berühmte Advokat keinen Besuch ab?«

»Glauben Sie wirklich, unsere Advokatenarbeit hätte keinen Wert? Wir führen doch einen unaufhörlichen Kampf gegen die Bürokratie, wir treten für Recht und Gesetz ein!« Hinter dieser Phrase wollte Sacharij sich in Sicherheit bringen.

»Ein Kampf ist das, daß Gott erbarm, sie lachen euch doch aus! Und ihr bietet ihnen nur die Hand zu dem Schwindel, der Welt vorzumachen, daß es wirklich Gerechtigkeit bei ihnen gibt. Nein, junger Mann, kämpfen muß man ganz anders, von unten her, gegen das Fundament. Das muß in die Luft fliegen, aber so, daß es kracht, daß die ganze Welt es hört!« Abermals zwinkerte sie ihm kokett zu, und ihr brauner Augapfel glitt in die Ecke ihres Lides; ein leises Lächeln lief über ihre weichen, vollen Lippen; der milchweiße Schein der Lampe beleuchtete ihr Profil so, daß die scharfe Silhouette ihres halbbeschatteten Gesichts einen eigenartigen Zug erhielt: Er gab ihrem Lächeln und Zwinkern einen zweideutigen und dabei doch vornehm-gütigen Ausdruck.

Sacharij konnte nicht widerstehen; das Lächeln der Frau Hurwitz übertrug sich auf seine Augen und seinen Mund, und er antwortete lachend:

»Ich werde es mir überlegen. Wer weiß, vielleicht ist das eine gute Idee.«

»Gewiß ist das eine gute Idee. Sie werden geradezu aufleben, wenn Sie nicht mehr sich selbst zum Narren halten müssen. Hören Sie, wenn Sie nach Warschau kommen, so fahren Sie sofort in meine Wohnung! Keine Sorge, wir sind an derlei Gäste gewöhnt. Jeden Tag kommen junge Leute dieser Art zu uns, die zu Hause durchgegangen sind, Bethaus und Talmudschule, ihre Eltern, selbst ihre Frau oder Bräute verlassen haben. Jeden Tag finde ich einige vor meiner Tür; sie sagen, meine Suppe hätte es ihnen angetan.« Wieder lächelte sie ihm mit zweideutigem Zwinkern zu. »Haben Sie meine Suppe schon gekostet? Halt, das trifft sich gerade gut, möchten Sie sie nicht jetzt versuchen?«

Sie faßte ihn unterm Arm und führte ihn zum Tisch. Mirkin ließ sie gewähren; er war schon ganz in ihrer Hand.

»Platz machen, meine Herrschaften, laßt den Advokaten meine Suppe kosten!« Sie nötigte ihn zum Sitzen und reichte ihm einen Teller.

Ehe Mirkin es sich versah, saß er wie ein alter Bekannter zwischen den fremden Leuten und fühlte sich dabei sehr wohl. Eine nie gekannte, anheimelnd trauliche Wärme umfing ihn und ließ ihn allen Kummer, alles Leid vergessen. Er hatte das Gefühl, unter dem Schutze der Frau Hurwitz aus Warschau könne ihm nichts geschehen.

»Ihre Suppe hat mir ausgezeichnet geschmeckt. Ich danke Ihnen.« Er erhob sich, um zu gehen.

»Ich hoffe, Sie werden bald wiederkommen, um von meiner Suppe zu kosten«, entgegnete Frau Hurwitz. Ihre warme kräftige Hand umfaßte mit herzlichem Druck die seine.

»Auch ich hoffe es«, erwiderte er; ein unerklärliches Glücksgefühl nahm von ihm Besitz.

Vaterworte

Als Mirkin das Quartier der Madame Kwasniecowa verließ, folgte ihm ebenso wie beim ersten Mal der riesenhafte Baruch Chomski mit dem langen Bart, der Vorsteher der Judengemeinde von Tolestyn. Er hielt Sacharij an der Treppe an:

»Sie hat recht, die Frau Hurwitz aus Warschau. Sie können hier nichts erreichen. Es ist verlorene Zeit, hier zu sitzen.«

»Ah, Sie sind es, Herr Chomski? Wohin, wieder auf dem Wege zum Abendgebet?«

»Immerhin besser, als von Amt zu Amt laufen und sich anspucken zu lassen. Vielleicht wird mein Gebet doch einmal Wirkung haben. Wir werden so lange beten, bis unser Gebet erhört wird. Es muß erhört werden, und es wird erhört werden.« Die letzten Worte betonte der Jude stark.

»Wieso sind Sie dessen so sicher? Unsere Eltern haben doch auch gebetet!«

»Woher ich die Sicherheit habe, fragen Sie? Glauben Sie denn, es gäbe schon gar keine Gerechtigkeit auf der Welt, nur, weil wir nichts von ihr merken? Der Herr der Welt lebt ewig und hat Zeit zu warten. Er läßt jeden Krug sein volles Maß sammeln. Weil unsere Augen schwarz sehen, meinen wir, es sei Nacht. Aber hinter uns leuchtet ein Licht, mögen wir es nun sehen oder nicht. Nein, junger Mann, Gott regiert seine Welt mit Gerechtigkeit, mögen wir auch bei oberflächlichem Hinsehen glauben, es sei nicht so. Aber schließlich siegt doch stets die Gerechtigkeit. Unsere Augen werden es vielleicht nicht sehen, dann werden es eben unsere Kinder erleben. Der Mensch gleicht einem Pünktchen in der Heiligen Schrift. Das Pünktchen ist nur eine Weile sichtbar, wenn man die Seite aufschlägt, auf der es steht; sobald man die Seite zu Ende gelesen hat, verschwindet es. Aber die Heilige Schrift lebt, und das Pünktchen hat seinen festen Platz auf der Seite, in dem Kapitel, wohin es gehört, und niemand kann und wird es auslöschen.«

Mirkin verstand nicht recht, was der Jude meinte, doch seine Ausführungen interessierten ihn, und er glaubte, aus ihnen etwas lernen zu können. Denn für ihn war alles interessant, was mit der Wohnung der Madame Kwasniecowa in Verbindung stand. Der geheimnisvolle Jude mit seinem heimlichen Nachtgebet hatte schon bei der ersten Begegnung großen Eindruck auf ihn gemacht; jetzt, da Mirkin über einem Abgrund schwebte, war er für alles dankbar, was auch nur einen Strohhalm über diesen Abgrund legen konnte. Mirkin suchte, doch er wußte selbst nicht, was er suchte. So ließ er sich denn mit dem Juden in ein philosophisches Gespräch ein:

»Das mag ja stimmen, lieber Freund, doch damit ist noch immer nicht die Gewähr geboten, daß es wirklich so ist. Wir irren umher und wissen gar nicht, ob das ganze große Leben nicht ein Labyrinth, ein Irrweg ohne Ende ist. Wir haben gar keinen triftigen Beweis dafür, daß die Welt tatsächlich mit Gerechtigkeit regiert wird und daß in unserer Geschichte wirklich Logik waltet. Die Beispiele, die sie uns bietet, kann man ebenso nach der einen wie nach der anderen Seite auslegen.«

»Ach, was reden Sie da!« unterbrach ihn der Jude. »Ich bin kein großer Gelehrter, und ich weiß nicht, was die großen Geister in der Welt sagen. Doch wie einst in jungen Jahren, so greift man auch jetzt, im Alter, wenn man nur ein wenig Zeit hat, zu einem Buche. Das Hebräische beherrsche ich, Gott sei Dank, ich war einmal ein bekannter ›Aufklärer‹. Heute freilich — wo hat man dafür Zeit? Aber schließlich ist der Mensch doch kein Vieh; so liegt man bei Nacht, wenn man nicht schlafen kann, in seinem Bett und grübelt über das Wesen der Welt nach. Manchmal packt einen ja doch der Zweifel. Und auf einen alten Mann wirkt der Zweifel viel schlimmer als auf einen jungen Menschen. Wenn euch junge Leute, Gott behüte, der Zweifel faßt, so geht ihr leicht darüber hinweg. Die Lebenskraft zieht euch vom Abgrund fort und reißt euch in ihrem Strome mit. Fällt aber ein alter Mann wie ich, Gott bewahre, dem Zweifel in die Hände, dann ist es, als stieße er mit der Stirn an eine Mauer. Sie begreifen doch — das Grab ist bereit, und man muß reisefertig sein, sonst steht es schlimm. So will der eine sein Teil an der künftigen Welt durch Psalmen und Beten erlangen, doch das heißt Blindekuh spielen! Ein anderer bereitet sich die künftige Welt auf anderen Wegen: mit seinem eigenen Verstand; er dringt weiter und weiter vor, bis er zu einer Erkenntnis kommt.«

»Und zu welcher Erkenntnis sind Sie gekommen?« fragte Mirkin.

»Ich bin zu der Erkenntnis gekommen, mit allen meinen Gedanken bin ich zu der Erkenntnis gekommen, daß es doch eine Weltordnung gibt, die alles zusammenhält. Das habe ich auf ganz einfache Weise erkannt. Dazu muß man kein berühmter Forscher sein, man muß nur fühlen, wie ich es fühlte. Manchmal spricht man ein Wort aus und versteht selbst nicht den Gedanken, der ihm zugrunde liegt. Ein Wort gleicht einer Frucht; man muß es erst gewissermaßen essen, um seinen Geschmack zu fühlen. Nehmen Sie zum Beispiel den Satz, den unsere Logiker aufgestellt haben: ›Vom Besonderen kommt man zum Allgemeinen.‹ Das bedeutet, daß man von dem Individuum auch auf die Gesamtheit schließen kann. Im einzelnen Individuum waltet nun offensichtlich die Logik. Wäre es nicht der Fall, so könnte nichts existieren, vom kleinsten bis zum größten Organismus, in der organischen wie in der anorganischen Welt hätte nichts Bestand. Können Sie sich vorstellen, wie das kleinste Würmchen auch nur eine

Minute lang leben, das dünnste Gras gedeihen, der Stein wachsen könnte, wenn es für sie nicht seit je feste Gesetze und Normen des Lebens gäbe? Da dem nun so ist, warum sollte im großen ganzen, in der Weltordnung, kein logischer Sinn herrschen? Ich habe darüber sehr gelehrte Bücher gelesen, doch ihr tieferer Sinn ist mir erst aufgegangen, als ich selbst zu dieser Erkenntnis kam. Wissen Sie, was die Gesamtheit ist? Die Gesamtheit ist ein Lebewesen, ebenso wie das kleinste Individuum. Jawohl, die Gesamtheit lebt, das große ganze lebt. Wir sehen es nur nicht, weil wir ein winziges Fädchen in dem großen Gewebe sind, weil wir uns so sehr in die Leere, in die kleinlichen Nichtigkeiten unseres eigenen Individuums versenken, daß wir keine Zeit haben, das große Leben in der Gesamtheit zu spüren. Gleich winzigen Würmchen haben wir uns in den dunkeln Kammern, in den finsteren, engen Gängen unseres eigenen Individuums verkrochen und haben keine Zeit, in die helle, strahlende Welt emporzusteigen, die mächtige Sonne und das große Licht zu sehen. Steigen Sie empor, junger Mann! Reißen Sie sich los von dem Dunkel Ihres eigenen kleinen Lebens, dann werden Sie das große Licht sehen, den mächtigen Puls, den großen Herzschlag der Welt fühlen!«

Als der alte Mann fertig war, blieb Mirkin stehen und betrachtete ihn. Einen Augenblick lang war er im Zweifel; sprach der alte Mann zu ihm vielleicht mit besonderer Absicht, wußte er um seine, Mirkins, verborgensten Erlebnisse? Ja, er wußte wohl alles, und seine Worte zielten auf ihn! Diesen Eindruck verstärkte noch die merkwürdige Erscheinung des alten Mannes, der jetzt vom Perlenschimmer der hellen Nacht übergossen war.

Der Alte sprach jiddisch mit russischem Akzent und verwendete sehr viele hebräische Worte. Dennoch verstand ihn Mirkin. Es war, als wären ihm Worte, die er längst in sich hatte, mit einem Male zu Bewußtsein gekommen.

»Ich habe nie den Puls der Welt gespürt«, antwortete

Mirkin russisch, »nie den Herzschlag der Gesamtheit gehört, daß ich sagen könnte, es gäbe derlei. Ich weiß nicht, ob es unbedingt richtig ist, daß die Gesamtheit leben muß, weil das Individuum lebt. Und daraus, daß im Organismus des Individuums Logik vorhanden ist, folgt nicht, daß diese Logik auch im Organismus der Gesamtheit existieren muß. Auch fällt nicht immer die Logik mit der Gerechtigkeit zusammen, denn Gerechtigkeit hat keine feststehende Form. Sie ist mehr Sache der Empfindung, und der Mensch urteilt nicht nach abstraktem Maß, sondern stets im Zusammenhang mit seiner Person, wie es ihm selbst am bequemsten ist.«

»Wie leben Sie dann?« schrie der Alte fast auf. »Wie können Sie so existieren? Was lernt man eigentlich bei euch in den Schulen, in denen Sie so viele Jahre verbracht haben? Man lehrt euch, möglichst bequem und verschwenderisch ein Vermögen auszugeben, das ihr nicht besitzt, das von anderen für euch erworben wurde. So werden Sie und alle Ihresgleichen leere Krüge mit vielen Mündungen, um Wein hineinzugießen, der nicht euch gehört.«

Und nach einer kurzen Pause setzte er in leisem, ernstem, fast bittendem Tone hinzu:

»Unsere Weisen sagen, der Mensch verbinde durch seine Gedanken die ganze Welt, alle Wesen mit sich, sogar Gott selbst. Wir erhalten die Welt durch unsere Gedanken. Läßt einer von den Gedanken fallen, so läßt er nicht nur sein eigenes Leben fallen, sondern die ganze Welt, die Gesamtheit, ja Gott selbst. Denn unser Gedanke und unser Herz, das ist das Fundament, auf dem alles steht. Wie kann jemand solchem Ziel so leicht entsagen, dazu noch ein so junger Mensch? Wie werden Sie das Leben, das Ihnen noch bevorsteht, zu Ende führen? Auf welche Grundlagen werden Sie es stützen?«

»Das Leben, das mir bevorsteht« — Mirkin wiederholte die Worte des Alten — »mein Leben gehört nicht mir. Ich wollte es von mir werfen und konnte es nicht. So trage ich es wie etwas Fremdes«, bekannte Mirkin plötzlich.

Der Alte blieb stehen und blickte ihn mit so großen, weitaufgerissenen Augen an, daß Mirkin zunächst erschrak. Dann aber ergriff der Alte seine Hand, hielt sie fest und sprach:

»Junger Mann, reißen Sie sich los aus den finsteren Gängen Ihres kleinen Eigenlebens, in die Sie sich vergraben haben! Wohin werden diese dunklen Gänge Sie führen? Zum Selbstmord. Das ist doch schrecklich! Sie sind jung, Sie stehen erst am Anfang. Warum versinken Sie in Ihrem eigenen Ich und mästen sich wie ein Wurm in der Frucht? Hinaus! Dann werden Sie den Puls der Welt spüren und Ihre Gedanken mit der großen Gesamtheit verknüpfen, dann werden Sie sich als neuer Mensch fühlen. Versprechen Sie mir das, junger Mann! Es ist schade um Ihr Leben!«

Lange hielt der Alte Sacharijs Hand fest und sah ihm tief in die Augen.

»Wer weiß — vielleicht werde ich es versuchen. Mir ist ohnedies alles einerlei«, erwiderte Mirkin.

»Auf diesem Rosse werden Sie freilich nie am großen Ziel anlangen. Nicht probieren, sondern sichergehen! Und es gibt kein ›Einerlei‹, es gibt nur den Weg derer, die durch ihre Gedanken die Welt erheben oder die sie fallen lassen. Entweder sich mit allem Leben verbinden oder sich im eigenen kleinen Tode verlieren. Haben Sie mich verstanden?«

»Ja.«

»Geben Sie mir Ihr Versprechen?«

»Ich gebe es Ihnen.«

Der Alte ließ Mirkins Hand los.

»Die verschiedene Gerechtigkeit, von der Sie sprachen — es ist nur die kleine, die menschliche Gerechtigkeit. Die große, die ewige Gerechtigkeit entstammt, mag sie noch so verschieden aussehen, einem Quell, dem Quell des Lebens, dem Lichte, das zum großen Ziele führt.«

»Selig sind, die glauben.«

»Ohne Zweifel gibt es keinen Glauben, ebenso wie es

ohne Finsternis kein Licht gibt. Lassen Sie sich nicht beirren, wenn Sie eine Minute zweifelten! Das wird Ihren Glauben nur stärken.« Der Alte legte Mirkin die Hand auf die Schulter, ehe er ihn verließ.

Mirkin sah ihm lange nach. Es schien ihm, der Alte trage weiße, wallende Gewänder. Ganz in Weiß gehüllt, schritt er durch die Straßen von Petersburg. Mirkin wunderte sich, daß der Alte keine Aufmerksamkeit erregte.

Fahl ergoß sich das letzte Tageslicht über den bleichen Himmel. Die weißen Nächte begannen.

Einer Mutter Hand

Einige Tage später konnte Mirkin der Mutter des frommen jüdischen Soldaten, Esther Hodel Kloppeisen aus Dombrowa in Polen, die Freudenbotschaft bringen, daß der Zar ihren Sohn begnadigt und ihm nicht nur die Strafe erlassen, sondern ihn gänzlich vom Militärdienst befreit habe.

Wie Senator Akimow Mirkins Vater erzählte, hatte der jüdische Soldat merkwürdig reiche Fürsprache am Hofe gefunden, von verschiedenen Seiten, darunter sehr einflußreichen Persönlichkeiten, die sich für ihn verwendeten und um sein Schicksal besorgt waren.

Und ein sonderbarer Zufall: An demselben Tage, da der Sohn die Begnadigung erhielt, wurde seine Mutter, die fromme Judenfrau, verhaftet. Dies geschah aus folgendem Grunde: Esther Hodel hatte von ihrem Rabbi ein wirksames Mittel erhalten: Während der Zeit, da die Sache ihres Sohnes bei Gericht vorgebracht würde, sollte sie dreimal das Gerichtsgebäude umschreiten und dabei größere Psalmenabschnitte beten. Madame Kwasniecowa, von der Alten in ihr Geheimnis eingeweiht, hatte sie, schon aus ihrem eigenen religiösen Gefühl heraus, zum Winterpalais geführt, in der Meinung, die Sache würde dort verhandelt. Sie zeigte ihr das Haus, und Esther Hodel begann ihren Rundgang. Doch die Geheimagenten, die den Palast bewachten, waren auf die verdächtige Person in Frauenkleidern aufmerksam geworden. Da sie sie für einen verkleideten Revolutionär hielten, verhafteten sie sie kurzerhand.

Dem berühmten Advokaten fiel es nicht schwer, die politische Polizei zu überzeugen, daß Esther Hodel kein verkleideter Mann und auch kein Revolutionär war. Mit Hilfe der Kwasniecowa gelang es ihm auch durchzusetzen, daß die Alte nicht in ihre Heimat abgeschoben wurde.

Am Abend nach der Entlassung Esther Hodels aus dem Polizeiarrest wurde im Quartier der Kwasniecowa die Begnadigung ihres Sohnes gefeiert. Auch Mirkin nahm daran teil. Zu dieser Zeit war er schon häufiger Gast in der Wohnung der Kwasniecowa. So oft es ihm möglich war, kam er hin, um die Zeit in der Gesellschaft des alten Chomski und der Frau Hurwitz zu verbringen, mit denen er sich inzwischen sehr angefreundet hatte. Im Quartier der Kwasniecowa vergaß Sacharij den Zwiespalt in seiner Seele und fühlte sich wieder heil und ganz. Es war eine Flucht vor sich selbst — denn dort, in dem trauten Kreise, fühlte er sich ganz anders, fühlte er sich wohl, zu einer ganz anderen Welt gehörig.

Diesmal hatte er einen besonderen Anlaß, das Quartier der Kwasniecowa aufzusuchen: Zusammen mit Esther Hodel rüstete Frau Hurwitz zur Heimreise. Über das Schicksal ihres Sohnes hatte sie nichts mehr erfahren können, da sein Prozeß auf den Herbst verschoben worden war. Sie wußte nicht einmal, ob er in Petersburg oder in einer anderen Stadt in Haft gehalten wurde. Sein Prozeß befand sich noch im Stadium der Untersuchung, und Frau Hurwitz hatte es satt, »müßig herumzusitzen« und in Petersburg zu warten, während »ihre Kinder« daheim ohne sie sich nicht zu helfen wußten.

Als Sacharij kam, trug Frau Hurwitz, den warmen Frühlingstagen entsprechend, ein blaues, geblümtes Kattunkleid, wie es in ihrer Heimat üblich war. Diesmal stand sie nicht in ihrer improvisierten Küche und führte auch nicht das Regiment am Tische, sondern saß in einer Ecke, den scharf geschnittenen Kopf traurig und bekümmert auf ihre bloßen Arme gestützt. Einerseits bewegte sie das ungewisse Los ihres Sohnes, den sie jetzt seinem Schicksal überließ, andrerseits der Neid, den sie ebenso wie alle anderen Bewohner des Quartiers gegen die alte Esther Hodel ob der gelungenen Befreiung ihres Sohnes hegte. Ihre Wangen waren gerötet, ihre Ohren glühten, und in ihren Augen lag ein beängstigender, feuchter Wachsglanz; aus ihnen drang der Urschrei jedes Tierweibchens, dem sein Kind geraubt wird. Den Besuch beachtete sie nicht. Sie hatte Mirkin nicht einmal bemerkt, denn sie sah überhaupt niemanden. In sich versunken saß sie in der Ecke und grub ihre Zähne in die vollen Lippen. Auf der Haut über den Kiefern war deutlich die Bewegung ihrer scharfen Backenknochen zu sehen, die zu kauen schienen.

Mirkin betrachtete sie aus der Ferne und wagte nicht, auf sie zuzugehen. In der Zeit, da er in das Quartier der Kwasniecowa kam, hatte er sich an Frau Hurwitz gewöhnt. Er liebte es, ihre feste energische Stimme zu hören und ihre sicheren Bewegungen zu beobachten. Gern ließ er sich von ihr auffordern, ihre Suppe zu kosten. Es schien ihm, als könnte und dürfte man ihr nicht widersprechen. Doch so wie heute hatte er sie noch nie gesehen. Sie, deren Wesen stets etwas Fröhliches und Beherrschendes hatte, war jetzt zum ersten Male hilflos, mit sich selbst beschäftigt. Mirkin empfand tiefes Mitgefühl mit der bekümmerten Frau. Ihr Mutterschmerz rührte ihn. Um sie nicht zu stören, wich er ihr aus. Doch nach einiger Zeit bemerkte sie ihn und sandte ihm aus ihrem verweinten Gesicht ein helles Lächeln zu.

Mirkin kam näher.

»Warum sitzen Sie so allein, Frau Hurwitz?«

»Soll ich vielleicht tanzen?« sagte sie mit bitterer Miene und fuhr sich mit der Hand über die Lippen. »Ich lasse meinen Jungen allein. Er ist ja noch ein Kind, im ganzen zweiundzwanzig Jahre alt! Ich war selber noch ein kleiner Frosch, als ich ihn bekam, kaum achtzehn Jahre. Jetzt muß ich ihn zurücklassen und weiß nicht einmal, wo ich ihn zurücklasse und was mit ihm geschieht, nicht einmal, wo er eigentlich ist!«

»Sie fahren also wirklich nach Hause?«

»Wozu soll ich hier sitzen? Wie kann ich hier sitzen? Daheim ist das ganze Haus voll Kinder, eines kleiner als das andere! Wer wird sich um sie kümmern? Ich bin hier — und mein Kopf ist dort. Wohl habe ich eine Tochter — aber fürs erste muß sie dem Vater in der Schule helfen, und zweitens vertreibt auch sie verbotene Schriften. Eines Tages wird sie ja sicher auch hereinfallen!«

Eine Träne glänzte in ihrem Auge. Sie schämte sich ihrer und fuhr rasch mit dem Tuch über die Augen. Während sie es wieder in den Busen steckte, lächelte sie Mirkin zu:

»Ein närrisches Frauenzimmer, verzeihen Sie mir! Wozu weine ich eigentlich? Was wird mir das Weinen helfen?«

Von Rührung übermannt, erbleichte Mirkin. Er faßte Frau Hurwitz' Hand und sprach:

»Frau Hurwitz, was kann ich für Sie tun? Sagen Sie es mir, ich will alles tun!«

»Was Sie tun können?« Ihre verweinten Augen lächelten ihm zu. »Nichts können Sie tun! Meinen Sohn können Sie nicht retten, niemand kann es. Er muß sehen, was er selbst für sich tun kann, dort, wo er ist. Wir sind arme Leute, wir haben keine Protektion und wollen keine haben!«

Jäh wandte sie sich Mirkin voll zu und maß ihn — so schien es ihm wenigstens — mit einem verächtlichen Blick. In ihren Augen war keine Spur von Tränen mehr; ein wildes Feuer loderte in ihnen. Ihre Nasenflügel bebten, und um ihren Mund lag ein bitter verächtliches, schneidendes Lächeln:

»Meine Kinder sind nicht so fein wie ihr hier, daß sie sich nicht zu raten wissen, wenn ihnen etwas geschieht. Sie sind derlei gewöhnt, sie wissen, daß sie bereit sein müssen, den Preis zu zahlen, wenn sie etwas begonnen haben. Ich habe auch keine Angst um sie, es wird ihnen gar nichts geschehen. Und geschieht ihnen doch etwas, so ist es auch nicht zu ändern. Wir sind daran gewöhnt. Wir wissen: Wer leben will, muß sterben können, muß jeden Augenblick bereit sein, mit dem Leben zu bezahlen. Das ist es, und ich habe keine Angst.«

Doch ihre Worte wurden sofort Lügen gestraft; wieder füllten sich ihre Augen mit großen Tränen; sie liefen über ihre Wangen und blieben daran hängen.

Mirkin konnte Frauentränen nicht ertragen; sie brachten ihn dem Wahnsinn nahe. Ohne zu bedenken, was er tat, faßte er ihre Hand:

»Frau Hurwitz, hören Sie auf, ich bitte Sie! Ich habe Sie für eine starke Frau gehalten!«

»Stark oder nicht stark — was läßt sich tun?«

Ärgerlich fuhr sie mit dem bloßen Arm über ihre Wangen und lächelte Mirkin bald wieder zu:

»Sehen Sie, so sind wir Frauen! Das eine sagen wir, und das andere tun wir.«

Jetzt sah sie ihm schon mütterlich ins Gesicht und lächelte.

Frau Hurwitz' Bemerkung vom Sterbenkönnen saß wie ein Stachel in Mirkin: »Wer also nicht sterben kann, kann nicht leben. Ich bin auch so einer.«

Frau Hurwitz bemerkte sofort, daß eine traurige Stimmung Mirkin befallen hatte. Teilnehmend fragte sie:

»Warum sind Sie plötzlich so traurig? Haben meine Worte auf Sie so gewirkt? — Sehen Sie, so sind Frauen!«

Mirkin faßte sich:

»Nicht das ist es — ich dachte bloß über Ihre Worte nach. Sie haben recht: Nur die können leben, die sterben können; doch wer nicht sterben kann, der — kann nicht leben und nicht sterben.«

Frau Hurwitz schien aus dem Ton seiner Worte erraten zu haben, was er meinte:

»Sterben können — ja, für etwas, aber nicht um nichts und wieder nichts! Nicht die können sterben, die ihr Leben leicht von sich werfen, weil ihnen irgend etwas nicht paßt! Sterben können heißt imstande sein, durch die Hingabe des Lebens einer großen Sache Nutzen zu bringen. Das nenne ich — sterben können.«

»Eine große Sache?«

»Oh, es gibt auf Erden Dinge, für die es sich lohnt, das Leben hinzugeben.«

»Glauben Sie das?«

»Ich glaube es nicht, sondern ich weiß es. Kommen Sie nur zu uns, dann werden Sie es selbst erfahren!«

Mirkin versank in Nachdenken.

»Nun, wie dem auch sei, jedenfalls ist es sonderbar, daß ein junger Mann wie Sie in einer so großen Stadt wie Petersburg sich Zeit und Mühe nimmt, mit einer alten Frau zu plaudern«, nahm Frau Hurwitz das Gespräch wieder auf. In ihren Augen lag Dank.

Mirkin errötete.

»Es macht mir Vergnügen, ich höre Sie gern erzählen, besonders wenn Sie von Ihrer Heimat sprechen.« Lächelnd fügte er hinzu: »Und was die ›alte Frau‹ anbelangt — Sie sind gar nicht so alt, Frau Hurwitz.«

»Sie könnten mein Sohn sein. Übrigens, wissen Sie, daß Sie ihm ein wenig ähnlich sehen? Nur tragen Sie einen kleinen schwarzen Vollbart und er bloß ein schwarzes Schnurrbärtchen.«

»Nun, dann will ich mir den Bart scheren lassen; denn ich will ganz so aussehen wie Ihr Sohn.« Wieder lächelte Sacharij.

»Legen Sie so viel Wert darauf?« fragte Frau Hurwitz errötend.

»Vielleicht ...« Mirkin brach ab.

Auch Frau Hurwitz schwieg.

»Frau Hurwitz«, begann Mirkin unvermittelt, »meinen Sie, es würde sich für mich bei Ihnen in Warschau Arbeit finden? Ich habe es mir überlegt. Ich glaube, ich werde Ihrem Rat folgen.«

»Wie, meinen Sie das ernst? Hören Sie auf, Sie scherzen bloß! Sie wollen Petersburg und Ihre reiche Familie verlassen?«

»Warum nicht? Ich sage Ihnen doch, daß ich fort will, und ich meine es ganz ernst. Glauben Sie, ich könnte mich bei euch in Warschau nützlich machen? Sagen Sie es mir, Frau Hurwitz!«

Sein ernster, geradezu bittender Ton rührte sie:

»Nützlich machen können Sie sich bestimmt. Sie sind gebildet, und solche Leute braucht man bei uns sehr notwendig. Doch was sagen Sie? Sie sind ein junger Mann aus reichem Hause und sind ein gutes Leben gewohnt. Was werden Sie bei uns haben? Wir sind arm, mit Ihresgleichen kommen wir nie in Berührung, und unser Horizont ist eng. Wie werden Sie sich in unser Leben hineinfinden können? Sie werden es bald satt haben! Und dann — was gedenken Sie zu tun? Ist denn das ein Leben für Sie?«

»Ja, gerade das will ich, ich muß es! Das andere ekelt mich an. Ich will fort aus diesem Leben hier! Ich muß fort, ich muß mich davon losreißen! Einen anderen Ausweg habe ich nicht. Das ist meine einzige Rettung, sonst bleibt mir . . .«

Mitten im Satz stockte Mirkin. Frau Hurwitz sah ihn teilnahmsvoll an. Mirkin rührte ihr Blick tief; so sah sie wohl eines ihrer Kinder an! Frau Hurwitz legte ihm leicht die Hand auf die Schulter; er spürte eine zitternde Wärme durch seinen Körper rieseln.

»Wenn Sie es wirklich wollen — wir werden Sie mit offenen Armen aufnehmen. Mein Mann wird sich aufrichtig freuen, Sie werden ihm sehr viel helfen können durch russischen Unterricht in unserer Schule oder durch Nachhilfestunden für die jungen Burschen aus der Provinz. Sie können meiner Tochter helfen, Sie können auch Ihren Beruf ausüben. Dann werden wir eben einen Advokaten haben, der zu uns gehört.«

»Meinen Sie wirklich, daß ich nützlich sein, daß ich jemandem helfen kann?«

»Keine Frage! Sie stehen ja erst am Anfang, Sie haben noch ein ganzes Leben vor sich. Sie sind doch noch ein Kind! Ein so junger Mensch, unberufen gesund, gebildet — wie kann es Ihnen da fehlen? Kommen Sie zu uns nach Warschau! Mein Mann wird schon Arbeit für Sie finden, wenn Sie nur arbeiten wollen! Und vielleicht finden wir für Sie auch eine Braut!«

Mirkin errötete.

»Warum schämen Sie sich? Sie sind ja schon im heiratsfähigen Alter! Doch halt, ich habe gehört, Sie seien bereits verlobt, wenn ich nicht irre, mit der Tochter des Advokaten. Wie wird das werden?«

Mirkin erblaßte vor Staunen.

»Ach, das meinen Sie?« stammelte er verlegen. »Daraus ist nichts geworden, es wird auch nichts daraus werden.« Er wunderte sich, daß er so leicht aussprechen konnte, was ihm noch eine Minute vorher unmöglich schien. Da er es einmal über die Lippen gebracht hatte, war er nunmehr dessen vollständig sicher, er würde es tun: Je eher, desto besser!

Auch Frau Hurwitz war verlegen. Um darüber hinwegzukommen, fragte sie:

»Und wann gedenken Sie, zu uns zu kommen?«

»Sehr bald, sehr bald.«

»Suchen Sie uns auf, wenn Sie kommen, unsere Adresse haben Sie ja, Warschau, Nowolipie, Lehrer Hurwitz. Alle Leute werden Ihnen sofort sagen, wer das ist.«

Mirkin erhob sich:

»Wann fahren Sie? Darf ich Sie zur Bahn begleiten?«

»Das ist nicht nötig. Wir sind daran nicht gewöhnt. Wenn eine von uns fahren muß, so findet sie den Weg selbst.«

Mirkin führte ihre Hand an seine Lippen.

»Auch mit diesen Dingen sollten Sie vorsichtig sein. Bei Leuten unseres Schlages ist die Hand nicht immer zum Küssen geeignet, eher zum Kochen.« Sie lachte.

»Gerade deswegen ist sie mir tausendmal lieber.« Mirkin faßte noch einmal ihre Hand und drückte einen festen Kuß darauf.

»Wissen Sie, was ich Ihnen noch sagen muß?« begann Frau Hurwitz, während sie ihn zur Tür begleitete. »Sie sind wirklich noch ein Kind, ein großes Kind, trotz Ihres schwarzen Bartes. Sie brauchen noch eine Mutter! So einen Mann habe ich noch nie gesehen.« Leicht und weich fuhr ihre warme Arbeitshand über seinen schwarzen Bart.

Als er vor die Tür trat, nahm er verwundert wahr, daß ganz Petersburg in Licht getaucht war.

Sei getrost

Die Nacht schien in einen trüben Tag verwandelt; aus ihrem Perlenschimmer war kränklich blasser Schein geworden. Menschen und Dinge bewegten sich wie hinter Schleiern. Alles war verändert: Häuser, Bäume, Menschen und Tiere. Geister gingen durch die Straßen: Geisterpferde, Geistermenschen, merkwürdige Unterweltsgestalten mit Gesichtern, die aus Träumen stammen, mit schattenhaften Leibern aus Fiebervisionen.

Was ist geschehen? Der Boden ist nicht fest, alles schwebt, fließt, zieht sich elastisch in die Länge, nimmt abenteuerliche Formen an, schwimmt und schaukelt hin und her. Die Häuser wurden lang und donquichottehaft dünn, die Menschen trugen hohe spitze Köpfe. Ihre Schatten lösten sich von ihnen los, gingen allein ihres Weges und mischten sich unter die wirklichen Menschen; Mensch und Schatten waren nicht mehr zu unterscheiden.

Wie mit den wirklichen Dingen, so geht es auch mit den Gedanken und Gefühlen. Wünsche vermengen sich mit Realität, Träume mit Wirklichkeit, und das eine ist nicht mehr vom anderen zu unterscheiden.

Im Gewirr der Schatten ging Sacharij, selbst ein Schatten, durch die Nacht. Er wußte nicht mehr, ob die Erlebnisse der letzten Tage Traum oder Wirklichkeit waren.

Er sprach zu sich: »Meine Eltern habe ich im Quartier der Kwasniecowa gefunden; ist das kein Wunder?« Denn der alte Chomski und Frau Hurwitz aus Warschau standen ihm so nahe, als hätte er sie sein Leben lang gekannt. Ja, zeit seines Lebens waren sie um ihn gewesen, nie gesehen, unbekannt; und doch waren sie da, hatten ihn bis heute behütet und erhalten.

Wieder sah sich Sacharij im kalten, weißen Jekaterinburg in einer Winternacht. Der unheimliche sibirische Frost bricht aus den Wäldern hervor und umringt die Stadt und Sacharijs Elternhaus. Er ist allein, ganz klein, ganz verloren in seinem großen Kinderzimmer. Einsam liegt er in seinem Bett und starrt mit offenen Augen in die kalte Nacht. Mama ist nicht hier. Jemand sitzt an seinem Bette, doch es ist nicht seine Erzieherin. Die Gestalt ist unsichtbar . . . Jetzt weiß er, wer es war. In der Nacht verborgen hat Frau Hurwitz aus Warschau an seinem Bette gesessen, sie hat über ihn gewacht, ihn behütet mit entblößten Mutterhänden, die schützen und retten wollen wie die Pranken eines gereizten Muttertieres — mit ihren glühenden Augen.

Sind solche Gedanken nicht Unsinn? Es sind doch kindische Illusionen. Und doch tun diese kindischen Illusionen wohl. Wem liegt auch daran, daß ein erwachsener Mensch in einer weißen Nacht durch die Straßen von Petersburg schreitet und denkt, was er denkt?

Was sind leibliche Eltern? Eine physische Ursache. Das kleine Atom, das ins Leben gestoßen wurde, ist freilich die Ursache dieses Ganzen, das sich entwickelt hat, die ursprüngliche Kraft, die es geschaffen. Doch das kleine Atom ist längst verschwunden, in der Flut von Lebensempfindungen des Organismus untergetaucht. Jede Sekunde Leben eines Organismus bedeutet ein Hineinwachsen in andere Welten. Mag auch der Organismus alle Eigenschaften des ursprünglichen kleinen Atoms in sich tragen, so schafft er doch von Minute zu Minute seines Wachstums tausend neue Eigenschaften.

»Welche Beziehung habe ich eigentlich zu meinen physischen Eltern, die mich in die Welt gesetzt haben? Mama habe ich eigentlich nie gekannt; was sie mir war, habe ich mir selbst geschaffen; es war ein Gespinst, von meinem eigenen Lebensmut gewebt, ein Getränk, für meinen Durst gebraut. Vielleicht war diese Frau im Leben, in der Wirklichkeit ganz etwas anderes, nicht Mama? Und mein Vater? Hätte ich die Wahl gehabt, so hätte ich mir bestimmt einen Vater ausgesucht, der meinem Ideal entsprach, hätte mich nicht einem fremden Körper durch Familienbande verknüpft. Papa ist mir doch vollständig fremd, ja unsympathisch, und wäre er nicht mein Vater, welche nähere Beziehung hätte ich zu ihm?«

Jeder Mensch wird einsam wie ein Stein geboren. Es gibt keine Familieninstinkte. Das ist eine Vorstellung, aus rein materiellen Gründen gezüchtet, um auf gesammelten Reichtum Anspruch zu erheben. Viel stärker leben in uns die reinen Gemeinschaftsinstinkte. Die Not hat in uns das Bedürfnis entwickelt, in Herden, in Gemeinschaften zu leben. Unser Machttrieb und der egoistische Wunsch, aufgespeicherten Besitz zusammenzuhalten, hat die patriarchalische Lebensform geschaffen. Der Gemeinschaftsinstinkt weckt in uns hochfliegende, ideale Taten, lehrt uns, für die Gesamtheit zu opfern. Der Familieninstinkt dagegen macht uns engherzig und stärkt unsere Eigenliebe. Daher muß er bekämpft und ausgerottet werden, ebenso wie wir bemüht sind, andere schlechte Eigenschaften in uns zu bekämpfen.

Doch in Wirklichkeit gibt es Eltern. Sie leben irgendwo, in der Tiefe eines unbekannten, verborgenen Lebens verwurzelt. Manchmal begegnet der Mensch diesen seinen Eltern, zumeist jedoch nicht.

Der alte Jude, der so warm seine Hand gefaßt und die Worte zu ihm gesprochen hat, deren er bedurfte, Frau Hurwitz, die ihn ins Leben zurückgerufen und ihm aufgetragen hatte, eine Botschaft irgendwohin zu bringen, die erschienen Mirkin als seine richtigen Eltern; das Leben hatte sie durch einen Zufall in die Wohnung der Kwasniecowa gebracht, und ein günstiges Schicksal hatte ihn sie finden lassen.

»Es klingt beinahe wie ein Scherz: Meine Eltern habe ich in der Wohnung der Kwasniecowa gefunden. Doch wer sind diese neuen Eltern? Wer sind überhaupt die Insassen des Quartiers der Kwasniecowa? Sie kommen aus einer fernen, unbekannten Welt, aus den Tiefen des jüdischen Ansiedlungsrayons, den ich nie sah, von dem ich nie etwas wußte. Dort ist jetzt zufällig das eine Ende der Schnur geknüpft, die mich an das Leben bindet.

Also gehöre ich dorthin, dort ist der Weg bereitet, den ich gehen muß. Die Taten, die ich zu tun habe, warten dort auf mich. Dort liegt der Inhalt meiner Tage. Durch einen Zufall, einen sinnlosen, zufälligen Irrtum bin ich bei anderen Eltern, in anderen Lebensumständen geboren worden. Diesen Irrtum der Natur muß ich korrigieren, wie man ein Gebrechen korrigiert, einen Höcker operiert. Es heißt also, die Natur korrigieren. Dorthin, in jenes unbekannte Leben gehörte ich stets, und es genügt, daß ein alter Mann mich an der Hand faßt, daß eine Frau mir mit dem Finger den Weg andeutet; jetzt weiß ich, was ich zu tun habe.«

Mit einem Male wurde es in den Straßen Petersburgs hell wie am Tage, ja noch heller als bei Tag. Ein ganz neues Licht, das aus einer unbekannten Welt kam, beherrschte jetzt die Häuser, die Straßen und die wenigen einsamen Nachtwandler. Der rötlichviolette Schein des Nordlichts breitete sich über die Straßen. Es stellte Menschen und Dinge ins klarste, deutlichste Licht. Alle natürlichen Perspektiven schienen verschwunden, und die Dinge warfen keinen Schatten. Die Schatten von früher waren fort, und alle Dinge traten wesenhaft, in ihren natürlichen Dimensionen hervor. Scharf und eckig hoben sich ihre Konturen vom Lufthintergrund ab, und jedes Ding war genau umgrenzt. Und ebenso wie die Welt von außen beleuchtet war, so wurden Gedanken und Gefühle von innen her erhellt. Die bisher in ein Gespinst verknoteten wirren Gedanken wurden klar, deutlich und fest gegründet.

Alles wurde Mirkin jetzt klar und deutlich: sein bisheriges Leben, sein Ringen mit dem Schicksal — alles war aus einem Irrtum entstanden, in den er ohne seine Schuld verstrickt war. Jetzt aber ist er frei, nichts steht vor ihm, nichts hinter ihm, er ist allein. So mußte alles geschehen, und es ist gut, daß es geschah. Besser als alle seine Handlungen begriff er jetzt seine Feigheit.

Sein Kampf mit dem Tode erschien ihm jetzt nicht als niedrige Feigheit, sondern als zielstrebig wirkende mächtige Kraft, die den Tod besiegt hatte, als das Ringen mit einem dunklen Schatten. Jetzt wurde es ihm klar: Er hatte den sinnlosen, unfruchtbaren, unberechtigten Tod besiegt, einem klaren und hellen Leben zuliebe, einem Leben, das noch ungeformt dort drüben, weit entfernt vom Nordlicht lag.

In der hellen Nacht sah er seinen Weg klar vor sich: An seinem Beginne steht eine Frau. Scharf und deutlich sieht er ihre Gestalt. Ihre Glieder sind wie gegossene Röhren, von Lebenslust und Kraft, von Verlangen und Liebe durchflossen. Ihr üppiger Leib ist in die enge Form eines schwarzen Kleides gepreßt. Arbeitsam und schaffend regen sich ihre bloßen Arme. Er sieht sie in einer großen Küche Suppe für alle ihre Kinder schöpfen. Endlich, endlich sind die Teller voll, es reicht für alle. Alle Verlassenen kommen zu ihr. Stark und voll ist ihre Brust, die Brust der Mutter. Scharf umrissen ihr Gesicht. Er sieht im Profil die kräftigen Kinnbacken. In ihren Augen blitzen Zornes- und Mitleidstränen zugleich, Weinen der Mutter und Heldenmut der Frau. Mit demselben lachenden Weinen wie eben noch über das Schicksal ihres Sohnes blickt sie jetzt ihn an, legt ihre Hand auf seine heiße feuchte Stirn und spricht: »Sei getrost!«

Behütet und sicher fühlt sich das Kind an der Brust der Mutter. Nichts kann ihm mehr geschehen.

In dieser Nacht schlief Sacharij zum erstenmal nach langer Zeit, ohne von drückenden Nachtträumen gequält zu werden. Im Schlafe leuchtete sein bleiches, vom schwarzen Bart umrahmtes Gesicht, erhellt vom Lächeln der Läuterung und des Trostes.

In einer Theaterloge

Zusammen mit dem Frühling war wie alljährlich das Moskauer Künstlertheater zu einem Gastspiel nach Petersburg gekommen. Gabriel Haimowitsch hatte für die Vorstellung von Tschechows »Kirschgarten« eine Loge besorgt und die Familie Halperin und das Brautpaar eingeladen.

Das Theater war übervoll. Die Galerien und die Hälfte des Parterres füllte ein nach Emotionen dürstendes Publikum. Es waren Studenten, Studentinnen und Intelligenzproletariat. Mit unbeschreiblicher Mühe war es dieser Kategorie von Besuchern gelungen, Einlaß zu finden. Ein Teil von ihnen hatte zwanzig Stunden lang an der Kasse Schlange gestanden, andere hatten für die Karten phantastische Preise gezahlt, die sie für Wochen und Monate ihren täglichen Luxus und vielleicht auch die notwendigsten Bedürfnisse kosteten. Noch vor der Vorstellung erregte und belebte die Spannung sie so sehr, daß es ihnen unmöglich war, Ruhe zu bewahren. Dieses Publikum schien nicht eine Theatervorstellung zu erwarten, sondern ein Ereignis von höchster Wichtigkeit, das mit seinen persönlichsten Interessen verbunden war. Die Spannung sprang wie ein elektrischer Funke auf das satte und behaglich sitzende Publikum der ersten Parkettreihen und Logen über. So befand sich das ganze Theater in gehobener Stimmung, jeder Puls lief schneller, und alles war geradezu atemlos vor Erwartung von etwas ganz Ungewöhnlichem.

In Gabriel Haimowitschs Loge war die Erregung und Spannung nicht geringer als auf den anderen Sitzen. Überdies aber gab es in der Loge noch einen besonderen Grund zur Erregung: es war nur wenige Minuten vor dem Aufgehen des Vorhangs, und der junge Mirkin war noch immer nicht da. Das war allen unerklärlich, und sie standen in Erwartung irgendeines Ereignisses. Der junge Mirkin war in den letzten Tagen wie vom Erdboden verschwunden und hatte sich im Hause Halperin überhaupt nicht gezeigt. Obwohl man ein solches Benehmen von ihm gewöhnt war und es seinem phlegmatischen Naturell zuschrieb, hatte es Olga Michailowna in den letzten Tagen sehr beunruhigt. Seine taktlose Verspätung von heute — er hatte nicht einmal seine Braut abgeholt — kündigte der Mutter den Beginn einer Katastrophe an. Nach außen hin aber bewahrte sie mehr Ruhe als die anderen, vor allem mehr als Nina, die durch übertriebene Lebhaftigkeit und geheucheltes Interesse für die Aufführung ihre Unruhe merken ließ; mehr auch als Gabriel Haimowitsch, dessen Gesicht die Wut unnatürlich gerötet hatte, sogar mehr als ihr eigener Gatte Solomon Ossipowitsch, der von nichts wußte und einige Male ganz naiv fragte: »Warum zeigt sich Sacharij nicht?« Olga Michailowna wirkte durch ihr ungezwungenes Lächeln, ihre gleichgültigen Bemerkungen und gewandten Gesten beruhigend auf die kleine Gesellschaft in der Loge. Auf die Frage ihres Mannes antwortete sie gelassen:

»Wie immer wird Sacharij sicher erst nach Beginn der Vorstellung kommen und von den Dienern, wie es bei den Vorstellungen der Moskauer üblich ist, erst nach dem ersten Fallen des Vorhangs eingelassen werden.«

Obgleich Olga Michailownas ruhige Haltung und ihre lebhafte Konversation mit Gabriel Haimowitsch viel dazu beitrugen, die Spannung zu lösen, die alle beherrschte, so waren sie doch sehr zufrieden, als der Saal sich verdunkelte und die Vorstellung begann. Das Dunkel überhob sie der Notwendigkeit, einander ins Gesicht zu sehen.

Die Vorgänge auf der Bühne schlugen alles in ihren Bann. Jeder einzelne Zuschauer schien sein eigenes Leben und seine eigene Umgebung vergessen zu haben und in die Welt und das Leben einbezogen zu sein, das auf der Bühne dargestellt wurde. Auch in der Loge bei Gabriel Haimowitsch taten alle, als wären sie gänzlich von den Vorgängen auf der Bühne in Anspruch genommen; in Wirklichkeit aber nützte ein Teil von ihnen die Vorstellung nur als Vorhang, hinter dem sie ihre bekümmerten Mienen verbergen und sich ihren Gedanken überlassen konnten.

Den stärksten Gebrauch von dieser Möglichkeit machte Nina. Heute abend waren ihre Gedanken und Empfindungen weit entfernt von fremder Tragik. Sie spürte, daß sich Wolken zusammenballten und ein Sturm in der Luft lag. Die Elektrizität des aufziehenden Gewitters hatte sie bereits berührt. Furcht hatte Nina nicht, sie war auch nicht neugierig; ihr war nur bange zumute.

Anfangs war ihr Sacharij völlig gleichgültig gewesen. Das war in der Zeit, da sie meinte, er mache ihr den Hof. Sie betrachtete ihn damals als einen ihrer vielen Courmacher, an die sie gewöhnt war. Für Nina war es selbstverständlich, daß zahlreiche Männer sie wie Bienen eine Blume umschwärmten, daß man ihr verlangend in die Augen sah, kurz, daß man sie begehrte. Als sie sich mit Sacharij verlobte, erhielt er für sie einiges Interesse durch das neuartige Bewußtsein, er sei ihr Verlobter, mit dem sie offiziell verbunden sei, in einer Wohnung, in enger physischer Berührung leben würde ... Als er sie zu vernachlässigen begann und durchaus nicht das fiebernde Begehren zeigte, das sie in ihrem Kreise gewohnt war, fühlte sie sich gekränkt und beleidigt. Doch sie war zu stolz, es zu zeigen, ja auch nur dem Gedanken Raum zu geben, daß sie sich gekränkt fühlte. Sacharij war für sie nicht mehr als ihr künftiger Gatte, den sie deshalb heiratete, weil ein anständiges Mädchen aus gutem Hause ja schließlich einmal heiraten muß. Wer es ist, ist im Grunde genommen einerlei. Sacharij, von Natur aus phlegmatisch, wird wenigstens nicht so zudringlich sein wie die anderen!

Die Aufmerksamkeiten des alten Mirkin ließ Nina sich gern gefallen — zunächst aus familiären Gründen, da sie hervorheben wollte, die ganze Verbindung mit den Mirkins bedeute für sie kein persönliches Verhältnis, sondern eine Familienangelegenheit; zweitens aber auch, um ihre gekränkte Eigenliebe ein wenig zu beruhigen: Es war ein Seitenhieb auf Sacharij, zugleich auch auf die jungen Männer von heute, die es nicht verstehen, so viel Romantik und Galanterie für Frauen aufzuwenden wie die alte Generation. Doch seit einiger Zeit, genauer seit dem ersten Frühlingsabend, fühlte Nina, daß sie sich wirklich und wahrhaftig in Sacharij verliebt hatte. Jetzt merkte sie: Sie hatte ihn nicht gekannt, hatte sein Schweigen ebensowenig verstanden wie seine Art, die Dinge tief zu erleben. Es war ihr, als hätte sie durch ihre geräuschvolle Art sein stilles Wesen überschrien und ihn durch ihren Lärm vertrieben.

Nina sehnte sich nach Sacharij, nach seinem stets wachen, sprechenden Blick, nach seinem stillen Munde. Sie sehnte sich nach seinem Profil, wollte ihn in ihrem Boudoir auf dem Fauteuil in einer Ecke sitzen und mit seinen lebhaften Augen ihren Bewegungen folgen sehen. Sie sehnte sich nach seinem strafenden Blick, sehnte sich danach, vor ihm Furcht zu haben wie früher.

Mit einem Male fühlte sie die Leere ihres gewohnten Lebens, der lärmenden Boulevards von Petersburg, ihrer früheren Bekannten und Freunde. Jetzt schätzte sie die zügellosen Abende bei Sofia Arkadjewna richtig ein, spürte den Rauch und Schweißgeruch der blasierten Männer und der nach Raffinement dürstenden Frauen, die verhüllt oder unverhüllt ihre Begierden zu befriedigen trachteten: »Um Gottes willen, was habe ich bei ihnen zu tun? Wie komme ich zu ihnen?« Sie erinnerte sich des Kabarettphilosophen, des Tanzkritikers Boris Abramowitsch, dessen Gesellschaft sie bisher so gern gesehen hatte. Jetzt spürte sie das billige Chansonettenparfüm und den unanständigen Geruch, der seinen klugen Lebensweisheiten entströmte: »O Gott, wie konnte ich das ertragen, wie konnte ich mich mit diesen Leuten abgeben! Wie konnte ich ihn, Sacharij, in ihre Gesellschaft einführen, dazu noch gleich im Anfang unserer Verlobungszeit, als er vielleicht nach stillen, nur uns beide berührenden Erlebnissen sich sehnte und nach träumerischer Seelenverbindung zweier Brautleute. Er ist doch zu rein, zu unbefleckt, ein Kind! Warum habe ich ihn nicht verstanden? Warum habe ich ihn nicht sofort im ersten Augenblick richtig eingeschätzt? Wo war mein Instinkt für Menschen, auf den ich so stolz bin? Und ich selbst sehnte mich doch nach bräutlichen Träumen und wünschte sie. Warum habe ich mich dessen geschämt? Warum wollte ich etwas anderes vortäuschen, als ich bin und sein will? Gibt es denn wirklich nichts Besseres für mich, als eine Maske zu tragen und auf Stelzen zu gehen, um größer auszusehen, als ich in Wirklichkeit bin?«

Sie erinnerte sich seiner schamhaften, schüchtern zurückhaltenden Berührungen, als er sie bei einer Schlittenfahrt über die Newa umarmte, als er verstohlen ihr Parfüm einsog, leise über ihre Locken fuhr, leicht ihre Hüfte berührte. Damals hatte sie ihn innerlich verlacht, über seine Schüchternheit und sein Bräutigamsbenehmen gespottet. Jetzt sagte sie sich: »Es ist doch schön. Ich wünsche es ja so. Warum habe ich mich verstellt? Ich habe ihn durch meinen Lärm und durch meinen Kabarettrausch von mir getrieben. Ich selbst habe es getan.«

Feuchter Glanz blitzte aus ihren Augen in den dunklen Zuschauerraum.

»Dennoch ist es seine Schuld. Was habe ich denn getan, daß ich es verdiene, unaufhörlich gestraft und gerichtet zu werden? Was gab ihm ein Recht auf alle Verdächtigungen? Ich habe gespielt, ich war eine Närrin, ebenso kindisch wie er, nur in anderer Art. Verdiene ich deshalb, daß er mich unaufhörlich straft und solche Gedanken über mich in sich trägt?«

In der letzten Zeit hatte Nina immer wieder die Gelegenheit zu einer Aussprache gesucht, um alles aufzuklären. Sie wünschte ihm klarzumachen, daß sie nicht war, wofür er sie hielt, daß der Verkehr mit der Gräfin, mit dem Tanzkritiker und dem ganzen Kreise ihr selbst zum Ekel geworden war und daß sie ihn abbrechen wollte; daß sie sich ihrer beider künftiges Leben ganz anders vorstellte, als er meinte, daß sie dasselbe ruhige bescheidene Leben wünschte wie er, ein Leben eigenen einfachen Glückes.

Doch Sacharij gab Nina keine Gelegenheit zu dieser Aussprache, da er ihr immer mehr auswich. Die Verlobung mit Nina nahm er als eine Pflicht hin, die er zu erfüllen hatte. Trafen sich die Verlobten, so erhob sich in Nina von neuem der gekränkte Stolz, schnürte ihr die Kehle zu und verschloß ihr Herz. Dann sprach sie wieder statt der aufrichtigen wahren Worte, deren es bedurfte, fremde und verlogene und spielte Komödie.

»Es muß ein Ende nehmen! Er muß es wissen! Wir müssen uns aussprechen — bald, noch heute! So kann es nicht weitergehen. Doch warum kommt er nicht, warum straft er mich so? Was habe ich ihm getan? Heute noch muß es geschehen, nach der Vorstellung. Von heute abend an muß unser Verhältnis in ganz anderem Lichte dastehen oder — gelöst werden. Doch warum kommt er nicht, um Gottes willen, wo ist er? Vielleicht hat Mama recht: Er geht wohl jetzt im Foyer auf und ab und wartet, bis der Vorhang fällt. Wie lange der Akt heute dauert, er will gar kein Ende nehmen!«

Als der Vorhang fiel, strömte die Woge der Zuspätkommenden durch die Türen in den Saal und jeder suchte seinen Platz auf. Den Frauen verbot es ihr Stolz, nach Sacharij Ausschau zu halten. Die Männer musterten die Ankömmlinge ungeduldig. Doch als die Neuangekommenen ihre Plätze eingenommen hatten und Sacharij noch immer nicht erschien, wurde die Stimmung in der Loge geradezu beklemmend.

Niemand sprach mehr, selbst Olga Michailowna hatte Mühe, die Konversation aufrechtzuerhalten. Ihre Bemerkungen über die Darstellung des ersten Aktes klangen zerstreut. Alle stimmten ihr mehr mit Kopfnicken als mit den Lippen bei.

Zum Glück dauerte der Zwischenakt nicht lange. Bald begann das Spiel wieder, und die vier Insassen der Loge konnten ihre Gedanken in der Dunkelheit verbergen.

Die Darstellung des zweiten Aktes war so realistisch, daß die Zuschauer sich in den Hochsommer, auf die blühenden Wiesen versetzt fühlten, welche die Szene darstellte. Von der Bühne schien der Geruch frisch geschnittenen Heus zu strömen, und man bekam Lust, zusammen mit den Helden des Schauspiels die Kleider von sich zu werfen und ein kühlendes Bad zu nehmen. In unerklärlicher Weise erweckte diese Szene in Nina die Überzeugung, sie würde nie mehr den Sommer sehen, nie mehr den Geruch frischen Heus auf blühenden Wiesen spüren. Ihre Augen füllten sich mit Tränen. Von den Bemühungen, das Weinen zurückzuhalten, bekam sie Kopfweh, und als der zweite Akt zu Ende war, mußt Nina das Theater verlassen. Sie fuhr in Begleitung ihrer Mutter nach Hause. Die Männer blieben in der Loge und warteten noch immer auf Sacharij.

Mutter und Tochter

Zu Hause fand Nina einen Brief vor. Als sie ihn empfing, erbleichte sie. Sie hatte ihn erwartet und wußte, was er enthielt. Sie schloß sich in ihrem Zimmer ein, riß mit zitternden Händen den Umschlag auf und las:

»Es ist etwas eingetreten, was mich erkennen läßt, daß ich kein Recht habe, einem so reinen Wesen nahe zu sein, das ich in meinen niedrigen Gedanken immer wieder gerichtet habe. Gestatten Sie mir deshalb Ihnen fern zu bleiben. Ich bitte Sie, verzeihen Sie einem schwachen Menschen, der nicht die Kraft fand, Sie auf anderem Wege von einem Ihnen lästigen Verhältnis zu befreien.«

Ninas Blick fiel auf die kleine zierliche Handschrift Mirkins. Ihr erster Eindruck war: Lüge, er lügt von Anfang bis zu Ende! Er nimmt eine Schuld auf sich, die er sicherlich in seinen Gedanken mir zuschreibt! Ekel und Zorn erfaßten sie über seine Empfindlichkeit und Unaufrichtigkeit.

»Warum hat er keinen Mut, offen zu sagen, was er über mich denkt? Warum nimmt er denn Dinge auf sich, die von Anfang bis zu Ende erfunden sind? Das ist eine jüdische Gemeinheit!«

Von Ekel geschüttelt warf sie den Brief fort und tat, als ginge er sie weiter nichts an; sie schien innerlich befriedigt, daß die Sache ein für allemal ein Ende genommen hatte, und fand es nicht einmal für notwendig, sofort ihre Mutter aufzusuchen, obwohl sie fühlte, daß die Mutter in Unruhe wartete. Auch das war ihr jetzt gleichgültig.

Mehr aus Neugierde als aus innerem Interesse nahm sie den Brief wieder zur Hand und las ihn noch einmal.

Diesmal hatte sie ein unbestimmtes Gefühl, das sie erbleichen ließ.

»Es war nicht Sacharijs Art, sich so zu erniedrigen. Es muß ihm etwas zugestoßen sein!

›Ich bitte Sie, verzeihen Sie einem schwachen Menschen, der nicht die Kraft fand, Sie auf anderem Wege von einem Ihnen lästigen Verhältnis zu befreien.‹ — Was bedeutet der Ausdruck ›auf anderem Wege‹? Was meint er damit?«

Ihre Gedanken suchten sich das Bild Sacharijs bei ihrer letzten Begegnung zu vergegenwärtigen.

»Was ist ihm zugestoßen? Woher die Änderung?«

Und als wäre ihr plötzlich etwas klargeworden, lief sie aus ihrem Zimmer zur Mutter und rief noch auf dem Wege mit einer Stimme, die nichts Menschliches mehr hatte:

»Mama, Mama, Mama!«

Olga Michailowna schien diesen Ausbruch erwartet zu haben; sie kam der Tochter entgegen, diesmal allerdings nicht mit ihrer gewöhnlichen majestätischen Ruhe, der nichts nahezugehen schien, sondern totenbleich, mit schlotternden Knien.

Die Tochter hielt der Mutter den Brief vor das erschreckte Gesicht und rief:

»Sage, was ist Sacharij zugestoßen?«

Mehr aus Gewohnheit, in allen Fällen Haltung zu bewahren, als aus wirklicher innerer Ruhe entgegnete Olga Michailowna:

»Warum schreist du so? Bist du von Sinnen? Wer soll wissen, was Sacharij zugestoßen ist?«

Hastig überflog sie den Brief. Dann schrie sie in rasender unverständlicher Wut, wie sie die Tochter nie an ihr bemerkt hatte, wild auf:

»Das kann nicht sein! Nein! Nein!«

»Warum nicht? Warum kann es nicht sein?« Nina faßte die Mutter an der Hand, und als wollte sie von ihr etwas anderes fordern, schrie sie unaufhörlich:

»Warum nicht? Warum kann es nicht sein? Sag es mir, sag es doch!«

Olga Michailownas krampfhafte Bemühungen, ihr Gleichgewicht zu bewahren, hatten Erfolg; sie gab Nina die gewünschte Aufklärung in einem feurigen, echt mütterlichen Aufschrei:

»Was meint er eigentlich? Jetzt, kurz vor der Hochzeit, da alles bereit ist, da die ganze Stadt davon weiß, werden wir uns blamieren lassen und sein pathologisches Geschreibsel für Wahrheit nehmen? Du siehst doch, das ist pathologisch!«

»Nein, es ist wahr, wahr, wahr!« schrie die Tochter.

»Warum schreist du? Die Dienerschaft wird zusammenlaufen. Was ist wahr?«

»Daß ihm etwas Ernstes und Fatales zugestoßen ist.« Plötzlich trat Nina hart an die Mutter heran und bohrte ihre tränenerfüllten Augen in Olga Michailownas Gesicht, als forderte sie von ihr etwas:

»Was hat man Sacharij angetan? Du siehst ja — er ist tot! Jemand hat ihn getötet! Was hat man ihm angetan?«

Olga Michailowna erbleichte und biß sich in die Lippen. Doch ihr Selbsterhaltungstrieb trat in Aktion und überwachte ihren Verstand und ihre klare Überlegung. Sie kämpfte um ihre Mutterschaft.

»Ich wußte gar nicht, daß dieses Verhältnis dir so nahegeht. Beruhige dich, ich glaube, alles ist ein fataler Irrtum und wird sich aufklären lassen.«

Nina betrachtete die Mutter. Das grünlich schimmernde Feuer ihres Blickes hatte etwas Raubtierähnliches. Die Mutter erschrak.

»Nina, ich weiß nicht — was hast du?« fragte Olga Michailowna ängstlich.

»Du weißt nicht? Aber ich weiß, ich weiß alles!«

Mutter und Tochter erbebten. Beide schienen vor demselben Worte zurückzuschrecken. Nina faßte die Hände der Mutter und bedeckte damit Olga Michailownas Gesicht, als wollte sie es nicht sehen. Doch der Selbsterhaltungstrieb in Olga Michailowna war wieder am Werk. Wie eine Marmorstatue stand sie hocherhobenen Hauptes vor der Tochter und sah ihr kühl und ehern in die Augen.

»Nina, du bist krank! Du tust mir sehr leid. Ich bitte dich, fasse dich! Auch das schlimmste Unglück rechtfertigt nicht dein Benehmen. Ich kann dich begreifen, ich bedaure dich, und ich verzeihe dir; doch du weißt selbst nicht, was du sprichst. Nachher wirst du dich dessen schämen. Aus dir spricht die Verzweiflung.«

Nina schwieg. Totenbleich warf ihr die Mutter einen verächtlichen Blick zu. Dann begann sie in milderem Ton, der mitleidig und gekränkt zugleich war:

»Ich wußte nicht, daß das Verhältnis dir so nahegeht. Da dem so ist, wird es nötig sein, die Sache zu reparieren. Es ist gar nichts Ernsthaftes vorgefallen, das Ganze ist sicher bloß kindische Träumerei und gegenseitiges Mißtrauen. Es wird sich sicher alles aufklären.«

»Nein, nein! Das nicht, das nicht!« schrie Nina rasend.

Olga Michailowna erbleichte abermals.

»In diesem Zustand mit dir zu sprechen, ist unmöglich. Ich fürchte, du könntest Dinge sagen, deren du dich später schämen müßtest.« Damit wandte sie sich um und verließ langsam, mit dem festen Schritt schwer beleidigten Stolzes das Zimmer.

Als der schon recht verfallene Solomon Ossipowitsch aus dem Theater zurückkehrte, lief er, ohne den Pelz abzulegen, zu seiner Tochter.

»Was ist geschehen?«

Wortlos ging Nina auf den Vater zu und vergrub ihren Kopf in seinem offenen Pelz. Jetzt erst fand sie Tränen.

Gerührt faßte er mit zitternden Händen ihren Kopf und sprach in dem pathetischen Tone, den er von seinen Verteidigungsreden her am leichtesten bei der Hand hatte:

»Mein Kind, ich werde für deine Ehre Rechenschaft fordern, von wem immer es auch sein mag!«

Nina ließ den Vater stehen und ging in ihr Zimmer, um den Tränen freien Lauf zu lassen.

Prüfung

»Wie erklärst du dein Benehmen von gestern? Es ist unbegreiflich, es sei denn, du bist verrückt geworden. Wo ist deine gute Erziehung?« Mit diesen Worten empfing der alte Mirkin seinen Sohn am Tage nach dem Theaterabend in seinem Arbeitszimmer im Büro, wohin er ihn telefonisch zitiert hatte.

Noch jetzt flammte Gabriel Haimowitschs Gesicht vor Scham und Zorn. Es war zu merken, daß wilde Wut in ihm kochte, deren Ausbruch er mit allen Kräften zu verhindern trachtete. Er saß in seinem beweglichen Bürosessel und bog ihn so weit nach hinten, daß er zu fallen drohte; seine Finger umklammerten krampfhaft das große, schwere Papiermesser; die wasserblauen Augäpfel traten stark hervor, und seine Ohren glühten.

Im Gegensatz zu seinem Vater war der Sohn ganz ruhig. Er saß ihm gegenüber in der Ecke des breiten Lederfauteuils, der für vornehme Besucher bereitstand. Sacharijs Gesicht hatte einen nahezu gleichgültigen Ausdruck, nur ein kaum sichtbares Lächeln huschte über seine Lippen und verlor sich in dem kurzen schwarzen Bart. Es konnte ebensogut innere Zufriedenheit wie boshaften Triumph ausdrücken. Gelassen antwortete er seinem Vater.

»Das ist nicht sehr schwer zu erklären. Ich habe beschlossen, das Verhältnis zu lösen; übrigens bin ich der Meinung, daß auch Nina Solomonowna es wünscht.«

»Das Verhältnis zu lösen?« fragte der Vater erstaunt.

»Ich meine die Verlobung mit Nina Solomonowna; ich habe auch schon die nötigen Schritte getan.«

»Die nötigen Schritte getan . . .« Mechanisch wiederholte der Vater Sacharijs Worte. »Welche nötigen Schritte?«

»Ich habe gestern Nina Solomonowna brieflich mitgeteilt, daß ich sie von dem ihr lästigen Verhältnis befreie. Und ich bin überzeugt — sie hat diese Nachricht mit großer Befriedigung aufgenommen.«

»Was?« schrie der Vater mit unnatürlicher Stimme, indem er von seinem Stuhl aufsprang. »Bist du verrückt geworden?«

»Ich begreife Ihre Erregung nicht, Papa, das ist meine persönliche Angelegenheit, und ich habe es für richtig befunden, so zu handeln.«

Gabriel Haimowitsch erbleichte; er trat auf den Sohn zu und sprach — so schien es wenigstens Sacharij in diesem Augenblick — in ungewöhnlich ruhigem Ton:

»Du bist ein Bürschchen und Bürschchen behandelt man so . . .«

Damit klatschte eine Ohrfeige auf Sacharijs bärtige Wange.

Der Vater wurde viel bleicher als der Sohn; erst die ungewöhnliche Blässe seines Gesichtes ließ Sacharij recht begreifen, was geschehen war. Unbeweglich blieb er sitzen und sah den Vater erstaunt an. Der Vater tat desgleichen. Er merkte, daß Sacharij bleich war. Nur dort, wo Gabriel Haimowitschs Hand die Wange getroffen hatte, war wie ein Kainszeichen die rote Spur einer Hand zu sehen; der Abdruck der Finger verlor sich in Sacharijs dichtem schwarzen Bart. Und gerade darüber, daß seine Finger Sacharijs schwarzen Bart berührt hatten, erschrak der Vater zutiefst.

»Was habe ich getan?« rief der alte Mirkin erschrocken; er preßte die Hand an seine Augen und stotterte fassungslos:

»Verzeih mir, ich habe mich vergessen!«

Sacharij konnte sich über seine Empfindungen eigentlich keine klare Rechenschaft geben; statt Empörung erfaßte ihn wirkliches Mitleid mit dem Vater. Ungeachtet der schweren Beleidigung, die er tief empfand, konnte er zu seinem Ärger dem Vater ganz und gar nicht böse sein, im Gegenteil, er fühlte eine große Erleichterung, als hätte die Ohrfeige eine schwere, drückende Last von seiner Seele genommen. Eine seltsame Zufriedenheit und Beruhigung zog in ihn ein. Gleich einem Menschen, dem eine große innere Freude zuteil ward, konnte er sich nicht enthalten, seinen Gefühlen Ausdruck zu geben:

»Ich danke Ihnen dafür, Papa.«

Jetzt brach Gabriel Haimowitschs Zorn los:

»Warum dankst du mir, Idiot, verantwortungsloser Bursche? Wenn du ein Mann wärest, hättest du zurückgeschlagen, nicht gedankt.«

Verstohlen, wie hinter einem Schleier, lächelte Sacharij und schwieg.

Gabriel Haimowitsch nahm wieder auf seinem Stuhl Platz, stützte beide Hände auf den Schreibtisch, vergrub den Kopf darin und sprach zu sich selbst, als wäre niemand im Zimmer:

»Da hat man ein ganzes Leben lang gebaut, und nun kommt ein Bürschchen und reißt alles nieder! Da hat man gemeint, endlich im Alter ein Heim zu haben, und nun — wieder auf der Straße, im Hotel! Wozu dann alles? Für wen?«

Sacharij empfand tiefes Mitleid mit dem Vater und wollte ihn trösten, doch er fand keine Worte. Das schmerzte ihn, und er schalt sich innerlich, doch er schwieg.

»Ist es ein Wunder, wenn unsereinem die Geduld reißt?« setzte der Vater sein Selbstgespräch fort. »Ja noch mehr — man kann ja verrückt werden, man könnte ein Verbrechen begehen, wahrhaftig ein Verbrechen!« Die letzten Worte schrie er laut, während er den Sohn anblickte, und fügte dann leise mit beschämter Miene hinzu:

»Verzeih mir, Sacharij, ich habe es nicht gewollt. Wie konnte ich mich nur so vergessen?«

»Darüber brauchst du dir keinen Kummer zu machen. Ich habe es schon vergessen«, sprach Sacharij vor sich hin.

»Wie soll ich mir keinen Kummer machen? Ich habe meinem erwachsenen Sohn eine Ohrfeige gegeben. Du bist doch kein Kind mehr, du hast doch schon einen Bart!« schrie der Vater auf.

Sacharij schwieg.

Endlich fand der Vater die Sprache wieder:

»Wie, du hast wirklich diese Dummheit begangen? Warum? Weshalb? Was ist vorgefallen? Alles ist doch schon fertig. Das Haus steht bereit. Da gehst du, Bursche, her und beschämst ein Mädchen um nichts und wieder nichts! Du hast ja ihr Leben ruiniert!« Wieder brauste der Alte auf. »Wie konntest du das tun? Wie konntest du so etwas wagen? Hast du denn kein Herz im Leibe? Sie ist doch ein zartes, feinfühlendes Wesen! Und Olga Michailowna? Du bist in eine Familie gekommen und hast sie zerstört! Wie werde ich den Leuten in die Augen sehen können? Was ist dir eigentlich eingefallen? Die Verlobung war schon in der ganzen Stadt bekannt. Was wird man mir sagen?«

Sacharij ließ des Vaters Worte wie Schläge auf sich niederprasseln; sie waren gewissermaßen eine Fortsetzung der Ohrfeige, die er erhalten hatte; je bitterer sie waren, desto lieber war es ihm. Dennoch rief etwas in seinem Innern:

»Nein, nein! Ich habe sie nicht beschämt.«

Doch er unterdrückte diese Worte und blieb stumm.

»Und ich selbst —« Wieder murmelte der Vater vor sich hin. »Ich hoffte, ein neues Leben zu beginnen. Endlich sah ich das Ziel meiner ganzen Arbeit. Ich begriff, wofür ich ein Leben lang geschuftet habe — um deine Zukunft, um das ›Haus Mirkin‹ zu bauen. Da kommt so ein Bürschchen und kehrt alles von unterst zuoberst.«

Sacharij schwieg noch immer. Doch plötzlich wallte etwas im Vater auf, und als schämte er sich, einen Augenblick schwach geworden zu sein, fuhr er mit erhobener Stimme, den Blick fest auf den Sohn gerichtet, fort:

»Doch mich kann kein Unglück, wie du eines bist, brechen; ich konnte mir mit größeren Leuten Rat schaffen und werde mir auch mit dir Rat schaffen.«

»Verzeih mir, Vater, ich konnte nicht anders, ich habe nach meiner eigenen Einsicht gehandelt«, entgegnete Sacharij, erhob sich und verließ das Zimmer.

Der Vater sah ihm lange nach. Auf seinen Lippen lag ein Wort, das laut werden wollte: »Du verläßt mich wirklich? Was wird jetzt mit mir geschehen?« Doch statt dessen rief ihm der Vater nach:

»Du hast nach deinem Verstand gehandelt, ich werde nach meinem handeln.«

Ohne Antwort schloß Sacharij die Tür.

Als Sacharij nach Hause kam, hatte er den Wunsch, seine Kleider auszuziehen und sie dem Vater als dessen Eigentum zurückzustellen. Sein Herz schwellte eine innere Zufriedenheit, daß er nichts mehr brauchte und nichts mehr wünschte. Es war, als hätte er mit der Ohrfeige, die er vom Vater empfangen hatte, alle seine Schulden bezahlt.

Sacharij dachte darüber nach, wie er in Hinkunft seine materiellen Verhältnisse regeln solle. Er war fest entschlossen, vom Vater kein Geld mehr anzunehmen. Unter seinem eigenen Namen lag in der Bank ein kleines Kapital; es war sein mütterliches Erbteil, das der Vater, als Sacharij volljährig wurde, auf seinen Namen hatte schreiben lassen. Dieses Kapital beschloß Sacharij zu verwenden; er wollte es nach und nach in kleinen Teilen beheben, die so lange reichen mußten, bis er einen Verdienst haben würde. Diesen Entschluß wollte er seinem Vater mitteilen.

Mit dem zufriedenen Gefühl eines Touristen, der soeben einen gefährlichen Gebirgssteig glücklich passiert hat, ging Sacharij an die Ordnung seiner Angelegenheiten. Doch bald begann die Reue an seinem Herzen zu nagen.

Plötzlich sah er den Vater verlassen und verzweifelt bei Tisch sitzen. Die Beleidigung, die der Alte ihm angetan, hatte er bereits vergessen; es war ihm, als hätte nicht sein

Vater, sondern ein Fremder ihm den Lohn bezahlt, der ihm gebührte. Die Reinigung, die dieser Vorfall gebracht hatte, trug viel dazu bei, jede Bitterkeit und Empörung über das Geschehene zu verwischen. In diesem Augenblick fühlte er nur Mitleid mit seinem Vater, vielleicht auch Liebe. Nina war in seinen Gedanken ein reines engelgleiches Wesen, gegen das er niedrig und ehrlos gehandelt hatte. Seine Empfindung für Olga Michailowna war jetzt zwiespältig: einerseits ein irgendwie nebelhaftes und gleichzeitig verliebtes Sohnesgefühl, andrerseits ein verschämt-sündhaftes Gefühl der Genugtuung. Immerhin war sie in seinen Augen rein und unbefleckt geblieben, für immer mit ihm verbunden durch jenes unauslöschliche Geschehnis. So empfand sein Herz die drei Menschen, mit denen er jäh und brutal gebrochen hatte; es blutete jetzt von dem frischen Riß, die drei Menschen aber waren noch nicht daraus gelöst. Es war eine ähnliche Empfindung wie nach einer Amputation, wo man noch eine Zeitlang den Nerv des amputierten Gliedes fühlt. Sacharij fragte sich:

»Habe ich ein Recht auf Rettung? Ist es nicht schon zu spät? Was ich tue, ist eigentlich niedrig und feige — ich laufe davon wie ein Dieb! Ich bin in eine Familie gekommen, habe sie durch meine bösen Instinkte erniedrigt, und jetzt laufe ich davon! Nicht auf diese Weise darf ich sie befreien. Ich muß dafür mit meinem Leben zahlen, einen anderen Ausweg gibt es nicht. Umsonst entlaufe ich dem Strick des Henkers — er läuft mir doch immer nach.«

Zu Ende war es mit der inneren Ruhe und Zufriedenheit von früher. Sacharij verglich sich jetzt mit einem gehetzten Hund; er lief und lief und lief doch immer wieder in des Henkers Strick.

»Wie soll ich eigentlich davonlaufen?« fragte er sich. »Womit erkaufe ich mein weiteres Leben? Welches Recht habe ich darauf?«

Wieder wurde sein Kopf heiß, das Zimmer eng und dumpf wie ein Grab.

Hilflos blieb Sacharij mitten im Zimmer stehen und sah abermals keinen Ausweg. Er hatte die Empfindung, in einen Rahmen gespannt zu sein; der Rahmen war das Leben; außerhalb des Rahmens gab es nur Tod und Vernichtung, und immer wieder jagte ihn jemand wie mit einer Knute aus dem Rahmen hinaus; er hielt sich krampfhaft an den Leisten fest und wollte nicht hinaus, doch er mußte, er mußte ...

Es klopfte.

Ohne zu wissen, was er sagte, rief Sacharij gewohnheitsmäßig: »Herein!«

Er war starr vor Staunen. Was er sah, war so selbstverständlich und doch — so ungewöhnlich, so begreiflich und doch — ein Wunder. In der Tür stand Olga Michailowna. Sie war es wirklich! Eine unheimliche, erschreckende Ruhe lag auf ihrem bleichen Gesicht, das unter ihrem zurückgeschlagenen Schleier hervorsah. Sie brachte keinen Laut hervor, sondern sah Mirkin bloß an. Vor Schwäche lehnte sie am Türrahmen und wandte kein Auge von Sacharij. Unter ihrem Blicke wurde Mirkin zusehends kleiner. Er empfand deutlich: Die Frau, die dort steht, hat nichts mit dem Leben zu tun; sie ist als Erscheinung gekommen, um eine große Mahnung an mich zu richten.

»Verzeihen Sie, ich wollte auf andere Weise allem ein Ende machen. Ich konnte es nicht«, sagte Mirkin und verneigte sich tief.

»Warum ein Ende«, fragte sie leise.

»Ich kann so nicht leben«, rief Mirkin verzweifelt.

»Warum können Sie nicht mit durchlöchertem Herzen leben, wie wir alle — wie ich leben muß?« fragte sie, und ihre Augen füllten sich mit Tränen. »Warum ein solcher Egoismus?«

Sacharij rührte der tragische Ton ihrer Stimme mehr als ihre Worte, die er in seiner Verwirrung kaum richtig verstand. Ihre weiche Stimme ließ wieder ein Gefühl in ihm erwachen, das schon erstorben schien. Doch es war nicht ganz erstorben, die bebende Stimme zauberte wieder den sündhaft süßen Duft hervor. Sacharij hob die Augen, um Olga Michailowna anzusehen. Er erblickte den Schatten, der von dem über den Hut hängenden Schleier auf ihre Augen fiel, und seine Finger krampften sich zusammen.

»Warum nicht wirklich mit durchlöchertem Herzen leben, wie Olga Michailowna? Bin ich mehr als alle anderen? Mit durchlöchertem Herzen — das wäre eine Möglichkeit, an die ich bisher nicht gedacht habe. Und daß es Egoismus von mir ist, anders leben zu wollen als die anderen, ist mir ebenfalls nicht eingefallen.«

»Olga Michailowna, Olga Michailowna.« In seinem Innern stammelte er die Worte, ehe er sie noch aussprach.

Er fühlte, wie alle seine Entschlüsse wankend wurden, zusammenstürzten, wie sein Herz sich unter dem Blicke der gesenkten Augen formte. Und er war sich dessen bewußt: Gleich werde ich ihr zu Füßen fallen, ihr Kleid küssen, ihr Parfüm einatmen und das Wort sagen, das schon längst auf meinen Lippen bereit ist: »Olga Michailowna, tun Sie mit mir, was Sie wollen . . .!«

Doch hinter ihm steht schon ein Hüter. Er fühlt den Blick der Frau Hurwitz. Unter Tränen lächelt sie ihm zu, ihre vollen Frauenarme strecken sich ihm entgegen. Er fühlt sich ihr verbunden wie ein Kind. Wie eine Mutter erscheint sie ihm, und er will sich einschmeicheln, ihr etwas zu Gefallen tun, um von ihr gelobt zu werden, um ihre zufrieden streichelnde Hand auf seiner Wange zu fühlen.

Deutlich hört er jetzt, was sie von ihren Kindern sagt: »Meine Kinder können sterben. Die leben wollen, müssen sterben können.« Auch er will würdig sein, ihr Kind zu heißen, sterben zu können. Ja, er fühlt sich stark genug — er kann sterben wie die Kinder der Frau Hurwitz!

»Olga Michailowna, Sie können von mir fordern, daß ich sterbe, doch mit durchlöchertem Herzen kann ich nicht leben!«

Olga Michailowna sah Sacharij lange wortlos an. Ihr Blick drückte Staunen und Bewunderung aus, sie schien ihn nicht wiederzuerkennen. Sie wollte sprechen, doch allein ihre Lippen bewegten sich zitternd. Sie wandte sich um und verließ rasch das Zimmer.

Der alte Löwe

Als der alte Mirkin allein war, raste der Zorn hemmungslos durch seine Glieder. Zugleich aber entstand in ihm frische Energie und neues Selbstvertrauen. Sein Zorn erweckte in ihm jene Quellen von Eigenliebe, die seine Vaterliebe in der letzten Zeit scheinbar verschüttet hatte.

»Da wirst du nichts ändern — es gibt nichts anderes auf Erden als dich selbst; du hast keine Familie und keine Freunde. Und wenn du selbst dich nicht vorsiehst, so wird dir dein eigenes Blut den Todesstoß versetzen.«

Ohne Unterlaß wanderte er im Zimmer auf und ab. Während er dieses Selbstgespräch führte, war sein Kopf damit beschäftigt, die Situation zu entwirren und sich klarzuwerden, was er zu tun hatte.

»Für alles bin doch ich verantwortlich, um mich geht es hier. Wer ist er schließlich? Ein dummer Junge.«

Er blieb mitten im Zimmer stehen. Ein Gedanke blitzte in ihm auf, der ihn so in Erregung brachte, daß er am ganzen Leibe zu zittern begann. Gewaltsam verscheuchte er ihn, um ihn kein zweites Mal über die Schwelle des Bewußtseins treten zu lassen.

»Eines werde ich sicher tun müssen! Nina mein Vermögen vermachen. Sie hat mehr Anrecht darauf als er, sie steht mir auch näher — ja, näher, obwohl er mein Sohn ist.«

Dann wunderte er sich über sich selbst: »Offenbar ist mir das Schicksal, keine Familie zu haben, seit je vorausbestimmt. Und ich alter Narr wollte mit Gewalt etwas durchsetzen, was sich nicht durchsetzen läßt!«

Seiner Geschäftsgewohnheit gemäß, einmal gefaßte Entschlüsse sofort auszuführen, ging er zur eisernen Kasse und entnahm ihr ein Dokument. Er überflog es kurz, griff nach der Feder, machte zwei lange Striche mit roter Tinte quer über die Schrift und schrieb an den Rand: »Ungültig«. Dann riß er das Dokument mittendurch und legte es in die Tasche.

Dies besänftigte ein wenig seinen Zorn. Dann setzte er sich an seinen Schreibtisch, um auszuruhen. Die Vernichtung des Dokumentes, es handelte sich um sein Testament, hatte ihn mehr Anstrengung gekostet als die Unterredung mit seinem Sohn. Er hatte die Empfindung, daß er zugleich mit dem Testament das Band mit der Familie für immer zerrissen hatte, und kam sich jetzt wie ein Vagabund vor, der einen einzigen Unterschlupf, das Hotel, hatte.

»Es ist wohl mein Schicksal«, sagte er sich. Einen Augenblick lang wurde er schwach, stützte den Kopf in die Hände, seufzte schwer und bemitleidete sich selbst. Sein Ich schien sich von ihm losgelöst zu haben und ihm gegenüber am Schreibtisch zu sitzen. Ohne daß sein Herz auch nur um einen Grad schneller schlug, faßte er doch mit zitternder Hand die Telefonmuschel und ließ sich mit Nina Solomonowna Halperin verbinden. Ausdrücklich setzte er hinzu, daß er nur mit ihr sprechen wolle. Er hatte es als eine Art Orakel bestimmt: »Wenn sie sich meldet, ist es gut; wenn nicht, dann mag alles gehen, wie es will!«

Zu seiner größten Verwunderung erhielt er die Verbindung viel schneller und leichter, als er erwartet hatte. Im Telefon erklang Ninas stets lachende Stimme:

»Guten Tag, Gabriel Haimowitsch, ich bin am Telefon!«

»Gott sei Dank!« rief der alte Mirkin; dabei zog er sein

weißes Taschentuch und wischte sich den Angstschweiß von der Stirn.

»Nina Solomonowna, ich weiß nicht, was es zwischen euch gegeben hat — doch ich muß Sie sehen. Ich bitte Sie, lehnen Sie einem unglücklichen alten Manne diese Bitte nicht ab! Ich muß Sie sehen, wenn auch nur ein einziges Mal, ich bitte Sie.«

Abermals war er verwundert, daß sie rascher einwilligte, als er gedacht hatte.

»Gewiß, gewiß, warum denn nicht? Wann wollen Sie mich sehen? Und wo wollen Sie mich sehen, Gabriel Haimowitsch? Ich bin gern bereit.«

»Wo? Natürlich in Ihrer Wohnung. Ich kann sofort bei Ihnen sein, wenn Sie es wünschen.«

»Nein, nein, nicht bei mir! Meine Eltern dürfen nicht wissen, daß ich Sie gesehen habe. Ich wünsche auch nicht, daß irgend jemand davon erfährt. Ich will Sie sehen, Sie allein und nur Ihretwegen. Alles andere geht mich nichts an.«

»Herzlichen, innigsten Dank! Selbstverständlich, wenn Sie es wünschen . . . wo wünschen Sie mit mir zusammenzutreffen? Was ich Ihnen zu sagen habe, ist sehr ernst!«

»Wenn es Ihnen recht ist, können wir zusammen eine Spazierfahrt außerhalb der Stadt machen und irgendwo den Tee nehmen. Es ist Sonntag. Ich werde um vier Uhr an der Ecke der Sadowa sein, Sie können mit Ihrem Auto vorüberkommen und mich mitnehmen.«

»Wo Sie wünschen, und wie Sie wünschen. Ich werde dort sein. Nochmals innigsten Dank!«

»Ich erwarte Sie Punkt vier Uhr«, sagte Nina; in ihrer Stimme schwang — so schien es dem alten Mirkin — ein unverständlicher Unterton mit.

Er hatte sich die Zusammenkunft ernst und feierlich in Olga Michailownas Boudoir vorgestellt. Zu diesem Zweck hatte er sich vorgenommen, in Schwarz zu erscheinen: »Doch sie will es auf eine etwas romantische

Art, da läßt sich nichts tun, und man muß darauf eingehen! Weiß der Teufel, was für Einfälle die jungen Leute von heute haben!«

Er verließ das Büro und fuhr in sein Hotel. Zwei Stunden hatte er noch vor sich. Er streckte sich auf das Kanapee hin und ließ sich einen heißen Samowar geben. Heißer Tee war seit je für ihn ein Nervenberuhigungsmittel. Dann nahm er ein warmes Bad, ließ sich den ganzen Körper von einem Diener so fest mit Eau de Cologne einreiben, daß er dampfte, und ruhte hierauf ein wenig aus. Er versuchte zu schlummern, doch es gelang ihm nicht. Dann wechselte er die Wäsche, zog den schwarzen Salonrock und eine neue Krawatte an, besprengte seinen Backenbart mit parfümiertem Eau de Cologne und setzte sich in sein Auto, um zur festgesetzten Zeit an der Ecke der Sadowa und des Newskij-Prospekts zu sein.

Schon von weitem sah er Nina vom Newskij-Prospekt her näher kommen. Sie trug ein graues Straßenkostüm mit einem großen Veilchenbukett an der Brust. Unter der breiten Krempe des schwarzen Strohhutes war ihr Gesicht kaum zu sehen. Es hatte einen traurigen und dabei unnatürlich lebhaften Zug. Von weitem winkte ihm Nina mit einem weißen Handschuh, ohne sich darum zu kümmern, daß die Passanten aufmerksam wurden. Das große Auto hielt. Dem schweren Mirkin fiel es nicht leicht, Nina beim Einsteigen behilflich zu sein. Sie mußte seiner Galanterie ein wenig nachhelfen und tat es mit einem Lächeln in ihren wie im Rausch glänzenden Augen.

»Ins ›Arkadia‹, wie das letztemal!« befahl sie dem Chauffeur.

»Ich danke Ihnen, ich danke Ihnen von ganzem Herzen, daß Sie einen alten Mann in seiner Verzweiflung nicht verlassen haben«, begann der alte Mirkin ernst und küßte Nina gerührt die Hand, als das Auto sich in Bewegung setzte.

»Nichts zu danken! Ich bin doch nur mit dem Sohn auseinander; mit dem Vater, so hoffe ich, bleiben die Beziehungen dieselben wie früher«, entgegnete sie mit natürlichem Lächeln.

»Ich mußte Sie sehen. Ich habe Ihnen etwas sehr Ernstes mitzuteilen«, sagte der alte Mirkin.

»Nicht jetzt, nicht jetzt! Sie werden mir alles sagen, wenn wir am Ziel sind. Auf der Straße will ich nichts hören«, entgegnete sie, offenbar ein wenig ärgerlich.

Während der Fahrt wurde kein Wort mehr gesprochen.

Als sie in das elegante Restaurant »Arkadia« kamen, das schon in das frische Grün der Bäume gehüllt war, fragte der alte Mirkin:

»Wo wollen Sie den Tee nehmen — im großen Saal?«

»Nein, dort sind wir nicht ungestört. Lassen Sie in einem Nebenraum servieren«, antwortete sie rasch.

Der alte Mirkin zuckte die Achseln; seine Ohren wurden unnatürlich rot.

Als sie in das luftige und blumengeschmückte Nebenkabinett kamen, ließ sich Nina in den nächsten Plüschsessel fallen, legte ihren Pelzkragen ab und öffnete ihr Jackett. Der feine Spitzenrand ihres Hemdes wurde im Ausschnitt ihrer hellen Seidenbluse sichtbar. Sie schob mit den Fingern die kurzen schwarzen Locken zurück, die ungebärdig unter ihrem breiten Hut hervorquollen, und fragte ungeduldig:

»Was haben Sie mir zu sagen, Gabriel Haimowitsch?«

»Wollen Sie es jetzt hören, bevor der Tee serviert ist?«

»Ich habe keine Lust, Tee zu trinken«, erwiderte Nina mit steigender Ungeduld, »ich möchte etwas Kaltes. Der Kellner mag Champagner bringen.«

»Champagner mitten am Tage?« Der alte Mirkin wunderte sich, bestellte jedoch ergeben: »Kellner, eine Flasche Monopol!«

»Doch gut gekühlt!« rief Nina dem davoneilenden Kellner nach.

Als sie allein waren, begann Nina:

»Nun, um was handelt es sich, Gabriel Haimowitsch?«

»Ja« — der Alte suchte nach Worten — »ich weiß nicht,

was es zwischen euch gegeben hat, und will es auch nicht wissen. Wer kann euch Jugend von heute verstehen? Ich meinte, alles sei schon fix und fertig, und plötzlich ... Doch nichts mehr darüber! Ich weiß nicht, wie das mit euch weiter sein wird. Das ist eure eigene Sache, Ihre und Sacharijs Sache. Ich will nur eines, und das wollte ich Ihnen sagen, und ich bitte Sie, Nina Solomonowna, verstehen Sie mich recht! Ich bin ein alter Mann, und wenn man es recht nimmt, so hatte ich in meinem ganzen Leben wenig Freude; ich wußte erst, was Freude ist, ich habe wahre Freude erst richtig begriffen, seit ich Sie kennenlernte, seit ich mir sagte, daß Sie sozusagen zu uns gehören, zu Sacharij gehören. Sie sind doch ein Teil meiner Familie. Sie sind sozusagen eines meiner Kinder, mein eigenes Blut, und für Sie arbeite ich. Da habe ich erst den Sinn meines Lebens, meiner Arbeit, meiner Kämpfe verstanden. Und nun plötzlich — ein solches Unglück, ein solches Unglück! Wäre ich um zwanzig oder dreißig Jahre jünger. — Oh, ich wüßte, was ich zu tun habe!« rief der Alte aus und strich die beiden Enden seines Backenbartes glatt.

»Was würden Sie dann tun, Gabriel Haimowitsch?« fragte Nina und warf ihm unter ihren gesenkten Augenlidern einen koketten Blick zu.

»Was ich täte?« wiederholte der Alte halb im Scherz, halb im Ernst. »Wenn ich Ihnen nicht ganz zuwider wäre, so würde ich mit meinem Sohne, dem Bürschchen, in Konkurrenz treten und Sie bitten, mich mit Ihrer Hand zu beglücken. Verzeihen Sie einem alten Mann solche dumme Reden« — er faßte sich rasch — »das macht der Schmerz, Sie als Mitglied meiner Familie verlieren zu müssen. Sie sind mir doch deshalb nicht böse?« endete der alte Mirkin mit tiefer Wehmut und wischte etwas aus seinen Augen fort.

Nina betrachtete ihn mit bitterem Lächeln, doch nicht ohne Interesse. Sie schwieg.

Der Kellner brachte den Champagner. Nina ließ die Flasche rasch öffnen und streckte ihre Hand ungeduldig nach dem Glase aus. Durstig trank sie es in einem Zuge leer. Der alte Mirkin benetzte seine Lippen.

Als der Kellner gegangen war, begann der Alte wieder. »Verzeihen Sie mir die dummen Reden, Nina Solomonowna! Ich kann es nicht ertragen, Sie aus meinem Leben zu streichen. Sie wissen ja selbst nicht, wie ich Sie ins Herz geschlossen habe. Nun soll ich Sie als Schwiegertochter verlieren — dagegen kann ich nichts tun, denn es liegt nicht in meiner Hand. Doch ich will Sie nicht als Tochter verlieren, gestatten Sie mir, dieses Wort zu gebrauchen, ich bin schon so daran gewöhnt; nehmen Sie es also einem alten, gebrochenen Manne nicht übel! Ich wünsche, daß Sie weiter ein Teil von uns bleiben. Nur so werde ich meine Arbeit und mein Leben begreifen. Ich weiß, daß ich eine unsinnige Bitte an Sie richte, doch ich bitte Sie, lehnen Sie sie nicht ab!«

»Gabriel Haimowitsch, ich verstehe noch immer nicht, was Sie von mir verlangen. Ich wollte Ihre Tochter sein, andere duldeten es nicht. Sie wissen doch, daß nicht ich es war, die das Verhältnis löste. Sagen Sie mir nun, was Sie von mir wollen.«

»Was ich von Ihnen will? Es ist folgendes: Ich will Sie zur Erbin meines Vermögens einsetzen, als wären Sie mein eigenes Kind. Ich habe doch keine Kinder, ich habe keine! Was ich tun will, soll nicht etwa ein Unrecht gutmachen, das ein dummer Junge begangen hat — nein, nein! Es soll einzig und allein geschehen, um einem alten unglücklichen Manne die Illusion zu geben, daß er nicht umsonst gelebt, gekämpft, gearbeitet hat. Ich werde dann fühlen, daß Sie gewissermaßen noch ein Stück von mir sind. Auf meinen Knien flehe ich Sie an, lehnen Sie meine Bitte nicht ab, Nina Solomonowna!«

Nina wurde ungewöhnlich bleich. Um ihre Augen legten sich dunkelviolette Ränder. Das Rouge auf ihren Lippen trat unnatürlich grell hervor. Stockend und schüchtern begann sie, seinem Blick ausweichend:

»Auch ich will Sie nicht verlieren, Gabriel Haimowitsch. Läßt sich das nicht auf anderem Wege einrichten?«

»Was für einen Weg meinen Sie?« fragte der alte Mirkin erschrocken.

»Warum wollen Sie mich bloß als Tochter, als Kind?«

»Um Gottes willen, was sagen Sie, Nina Solomonowna?« rief der Alte erbleichend.

»Ich verstehe nicht, warum es nicht so sein könnte. Sie sagten selbst, was Sie täten, wenn Sie mir nicht zuwider wären. Sie sind mir nicht zuwider.«

»Ich bin doch ein alter Mann! Ich könnte ja Ihr Vater sein!«

»Sie sind stärker, mutiger und besser als alle Jungen, und Sie gefallen mir auch besser — Sie haben mir immer gefallen!«

Die Stirn des alten Mirkin wurde feucht.

»Nina Solomonowna, was wollen Sie tun? Was wollen Sie mit einem alten Manne anfangen? Wie wird das gehen? Sie waren doch die Braut meines Sohnes! Was wird die Welt sagen, was wird Ihre Mama, Olga Michailowna, denken?«

Das Wort »Mama« gab Nina ihre Sprache wieder; sie schien vor nichts mehr haltmachen zu wollen:

»Ich meinte, Sie seien gewöhnt zu tun, was Ihnen als richtig erscheint, und nicht darauf zu achten, was die Welt sagen wird. Und was Mama betrifft, das Verlöbnis mit Sacharij war Mamas Werk, und es wurde gelöst. Das Verlöbnis mit Ihnen wird mein eigenes Werk sein.«

Doch Gabriel Haimowitsch hatte sich wieder gefunden; er wurde kühl und ernst:

»Was Sie tun wollen, Nina Solomonowna, was Sie mir jetzt sagten — gestatten Sie mir, es beim rechten Namen zu nennen —, das ist Verzweiflung, das bedeutet, daß Sie sich wegwerfen! Ich würde mich selbst für einen niedrigen und gemeinen Menschen ansehen müssen, wenn ich einen solchen Moment Ihrer Schwäche ausnützte — müßte ich es nicht, wie Sie selbst begreifen werden, als eine besondere Gnade Gottes nehmen.«

»Nein, nein! Es ist nicht Verzweiflung! Ich sage Ihnen ganz ernst: Sacharij hat mir nie etwas bedeutet, und Sie hatte ich stets gern!« Mit diesen Worten tat sie einen Schritt vorwärts und sank halb ohnmächtig in seine Arme.

Der Alte drückte einen leichten, väterlichen Kuß auf ihre Stirn.

»Das kann doch nicht für immer Ihr Ernst sein! Sie werden es vielleicht bereuen!«

»Nein, nein, nein!« stieß Nina mit ersticktem Schluchzen an seiner Brust hervor.

Als der alte Mirkin später die bleiche Nina, die sich auf seinen Arm stützte, in seinem Auto nach der Stadt zurückführte, ging es ihm wieder durch den Kopf:

»Der Teufel kenne sich in der heutigen Jugend aus! Ich kann sie nicht verstehen . . .«

Und in Gedanken versunken fügte er hinzu:

»Sollte mir dies noch in meinem Alter beschieden sein?«

Er gab sich selbst Antwort:

»Eigentlich habe ich doch zu früh mit Helena Stepanowna gebrochen. Man kann leicht noch einmal eine Dummheit begehen!«

Worte

Um diese Zeit ereignete sich in der Familie Halperin ein Vorfall, unter dessen Eindruck der Panzer, mit dem die Frau des Hauses jeden Zugang zu ihrem innersten Wesen hermetisch abzuschließen schien, wie Wachs schmolz: Zum ersten Male fühlte Olga Michailowna wirklich, daß sie eine Mutter war. Und das kam so:

Als man bei Halperin die Brautgeschenke zurückschicken wollte, mit denen Nina in der Zeit ihrer Verlobung vom alten Mirkin geradezu überschüttet worden war, fehlte plötzlich ein Ring mit einem ungewöhnlich großen Brillanten von bläulichweißem Feuer, nach der damals neuen amerikanischen Methode in Platin gefaßt. Nina trug das Schmuckstück nur selten, weil es zu auffallend war; in ihrer Zerstreutheit hatte sie nicht daran gedacht, es sorgsam einzuschließen; soweit sie sich erinnern konnte, hatte sie den Ring einmal auf dem Toilettentisch oder im Badezimmer liegenlassen. Alles Suchen war vergebens: der Ring war nicht zu finden. Der Verdacht fiel auf Anuschka, die einzige Person, die Nina bediente und Zutritt zu ihrer Garderobe hatte. Vom Advokaten befragt, gab sie mit immer steigender Nervosität und Verlegenheit Auskunft, und Halperins geübtes Auge erkannte sofort, daß er sich auf der richtigen Fährte befand.

Von Anuschka war jedoch nichts herauszubringen als hilflose Tränen. Da aber der Ring, abgesehen von seinem großen Werte, schon aus Gründen der Ehre zurückgestellt werden mußte, entschloß man sich nach einer aufregenden Szene zwischen Nina und den Eltern mit großer Überwindung, Anuschka der Polizei zu übergeben, um durch andere, wirksamere Argumente als durch Zureden von dem unglücklichen Geschöpf ein Geständnis zu erlangen.

Nach drei Tagen brachte die Polizei das Mädchen in die Wohnung der Familie Halperin. Anuschka trug an ihrem Körper und in ihrem Gesichte deutliche Spuren der »Polizeiargumente«. Ihre Augen lagen unter schweren blauen Ringen tief in den Höhlen und waren kaum zu sehen. Die Nase war unnatürlich dick und angeschwollen. Zwischen ihren Lippen zeigten sich Zahnlücken, ähnlich ausgeschlagenen Fensterscheiben. Anuschka hatte gestanden, den Ring genommen zu haben, und war jetzt von der Polizei in die Wohnung geführt worden, um das Versteck zu bezeichnen. Doch an dem von ihr genannten Ort, in ihrem Bett, wurde nichts gefunden. Anuschka gebrauchte die Ausflucht, der Ring sei wahrscheinlich von dort gestohlen worden oder habe sich im Stroh verloren. Der berühmte Anwalt und die Polizisten, die in solchen Dingen Erfahrung hatten, glaubten diesen Angaben nicht, sondern vermuteten, daß Anuschka den gestohlenen Ring einer ihr nahestehenden Person zugesteckt hätte, die sie um keinen Preis nennen wollte; einige weitere »Argumente« würden wohl genügen, um das Mädchen von ihrer Romantik abzubringen und zur Nennung ihres »Helden« zu veranlassen.

Es nützte nichts, daß Nina beim Anblick des furchtbar zugerichteten Mädchens einen Schreikrampf bekam und flehentlich bat, man möge Anuschka freilassen — sie selbst wolle Mirkin aufsuchen und ihm alles erklären. Sowohl die Polizei als auch das Ehepaar Halperin — der Anwalt der Ordnung halber, Olga Michailowna um der »Ehrensache« willen, die der Ring darstellte — bestanden entschieden darauf, Anuschka weiter ins Verhör zu nehmen und, koste es, was es wolle, mit allen Mitteln aus ihr den Namen ihres »Helden« herauszubringen, den sie so heroisch mit ihrem Leibe deckte. Als Anuschka aus dem Zimmer geführt wurde, um wieder ins Polizeigefängnis gebracht zu werden, begegnete ihr in der Tür Mischa, der Sohn des Hauses, der atemlos, die Bücher unterm Arm, offenbar aus der Schule zurückgekehrt, die Treppe emporlief. Obwohl die Begegnung rein zufällig war und nicht länger dauerte als gewöhnlich, erregte sie doch bei einem der Polizisten Aufmerksamkeit, nicht so sehr durch das Verhalten des Mädchens als durch die Nervosität des jungen Mannes. Bei Anuschkas Anblick erbleichte Mischa und ließ vor Schreck seine Bücher fallen. Anuschka hielt den Kopf zu Boden gesenkt; als Mischa die Treppe heraufkam, warf sie ihm aus ihren tiefen verschwollenen Augenhöhlen einen einzigen Blick zu. Aus diesem Blicke sprach weder Zorn noch Reue noch auch Wehmut, sondern Herzlichkeit und Glückseligkeit. Ihre verschwollenen Lippen über den ausgeschlagenen Zähnen umspielte ein Lächeln, und ihr Blick schien beruhigen zu wollen.

Die Szene dauerte wenige Sekunden, denn Anuschka, die sich offenbar bewußt wurde, daß sie etwas verriet, senkte sofort wieder den Kopf und zog trotzig ihr Tuch tiefer über das Gesicht. Doch das nervöse Zucken in Mischas Gesicht, der Umstand, daß er bei ihrem Anblick in ungewöhnliche Verlegenheit geriet und die Bücher fallen ließ, besonders aber seine auffallende Blässe riefen bei einem der Polizisten, die Anuschka begleiteten, den unbestimmten Eindruck hervor, der Jüngling müsse mit dem Diebstahl irgendwie in Beziehung stehen.

Die Untersuchung schlug nunmehr diese Richtung ein. Von Anuschka etwas zu erfahren, war unmöglich; weder Schläge noch andere inquisitorische Mittel waren imstande, auch nur ein Wort aus ihr herauszupressen. Auch die Nennung von Mischas Namen brachte sie nicht aus dem Gleichgewicht. Sie hob bloß erstaunt ihre schmalen Schultern und erklärte, von nichts zu wissen. So gab es noch keine genügenden Beweise, um den berühmten Advokaten zu beunruhigen und seinen Sohn in die peinliche Affäre hineinzuziehen, die, wenn sich die Presse ihrer bemächtigte, große Sensation hervorrufen mußte. Offiziell ließ auch die Polizei von dieser vermuteten Wendung nichts merken und begnügte sich vorläufig damit, den Sohn des Advokaten zu überwachen und bei der Dienerschaft über seine Beziehungen zu Anuschka Umfrage zu halten.

Bald jedoch kam die Polizei auf eine Spur: Es wurde festgestellt, daß Mischa zusammen mit seinem Freunde Markowitsch an den letzten Abenden in Zivilkleidung teure Vergnügungslokale zweifelhaften Charakters in Gesellschaft verdächtiger Personen besucht hatte. Die Dienerschaft im Hause Halperin machte beim Verhör versteckte Andeutungen über die Beziehungen zwischen Anuschka und dem Sohne des Advokaten; sie erzählte auch, daß Anuschka immer wieder beim Gesinde

Geld lieh und bei allen Dienstboten im Hause verschuldet war.

Die Polizei, die jetzt eine Möglichkeit sah, dem fortschrittlichen jüdischen Advokaten einen empfindlichen Hieb zu versetzen, begann die Untersuchung in dieser neuen Richtung zu führen. Die Nachforschungen wurden streng geheim betrieben, damit der Advokat nicht zu früh aufmerksam würde. Doch Halperins außerordentlicher Spürsinn für Polizeidinge und seine Wachsamkeit gegenüber dem Gang der Untersuchung, bei der es sich um sein eigenes Prestige handelte, ließen ihn rechtzeitig daraufkommen, welche Wendung die Polizei der Untersuchung geben wollte.

Als gar jemand von der Dienerschaft ihm vertraulich mitteilte, daß im Hause Erkundigungen über Mischa eingezogen worden waren, hatte der Advokat die Gewißheit, die Polizei wolle eine Verleumdungskampagne gegen seine Familie inszenieren. Sofort ließ er seinen Sohn rufen und schloß sich mit ihm in seinem Arbeitszimmer ein. Mit Mischa ging es viel leichter und rascher als mit dem Stubenmädchen; wie ein krankes Kind legte er mit Tränen in den schönen Augen bald ein vollkommenes Geständnis ab ...

Auf dem Fauteuil in der Lieblingsecke ihres Boudoirs saß Olga Michailowna; zum ersten Male in ihrem Leben war sie nicht sorgfältig auf ihr Aussehen bedacht. Vor allen Leuten trug sie eine weiße Haarhaube mit einer Schleife auf der Stirn; es läßt sich nicht leugnen, daß diese sehr praktische, aber durchaus nicht schöne Haarbinde plötzlich Olga Michailownas Alter verriet. Zum ersten Male waren auf ihrem Kopf die wenigen grauen Haare sichtbar, die sich bisher in den schweren schwarzen Wellen versteckt hatten. Tränen flossen über ihre Wangen und schnitten Furchen in den Puder, ohne daß sie diese Einwirkung der Tränen auf ihren Teint beachtete. Sie hatte sogar in ganz unästhetischer Weise die Hände über die Knie gekreuzt und murmelte seufzend unverständliche Worte.

Solomon Ossipowitsch, der berühmte Rechtsanwalt, ging nervös aus dem weichen persischen Teppich in Olga Michailownas Boudoir auf und ab. Sein Haar war viel mehr in Unordnung als sonst, und plötzlich war zu erkennen, daß Solomon Ossipowitsch ein alter Mann war. Er hielt zwei Finger seiner rechten Hand in die Höhe, ein Zeichen, daß er im Begriffe war, etwas sehr Pathetisches und Ausdrucksvolles zu sagen; denn sooft eine solche göttliche Inspiration über ihn kam, erhob er zwei Finger seiner rechten Hand, mochte es nun vor dem Obersten Gerichtshof oder in Gesellschaft sein, mochte es sich um eine öffentliche Angelegenheit oder eine intime Privatsache handeln.

»In meinem Hause«, begann er, und seine Stimme rollte in der tiefsten Lage, »wurde stets die Gerechtigkeit verteidigt. Hier war ein Asyl für alle Verfolgten und Gehetzten, um Schutz und Rettung vor Willkür und Unrecht zu finden. Und jetzt hat sich in mein Haus die Niedertracht, das gemeinste Verbrechen, eingeschlichen. Mit eigener Hand will ich es ausrotten und der Hand des Gesetzes überliefern! Und mag dieses Unrecht in Person meinem Herzen noch so nahe sein — ich werde es mit meinem Herzblut ausreißen und vor den Richter stellen!«

In ihre eigene Trauer vertieft, schien Olga Michailowna die Worte ihres Mannes gar nicht gehört zu haben. Sie stieß immer wieder dieselben kurzen Worte hervor:

»Unsere Schuld, meine Schuld!«

Nach einer Pause, in der er einige Male das Zimmer durchlaufen hatte, setzte der Advokat sein Selbstgespräch fort:

»Vor ein paar Wochen erst habe ich einem Manne die Tür gewiesen, der weniger schuldig war und mehr Recht auf Verteidigung und Schutz hatte als mein Sohn. Dieser Mann hat niemandem geschadet, denn er hat sich gegen keinen Menschen vergangen, sondern gegen ein totes Prinzip. Ich aber habe ihm erbarmungslos die Tür gewiesen. Da soll ich jetzt *ihn* schützen und verbergen, weil er mein Fleisch und Blut ist, weil es um meine eigene Haut geht? O nein, gerade weil er mein Fleisch und Blut ist, weil ich verantwortlich bin, deshalb werde ich ihn dem Gesetz ausliefern, mit eigener Hand! Wir müssen anderen ein Beispiel sein. Ist das nicht der Fall, wie soll ich in mir die moralische Kraft finden, der Welt, meinen Feinden gegenüberzutreten und für das zu kämpfen, was ich verteidige?«

»Worte, Worte, nichts als Worte!« Plötzlich ertönte ein Aufschrei. »Ich bin schon krank von den vielen Worten! Unser ganzes Leben haben wir auf Worten aufgebaut, auf schönen, gerechten, wohlgedrechselten Worten. Es sind leere Phrasen, die nichts, gar nichts bewirken. Was geschehen ist, ist doch unsere Schuld, meine und deine Schuld! Unser ganzes Leben haben wir gespielt und kokettiert. Was haben wir für unsere Kinder getan? Nichts! Ich war mit mir beschäftigt, mit meiner dummen weiblichen Schönheit, du mit dir, mit deinen schönen Reden, mit deinen liberal kokettierenden Worten. Wir beide haben kokettiert. Wir beide waren Egoisten, niedrige Egoisten, die nichts, nicht einmal unsere Kinder im Sinne hatten, nur uns, uns, uns selbst!«

Totenbleich blieb Solomon Ossipowitsch mitten im Zimmer stehen und sah seine Frau mit weit aufgerissenen, erschrockenen Augen an. Er erkannte sie nicht wieder. So hatte er sie noch nie gesehen. Ihr ungeordnetes Haar starrte wild aus der Haube; zum ersten Male sah er ihren Verfall, die Falten um Mund und Kinn zwischen den Furchen des von Tränen zerbröckelten Puders.

»Was hast du?« fragte Halperin erschrocken.

»Nichts! Ein Unglück ist geschehen. Wir müssen das Kind retten — und du deklamierst! Du weißt ja, daß du es nicht tun wirst!«

Der Advokat blieb stehen. Tiefe Falten lagen auf seiner

Stirn, und die zwei Finger seiner Hand senkten sich unwillkürlich. Zum ersten Male in seinem Leben vermochte er auf eine Anklage keine Antwort zu finden. Er gab auch keine.

Gerührt von seiner Hilflosigkeit, ging Olga Michailowna auf ihn zu. Sie lehnte das vom Weinen verzerrte Gesicht an seine Brust und schluchzte wie eine Mutter aus dem Volke:

»Solomon, nicht er ist schuldig, wir sind es! Wir sind an allem schuld!«

Zeittafel

1881 Zar Alexander II. ermordet.

1881—1894 Regierung Alexanders III. – Mit dem Tod Alexanders II., der als Reformer unter den letzten Zaren galt, begann eine Epoche, die von der extrem reaktionären Innenpolitik seiner Nachfolger, der Aristokratie und der Geistlichkeit geprägt war. Von entscheidendem Einfluß war der Politiker, Jurist und frühere Erzieher Alexanders III. Konstantin Petrowitsch Pobiedonoszew (1827 bis 1907), der als Oberprokurator des Heiligen Synod die Russifizierungspolitik durch skrupellose Bekehrung Andersgläubiger zur Orthodoxie unterstützte. Die Reaktion, die mit dem Regierungsantritt Alexanders III. einsetzte, hatte auch auf die jüdischen Verhältnisse ihre Rückwirkung, zumal den Juden die Ermordung des Zaren zur Last gelegt wurde. Die chauvinistische Politik begünstigte den Ausbruch des Hasses gegen nichtrussische Bevölkerungsteile, wie z. B. die Juden, die um 1897 etwa fünf Millionen, das waren 4,5% der Gesamtbevölkerung, ausmachten; davon lebten 1,7 Millionen in Polen.

1881 Judenpogrome

1882 Sondergesetze – Zwar stand den Juden seit Katharina II. das Recht zur Niederlassung nur in den polnischen und südwestlichen Provinzen des russischen Staatsgebietes zu, doch waren diese Restriktionen seit Beginn des 19. Jh. aufgrund einer mehr liberalisierenden Judenpolitik in Rußland aufgelockert worden, so daß sich Tausende von Juden auch außerhalb der vorgegebenen Zonen, den sogenannten Ansiedlungsrayons, niedergelassen hatten. Nach den neuen antijüdischen Sondergesetzen oder »Provisorischen Regeln« von 1882 wurde jedoch festgesetzt, daß Juden nicht mehr außerhalb der alten Ansiedlungsrayons wohnen durften. Innerhalb dieser Zonen sollten sie sich auch nicht in Dörfern, sondern nur in Städten und Marktflecken niederlassen. Ab 1890 kam es zu unerbittlichen Umsiedlungsmaßnahmen in Ghettos, zur Ausweisung Tausender Juden, die ihre russische Staatsangehörigkeit nicht nachweisen konnten, sowie zu Konfiszierungen von jüdischen Vermögen und unzähligen Rechtsbeschränkungen aller Art. Hand in Hand mit diesen Restriktionen gingen die Bildungsbeschränkungen, die Einführung einer Prozentnorm für die Aufnahme von Juden in die höheren Schulen und Universitäten, die Unterbindung der freien Berufswahl für Angehörige freier Berufe sowie weitere Beschränkungen der Juden in Semstwo und Stadtverwaltung und in der Armee.

In diesen Jahren emigrierten Hunderttausende aus den russischen Ghettos nach Westeuropa, vor allem nach England und nach Amerika.

1891 Baubeginn der Transsibirischen Eisenbahn. Fertigstellung 1904.

1894—1917 Regierung Nikolaus' II.

1903 Judenpogrome in Kischinew, Gomel und anderen Städten.

1904—1905 Russisch-Japanischer Krieg

1905 Die Schwarze Hundert — Bezeichnend für den Geist der Epoche sowie für die von extremen reaktionären Parteien beeinflußte Politik gegenüber den revolutionären Bewegungen und den Juden war auch die Gründung der Schwarzen Hundert oder Schwarzen Hundertschaft, einer Organisation, die den traditionellen Absolutismus, die Selbstherrschaft, durch chauvinistische und antisemitische Propaganda sowie durch gewaltsame Massenaktionen gegen Juden, Intellektuelle und Arbeiter zu erhalten suchte.

1906 Eröffnung der Ersten Duma (Volksvertretung, jedoch nur in beratender Funktion).

1907 Rasputin gewinnt Einfluß am Hof des Zaren.

1913 Ritualmordprozeß Beilis — Die damals herrschende Haltung der russischen Gesellschaft gegenüber den Juden spiegelt besonders der erwähnte Ritualmordprozeß gegen Mendel Beilis in Kiew wider, der über Rußland hinaus großes, internationales Aufsehen erregte. Dieser Prozeß unterschied sich dadurch von zahlreichen anderen, daß sich die Regierung und die oberste Justizbehörde Rußlands vollständig mit der Blutbeschuldigung identifizierten und alle zur Verfügung stehenden Mittel anwandten, um sie nachzuweisen. Der Prozeß endete mit einem Freispruch. Die Ideale der Aufklärung (Hebr. Haskala), die im Roman eine bedeutende Rolle spielen, entstammen der Aufklärungsbewegung im Judentum des 18. und 19. Jh. in Mittel- und Osteuropa. Durch Sprengung der traditionellen Formen sollte eine Synthese zwischen dem jüdischen Wesen und den Schöpfungen der Umwelt hergestellt und damit ein neuer Typus des in der jüdischen und allgemeinen Kultur wurzelnden Judentums geschaffen werden. Besonders die osteuropäische Aufklärung baute sich auf nationaler Grundlage auf und fand sich so vorerst durch die liberalisierende Judenpolitik in Rußland am Anfang des 19. Jh. in ihren Hoffnungen unterstützt. In Verkennung der wahren Absichten der russischen Politik scheiterte die Assimilierung an das russische bzw. polnische Milieu jedoch am Widerstand der Antisemiten. Die Ziele der Aufklärer wie z. B. des erwähnten Isaak Bär Lewinsohn (1788—1860) waren, das jüdische Leben vor allem durch Erziehung und die Literatur weiterzuentwickeln. Daher sollte das Schulwesen auf neue Grundlagen gestellt werden, was neben den Gründungen von Schulen mit Unterricht in der Landessprache und einer allgemeinen Durchdringung des jüdischen Lebens mit dem russischen Geist auch die Einführung von naturwissenschaftlichen Fächern und das Studium der Bibel mit einschloß. Auf diese Weise hofften die Vertreter der Aufklärung eine Versöhnung zwischen den Völkern und den Religionen zu erreichen.

Geburtstagsgruß an Schalom Asch

Sie haben, lieber, verehrter Schalom Asch, in den dreißig Jahren Ihres Schaffens so viel an erzählerischer Kunst uns gegeben, daß Sie Nachsicht haben müssen, wenn ich Ihnen zu Ihrem fünfzigsten Geburtstag nur ganz schlicht und unkünstlerisch etwas ganz Nichtiges erzähle, nämlich wie ich persönlich zu Ihren Büchern kam. Es war ziemlich spät, ich gestehe es aufrichtig, und ehe ich von Ihnen wußte, wußte ich nicht einmal Deutliches weder von der Sprache, in der Sie schreiben, noch von der Literatur, die Sie so repräsentativ vor Europa und der ganzen Welt vertreten.

Wahrhaftig, obwohl selbst Jude, wußte ich lange nicht, daß es eine ernste und ernstzunehmende jiddische Literatur gibt; ich hielt, wie so viele, dies für einen aus dem Deutschen verstümmelten und untermischten Jargon, tauglich zu Witzen und allenfalls kleinen lustigen Liedern, ausgezeichnet geeignet, um konfessionelle Anekdoten zu untermalen. So kann ich mich nicht erinnern, jemals recht hingehört zu haben, wenn von jiddischer Literatur die Rede war, denn das bloß Witzige, Amüsierliche, jede Art Dialektpoesie lockt nicht meine innere Neugier heraus, und vielleicht ist dieser Instinkt richtig, daß man bei der vorhandenen Fülle und Vielfalt der heute in Europa gezüchteten Provinzpoesie seine Aufmerksamkeit wirklich nur auf das Beständige und Europäsch-Gültige richten soll. Ihr Name, Schalom Asch, war mir gerade bekannt, und ich verband ihn mit der Erinnerung an ein sehr heftiges Theaterstück »Der Gott der Rache«, das mich mehr wie eine Übersetzung aus dem Russischen anmutete und das hauptsächlich durch die Leistung Schildkrauts eindringlich wurde. Dann aber kam mir zum erstenmal eine Erzählung von Ihnen zur Hand, sie hieß »Mottke, der Dieb«, und hier spürte ich zum erstenmal, was ich als Wesentliches Ihrer Kunst empfand, die Wärme Ihres Wesens, das human Anteilnehmende Ihrer bildnerischen Gestaltungskraft. Für mich geschieht die Entscheidung gegenüber einem Buch oder einem Menschen niemals im Gehirn: ich muß Wärme fühlen, die durch den ganzen Leib geht, jenes Auflockernde und Auftauende, das erst den Raum frei macht für die wahrhaftige Erschütterung und die Rührung. Diese Wärme, sie fühlte ich von Ihrem ersten Buche an. Sie hat mich Ihnen aufgetan, und diesem Anteil danke ich nun die Kenntnis fast aller Ihrer Bücher und die Liebe zu den letzten, der großangelegten und Sie zum erstenmal in Ihrer ganzen Größe darstellenden Romantrilogie »Die Sintflut«. Ich weiß, es gibt für einen Schriftsteller im ganzen Leben kein beglückenderes Gefühl, als wenn die Welt oder wenigstens die Berufenen dieser Welt sein letztes Werk als das beste empfinden. Immer hängt uns ja die Angst an, es könnten die Kräfte, die unsere eigentliche Kraft sind, uns ebenso geheimnisvoll verlassen, wie sie geheimnisvoll zu uns gekommen sind, oder wir könnten, einer anderen Generation entstammend, der neuen dynamisch nicht mehr gewachsen sein. Und tatsächlich, wie selten ist es auch, daß jetzt im raschen Lauf und Raubbau der Zeit, ein Künstler seine Höhe behauptet und wie seltener noch, daß er beharrlich sich steigert. Dies ist Ihnen, lieber, verehrter Schalom Asch, mit diesem mächtigen, weitschauenden, nicht nur dokumentarisch, sondern fast durchwegs dichterischen Werke in einer selbst für Ihre Freunde unerwarteten Weise gelungen, und eine ganze Literatur, die bisher selten welthaft geworden ist, die jiddische, besitzt damit und durch Sie ihr entscheidendes, ihr repräsentatives Werk.

Gerade auf dieser Höhe, die Sie erreicht haben, ist es

rührend für mich, den Weg zu sehen, der Sie emporgeführt hat und den Sie in Ihrem »Rückblick« geschildert haben. Wie leicht haben doch wir es gehabt, wir Westeuropäer, genährt, überschüttet mit Büchern, Theaterbesucher, wir Studenten, immer der Bildung nah, immer in Schule und Haus belobt, wenn wir uns um geistige Werte mühten. Und wie schwer Sie, der Sie die deutsche Sprache heimlich als etwas Verbotenes, etwas Sündhaftes, bloß durch Leidenschaft und Aufopferung erlernten, der Sie aus der Abgelegenheit einer polnischen Kleinstadt ganz allein den weiten Weg bis zum Weltruhm zurücklegen mußten. Wenn nichts, so bewies schon dies mir das Maß und Übermaß Ihrer ethischen Kraft; und nicht minder, daß Sie, obwohl nach Europa übergewandert, dieser kleinen Literatur, dieser eigentlich für Europa nicht existierenden Literatur, der jiddischen, treu geblieben sind. Dazu gehört Aufopferung, täglich immer wieder erneute, denn ich weiß um die tragische Situation aller Künstler, die in einer zahlenmäßig begrenzten Sprache schreiben, ob jiddisch, oder katalonisch oder bulgarisch oder provenzalisch. Immer ist es ein enger Kreis, eng und erdrückend, immer irgendwie provinziell, kleinstädtisch, eng ohne Luft, ohne Atem, denn die Besten der Welt in Frankreich, in England, in Deutschland, für sie ist ein solches Buch mit den krausen ungewohnten Buchstaben und Lauten nur bedrucktes Papier. Man kann nicht ins Weite wirken, man gehört zwar seinem Volk, aber ein wie winziger Teil der Menschheit ist doch so ein enges Volk von zwei, drei oder fünf Millionen, wie eng eine Sprache und insbesondere die eines so armen und abseitigen Volkes! Aber so tragisch es sein muß, Dichter einer kleinen Nation zu sein, Dichter in einer fremden, kaum von Philologen gekannten Sprache, so herrlich wird es, wenn diese Werke sich aus dieser, einer engen Sprache in alle anderen ergießen, denn dann bezeugt ein Dichter nicht nur sein eigenes Wesen, sondern tritt auch als Zeuge vor für ein ganzes Volk. Das haben Sie, lieber verehrter Schalom

Asch, für die junge, wenig gekannte und weniger geachtete jiddische Literatur getan und mehr als alle Ihre Vorgänger, und ich glaube, in manchen Stunden des inneren Zweifels, wie sie uns allen unerläßlich und wohl notwendig sind, sollten Sie sich dieser Leistung erinnern, um glücklich zu sein oder zumindest Ihr atmendes Leben als ein sinnvolles und wichtiges zu empfinden. Lassen Sie sich heute sehr herzlich daran erinnern, daß Ihr Name Schalom Asch längst aus einem leeren Wort ein lebendiger Wert geworden ist, so wie Sie mir, selbst seit ich die Freude habe Sie zu kennen, aus einem Kollegen ein Freund geworden sind. Ich habe Ihnen viel zu danken, viel künstlerischen Genuß, ein kurzes, aber brüderliches Beisammensein und vor allem wieder die erneute Bekräftigung, daß ein wahrhaft Dichterisches nicht denkbar ist ohne den wahrhaften Menschen. Diesen Dichter, diesen Menschen und dazu noch den Freund grüße ich herzlich zu seinem fünfzigsten Geburtstage!

Stefan Zweig